방황
하는
칼날

방황 하는 칼날

히가시노 게이고 장편소설 민경욱 옮김

하빌리스

1

눈에 날아오는 총신의 둔탁한 번뜩임에, 나가미네의 가슴 깊은 곳이 저릿했다. 오래전 사격에 열중했던 때가 떠올랐기 때문이다. 방아쇠에 손가락을 걸고 있는 동안의 긴장, 발사한 순간의 충격, 과녁을 맞혔을 때의 쾌감, 모든 기억이 몸에 또렷이 새겨져 있다.

나가미네가 보고 있는 것은 카탈로그 사진이다. 예전에 총을 샀던 가게가 몇 년에 한 번씩 보내오는 신제품을 소개하는 카탈로그였다. 사진 아래에는 '총대는 반광택, 이탈리아제 케이스 포함'이라고 적혀 있다. 그는 가격을 보고 한숨을 내쉬었다. 95만 엔이라니, 취미에 쓸 금액은 아니다. 게다가 그는 이미 사격을 관뒀다. 안구건조증 때문에 경기에 지장이 생겼다. 원인은 반도체 회사에서 오랫동안 IC 설계를 담당하고 있던 탓에 디스플레이를 너무 들여다봤기 때문이다.

그는 카탈로그를 덮고 안경을 벗었다. 안구건조증이 나아지니 이번에는 노안이 시작되었다. 지금은 작은 글씨를 읽으려면 안경을 꼭 써야 한다. 딸 에마는 그가 안경을 찾을 때마다 "할아버지"라고 놀린다.

노안이라도 사격은 할 수 있으나 솔직히 더는 눈을 혹사하고 싶지 않다. 총 사진을 보면 설레기도 하지만 그저 옛 추억이 떠오르기 때문일 뿐이다. 소중히 보관하고 있는 총도 지난 1년 동안 한 번도 손질하지 않았다. 지금은 장식장 위의 인테리어에 불과하다.

벽시계가 7시를 넘어서고 있다. TV 리모컨을 들고 스위치를 누르려 했는데 창밖에서 환호성이 들렸다.

그는 소파에서 일어나 정원 쪽 유리창 커튼을 열었다. 울타리 밖에 가족처럼 보이는 사람 몇이 보였다.

그들이 환호성을 올린 원인은 바로 알 수 있었다. 저 멀리 하늘에 불꽃놀이 폭죽이 터지고 있었다. 지역 불꽃놀이 축제가 벌어지고 있다. 도심과는 달리 이 부근에는 높은 건물이 적어 상당히 떨어져 있음에도 나가미네의 집에서도 불꽃놀이가 훤히 보였다.

여기서도 보이니 굳이 인파 속에 묻혀 있을 필요도 없을 텐데……. 물론 한창나이인 소녀들은 듣지 않을 소리라는 것도 안다. 목적은 불꽃놀이가 아니라 친구들과 깔깔대며 노는 것이리라. 물론 거기에는 북적이는 장소여야 한다는 조건도 필요하겠지. 지금쯤 구운 옥수수나 아이스크림을 들고 자기들만의 언어로, 자기들만 아는 이야기를 나누며 한창 들떠 있을 것이다.

에마는 올해 고등학생이 되었다. 나가미네의 눈에는 다른 평범한 소녀들과 마찬가지로 건전하고 밝게 자란 듯 보인다. 어머니를 잃은 열 살 때는 열이 펄펄 날 정도로 낙담했으나 곧 다시 활기를 찾아주어 진심으로 감사하고 있다. 지금은 "아빠, 좋은 사람 있으면 재혼해"라며 놀릴 정도이다. 물론 그게 본심이라고 생각하지는 않는다. 정말로 재혼 얘기를 꺼내면 강한 거부감을 드러낼 것이다. 그래도 일단 딸이 어머니의 죽음을 나름대로 이겨낸 것은 분명하다.

그 딸은 지금, 학교 친구들과 불꽃놀이를 보러 갔다. 나가미네는 이날을 위해 유카타를 사줬다. 자신은 제대로 입힐 수 없어서 친구 어머니의 도움을 받았다. 딸의 유카타 차림을 보고 싶었던 나가미네는 "사진을 찍어 보내"라고 했는데 에마가 그 말을 기억할지는 아무래도 의심스럽다. 노느라 정신이 팔리면 다른 얘기는 깡그리 잊는 나쁜 습관이 있다. 딸은 카메라가 달린 휴대전화를 가지고 있으나 거기에는 친구들만 찍혀 있을 게 빤하다.

딸에게는 초등학교 때부터 휴대전화를 가지고 다니게 했다. 무슨 일이 생기면 언제든 연락할 수 있게 하려고 건넨 것이다. 어머니가 없는 그녀에게 휴대전화는 유일한 보호막이었고 나가미네가 안심하고 일하러 가게 해주는 도구이기도 했다.

불꽃놀이 축제는 9시까지라고 들은 그는 딸에게 끝나면 곧장 돌아오라고 누누이 당부했다. 조금이라도 늦어지면 전화하라고도 했다. 나가미네의 집에서 가장 가까운 역까지는 걸어서 10분 정도이다. 길가에 민가가 있긴 하나 밤이 깊어지면 인적이 끊기고 가로등도 많지 않다.

시곗바늘을 보고 나가미네는 혼자 쓴웃음을 지었다. 지금 에마의 머릿속에 아버지의 말 같은 건 전혀 들어있지 않겠지.

구식 글로리아는 편도 1차선의 좁은 현도(県道)를 달렸다. 가로등이 별로 없어, 앞이 잘 안 보이는 터라 커브를 돌 때마다 튀어나오는 전봇대가 신경에 거슬렸다.

조수석에서 아쓰야가 혀를 찼다.

"이게 뭐야? 여자는커녕 걸어 다니는 사람 하나 없네. 이런 곳을 어슬렁대봤자 별 볼 일 없겠어. 장소를 바꾸자."

"어디로 갈 건데?" 한 손으로 핸들을 돌리면서 나카이 마코토가 물었다.

"어디든 좋아. 사람이 있는 곳이면. 이런 시골길을 달려봤자 소용없으니까."

"그런 말 해봤자, 일반 도로로 들어가면 오늘 밤은 불꽃놀이라 어디든 차가 막힌다고. 그래서 여기까지 온 거잖아."

"유턴해. 불꽃놀이는 끝났잖아. 슬슬 여자들이 집에 갈 시간이야." 뒷자리의 가이지가 운전석 시트를 발로 찼다.

"아니, 지금 돌아가면 정체에 휘말린다고."

"거기까지 가면 안 되지, 이 멍청한 녀석아! 조금 아까 역을 지나쳤잖아. 거기서 내리는 사람 중에는 집이 멀어 터덜터덜 걸어가는 여자도 있을 거야."

"그럴까?"

"꾸물대지 말고 빨리 유턴하라고. 사냥감을 놓치겠어." 가이지는 다시 운전석 시트를 발로 찼다. 마코토는 욱하고 화가 치밀었으나 잠자코 핸들을 돌렸다. 가이지와는 싸워 이길 도리가 없다. 아쓰야도 가이지의 편을 들 것이다.

이 녀석들은 진심이야. 마코토는 새삼 생각했다. 진심으로 여자를 성폭행할 계획이다.

가이지는 지금 두 종류의 약을 가지고 있다. 하나는 클로로포름이다. 어디서 입수했는지는 모르겠으나 그의 말로는 그것을 이용해 전에도 여러 번 어린 여자애를 성폭행했다고 한다. 기절시킨 다음 마음대로 했다는 것이다. 다만 그대로는 질에 페니스를 삽입하기 어려워 로션을 준비한다 했다. 성폭행한 다음에 여성을 그 자리에 놓아두고 도망쳤단다. 마코토는 이제까지 용케 사망자가 안 나왔구나 싶었다. 피해자가 경찰에 신고했을 테지만, 지금까지 수사의 손길은 가이지 일당에게 미치지 않고 있다. 그래선지 지금은 완전히 이 일에 맛을 들였다.

가이지가 가진 또 다른 약은 그의 표현에 따르면 이른바 '마법의 가루'라는 것이다. 아무래도 각성제의 일종인 듯한데 "이걸 쓰면 어떤 여자든 마음대로 할 수 있어. 넣어달라고 아주 안달한다니까"라고 했다. 시부야인가 어딘가에서 2, 3일 전에 입수했다는데 그는 지금 이 약을 쓰고 싶어 안달이 나 있다.

"여자 사냥을 가자." 마코토가 이 전화를 받은 것은 오늘 저녁이다. 차를 가져오라는 게 가이지의 지시였다.

"이걸 거기에 바르는 거야. 그러면 완전히 노예가 되는 거지. 굉장하지 않냐?" 가이지는 약이 든 비닐봉지를 보여주며 눈을 번뜩였다.

이 셋은 중학교 동급생이다. 그 시절부터 온갖 사고를 치고 다녔다. 차례로 고등학교를 자퇴하는 바람에 연대 의식이 더 강해졌다. 갈취와 절도는 일상다반사이며 아저씨 노상강도(1996년부터 일본에서 사회 문제가 된 범죄 행위로, 성인 남성을 공격해 금품을 갈취하는 청소년 범죄 - 역주)에 나선 적도 있다. 강간에 가까운 성폭행도 몇 번 했는데 잔뜩 취해 시도한 것이다. 상대 여자들도 생판 모르는 남자들을 따라나섰으니 잘못이 없는 것도 아니라는 생각에, 마코토에게도 별다른 죄의식은 없다.

하지만 약을 이용해 성폭행하다니, 그건 어떨까? 그저 눈앞에 나타났다는 이유만으로 여자에게 그런 짓을 해도 될까?

이런 짓은 하지 말자. 마코토는 둘에게 그렇게 말해야 했다. 그러나 그런 말을 했다가는 둘이 어떤 욕설을 퍼붓고 폭력을 가할지 불 보듯 뻔하다. 그것만이 아니다. 가이지는 다른 녀석들까지 불러 모아서 마코토를 린치할 게 틀림없다. 예전에 가이지에게 대들었다가 집단구타를 당해 얼굴이 엉망이 된 아이가 있다. 그 아이는 경찰에 가서도 가해자들의 이름을 모른다고 주장했다. 가이지의 이름을 대면 더 심한 보복을 당한다는 사실을 알았기 때문이다.

그 린치에는 마코토도 참여했다. 그때 가이지가 말했다.

"적당히 하지 마라. 다시는 대들지 못하게 해야 해. 어정쩡하게 하면 경찰에 말할 테니까."

그런 린치는 당하고 싶지 않다. 피해당할 여자애에게는 미안하지만, 나를 지키려면 가이지가 시키는 대로 하는 수밖에 없다. 마코토는 자신을 다독였다.

조금 더 달리고 있는데 불꽃놀이 관람객처럼 보이는 사람들이 줄줄이 도로 건너편에서 걸어왔다. 전차가 도착한 모양이다.

"좀 더 가자." 가이지가 지시를 내렸다.

역에 가까워질수록 길을 걷는 사람들이 늘어났다. 젊은 여성의 모습도 많았다. 여고생이나 여중생으로 보이는 무리도 적지 않다. 여성들을 발견할 때마다 아쓰야는 크게 혀를 찼다.

"좀 더 인적이 드물면 좋겠는데. 여기서 끌고 갈 수는 없잖아. 게다가 죄다 둘, 셋씩 모여 다니네. 저기? 적당한 여자애들에게 말을 거는 게 빠르지 않겠어?"

"야, 이 멍청한 새끼야! 여자 꼬시는 성가신 일을 왜 하나? 그리고 그런 말에 넘어오는 여자에게 왜 마법의 가루를 써!"

"아, 그렇지."

"평소라면 영 못 해볼 애를 노려야지. 그런 애를 다뤄야 최고지."

가이지의 말에 아쓰야가 입맛을 다셨다. 그 모습을 힐끔 쳐다보면서 마코토도 웃었다. 웃지 않으면 무슨 소리를 들을지 모른다.

"좀 더 기다려. 조금 있으면 사람도 줄어들겠지. 마코토, 이 근처에서 일단 대기해."

"오케이!" 마코토는 시키는 대로 역이 보이는 길가에 차를 세웠다.

마코토는 경찰관이라도 지나가길 바랐다. 검문을 받으면 아무리 가이지라도 오늘 밤은 중단하겠지. 그때 마코토의 마음을 읽기라도 한 듯 가이지가 말했다.

"오늘 밤이 딱 좋아. 경찰이 없으니까."

"왜?" 마코토가 흠칫 놀라며 물었다.

"녀석들은 축제장 쪽에 다 모여 있을 거야."

"그렇구나. 저쪽 경비에 쏠려 있다는 거구나. 너, 정말 머리 좋다." 아쓰야가 대시보드를 두드렸다.

"불꽃놀이 관람객을 노리겠다고 오늘 밤을 고른 게 아니란 말씀이지." 가이지는 우쭐대며 말했다.

"그보다 아쓰야, 너는 준비됐냐?"

"걱정하지 말라고!" 아쓰야는 엄지를 세웠다.

그는 아다치구의 아파트에서 혼자 살고 있다. 월세는 그의 부모가 내고 있다. 대학에 합격하도록 조용한 환경에서 공부시키겠다는 것인데 그것은 어디까지나 표면적인 이유이고 속사정은 가족에게 폭력을 휘두르는 아들을 쫓아낸 것이다.

"디지털카메라는?"

"디지털카메라도, 캠코더도 다 준비했어."

"좋았어! 이제 사냥감이 오길 기다려야겠군." 가이지는 담배에 불을 붙였다.

가이지는 여자애를 강간할 때 반드시 디지털카메라나 캠코더로 촬영한다. 나중에 시끄러워지는 일을 막기 위한 면도 있으나 그의 취미이기도 했다. 아쓰야의 방 책장에는 그들의 사냥 성과가 빼곡하게 꽂혀 있다.

다시 전차가 도착한 듯 역에서 사람들이 우르르 쏟아져 나왔다. 아까보다 수가 적다.

"어이, 저기!" 아쓰야가 앞을 가리키며 뒤를 돌아봤다.

가이지가 앞 좌석 시트 사이로 몸을 내밀었다.

"저 유카타? 괜찮네." 목소리에 짐승 같은 울림이 담겨 있다.

마코토도 그들이 점찍은 것이 누군지 바로 알 수 있었다. 열다섯이나 여섯쯤 되어 보이는 몸집이 작은 소녀다. 유카타를 입고 작은 주머니 같은 것을 들고 있다. 이목구비가 단정하다는 것은 멀리서도 분명했다. 가이지가 좋아하는 타입이다.

일행이 없는지, 소녀는 혼자 걷고 있었다.

"마코토, 시작하자!" 가이지가 지시를 내렸다.

"아직 사람이 있어." 차를 출발하면서 마코토가 말했다.

"알아. 일단 쫓아가며 상황을 보자고."

마코토는 차를 천천히 몰았다. 소녀는 전혀 알아차리지 못한 듯했다. 뒤에서 다가가 추월했다. 소녀의 얼굴을 확인한 아쓰야가 작게 소리를 질러댔다.

"훌륭해. 최고야! 안고 싶어!"

"마코토, 차 세워. 시동은 끄지 마. 그리고 창문 열어."

마코토는 가이지가 시키는 대로 했다. 룸미러를 슬쩍 봤다. 그 소녀가 게타를 신고 불편한 걸음걸이로 천천히 다가오고 있다.

가이지가 손수건에 클로로포름을 묻혔다.

2

뉴스 프로그램이 방송되는 TV에서 벽시계로 시선을 옮겼다. 아까부터 같은 동작을 반복하고 있다. 시곗바늘은 10시 근처를 가리키고 있다. 나가미네는 이제 곧 전화가 오겠구나 싶었다. 불꽃 축제는 9시까지라고 들었다.

TV에는 프로야구 결과가 나오고 있다. 응원하는 구단이 이겼는데도 영 머리에 들어오지 않았다. 그는 일어나 무선 전화기를 들었다. 에마의 휴대전화 번호는 거기에 등록되어 있다.

하지만 지금 걸어도 될까 망설여졌다. 얼마 전, 친구와 노래방에 간 에마가 너무 늦어져 걱정되어 전화를 걸었다가 에마의 항의를 들었다.

"노래방에 가면 두 시간쯤 노래하는 건 상식이야. 걱정해주는 건 고마운데 나도 이제 어린애가 아니니까 좀 믿어. 친구들이 놀린단 말이야. 적당히 나 좀 놔줘."

'아직 넌 애야.'

생각만 했을 뿐 말로 나오지는 않았다. 나가미네는 최근 1
년, 딸의 성장에 당황하고 있었다. 딸이 뭘 생각하고 밖에서
어떻게 행동하는지 전혀 몰라 어떻게 대해야 하는지도 몰랐
다. 그저 자신의 지나친 애정에 딸이 힘들어한다는 것만은 알
았다.

나가미네의 회사 동료 중 에마 또래의 딸이 있는 사람도
적지 않았다. 모두 같은 고민을 안고 있다. 딸의 마음을 모르
겠다는 것이다.

"아, 그 또래 딸들은 다루기 힘들어. 나도 간신히 기분을 맞
출 뿐이고 나머지는 아내에게 맡기는 수밖에 없지." 대부분
그렇게 말했다.

이럴 때는 역시 아내가 있으면 좋았을 텐데. 그런 생각이
들었다. 어떻게 혼내야 할지도 모르겠고 어떻게 가르칠지보
다 미움을 받고 싶지 않은 마음이 큰 자신이 한심했다.

다시 시계를 봤다. 시곗바늘은 거의 움직이지 않았다.

불꽃놀이가 끝나면 엄청난 사람이 한꺼번에 귀갓길에 오
른다. 길이 북적일 테니 쉽게 이동하기 힘들겠지. 전차에 타
는 것도 늦어졌을 것이다. 그렇게 생각하니 그리 걱정할 일이
아닌 듯했다.

하지만 불꽃놀이가 끝나고 벌써 한 시간 가까이 지났는데……

결심한 나가미네는 발신 버튼을 눌렀다. 또 불평할지 모르겠으나 고민하기보다는 나을 것 같았다.

현재 히트 중인 노래의 멜로디가 울렸다. 마코토는 깜짝 놀랐다.

"으악, 뭐야?"

"그냥 휴대전화야. 쫄았냐?" 가이지는 말하며 부스럭부스럭 뭔가 찾는 소리를 냈다. 여자애가 들고 있던 주머니 모양의 백을 연 듯했다.

휴대전화 벨 소리가 계속 울렸다. 가이지가 휴대전화를 찾은 모양이다.

"전원, 꺼버려." 아쓰야가 말했다.

"지금 끊으면 의심할 거야. 그냥 두면 울리다 말겠지."

가이지의 말대로 멜로디가 끊겼다. 이어서 전원을 끄는 소리가 났다.

"이제 됐다. 먼저 끄지 않길 잘했네. 실수할 뻔했어."

"일사천리네. 아주 훌륭한 먹잇감이야." 아쓰야가 잔뜩 들뜬 목소리를 냈다.

가이지는 의미심장한 미소를 지었다. 옷감 스치는 소리가 마코토의 귀에 들렸다. 유카타 속에 손을 넣는 것 같다.

유카타의 소녀는 지금, 뒷자리에서 가이지와 아쓰야 사이에 끼어 있다. 완전히 의식을 잃은 듯 움직이는 기척이 전혀 없다.

마코토가 넋 놓고 봤을 만큼 가이지와 아쓰야의 움직임은 빨랐다. 차를 멈추고 소녀가 지나가기를 기다렸다가 주위에 사람이 없는 것을 확인하더니 "가자!"라는 가이지의 한 마디에 차에서 뛰쳐나왔다. 우선 아쓰야가 소녀를 앞질러 가 갑자기 멈추고 돌아섰다. 소녀는 놀란 듯 걸음을 멈췄다. 다음 순간, 뒤에서 가이지가 덮쳤다. 미리 준비한 클로로포름을 적신 손수건으로 소녀의 입을 막았다. 소녀의 다리가 푹 꺾일 때까지 5초도 걸리지 않았다. 둘은 소녀를 부축하면서 마코토를 봤다. 빨리 차를 대라는 뜻이다. 마코토가 옆에 차를 대자 그들은 소녀를 양쪽에서 부축해 뒷자리에 태웠다. 그들의 민첩함을 보니 얼마나 똑같은 짓을 많이 해왔는지 상상할 수 있었다.

"저기, 도착하기 전에 깨면 어떻게 해?" 마코토가 물었다.

"당분간 깨지 않을 거야." 가이지가 대답했다.

"깨면 또 클로로포름을 대면 돼."

"계속 쓰면 좋지 않아. 잘못하면 죽을 수도 있어."

"진짜야?"

"어디선가 들었어. 냄새를 맡게 하는데도 방법이 있대. 양이 부족하면 금방 깨고 지나치면 의식이 돌아오지 않을 수도 있다고. 그 부분이 까다로워."

"가이지는 정말 똑똑하구나. 클로로포름 사용으로는 일본 최고일 거야."

아쓰야의 아부에 가이지가 낮게 웃었다.

"그저 입을 막는다고 끝나는 게 아니라고. 동시에 가슴을 꾹 눌러야 해. 그럼 숨쉬기 힘드니까 순간 깊이 숨을 들이켜거든. 그래야 클로로포름이 잘 들어가 바로 실신하지. 아, 말만큼 간단한 일이 아니라니까."

"굉장해! 그쪽은 앞으로도 네게 맡길게."

"아, 그래. 이 조합이 제일 좋네."

예상보다 예쁜 소녀를 손에 넣어선지, 둘은 상당히 들뜬 상태다. 아쓰야의 방으로 데려가면 약의 힘을 빌려 그들은 더 광기에 사로잡힐 것이다. 물론 마코토도 가담해야 한다.

차는 강을 건너 아다치구로 들어갔고 곧 아쓰야의 아파트 앞에 도착했다. 소녀는 깨지 않았다.

주위에 인적이 없는 것을 확인하고 셋이서 소녀를 아쓰야의 집까지 옮겼다. 집은 1층이다. 아쓰야는 집 우편함에 손가락을 넣어 열쇠를 꺼냈다. 그는 우편함 안쪽에 작은 봉투를 매달고 평소 거기에 열쇠를 숨겨 놓았다. 친구가, 그보다는 가이지가 언제든 집을 이용할 수 있게 하려는 방법이다. 실제로 가이지는 맘대로 이 집을 드나드는 듯하다. 마코토는 아쓰야 허락 없이 한 번도 집을 드나든 적 없다.

소녀를 방으로 옮긴 직후 마코토의 휴대전화가 울리기 시작했다. 착신 표시를 보니 아버지였다. 그는 통화 버튼을 눌렀다.

"난데, 왜?"

"마코토, 지금 어디 있니?" 아버지의 목소리가 들렸다.

"친구 집."

"차는?"

"친구 집 옆에 세웠어."

"바로 와라. 차가 필요해."

"에이! 당장?" 대답은 뾰로통했으나 마코토는 잘됐다 싶었다.

"그래, 지금 당장. 오늘 차 쓴다고 하지 않았잖아."

"알았다고." 마코토는 전화를 끊고 지긋지긋한 표정으로 가이지 일당에게 고개를 돌렸다. "재수 없어. 아버지야. 차를 가져오래."

좀 전의 글로리아는 마코토 아버지의 차였다. 보통은 거의 사용하지 않아 최근에는 마코토가 마음대로 몰고 다녔다. 그가 면허를 딴 것은 불과 두 달 전이다.

"뭐야! 그냥 무시해." 가이지의 얼굴이 일그러졌다.

"그럴 순 없어. 성질나면 팔아버릴 거야."

"저런 고물, 팔릴까?"

"그럼 폐차하겠지. 곧 자동차 검사거든."

아쓰야가 혀를 찼다.

"정말 한심한 녀석이야. 촬영 담당이 없으면 흥이 안 나잖아!"

자신들이 강간하는 모습을 마코토에게 촬영하게 하려고 계획했던 모양이다.

"어쨌든 미안하지만, 나는 갈게." 마코토는 가이지에게 그렇게 말하고 문을 열었다.

"잠깐!" 가이지는 돌아본 마코토의 코앞에 얼굴을 들이대고 말했다.

"가는 건 괜찮은데 이 일은 떠들지 마라."

"알아."

"말해두는데 너도 공범이야. 했느냐 아니냐는 상관없어."

마코토는 침을 삼키며 고개를 끄덕였다. 등골이 오싹했다.

가이지는 알아차린 것이다. 마코토가 처음부터 이 게임을 흔쾌히 받아들이지 않았다는 것을. 아버지의 전화를 핑계로 도망치려는 것도 간파하고 있었다.

"그럼 됐어. 가. 우리 둘이 즐길 테니까."

"그래라." 가이지의 뒤에서 아쓰야도 경멸을 담은 목소리로 인사했다.

마코토는 말없이 방을 나왔다.

차에 탔을 때 뒷자리 시트에서 뭔가가 반짝였다. 그는 손을 뻗어 그것을 주워들었다. 소녀의 휴대전화였다.

담뱃갑을 들던 나가미네는 이미 텅 빈 것을 깨닫고 양손으로 찌그러뜨렸다. 테이블 재떨이에는 담배꽁초가 수북했다. 그는 벽시계를 보고 머리카락을 쥐어뜯었다. 이마에서 흐른 땀이 관자놀이를 타고 흘렀다. 그런데도 그는 더위를 전혀 느끼지 못했다. 오히려 온몸에 소름이 돋았다. 불길한 예감이 온몸을 짓누르는 것만 같다.

전화가 울렸다. 나가미네는 벌떡 일어나 전화기를 들었다. 그러나 거기에 표시된 번호를 보고 낙담했다. 에마의 휴대전화 번호가 아니다.

"여보세요. 나가미네입니다만."

"아, 저, 미와인데요." 어린 소녀의 목소리가 들렸다.

나가미네는 이 목소리를 들은 기억이 났다. 조금 전 전화로 들었던 목소리이다. 가나이 미와는 오늘 밤 에마와 함께 불꽃놀이를 보러 갔던 친구이다. 에마의 귀가가 늦어지자 걱정된 나가미네가 미와의 집에 전화했다.

미와의 말로는, 에마와는 전차 안에서 헤어졌다고 한다. 미와의 집에서 가장 가까운 역은 나가미네의 집보다 한 정거장 앞이다. 다른 친구들과는 이미 헤어졌고 그때 에마는 혼자였다고 한다.

그대로 전차를 타고 왔다면 에마는 역까지는 도착했다는 소리다. 거기서 어디로 사라졌단 말인가. 시각은 이미 12시를 넘어서고 있었다.

"일단, 오늘 함께 불꽃놀이를 보러 간 아이들에게 다 전화를 돌렸어요. 하지만 아무도 에마가 어디 갔는지 모른대요. 헤어진 다음 에마에게 메일이나 전화를 받은 아이도 없고요."

"그래? 알았다. 고맙구나."

"이제 불꽃놀이에 안 간 아이 중에서 친한 아이들에게 전화할게요. 혹시 아는 게 있을지 모르니까요."

"그래 주면 고맙겠구나. 하지만 괜찮을까? 너무 늦은 시간이라."

"뭐든 하지 않으면 불안해서요. 너무 걱정돼요. 에마에게 무슨 일이 있나 해서……" 미와는 더는 말을 잇지 못했다.

"고맙다. 그럼, 무슨 일 있으면 연락해 줄래? 기다리고 있을 테니까."

"네. 꼭 연락드릴게요." 미와는 그렇게 말하고 전화를 끊었다.

가나이 미와만이 아니라 친구들은 지금 곳곳에 연락을 취하고 있을 것이다. 하지만 사실, 나가미네는 내심 그 아이들을 원망하는 마음이 있었다. 에마에게 불꽃놀이 같은 데 가자고 하지 말지. 이성적으로는 말도 안 되는 심술이다. 하지만 그런 마음이 도통 사라지지 않았다.

소파에 앉았는데 이번에는 현관에서 초인종이 울렸다. 나가미네는 인터폰을 들고 대답했다. "네."

"경찰입니다." 억눌린 목소리가 돌아왔다.

가나이 미와에게 상황을 물어본 뒤, 나가미네는 현지 경찰에 신고했다. 그로부터 40분이 지나서야 출동한 모양이다.

찾아온 사람은 경찰관 두 명이었다. 둘 다 제복을 입고 있다. 나가미네는 그들을 거실로 들어오게 해 다시 사정을 설명했다.

"여기로 오기 전에 여기저기 문의해봤는데 현재까지 비슷한 여학생을 보호하고 있다는 보고는 없었습니다. 불꽃 축제 현장이나 그 주변에서도 특별한 사건은 없었답니다." 연장자로 보이는 경관이 말했다.

"딸은 역까지 돌아온 것 같습니다. 그러니까 만약 무슨 일이 있었다면 역 주변일 겁니다."

"그럴 가능성이 큰 것 같습니다. 그래서 지금부터 역 앞을 좀 조사해볼 생각입니다."

경관의 말투에 나가미네는 답답함을 느꼈다.

"대대적으로 수색하는 게 아닙니까?"

그러자 경관은 곤란하다는 듯 눈썹을 늘어뜨렸다.

"나가미네 씨의 마음은 잘 압니다. 하지만 만에 하나를 고려해 너무 크게 움직이는 것은 좋지 않습니다."

"만에 하나?"

"그러니까" 경관은 입술을 적셨다. "따님이 유괴되었다면 범인을 자극하지 않는 게 좋습니다. 경찰이 대대적으로 수색을 시작했다는 사실을 알면 계획을 중지할 수도 있습니다. 그럴 경우, 따님의 신변이 위험해집니다."

"유괴……?"

그 말에 나가미네는 발밑이 꺼지는 듯한 절망을 느꼈다. 지금까지 상상해 보지 못한 끔찍한 일이었다.

"신변의 위험……이라면 살해된다는 말입니까?" 나가미네는 신음하듯 물었다.

"따님이 범인의 얼굴을 봤을 테니까요." 경관은 힘들게 대답했다.

나가미네의 얼굴이 일그러졌다. 무슨 말이든 하려 했으나 목소리가 나오지 않았다.

3

불꽃 축제가 있던 밤으로부터 이틀이 지났다. 나카이 마코토는 방에서 게임을 하고 있다. 빌린 비디오는 다 봤고 달리 할 일도 없다. 2주 전에는 운송회사에서 아르바이트를 했지만 지금은 아무것도 안 하고 있다. 아르바이트에서 잘린 이유는 근무 태도 불량이다. 확실히 지각이 잦았다. 선배 직원이 함부로 부리는 게 짜증나서 농땡이를 피운 적도 몇 번 있다.

한동안 아르바이트에서 잘린 사실을 부모님에게 말하지 않았다. 알면 잔소리를 퍼부을 줄 알았다. 그런데 부모님은 알고도 별말을 하지 않았다. 내심 안도하면서도 이제 자신에게는 아무것도 기대하지 않는 것 같아 영 쓸쓸했다.

마코토의 아버지는 건설회사에 다닌다. 정년까지는 아직 10년 가까이 남았으니 그때까지는 아들이 어떻게든 독립해

주길 바랄지 모른다. 어머니는 근처 서점에서 일한다. 마코토가 아르바이트하는 동안에는 아침을 차려줬는데 최근에는 아무것도 준비해놓지 않고 출근한다. 물론 마코토가 대체로 대낮이 되어야 이부자리에서 기어 나오기는 하지만 말이다.

장래에 대해 불안이 없는 건 아니다. 고등학교를 중퇴했고 앞으로 학력을 이어갈 것 같지도 않다. 이대로 살다가는 제대로 된 직업 하나 찾지 못한다는 것도 잘 안다. 전문학교라도 다녀볼까 생각해 본 적도 있지만 어떤 분야의 어떤 기술을 배워야 할지 도통 모르겠다. 애당초 그는 누군가에게 뭘 배우는 일을 정말 못한다. 뭔가를 습득하기 위해 노력하는 게 싫다. 지금 이대로, 그럴듯한 직업을, 가능하다면 편하게 돈 벌 수 있는 일을 할 수 없을까? 그런 태평한 생각이나 하고 있다.

게임에 질린 그는 화면을 TV로 바꿨다. 저녁 뉴스 프로그램이 시작되고 있다. 그는 혀를 차며 채널을 바꿨다. 그러나 어디나 같은 프로그램만 나왔다.

평소라면 훌쩍 집을 나가서 아쓰야나 가이지 일당과 합류했을 것이다. 하지만 마코토는 며칠 전날 밤이 영 마음에 걸렸다. 자신을 겁쟁이 배신자로 여길 것만 같아 그들과 만나는 게 영 불편했다.

TV 채널을 차례로 바꾸고 있을 때였다. 어린 소녀의 얼굴 사진이 크게 나오는 것을 보고 그는 손가락 움직임을 멈췄다.

남자 아나운서의 목소리가 들렸다.

『행방불명된 것은 사이타마현 가와구치시에 사는 회사원 나가미네 시게키 씨의 장녀 에마 양입니다. 친구들과 불꽃 축제에 간 후 돌아오는 도중 연락이 끊겼다고 합니다. 사이타마 현경과 가와구치 경찰서에서는 에마 양이 사건에 휘말린 것으로 보고…….』

마코토는 눈을 부릅떴다. TV에 나온 나가미네 에마라는 소녀는 이틀 전에 그들이 납치한 여자애가 틀림없었다. 그 애의 휴대전화는 전원을 끈 상태로 지금도 마코토의 책상 서랍에 있다.

그 애가 행방불명이고 경찰이 움직이기 시작했다…….

가이지 일당이 아직도 그 애를 놔주지 않았단 말인가? 아니면 평소처럼 어딘가 방치했는데 아직 발견되지 않았나? 그렇다면 방치된 채 죽어버린 게 아닐까?

심장의 고동이 격렬해지고 TV 리모컨을 쥔 손이 땀으로 푹 젖었다. 그는 더 자세한 정보를 얻고 싶어 채널을 바꿨다.

그때, 마코토의 휴대전화 벨 소리가 울렸다. 그는 놀라 리모컨을 놓치고 말았다.

휴대전화의 번호 표시를 보니 아쓰야였다. 마코토는 떨리는 손으로 통화 버튼을 눌렀다.

"여보세요……." 목소리가 갈라졌다.

"나야."

"응."

"지금, 혼자야?"

"응. 그런데?" 여자애는 어쨌는지 묻고 싶었으나 말이 나오지 않았다.

"차, 있어?"

"이……있는데, 왜?"

"그럼, 지금 당장 가져와. 아파트 아래로. 알겠어?"

"어, 아……."

"뭐야? 안 된다는 거야?" 아쓰야의 목소리가 절박하게 들렸다.

"아니, 안 된다는 건 아니야. 어디 가나 싶어서."

"너랑은 상관없잖아! 차만 빌려주면 되는 일이야, 알겠어?"

"응. 알았어." 마코토가 뉴스를 봤다고 말하기 전에 전화가 끊겼다.

마코토는 휴대전화를 든 채 한참을 망연자실하게 있었다. 아쓰야가 차를 빌려달라고 한 게 처음은 아니다. 그러나 이런 타이밍에 말을 꺼낸 건 중요한 의미가 있다고 생각하지 않을 수 없다.

목이 너무 말랐고 식은땀 같은 것이 겨드랑이 밑을 흘렀다. 그는 일어나 책상 위에 놓아둔 글로리아의 키를 들었다.

6시가 다 되었으나 밖은 아직 밝았다. 아쓰야의 아파트 아래에는 아무도 없었다. 마코토는 차를 세우고 주위를 둘러보면서 집 앞까지 걸어갔다.

도어폰을 눌렀으나 반응이 없다. 마코토는 이틀 전 소녀를 이리로 데려왔을 때를 떠올렸다. 가이지와 아쓰야는 그 뒤 소녀를 어떻게 했을까?

문은 잠겨있었다. 마코토는 망설이다가 우편함 안으로 손가락을 넣었다.

그런데 열쇠가 있어야 할 비밀의 봉투는 비어있었다. 아쓰야가 들고 나간 모양이다. 희한한 일이네. 아쓰야는 가이지와 함께 행동할 때도 열쇠는 반드시 여기 넣어두었다. 이전에 취해서 열쇠를 잃어버린 적이 있기 때문이다.

마코토는 문에서 떨어져 아파트 뒤로 돌아가 아무도 보지 않는 걸 확인한 뒤 베란다 울타리를 넘어 살짝 열린 커튼 틈으로 얼굴을 들이댔다.

안은 어두컴컴했다. 그러나 열심히 눈의 초점을 맞추니 조금씩 안이 보였다. 바닥에 캔 맥주와 스낵 과자 봉투가 흩어져 있다.

시선을 더 옮겼을 때 그를 흠칫하게 만드는 것이 눈에 들어왔다.

하얀 손, 이다.

손은 아쓰야의 침대에서 튀어나온 듯했다. 그러나 마코토의 위치에서는 손목까지만 보였다. 가는 다섯 개의 손가락은 가볍게 구부러져 있었는데 꿈쩍도 하지 않았다. 그리고 그 피부가 너무 하얬다. 무서울 정도로 색이 없다.

마코토는 뒤로 물러나다 베란다 울타리에 허리를 찧었다. 그는 울타리를 다시 넘어 다리를 질질 끌며 아파트 옆을 빠져나왔다.

도로로 나오니 현기증이 나고 숨도 가빠졌다. 그는 전봇대에 손을 대고 숨을 고르려 했으나 심장이 무섭게 뛰었다.

구역질이 나서 입을 막고 차로 돌아오니 아쓰야와 가이지가 기다리고 있었다. 둘 다 종이가방을 들고 있다. 가방에는 홈센터 로고가 인쇄되어 있다.

"어디 갔었어?" 아쓰야가 입가를 일그러뜨렸다.

"주스 마시러…… 자판기에" 마코토는 말을 더듬었다.

"아래에서 기다리라고 했잖아."

"미안." 마코토는 자신의 얼굴이 굳었음을 깨달았다. 아쓰야의 얼굴을 제대로 볼 수 없다. 조심스레 고개를 들었는데 가이지와 눈이 마주쳤다. 탐색하는 눈빛이다.

"내놔." 아쓰야가 손을 내밀었다.

"어?"

"열쇠 말이야. 차 열쇠."

"아…… 응." 마코토는 주머니에서 열쇠를 꺼내 아쓰야의 손에 놓았다. 손가락 끝이 떨렸다.

"됐어. 이제 가봐."

아쓰야의 말에 마코토는 고개를 끄덕이고 몸을 돌렸다. 그러나 걷기 시작하려는데 가이지가 말을 걸었다.

"잠깐!"

마코토는 돌아보지 않았다. 다리가 움직이질 않았다. 그러자 가이지가 어깨를 움켜쥐고 휙 잡아당겼다.

"너, 하고 싶은 말이 있는 것 같다?"

"아니……."

마코토가 살짝 고개를 젓자 가이지는 그의 멱살을 잡았다.

"얼버무리지 마. 하고 싶은 말 있으면 얼른 말해." 가이지의 얼굴이 일그러졌다. 그 눈은 충혈되어 있었다.

"아니, 그, TV에……."

"뭐?"

"뉴스, 봤어. 그랬더니 그, 그, 그 여자애가……."

가이지의 코에 주름이 잡혔다. 동시에 마코토는 멱살을 잡힌 채 뒷골목으로 끌려갔다.

"이 새끼, 우리를 찌른 거 아냐?"

"아무한테도 말하지 않았어." 마코토는 격렬하게 고개를 저었다.

"진짜야?"

"진짜야."

가이지가 훅 손의 힘을 풀어졌다. 아쓰야가 옆에서 말했다.

"가이지, 이 녀석도 돕게 하자. 그럼 녀석도 공범이야."

"그런 짓 시키지 않아도 공범이야. 알지, 응?" 가이지는 마코토의 멱살을 다시 움켜쥐었다.

"그 애, 혹시……?" 마코토는 신음하듯 물었다.

"닥쳐!"

가이지는 마코토의 몸을 벽에 밀치고 이를 드러내며 얼굴을 들이댔다.

"그건 사고야. 어쩔 수 없었다고."

마코토는 어떤 사고였는지 묻지 못했다. 하지만 끔찍한 사태가 벌어졌음은 확실해졌다. 가이지와 아쓰야는 그 상황을 어떻게든 모면하려 하고 있다.

"가이지, 이 녀석도 같이……, 응?" 아쓰야가 말했다.

"아냐, 이 녀석은 끌어들이면 안 돼." 가이지가 마침내 마코토에게서 손을 뗐다. "우리 알리바이 증인으로 내세울 거야. 어이, 마코토, 너, 지금부터 어디 가서 알리바이를 만들어라. 나와 아쓰야 것까지."

"아니, 알리바이를 만들라니……. 도대체 어떻게?"

"그건 네가 생각해야지. 어정쩡한 알리바이면 가만히 안 둔다!"

마코토는 당혹한 채 둘을 봤다. 둘은 책임을 떠맡겼으니 그만이라는 듯 휙 몸을 돌렸다.

마코토는 그들보다 조금 늦게 뒷골목에서 나왔다. 가이지와 아쓰야는 아파트로 향했다. 둘의 모습을 멀거니 지켜보는 마코토를 발견한 가이지는 얼른 꺼지라는 듯 주먹을 들어 올렸다.

마코토는 서둘러 그 자리를 떠났다. 머릿속은 혼란스럽기 짝이 없었다.

저 녀석들, 그 여자애를, 그 여자애를…….

알리바이를 만들다니, 어떻게, 어떻게…….

나가미네는 어둠 속에서 눈을 떴다. 순간 뭐가 뭔지 알 수 없었다. 그리고 간신히 자신이 잠들었음을 깨달았다.

에마가 행방불명된 이래 제대로 잠든 건 처음이다.

그는 침대에 누워 있었다. 그러나 잠옷 차림은 아니다. 바지에 폴로셔츠 차림 그대로였다. 줄곧 제대로 씻지 못했고 옷도 갈아입지 않았다.

나가미네는 머리맡의 시계를 봤다. 디지털 표시가 0시를 조금 넘기고 있는데 정오인지 한밤중인지조차 알 수 없다. 방

035

이 어둠에 휩싸인 것은 덧문을 닫아뒀기 때문이다.

시계를 보고 있으니 서서히 기억이 돌아왔다. 위스키를 마시면서 밤이 새기를 기다렸다. 날이 밝자 바로 집을 나가 제일 먼저 우편함을 들여다봤다. 에마를 유괴한 자가 어떤 메시지를 넣어놓지 않았을까 기대했기 때문이다. 그러나 조간신문 외에는 아무것도 들어있지 않았다. 낙담해 침실로 돌아와 누웠다가 그대로 잠든 모양이다.

지금 그는 에마가 유괴되었길 바랄 뿐이다. 그쪽이 살아 있을 가능성이 크다고 생각했기 때문이다. 돈이 목적인 유괴라면 돈만 주면 살아 돌아오길 기대할 수 있다. 지금 상황에서 유괴가 아니라면 에마가 무사히 돌아오는 일은 기대할 수 없다.

하지만 꼬박 하루가 지나자, 경찰은 유괴 가능성이 희박하다고 판단했다. 유괴가 아니라 보고 언론에 보도하자고 제안했다. 나가미네는 동의했다. 사건을 공개하는 편이 수사하기 쉽다는 경찰의 말을 받아들였기 때문이다.

나가미네는 천천히 침대에서 일어났다. 머리가 아주 무겁고 나른함이 온몸을 짓눌렀다. 뭔가 생각할 기력조차 없다.

얼굴을 문지르자 거친 수염의 감촉과 배어난 기름기가 손바닥에 묻어나오는 듯했다. 그는 자신이 세수조차 하지 않았음을 깨달았다.

천천히 일어나는데 전화가 울렸다.

나가미네는 어둠 속에서 돌아봤다. 머리맡에서 전화기 착신 램프가 반짝였다.

TV 보도가 나간 후 온갖 곳에서 전화가 왔다. 친척, 지인, 회사 동료, 다들 위로해주고 격려했다. 괜찮아, 틀림없이 무사할 거야……. 다들 아무 근거도 없이 그렇게 말했다. 번잡스럽기만 한 그런 전화에 그는 하염없이 감사 인사를 건넸다. 속으로는 그냥 좀 내버려 두라고 소리치고 싶었다.

또 그런 전화일까?

아냐, 아니야. 그는 생각했다. 그야말로 근거랄 게 전혀 없는데도 그냥 직감이 들었다. 에마에 관한 중대한 뭔가를 알려주는 전화야!

나가미네는 무선 전화기를 들고 통화 버튼을 눌렀다.

"네, 여보세요."

"나가미네 씨 댁입니까?" 낯선 남자 목소리였다.

"그렇습니다만."

"나가미네 시게키 씨죠?"

"네."

내가 대답하자 잠시 침묵이 흐른 후 상대가 말했다.

"경시청입니다. 실은 따님인지 확인해 주셨으면 하는 케이스가 있어서요."

어둠 속에서 나가미네는 얼어붙었다.

4

발견된 곳은 아라카와강 하류, 가사이바시의 조금 북쪽이다. 아라카와 스나마치 강변공원이 근처에 있다. 소형 선박으로 이동 중이던 낚시꾼이 제방에 걸린 듯 강에 떠 있는 것을 발견했다. 새벽 5시가 넘은 시각이다.

그것은 폭 수십 센티미터, 길이 2미터 정도의 파란 비닐 시트로 감싸여 있었고 물에 떠 있었던 건 나무 사다리가 밑에 깔려 있었기 때문이다.

낚시꾼은 처음에는 단순한 불법 투기물인 줄 알았다. 그런데 쌍안경으로 살펴보니 비닐 시트 끝으로 사람 발목 같은 게 나와 있는 것을 보고 경찰에 신고했다.

조토 경찰서원이 급히 인양하니 전라의 젊은 여성으로 얼굴과 지문은 온전했다. 사다리 위에 올려놓은 탓에 많이 젖지 않아 부패도 거의 진행되지 않았다. 사망 후 얼마 안 되어 투기한 것으로 추측되었다.

처음에는 사체유기사건으로 수사를 시작했으나 살인사건으로 전환되는 것은 시간문제였다. 경시청에서 나온 수사관들은 이미 그럴 계획으로 초동수사에 나섰다.

사체의 신원이 판명되는 데는 그다지 많은 시간이 걸리지 않았다. 사이타마현 가와구치시에서 행방불명되었던 15세 소녀와 신체적 특징이 유사했기 때문에 바로 지문 조회가 이루어졌고 양자가 동일하다는 것이 확인되었다. 아버지인 나가미네 시게키에게 연락한 것은 그다음이다.

경시청 수사1과의 오리베 다카시는 반장인 히사쓰카와 함께 나가미네의 시신 확인에 입회했다. 나가미네가 조토 경찰서에 도착했을 때는 병자처럼 야위었고 이미 반쯤 넋이 나간 상태였다.

그런데도 딸의 무참한 모습을 실제로 본 아버지는 마지막 기력을 쥐어짜기라도 한 듯 울부짖었다. 그의 절규와 성난 울부짖음이 영원히 끝나지 않을 것처럼 되풀이되었고 그걸 듣고 그 깊은 슬픔에 압도된 오리베는 다리가 마비되어 꼼짝도 하지 못했다. 말을 걸 수도 없었다.

하지만 진정되시면 언제라든 좋으니까 이야기를 듣고 싶다는 히사쓰카의 말에 놀랍게도 나가미네는 당장이라도 상관없다고 대답했다. 그때 그의 얼굴을 보고 오리베는 흠칫 몸을 떨었다. 정신을 다 놓아버릴 정도로 울고 난 후의 얼굴에는 범인에 대한 증오만이 남아 있었다.

조토 경찰서 응접실을 빌려 나가미네의 이야기를 듣기로 했다. 히사쓰카가 유족의 사정 청취를 직접 하는 것은 매우 드문 일이다.

나가미네는 딸이 행방불명되었을 때를 무거운 말투로 자세하게 이야기하기 시작했다. 그는 가져온 수첩을 이따금 보면서 에마가 나간 시각, 그가 마지막으로 딸의 휴대전화에 전화한 시각 등을 말했다. 아무래도 그 수첩은 에마가 행방불명된 순간부터 쓴 듯하다.

"그 수첩을 좀 보여주시겠습니까?" 히사쓰카가 물었다.

"이거요? 상관없습니다만." 나가미네는 주저하며 내밀었다.

오리베는 수첩을 넘기는 반장의 모습을 옆에서 살펴봤다. 수첩에는 휘갈겨 쓴 글자로 다양한 내용이 적혀 있었다. 『불꽃놀이 종료 9시, 에마 일행 귀가 9시 20분경?』이라는 기록도 있다. 딸의 친구에게 들은 내용일 것이다.

"잠시 저희가 빌려가도 될까요?" 히사쓰카가 말했다.

"그러세요. 도움이 된다면 좋겠습니다만."

"아버님의 마음이 담긴 수첩이니까 반드시 범인 체포로 이어질 겁니다."

히사쓰카의 말에 자극을 받았는지, 나가미네는 괴로운 표정으로 고개를 흔들었다.

"왜 우리 애가 그런 일을……. 왜 우리 애를 노렸는지." 신음하듯 중얼거린 다음 고개를 들어 오리베 일행을 바라봤다. "역시, 살해된 거죠?"

오리베는 히사쓰카의 옆얼굴을 봤다. 히사쓰카는 천천히 입을 열었다.

"그건 아직 뭐라고 드릴 말씀이 없습니다. 무엇보다 사인이 분명하지 않아서."

"목이 졸렸다고 하지 않았나요?" 나가미네는 자신의 목을 만졌다.

"그런 흔적은 없었습니다. 어디까지나 외견상으로는, 말입니다."

"이렇다 할 상처가 없었나요?"

"네. 외견상으로는."

오리베는 상사의 옆얼굴에서 유족의 얼굴로 시선을 옮겼다. 나가미네는 도무지 이해할 수 없다는 듯 미간을 찌푸렸다.

"시신이 사법 해부로 넘겨졌으므로 밤이 되면 사인 등이 밝혀질 겁니다." 히사쓰카가 말했다.

"타살인지 아닌지는, 그 결과를 보고 판단할 겁니다."

"당연히 타살 아닙니까? 그렇지 않으면 왜 강에 버려졌겠습니까?" 나가미네는 눈을 치켜떴다.

"죽일 생각은 아니었는데 어쩌다 죽여버렸다. 곤란해져 사체를 처리했다…… 흔한 일이죠."

"아니……, 그건 죽인 거나 마찬가지 아닙니까?" 말투가 거칠어졌다가 나가미네는 분한 듯 한숨을 토해냈다. "죄송합니다……."

괜찮다고 대답하고 히사쓰카는 몸을 조금 내밀었다.

"맞는 말씀입니다. 살인이나 마찬가지죠. 고의인지, 타살인지는 법률상의 분류에 불과합니다. 그러므로 저희도 살인범을 쫓는다는 생각으로 범인을 잡겠습니다. 그것만은 약속드리겠습니다."

말투는 담담했지만 히사쓰카의 말에는 무거운 울림이 있었다. 진심에서 나온 말임이 나가미네에게도 전해졌는지 그는 고개를 숙였다. "잘 부탁드립니다."

오리베는 히사쓰카와 함께 나가미네를 경찰서 현관까지 배웅했다. 그가 형사가 운전하는 차에 타는 것을 지켜본 뒤 발걸음을 돌렸다.

"주사에 대해, 왜 말하지 않으셨습니까?" 오리베가 물었다.

"말해 뭐하게?"

"하지만 나가미네 씨는 사인을 알고 싶어 했습니다."

"사인은 언젠가 알게 될 거야. 현시점에서 추측을 얘기해봤자 무슨 의미가 있나?"

"의미는 없을지 모르지만……."

히사쓰카는 걸음을 멈추고 오리베의 가슴을 손가락으로 찔렀다.

"기억해둬. 유족은 무슨 일이든 알고 싶어 하지. 모르는 게 좋은 것도 알고 싶어 한다고. 하지만 말이야, 사건 관련 정보를 알면 알수록 유족은 괴로울 뿐이야. 그렇다면 되도록 알리지 않는 것도 형사의 일이야."

"하지만 그것 때문에 피해자 측에 정보가 전달되지 않는 게 문제라고……."

"그래도 괜찮아." 히사쓰카는 그렇게 말하고 걷기 시작했다.

오리베는 석연치 않은 표정으로 뒤를 쫓았다.

히사쓰카는 시신에 외견상 상처는 없다고 말했는데 실제로는 그렇지 않았다. 나가미네 에마의 팔에는 주사에 의한 내출혈 흔적이 곳곳에 남아 있었다. 치료 때문에 놓은 주사로는 보이지 않았다. 놓은 방법도 위치도 엉망이라 의료진이 놓지 않은 게 명백했다.

각성제구나. 수사관들은 생각했다. 오리베도 그랬고, 히사쓰카도 마찬가지일 터이다. 갑자기 대량의 약물을 투여하면 급성 중독에 의한 심장마비를 일으키는 일이 가끔 있다.

물론 히사쓰카의 말대로 이건 추측이다. 어쩌면 나가미네 에마는 독살되었을지 모른다. 또는 주사는 사인과 직접 관련이 없을지 모른다. 그렇다고 해도 오리베는 현재까지 알고 있는 사실을 아버지에게 알려야 하는 게 아닐까 생각했다.

밤이 되어 사법 해부 결과가 나왔다. 오리베를 비롯한 히사쓰카 반의 수사관은 경시청 한 방에 모였다.

"사인은 급성 심부전. 체내에 남은 소변에서 반응이 나왔다. 마약이야." 히사쓰카는 서류를 들고 내뱉듯 말했다.

그 자리에 있던 13명의 수사관 전원에게서 한숨 같은 소리가 흘러나왔다.

"그럼, 살인으로 입건은 무리겠군." 마노라는 베테랑 형사가 말했다.

"그건 범인을 잡은 다음 생각하지." 히사쓰카는 달래듯 말했다. "미성년자에게 마약을 쓰게 하고 그 결과 죽게 했다면 세상의 이목이 모일 거야. 언론도 시끄러울 테고."

"마약 쪽부터 추적할까요?" 다른 형사가 물었다.

"그쪽부터 추적해야지. 하지만 그리 기대할 수는 없어. 범인은 아마추어 같아. 적어도 약을 잘 다루지 못하는 놈이지." 히사쓰카는 서류를 보면서 이야기했다. "사용량이 어마어마했고, 이미 들은 사람도 있겠지만 주사 방법도 형편없었어. 정맥을 찾아 여러 번 찔렀다는 게 감식의 의견이야. 익숙한 놈들이라면 그런 짓은 하지 않아."

형사 하나가 혀를 챘다.

"어차피 어린놈이 어딘가에서 얻은 약을 반쯤 재미로 마구 써댄 걸 거야."

히사쓰카가 그 형사를 노려봤다.

"왜 어린놈이라는 거지?"

"아니, 그야……"

"선입견은 금물이야." 그렇게 말하고 히사쓰카는 서류로 시선을 떨구었다.

방 공기가 무거워졌다. 오리베는 위화감을 느꼈다. 모두 같은 생각을 하는 것 같은데 그게 뭔지 모르겠다. 그는 이 부서에 배속된 지 얼마 되지 않았다.

"범인이 피해자와 모르는 사이였다는 건 분명하죠?" 마노가 화제를 바꿨다.

"그렇겠지." 서류를 보면서 히사쓰카가 대답했다.

오리베도 이 대화의 근거는 이해했다. 사체의 얼굴이나 지문이 망가지지 않은 것으로 보아 범인은 사체의 신원이 판명되어도 자신들에게 수사의 손길이 뻗치지 않으리라 생각한 것이다.

"그렇다면 왜 그렇게 의심스러운 방법으로 사체를 유기했을까요?" 마노가 자신의 턱을 문질렀다. "그대로 강에 던지면 끝인데."

"너무 빨리 발견되지 않도록 한 게 아닐까요? 빨리 발견되면 그만큼 목격 정보 같은 걸 쉽게 모을 수 있으니까요." 오리베가 말해봤다.

"그러면 돌이라도 매달아 가라앉히면 그만이야. 언젠가는 떠오르겠으나 시간은 벌 수 있지. 사다리 위에 묶다니, 일부러 가라앉지 않도록 했잖아."

"마노, 무슨 말을 하고 싶은 건가?" 히사쓰카가 베테랑 형사를 바라봤다.

"범인은 사체를 떠내려 보내고 싶었다고 생각합니다."

"떠내려 보내? 왜?"

"우선은 수사망을 좁히기 어렵게 하려고요. 사체가 흘러가면 어디서 투기했는지 특정하기 어렵죠. 탐문 범위도 넓혀야 하고 목격 정보도 정리하기 어렵고요."

"실제로 탐문에 난항을 겪고 있다고 기동 수사 쪽이 흘리더군. 아라카와의 표류물에 일일이 신경을 쓰는 사람은 없으니까." 히사쓰카가 그렇게 말하며 모두를 둘러본 다음 마노에게 시선을 돌렸다. "다음 이유는?"

"이건 제 생각인데 이상한 발상이라고 혼내실지도 모르겠습니다."

히사쓰카는 쓴웃음을 지었다. "괜찮으니까 말해 봐."

"범인의 거주지가 아라카와에서 그리 멀지 않은 곳이 아닐까요?"

"왜 그렇게 생각하지?"

"사체 유기는 매우 어렵습니다. 유기 현장 상황을 잘 알아야 하죠. 아라카와강에 버렸다는 것은 범인이 그곳을 잘 안다는 거죠. 그런데 사체가 가능한 한 멀리 흘러가길 바랐다. 그건 범인의 심리와 관련된 것 같은데요."

"그러니까 사체가 계속 자신이 사는 근처에 있는 게 싫었다는 말인가?"

"그렇습니다."

히사쓰카가 고개를 끄덕이고는 침묵했다. 생각에 잠긴 얼굴이다.

"그렇다면 처음부터 아라카와강이 아니라 다른 곳에 버리면 되는 거 아닙니까?" 오리베가 말했다.

"그게 가능하면 고생하지 않았겠지. 하지만 범인에게 다른 장소는 떠오르지 않았어." 마노가 대답했다.

"아라카와강 상류라면 나가미네 에마가 행방불명된 장소에서 가깝습니다. 마노 선배의 설이 타당하다면 범인은 자택에서 그리 멀지 않은 곳에서 여학생을 납치했다가 근처에 사체를 버린 겁니다. 아주 행동 범위가 좁은 녀석이죠." 다른 형사가 말했다.

"맞아. 범인은 아마도 소녀의 납치에도, 사체 유기에도 차를 사용했을 텐데 늘 몰고 다니는 건 아닐 거야. 어쩌면 자기 차가 아닐 수도 있지. 면허를 딴 지 얼마 안 되어 멀리 나간 경험이 없는 인간, 이런 식으로 생각해보면 안 될까?"

"마노." 히사쓰카가 곤혹과 비난이 섞인 시선을 부하에게 던졌다.

"죄송합니다. 너무 단정적이었죠." 마노가 선선히 사과했다.

"범인상을 분석하는 건 좋아. 하지만 고정 관념을 심지 말게. 다른 사람에게는 물론이고 자신에게도 말이야."

마노는 죄송하다고 다시 한 번 고개를 숙였다.

"어쨌든 내일부터는 본격적으로 수사본부가 세워져. 다들, 단단히 마음먹도록!"

히사쓰카의 말에 모두가 "네!"라고 대답했다.

해산 뒤 오리베는 마노를 붙잡았다.

"반장님은 범인이 소년일 가능성을 고려하지 않는 겁니까?"

그러자 마노는 어깨를 으쓱하더니 후배 형사의 얼굴을 뚫어지게 바라봤다.

"그렇게 확신하고 있어서 오히려 입에 올리지 않는 거야."

"네?"

"그래서 우리도 이러고 있지." 마노는 검지를 세워 입술에 댔다.

5

마코토가 그 뉴스를 본 것은 집에서 늦은 저녁을 먹고 있을 때였다. 아버지는 회사 모임으로 집에 오지 않았고 어머니는 문화센터 친구들과의 회식이라며 저녁때 외출했다. 마코토가 먹고 있는 것은 어머니가 준비해둔 지라시스시였다. 초밥에 생선과 갖은 채소를 얹은 것이어야 했으나 자신의 입에 들어가는 것은 즉석식품 재료를 얹은 데 불과하다는 것을 안다. 된장국도 즉석식품이다. 아주 오랫동안 어머니가 만들어준 음식을 먹지 못했다. 어머니의 주장은 "어차피 아무도 집에서 밥을 안 먹으니 영 할 맛이 안 나"라는 것이다. 하지만 정성 없는 음식만 하니까 집에서 먹고 싶은 마음이 생기지 않은 거지. 그런 논리가 마코토에게 있다. 아버지도 마찬가지 아닐까.

저녁을 먹으면서 TV를 본 적은 있으나 채널을 뉴스에 맞춘 적은 한 번도 없다. 그런데 하필 오늘 밤에 뉴스를 본 것은 어떤 예감이 들었기 때문이다. 가이지와 아쓰야가 차를 빌린 것은 어제였다. 그들은 그 차를 어디에 사용했을까? 어렴풋이 짐작은 했으나 마코토는 그 상상을 구체적으로 그리는 게 두려웠다. 두 번 다시 그 차에 타고 싶지 않을 것 같아서.

어젯밤이라기보다 오늘 새벽이 되어서야, 아쓰야가 전화를 했다. 아파트까지 차를 가지러 오라는 것이다. 아쓰야의 목소리는 조금 떨리는 것처럼 들렸다.

마코토의 집에서 아쓰야의 아파트는 걸어가기에는 너무 멀다. 그렇다고 자전거로 가면 올 때 자전거가 처치 곤란이 된다. 아쓰야는 얼른 오라고 했으나 전차가 다닐 때까지는 방법이 없었다.

"그럼 아파트 앞에 놔둘 테니까 전차 운행이 시작되면 가지러 와. 알았어? 어기면 가이지에게 이를 거야." 아쓰야는 그렇게만 말하고 전화를 끊었다. 말투에 너무나 여유가 없다.

마코토는 어쩔 수 없이, 시키는 대로 첫차를 타고 아쓰야의 아파트로 갔다. 차를 빨리 돌려받고 싶은 마음도 있었고 그들이 무슨 짓을 했는지 알고도 싶었다.

글로리아는 길가에 방치되어 있었다. 마코토는 휴대전화로 아쓰야에게 전화를 걸었다.

"늦었잖아!" 이른 아침인데도 그는 바로 전화를 받았다. 잠들지 못했구나. 마코토는 추측했다.

"제일 빨리 온 거야."

"아, 됐어. 거기 있어."

몇 분 있다가 아쓰야와 가이지가 나타났다. 둘 다 거무죽죽한 얼굴을 하고 있다. 눈도 탁하고 뺨도 핼쑥하다.

"타." 아쓰야가 자동차 열쇠를 휙 건넸다.

마코토가 차에 타자 조수석에 아쓰야가, 뒷자리에 가이지가 탔다. 어디 가나 싶어 마코토는 시동을 켜려고 했는데 가이지는 그럴 필요 없다고 제지했다.

"알리바이, 어떻게 했어? 제대로 만들었어?" 어두운 목소리로 가이지가 물었다.

"응. 일단은……."

"어떻게 했는데?"

"노래방에 셋이 간 것으로 했어. '코스트'라는 가게, 있잖아. 4호선 근처에."

"어떻게? 실제로 네가 갔냐?"

"응. 그리고 몇 명이냐고 해서 셋이라고 대답했고. 나머지 둘은 나중에 온다고 하고 방에 들어가 음식과 음료도 3인분 시켰어."

3인분의 음식을 위장에 넣느라 고생했다는 말은 하지 않왔다.

"노래방이라⋯⋯" 아쓰야는 혀를 찼다.

"아니, 다른 데는 생각나질 않아서."

"너, 줄곧 혼자였냐?" 아쓰야가 물었다.

"응."

"왜? 왜 다른 둘을 데리고 가지 않았냐? 녀석들을 우리처럼 보이게 했으면 완벽했잖아."

"아니, 그럴 수 없었다고. 너무 급했고 게다가 녀석들이 나중에 이상한 말을 떠들고 다니면 안 되잖아."

"하지만 내내 너 혼자면 점원이 이상하게 봤을 거 아니야?"

"잠깐만. 그건 마코토 말이 맞을지도 몰라." 가이지가 뒤에서 말했다. "그 가게는 방에 CCTV가 없지?"

"없어. 그래서 그 가게로 했다고."

그건 가이지가 제일 잘 알고 있을 것이다. CCTV가 없고 문에 커튼이 있어서 밖에서는 안이 보이지 않는다. 그점을 이용해 여러 번 여자아이를 데려가 성폭행했으니까.

"게다가 그 가게는 손님들이 많이 드나들어서 어느 방에 몇 명이 있었는지 점원이 일일이 확인하지 않아. 음료와 음식만 여러 명이 있는 것처럼 주문하면 다음은 그냥 둔다고." 마코토가 말했다.

"거기서 몇 시부터 몇 시까지 있었냐?" 가이지가 물었다.

"아, 그러니까 9시부터 11시쯤이려나……."

"겨우 그거야?" 가이지가 얼굴을 찡그렸다.

"아니, 알리바이라고 해도 몇 시부터 몇 시까지 만들라고 하지 않았고, 노래방에 몇 시간씩 있을 수도 없고……."

"네다섯 시간쯤 있다고 해서 가게가 이상하게 보진 않아." 아쓰야가 비난하듯 말했다.

손님이 혼자면 이상하게 보지 않겠느냐고 한 주제에 오래 있는 건 괜찮다고? 마코토는 그렇게 말하고 싶었으나 침묵했다.

"노래방 다음은?" 가이지가 더 물었다.

"어……?"

"노래방 다음 말이야. 알리바이를 어떻게 했냐고 묻잖아?"

"아니, 그러니까 그건. 몇 시까지 알리바이를 만들라는 말이 없어서 노래방이면 충분하다 싶었지." 마코토는 목덜미에서 식은땀이 흘렀다.

마코토의 등에 충격이 찾아왔다. 가이지가 운전석 등받이를 발로 찬 것이다.

"뭐야? 그게 다야? 달랑 3시간으로는 의미가 없잖아. 우리가 한밤중에 얼마나 고생했는지 아냐?" 아쓰야가 이를 드러냈다.

"아쓰야!"

가이지의 부름에 아쓰야가 입을 닫았다. 간밤에 무슨 일을 했는지는 둘만의 비밀인 듯하다.

"어쩔 수 없지. 노래방 다음에는 패밀리 레스토랑에 간 것으로 하자. 늘 가는 '아니스'야. 그리고 다음은 아쓰야의 집으로 왔어. 우리 셋은 내내 같이 있었던 거야. 그렇게 하자." 가이지가 결단을 내리듯 말했다.

"나도?" 마코토가 놀라 뒤로 고개를 돌렸다.

그런 그의 어깨를 가이지가 잡았다.

"뭐야? 불만 있어?"

"아냐, 그런 건 아니야."

"그럼 뭔데?"

"알리바이를 누군가에게…… 경찰이나, 질문받을 일이 있는 거야? 그럴 일이 있어?"

가이지는 흥 콧방귀를 끼고 마코토의 어깨에서 손을 뗐다.

"만에 하나를 위한 준비야. 아마 별일 없을 테지만 경찰 녀석들이 여기저기 냄새를 맡고 다니다가 우리에게 눈을 돌릴 수도 있으니까."

"그럼 어젯밤 알리바이보다 그날 밤 알리바이가 중요한 거 아냐? 그 여자애를 납치한 밤 말이야."

마코토의 말에 아쓰야가 불쾌한 듯 입가를 일그러뜨렸다.

그들도 속으로는 그렇게 생각한 듯하다.

"그날 밤은 계속 아쓰야 집에 있던 것으로 하자. 만약 누가 물으면 그렇게 대답하는 거야. 알겠냐?" 가이지가 말했다.

"그건 알겠는데 나는 중간에 집에 갔잖아. 차를 돌려주러. 아버지가 기억할 텐데."

"차를 집에 놓고 뭐 했어?"

"내 방에 있었지……."

"그럼 차를 아버지에게 돌려준 다음 아쓰야 집에 다시 온 것으로 해. 어쨌든 그날 밤도 우리 셋은 같이 있었던 거야. 알겠냐?"

마코토가 대답하지 않자 가이지는 이번에는 마코토의 뒷머리를 움켜쥐었다.

"어제도 말했지만, 너도 공범이야. 너만 빠져나가려 해봤자 그렇게 안 돼."

마코토는 잠자코 고개를 끄덕였다. 자신과는 상관없는 일이라고 소리치고 싶었다. 그러나 그랬다가는 둘에게 어떤 일을 당할지 모른다. 어쨌든 둘은 이미 사람을 죽인 놈들이다.

"오케이!" 가이지는 마코토의 머리카락을 놓았다.

"한동안 모이지 말자. 경찰이 주목하면 큰일이니까."

그렇게 말하고 가이지는 아쓰야와 마주 보고 고개를 끄덕인 다음 차에서 내렸다.

오늘 아침, 그런 일이 있은 뒤 마코토는 도통 아무것도 손에 잡히지 않았다. 그 둘이 소녀를 죽게 하고 그것을 숨기려 하는 게 명백했다. 그들은 도대체 무슨 짓을 했을까? 차를 어디에 사용했을까? 그게 신경 쓰여 제정신이 아니다 보니 하염없이 뉴스 프로그램을 본 것이다.

『오늘 아침, 고토구 조토 경찰서에 아라카와강에 사람의 시신으로 보이는 물체가 표류하고 있다는 신고가 들어와 경찰관이 출동해 인양한 결과, 파란 비닐 시트에 싸인 여성의 시신을 발견했습니다.』

남자 아나운서의 목소리에 마코토는 먹던 음식이 목에 걸리는 듯했다. TV를 응시하자 헬리콥터에서 찍은 듯한 화면이 나왔다. 아라카와강 제방에 수많은 경찰관이 모여 있는 영상이다.

『조토 경찰서의 조사 결과, 시신의 신원은 얼마 전 행방불명되었던 사이타마현 가와구치시의 회사원 나가미네 시게키 씨의 장녀 에마 양으로 판명되었습니다. 경시청과 조토 경찰서는 에마 양이 살해되었을 가능성도 있다고 보고 수사에 착수했습니다.』

마코토는 얼어붙고 말았다. 어느새 젓가락을 떨어뜨렸으나 주울 기력도 없다. 식욕은 완전히 사라졌다.

알고는 있었다. 가이지 일당이 나가미네 에마를 죽이고 그 시체를 처분하기 위해 마코토의 차를 가져오라고 시킨 것을. 하지만 이렇게 뉴스에 나오니 뭐라 표현할 길 없는 초조와 긴장, 나아가 공포가 덮쳐왔다. 되돌아갈 수 없는 터널로 들어와 버린 기분이다.

우리가 한밤중에 얼마나 고생했는지 아냐. 아쓰야의 말이 떠올랐다. 그들은 사체를 비닐 시트로 감싸 아라카와강에 버린 것이다. 그것이 하류까지 떠내려가 발견되었다는 소리다.

차를 아쓰야의 아파트까지 가져갔을 때 그들은 홈센터 종이가방을 들고 있었다. 그 안에 비닐 시트가 들어있었나?

마코토는 자기 방으로 돌아와 휴대전화를 들었다. 아쓰야에게 걸려고 통화 버튼을 누르기 직전 관뒀다. 무슨 말을 해야 할지 몰랐기 때문이다. 이제 와 사실을 확인해봤자 소용없는 일이다. 너도 공범이야, 다시 못을 박을 게 빤하다.

하지만 나도 정말 공범일까?

틀림없이 나가미네 에마 납치는 도왔다. 마코토가 운전했으니까. 아파트까지 옮긴 것도 사실이다.

그러나 가이지 일당이 그 소녀를 죽일 거라고는 추호도 생각하지 못했다. 게다가 가이지는 사고라고 했다. 그런데도 공범일까? 살인 공범이 된단 말인가?

유감스럽게도 마코토는 법률 지식이 전혀 없다. 다만 미성년자는 다소 큰 범죄를 저지르더라도 교도소에 들어가지 않고 이름도 공개되지 않는다는 것 정도는 알았다.

마코토는 자기 방의 TV를 켰다. 뉴스 프로그램을 찾았으나 나오지 않아 NHK를 틀어놓았다. NHK에서는 해외의 이상기후에 관해 해설하고 있다.

그는 문득 생각이 나 서랍을 열었다. 거기에 분홍색 휴대전화가 들어있다. 그것을 들었다.

나가미네 에마가 가지고 있던 것이다. 그날 이후 한 번도 전원을 켜지 않았다. 사체가 발견될 때까지 그녀의 부모와 친구가 수도 없이 전화했을 것이다. 문자 메시지도 보냈겠지. 하지만 그들의 목소리도, 말도 에마에게는 닿지 못했다.

갑자기 인간이 사는 의미를 깨달은 듯했다. 단순히 먹고 숨 쉬려고 사는 것이 아니다. 주위의 다양한 사람들과 관계를 맺고 다양한 생각을 공유하기 위해서이다. 거미집처럼 복잡한 그물의 한 코가 되는 것이다. 사람이 죽는다는 것은 그런 그물 연결망이 하나 사라진다는 뜻이다.

새삼스레 마코토의 가슴에 큰일이 벌어졌다는 실감이 밀려들었다. 가벼운 휴대전화가 너무나 무겁게 느껴졌다.

나가미네 에마는 이 휴대전화로 얼마나 많은 사람과 이어져 있었을까? 얼마나 많은 인간이 일말의 희망을 걸고 이 전화번호를 눌렀을까?

그는 거의 무의식적으로 전화를 켰다. 대기 화면은 고양이 사진이었다. 기르는 반려묘일까?

그는 통화 이력을 보기로 했다. 나가미네 에마를 차에 밀어 넣은 직후 딱 한 번 전화가 왔었다. 그것은 누구 전화였을까? 그 전화가 5분만 빨리 왔어도 어쩌면 이번 일을 피할 수 있었을지 모른다.

액정 화면에 나타난 것은 '아빠'였다. 전화가 온 시각은 역시 그 불꽃 축제날이다.

마코토는 전원을 껐다. 견디기 힘든 마음이 들었다. 휴대전화를 서랍에 다시 넣고 침대에 누웠다.

6

"저 근처일 겁니다." 주류 판매점 주인은 도로 한 곳을 가리켰다.

어떤 건물이 철거된 듯한 공터가 옆에 있는데 주위에는 민가도 적고, 영업하는지조차 알 수 없는 조그만 가게, 창고로 보이는 건물이 있을 뿐이다. 역 바로 옆에는 편의점과 선술집도 있지만 수십 미터만 걸으면 한산했다. 가로등도 드물어 밤에는 멀리가 잘 보이지 않을 것이다. 이래서는 젊은 아가씨가 밤에 혼자 걷기에는 너무 위험하겠구나. 오리베는 그런 생각이 들었다.

"그렇지 않을까, 하고 생각할 뿐이죠. 전에 동생이 세드릭을 탔는데 아주 비슷했어요. 하지만 그게 분명하다고 확신하는 건 아닙니다. 슬쩍 봤을 뿐이고 어두웠고."

"어쨌든 그 정도 크기의 차라는 거죠. 세단 타입의." 마노가 확인했다.

"네, 뭐. 그냥 좀 낡아 보였습니다. 동생이 세드릭을 탄 게 10년도 더 전이라 그것과 비슷해서 그런지. 색은 검은색이라고 생각했는데 어쩌면 아닐 수도 있습니다. 짙은 색이었던 것만은 분명합니다."

"동생분에게 몇 년식을 탔는지 물어봐 주실 수 있겠습니까? 동생분 연락처를 알려주시면 저희가 알아볼 수도 있고요."

"아닙니다. 제가 나중에 물어보겠습니다. 연락은 아까 받은 명함 전화번호로 걸면 되나요?"

"그럼 됩니다. 번거롭게 해드려서 죄송합니다." 마노는 여러 번 고개를 숙였다. "그리고 어떤 사람이 타고 있었나요?"

"전화로도 말했는데 젊은 남자였습니다. 운전석과 조수석에 있었습니다. 어쩌면 뒷좌석에도 있었을지 모르겠네요. 저 녀석들, 뭘 하는 거지, 라고 생각했거든요."

"뭘 하는지는 못 보셨군요."

"경트럭으로 지나치던 중이었으니까요. 안을 들여다봤다가 무슨 소리를 들을지 모르고. 요즘 젊은 녀석들은 바로 성질을 내니까요."

"얼굴도 못 보셨나요?"

"그러니까 자세히 볼 수가 없었어요. 이 정도 얘기로는 안 되는 겁니까? 도움이 안 되려나." 주류 판매점 주인의 얼굴에 불만이 서렸다.

마노는 서둘러 손을 저었다.

"아뇨, 아닙니다. 큰 참고가 되었습니다. 같은 목격 정보가 또 있었거든요. 여러 사람의 이야기를 연결하면 많은 걸 알게 되죠."

"그럼 다행입니다만."

"아, 귀찮으시겠지만, 그 차를 본 시각을 다시 말씀해주십시오."

"그것도 전화로 말했는데 10시 조금 전일 겁니다. 불꽃놀이가 끝나고 저기 역에서 사람들이 줄줄이 나올 때였습니다. 더는 정확하게 말할 수 없겠어요."

"그렇군요. 정말 고맙습니다. 혹시 다시 얘기를 들으러 올지 모르니 그때도 잘 부탁드립니다."

마노가 인사하자 옆에 선 오리베도 고개를 숙였다.

주류 판매점 주인은 경트럭에 올라타 두 사람 앞에서 사라졌다. 배달 도중에 그들이 기다리는 역 앞까지 와 준 것이다.

그는 수사본부에 일부러 전화를 건 제보자이다. 나가미네 에마가 행방불명된 날 밤, 에마가 내렸을 역에서 수상한 차를 봤다는 내용이다.

실은 같은 목격 정보가 여럿 들어왔다. 그 역에서 내린 손님 몇이 노상 주차된 검은 차를 본 것이다. 목격 정보에 공통점이 있었다. 젊은 남자가 여럿 타고 있었다는 것이다.

"세드릭……이라." 역으로 돌아오는 길을 걸으면서 마노가 중얼거렸다.

"어제 만난 회사원은 크라운이 아닐까 했죠?"

"크라운이나 세드릭…… 다 비슷하다면 비슷하지. 자네는 차를 잘 아나?"

"글쎄요. 모르겠습니다. 다른 사람들과 비슷할 것 같은데요."

"10년 전 세드릭이라, 어떤 모양이지?"

"얼마나 오래된 모델이냐에 달렸죠. 일본 자동차는 모델 변화가 심하니까요."

"그렇지."

역 앞에 도착했다. 역으로 오르는 계단 바로 앞에 입간판이 놓여 있었다. 나가미네 에마 사건에 관한 정보를 구한다는 내용이다. 연락처로 적힌 전화번호는 수사본부가 설치된 조토 경찰서 내선 전화였다. 가까운 경찰서에 신고하라는 상투적인 문구를 사용하지 않은 것은 히사쓰카의 제안 때문이었다. 입간판을 본 범인 혹은 그 동료가 수사에 혼선을 줄 목적으로 가짜 정보를 신고할 수 있는데 수사본부로 직접 전화를 걸게 해야 단서를 잡을 가능성이 커진다는 것이 그의 주장이었다.

이 간판을 세운 이래 매일 정보가 쏟아졌다. 조금 전의 주류 판매점 주인도 이를 보고 전화한 사람이다. 대부분은 엉뚱한 정보였는데 얼마 안 되는 맥락이 있는 정보라고 수사본부는 판단했다. 같은 이야기가 중복해 들어왔기 때문이다.

플랫폼에서 전차를 기다리고 있는데 마노가 갑자기 양복 주머니에 손을 넣었다. 휴대전화에 착신이 들어온 모양이다.

"여보세요, 마노입니다. ……아, 조금 전에는 감사했습니다. ……아, 네, 아셨어요? ……네, ……아! 78년식이요? 틀림없나요? ……아, 고맙습니다. 큰 도움이 되었습니다." 전화를 끊은 뒤 마노는 오리베를 봤다. "주류 판매점 주인이야. 물어보니 78년식이라는군. 놀랐어. 10년 전 정도가 아니야. 20년 이상 된 차가 아닌가."

"78년식 세드릭……."

"아직 그 차로 단정할 수는 없어. 그러나 그런 고물이 움직이는구먼. 젊은 애들이 타고 있었으니까 자기 차는 아니겠지. 아마도 아버지 차일 거야. 젊은 놈이 그런 차를 가지고 있을 리 없으니까."

"아닙니다. 그렇게 단정할 수도 없습니다."

오리베가 반론했을 때 전차가 플랫폼으로 들어왔다. 둘은 전차에 올라탔다. 차량은 한산해 나란히 앉을 수 있었다.

"자동차 마니아 중에는 일부러 그런 중고차를 타는 사람도 있습니다." 오리베는 다시 입을 열었다.

"그래? 아니, 왜?"

"그야, 그게 멋지다고 생각하니까요. 빈티지는 어떤 분야에서나 뿌리가 깊거든요. 청바지도 마찬가집니다. 수십만 엔이나 해요."

"청바지가? 바보 같군."

"차도 마찬가집니다. 일부러 오래된 차를 사서 엔진을 정비하거나 다시 칠해 타는 게 멋지다고 생각하는 사람들도 있습니다. 요즘 78년식 차에 탄다는 것은 그런 사람일 수 있습니다."

"흥, 젊은 사람들의 생각은 도통 모르겠어." 마노는 아랫입술을 내밀었다.

"선배는 어떻게 생각하세요? 주류 판매점 주인이 본 차에 대해."

"범인이라고 생각하냐고?"

"네."

"글쎄, 수상하긴 해. 분명한 것은 내일부터 당분간 오래된 세드릭이나 크라운 소유자를 찾아야 한다는 거지."

오리베도 예상했던 일이다.

"언론에도 공개하나요?"

"전혀 안 할 수는 없지. 위는 틀림없이 공개하고 싶어 하겠지. 기자회견을 할 때마다 수확이 전혀 없으면 경찰 위신이 서질 않으니까."

"타고 있던 사람들이 젊은 남자들이었다는 것도 공개합니까?"

"그렇겠지. 만약 맞는다면 범인들이 체념하고 자수할 가능성도 있어. 윗사람들도 그 점을 기대할 거고."

오리베는 입을 다물고 생각에 잠겼다. 질문할지를 망설이고 있었다.

"뭐야, 왜 그래?" 그것을 알아차린 듯 마노가 물었다.

"범인이 소년이라면, 역시 여러모로 힘듭니까?" 과감하게 오리베가 말했다.

마노는 쓴웃음을 지었다.

"얼마 전 내 말이 마음에 걸렸나? 신경쓰이게 해서 미안하네."

"그냥 좀 걸렸습니다."

"그럴 수 있지. 뭐, 처리하기 까다로운 건 사실이니까. 범인이 소년이면 체포 뒤에도 다루기 번거롭고, 기소해도 검찰이 여러모로 배려해 영 방해가 된다네. 하지만 내가 전에 한 말은 그런 이유 때문이 아니었어."

"그럼, 어떤……."

마노는 여전히 미소를 지은 채 얼굴을 찌푸렸다.

"자네도 기억하겠지. 3년 전, 에도가와구에서 일어난 린치 살인. 묘지에서 한 고교생이 살해된 사건 말이야. 그걸 우리 반이 담당했지."

"아, 들은 적 있습니다. 범인도 고교생이었죠."

"끔찍한 사건이었지. 내장 파열에다 온몸에 화상 자국이 있었어. 같이 놀던 4인조가 자수했어. 얌전하게 부모님을 따라와서는 울더군. 그런데 그것은 피해자에 대한 사죄가 아니었네. 경찰에 체포되어야 하는 상황을 한탄하고 있었지. 자신들의 처지가 불쌍했던 거야. 녀석들의 말을 듣고 놀랐어. 왜 죽였을 것 같나? 게임을 빌려주지 않아서래. 고작 게임이라고. 스위치를 딸깍딸깍 누르는 게임 말이야. 고교생이 장난감을 놓고 드잡이를 하다가 살인까지 했다는 말이야. 4명이 차고 때리고 정신을 잃으면 불을 붙였어."

"불이요?"

"기름 라이터로 지졌대. 화상은 그래서 생겼다는군."

"아니, 무슨 놈들이 그래요!" 오리베는 혀를 찼다.

"정신을 차리면 다시 폭행하길 계속했어. 그러다가 전혀 움직이질 않자 귀를 태웠다더군. 그래도 움직이지 않아서 그제야 죽은 줄 알았대."

오리베는 잠자코 고개를 흔들었다. 듣는 것만으로 기분이상했다.

마노는 커다란 한숨을 내쉬었다.

"피해자의 부모와 나도 만났는데 정말 유감이더군. 제대로 눈도 보지 못했어. 수고하신다는 말을 들었는데 솔직히 무기력하더군. 우리가 할 수 있는 일이 하나도 없는 것 같았어."

"그 범인들, 제대로 사죄했습니까?"

후, 숨을 토해내고 마노는 고개를 저었다.

"뭐라든 울기만 하더군. 제대로 말도 하지 못하더라고. 그런 주제에 주범인 녀석은 자기는 부모와 주위 탓에 이렇게 되었다, 자신에게는 트라우마가 있다고 불평했어. 정말 두들겨 패고 싶었네."

"선배가 조사하셨어요?"

"아니. 나중에 반장에게 듣고 화가 머리끝까지 났지."

그랬으리라. 오리베는 생각했다. 지금 마노의 모습을 보면 정말 두들겨 팼을 것이다.

"그토록 끔찍한 짓을 했는데 말이야, 우리는 놈들을 사형은커녕 교도소에 넣을 수도 없었지."

"미성년자라서요?"

"그것도 있지. 하지만 사건 당시, 놈들은 술을 먹었어. 그냥 들이부었더라고. 미성년자임을 알면서도 술을 판 가게에도 책임이 있다나 뭐라나. 중간부터는 해괴한 토론이 벌어졌지."

그때의 불쾌함이 되살아났는지, 마노는 머리카락을 마구 헝클었다.

하지만 문득 뭔가가 생각났는지 손길을 멈추고 중얼거리듯 말했다.

"하지만 반장이 가장 분했을 거야. 비슷한 나이의 아들을 사고로 잃었으니까. 피해자 부모에게 상당히 공감했거든. 사건이 우리 손을 떠난 뒤로도 종종 만나러 갔어. 지금 우리가 할 수 있는 일은 이것밖에 없다고 했지."

"그랬군요."

그래서 이번 사건에서도 히사쓰카는 범인이 미성년자일 가능성을 최대한 언급하지 않으려고 했구나. 오리베는 그렇게 해석했다.

"피해자는 각성제 주사를 맞았습니다. 그 말은 범인 자신도 사용했을 가능성이 큰 거죠?"

그 화제는 언급하고 싶지 않은지, 마노는 대답하지 않았다. 귀 후비는 시늉을 했다.

"부디 사형시켜 주세요." 갑자기 그렇게 말하고 기지개를 켰다. "3년 전 사건에서 부모가 한 말이야."

"그 마음은 알겠습니다."

"가령 범인이 체포되더라도 그 말을 또 들을 것 같군." 마노는 다시 깊은 한숨을 내쉬었다.

7

불꽃 축제 날 밤으로부터 6일이 흘렀다. 마코토는 자기 방에서 TV를 보고 있다. 기분 전환이라도 하고 싶었지만 말을 걸 상대가 없다. 새삼 가이지와 아쓰야가 없으면 자신은 외톨이라는 사실을 깨달았다. 뒤집어 보면 바로 그 탓에 불만이 많아도 그들의 손을 놓지 못했다.

외출하지 않는 이유는 또 있다. 세상 사람들과 마주치는 게 두려웠다.

실은 어제 낮에 집에서 제일 가까운 역까지 걸어갔다. 영화라도 보려 한 것이다. 그런데 표를 끊으려고 발매기 앞에 섰을 때 옆에 놓인 전단을 보고 하마터면 소리를 지를 뻔했다.

그 전단은 바로 나가미네 에마에 관한 목격 정보를 구한다는 것이었다. 워드프로세서나 컴퓨터로 인쇄한 것 같았다. 어디서 배포했는지는 모른다. 승객 중 누군가가 어디에서 받고 이 역에 버린 게 틀림없다.

전단의 마지막 문장은 '목격하신 게 있는 분은 가까운 경찰서에 신고하거나 언제든 아래 적힌 전화번호로 전화해주세요'라고 되어 있고, 아래에 세 개의 전화번호가 적혀 있었다. 그중 하나는 조토 경찰서의 전화인 듯하고 다른 두 개에는 사람 이름이 적혀 있었다.

마코토는 전단을 재빨리 주머니에 넣고 몸을 돌렸다. 영화를 볼 마음이 완전히 사라졌다. 저도 모르게 걸음이 빨라지고 결국은 달리듯 집에 돌아왔다.

이 세상 모두가 불꽃 축제 날 밤에 여자아이를 납치한 범인을 찾고 있는 것만 같았다. 어쩌면 이미 의심을 받아 경찰 수사가 바로 코앞까지 닥쳤을 수도 있다.

그래서 마코토는 수사가 어느 정도 진척되고 있는지 아는 것도 무서웠다. 그런 주제에 어느새 뉴스 프로그램에 채널을 맞추고 있다. 뉴스를 보고 별 진척이 없다는 것을 확인하지 않으면 마음을 놓을 수 없었기 때문이다.

그러나 이날 밤 10시 넘어 방송된 뉴스는 마음을 놓기는커녕 그를 한숨도 못 자게 했다.

『나가미네 에마 양이 내렸으리라 추정되는 역에서 수상한 차를 목격했다는 이야기가 수사본부에 잇따라 제보된 사실이 알려졌습니다. 문제의 차는 역 바로 옆 도로에 노상 주차되어 있었고 안에는 젊은 남자로 보이는 인물이 둘에서 셋 타고 있었다고 합니다. 수사본부는 차종을 발표하지 않았으나 1970년대 후반 모델로 세단 타입일 가능성이 크다고 합니다…….』

남자 아나운서가 담담하게 말하는 내용에 마코토는 한동안 움직이지 못했다.

들켰다…….

당연한 일일지 모른다는 생각이 들었다. 그날 밤은 젊은 아가씨를 물색하는 데 열중해 다른 사람이 어떻게 볼지는 전혀 고려하지 않는 분위기가 셋에게 있었다. 마코토마저 그랬다. 설마 가이지 일당이 사냥한 여자를 죽게 할 줄은 꿈에도 생각하지 못했다.

1970년대 후반 모델로 세단 타입…….

이미 거기까지 밝혀지다니. 그렇다면 우리 차가 경찰에 알려지는 것도 시간문제 아닐까. 마코토는 경찰이 보유한 데이터베이스의 내용까지는 전혀 몰랐으나 어디 사는 누가 어떤 차를 보유하고 있는지 조사하는 게 그리 어려울 것 같지는 않았다.

큰일 났네, 그는 중얼거렸다.

마코토의 아버지가 소유한 글로리아는 77년식이다. 3년 전쯤에 샀다. 샀다기보다 받았다는 표현이 적절하겠다. 아버지의 사촌이 폐차한다는 것을 공짜나 마찬가지로 사들인 것이다. 아버지는 자동차 마니아가 아니라 움직이기만 하면 뭐든 상관없다고 생각하는 사람이다. 오히려 정성 들여 손질한 사람은 마코토다. 글로리아를 타고 싶어 열여덟이 되자마자 면허를 땄다고도 할 수 있다.

마코토가 오래된 글로리아를 몰고 다닌다는 것은 주변 사람이라면 다 안다. 그 가운데 누군가가 경찰에 신고하지 않을까 싶어 제정신이 아니었다. 그는 침대에 누운 채 머리카락을 마구 쥐어뜯었다.

그때였다. 마코토의 휴대전화 벨 소리가 흘렀다. 그는 벌떡 일어나 전화를 들었다. 착신 표시는 가이지였다.

"네." 조금 긴장한 채 대답했다.

"나야, 마코토?"

"응."

"지금, 뭐해?" 가이지가 낮은 목소리로 물었다.

"TV, 봤어."

"뉴스 봤어?"

"응."

"그래?" 그리고 한참 침묵이 흐른 뒤 가이지가 말했다. "너, 쫄아서 이상한 생각한 건 아니겠지?"

"어……?"

"자수나 그런 거. 어때, 어?"

"아직 그런 생각은 안 했어."

"아직? 그럼?"

마코토는 뭐라고 해야 할지 몰랐다. 겁을 먹은 것은 사실이다.

"잘 들어. 오래된 세단은 얼마든지 있어. 게다가 만약 차가 들켜도 아무것도 아냐. 우리가 했다는 증거는 어디에도 없다고."

"하지만 아직 경찰이 발표하지 않았을 뿐이지 어쩌면 많은 증거를 잡았을지 몰라. 여자애를 납치하는 것을 누군가 봤을지도 모르고."

"바보냐? 이 새끼, 그런 일이 있었으면 벌써 짭새가 찾아왔겠지. 쫄지 말라고!"

가이지의 목소리에 조바심이 배여 있었다. 겁먹지 말라면서도 그 역시 체포된다는 공포에 휩싸여 있다. 그게 더 마코토를 불안하게 했다.

"잘 들어. 짭새가 와서 차에 관해 물어도 절대 불지 마라."

"그날 밤은 내내 아쓰야의 집에 있었다고 대답하면 되는 거지?"

"멍청한 새끼, 네게서 짭새의 의심을 끊어야 하는데 우리

랑 있었다고 하면 어떻게 하냐!"

"하지만 전에 차를 돌려주고 다시 아쓰야 집에 갔다고 하랬잖아."

전화 너머에서 가이지가 큰 소리로 혀를 찼다.

"임기응변이라는 말은 모르냐? 그날 너는 혼자 차를 탔다고 해야지. 그리고 아버지의 재촉에 차를 돌려주러 왔다고 해. 우리에 대해서는 아무 말도 하지 마라. 알았어?"

"경찰이 받아들일까?"

"왜 안 받아들여? 짭새가 너를 찾아와도 글로리아를 가지고 있어서겠지. 왜 너를 의심하겠냐?"

"네 생각대로 되면 그렇겠지만."

"네가 제대로만 하면 아무 일 없어. 덜덜 떨지 말라고. 무엇보다 차가 들통난 건, 네 탓이니까. 그렇게 눈에 띄는 데 차를 세우다니."

거기 세우라고 한 건 너잖아! 그런 반론을 마코토는 입에 담지 않았다. 전화기를 잡은 손에 힘을 더 줬을 뿐이다.

"네 아버지는 어떤데. 그 뉴스는 봤냐?"

"몰라. 아래 있는데 어쩌면 봤을지도."

"만약 차에 관해 물어도 절대로 말하지 마라."

"안 해."

"진짜지? 우리를 배신하면 그냥 넘어가진 않아."

"알아."

"좋았어. 그럼 또 전화하지." 가이지는 일방적으로 후다닥 얘기를 끝내고 전화를 끊었다.

마코토는 휴대전화를 내던지고 다시 침대에 쓰러졌다. 가이지의 말을 하나씩 머릿속으로 되짚었다.

아무리 생각해도 가이지의 말은 너무 낙관적이다. 경찰 수사가 그의 말처럼 느슨할 것 같지 않다. 아무래도 그날 밤, 마코토가 글로리아를 타고 나간 시간대가 나가미네 에마가 납치된 시각과 일치하는 점을 그냥 넘길 것 같지 않다.

무엇보다 가이지의 제안은 너무 제멋대로이다. 전에는 자신들의 알리바이 입증을 도우라고 한 주제에 마코토가 먼저 의심받을 위험이 생기자 자신들에 대해서는 절대 말하지 말란다.

형사가 나한테 올까……?.

아무래도 올 것 같았다. 지금쯤 경찰은 도쿄 전체, 아니 일본 전체의 구식 세단 소유자를 추려냈을 것이다. 어쩌면 차종도 알고 있고. 지역도 현장 주변으로 한정하면 대상을 좁히는 일은 한층 쉬울 것이다.

마코토는 형사가 와서 어떤 질문을 할지 생각했다. 우선은 그날 밤 행적을 묻겠지? 가이지는 혼자 차를 타고 다녔다고 대답하라고 했다. 그러나 이제까지 혼자 드라이브한 적은 거의 없다. 늘 가이지와 아쓰야가 있었다.

가령 그날은 형사가 돌아간다 해도 경찰은 마코토의 교우 관계를 조사할지 모른다. 그러면 그 둘의 이름은 금방 나올 것이다. 가이지와 아쓰야의 품행이 나쁜 것은 이 근방에서 유명하다.

마코토는 자리에서 일어나 안절부절못했다. 하지만 어떻게 해야 좋을까? 형사가 오기를 가만히 기다리는 수밖에 없나? 도무지 형사의 집요한 질문 공격에 견딜 자신이 없다.

역시 자수하는 게 가장 좋겠다고 생각했다. 자수하면 자신은 여자애를 납치하는 것을 도운 것밖에 없으니까 그리 큰 죄가 되지는 않겠지…….

마코토는 고개를 저었다. 후환이 두렵다. 가이지와 아쓰야는 체포되겠지만, 성인이 아니니까 교도소에 오래 있지 않을 것이다. 석방되면 그들은 마코토에게 복수할 것이다. 어쩌면 살해당할지 모른다.

형사의 추궁에 선선히 자백해도 같은 일을 당하리라. 가이지 일당은 마코토를 용서하지 않을 것이다. 자백하지 않아도 형사들의 의심이 자신에게 향하면 마코토의 잘못이라고 할 것이다. 어쨌든 그들은 무슨 일이 일어나더라도 자신들의 생각대로 되지 않으면 마코토의 탓으로 돌릴 게 분명하다.

저도 모르게 머리를 감싸 안았을 때 현관 벨이 울렸다. 마코토는 흠칫했다. 이런 늦은 밤에 사람이 찾아오는 일은 거의 없다. 벌써 형사가 찾아왔나?

그는 방에서 살그머니 나와 계단 위에 섰다. 허리를 굽혀 귀를 기울였다.

죄송합니다. 밤늦게……. 그 목소리를 듣고 가슴을 쓸어내렸다. 마코토가 잘 아는 마을회장이다.

온몸에서 식은땀이 나는 것을 느끼면서 방으로 돌아왔다. 그때 책상 위에 놓인 전단이 눈에 들어왔다.

그는 전단을 들었다. 한 가지 생각이 떠올랐다.

정보를 제공하면 되지 않을까? 가이지 일당이 수상하다는 얘기를 이 전단에 적힌 연락처에 알리면 경찰은 그들을 조사할 것이다. 그러면 형사가 자신에게 오기 전에 둘을 체포할지 모른다.

둘은 물론 마코토에 관해 말할 것이다. 그때는 체포되는 수밖에 없다. 그러나 경찰에 가서 형사에게 자신이 제보한 사람이라고 밝히는 것이다. 다만 가이지와 아쓰야에게는 비밀로 해달라고 부탁해야 한다. 보복이 두렵다고 하면 형사들도 들어주지 않을까?

정보를 제공한다는 것은 자수나 마찬가지다. 죄를 가볍게 해줄 가능성도 있다.

생각하면 할수록 다른 방법은 없는 듯하다. 마코토는 전단을 응시했다. 문제는 어떻게 얘기할 것인가이다. 그리고 어디로 연락할 것인가? 전단에는 세 군데 연락처가 인쇄되어 있다.

발신자 제한으로 걸어야 한다. 그리고 이름을 물어도 대답하지 말아야 한다. 꼭 말해야 한다면 가명을 쓰자. 전화번호도 주소도 전부 엉터리로 말하면 된다.

아냐……

너무 다 엉터리로 대면 믿어주지 않을 수도 있다. 이런 전단이 배포되면 장난 전화가 많다고 들었다. 장난이라고 생각하면 모든 게 수포가 된다.

하나 더 걸리는 게 있다. 이들 연락처에는 역탐지가 걸려 있지 않을까? 만약 그렇다면 발신자 제한도 의미가 없다.

마코토는 공중전화를 이용하기로 했다. 만에 하나를 생각해 최대한 멀리 떨어진 전화 부스를 이용하자. 타인에게 절대통화 내용이 들켜서는 안 된다.

전단을 바라보면서 그걸로 괜찮을까 싶었다. 뭔가 예기치 않은 덫이 숨어 있는 것만 같았다. 하지만 정보를 제공하려면 여기 적힌 번호에 전화하는 수밖에 없다.

마코토는 고개를 들었다. 문득 좋은 생각이 떠올랐다.

책상 서랍을 열고 나가미네 에마의 휴대전화를 꺼냈다.

전단에는 나가미네 에마의 집 전화번호가 적혀 있지 않다. 그러나 그녀의 휴대전화에는 등록되어 있다. '아빠'라는 마지막 착신이 집 전화인 게 틀림없다.

마코토는 분홍색 휴대전화를 바라보며 피해자의 아버지에게 어떤 식으로 정보를 제공하면 좋을지 생각하기 시작했다.

8

　전차 문이 열리자 뒤쪽 승객에 밀려 나가미네는 플랫폼에 내려섰다. 서둘러 전차에 다시 타려 했는데 그곳이 자신이 내릴 역임을 깨닫고 걸음을 멈췄다. 밀려 내리지 않았다면 지나칠 뻔했다.

　샐러리맨과 학생들이 계단을 내려간다. 그도 뒤를 따랐다.

　계단을 내려가다가 앞서 걷던 여중생을 보고 깜짝 놀랐다. 그 여학생이 입은 교복이 낯익었다. 에마가 작년 여름까지 입은 세일러복이다.

　여중생은 계단을 다 내려간 뒤 가벼운 발걸음으로 출구로 향했다. 옆얼굴을 보니 에마와 조금도 닮지 않았다.

　나가미네는 고개를 숙이고 구두에 납이라도 넣은 것 같은 발걸음으로 계단을 내려갔다. 대단한 물건이 들어있는 것도 아닌데 옆구리에 낀 가방도 무겁다.

에마가 죽고 처음으로 회사에 출근했다. 상사는 좀 더 쉬라고 했으나 집에 있어도 마음만 가라앉을 뿐이다.

회사에 가도 물론 좋을 게 없다. 일을 제대로 할 수 없고 다른 사람과 얘기를 나누다가도 어느새 넋을 놓았다. 갑자기 에마가 떠올라 너무 괴로워 자리를 뜨는 일도 종종 생겼다. 주위 사람들도 배려해주는 듯 보였다. 그러면서도 호기심 어린 눈으로 보는 건 아닐까 하는 의심이 생겼다. 이대로 가다가는 주위에 폐만 끼칠 뿐이라는 자괴감에 빠지기도 했다.

역을 나오는데 입간판이 눈에 들어왔다. 에마에 관한 정보를 구하는 내용이다. 이걸로 얼마나 정보를 얻었는지 나가미네는 모른다. 경찰이 아무 말도 안 하는 걸 보면 대단한 정보는 없는 듯하다.

이 입간판 외에 정보를 구한다는 전단을 몇몇 주요 역에 뿌렸다고 했다. 그 일을 한 것은 경찰이 아니라 에마의 동급생을 중심으로 한 동네 사람들이다. 전단에는 세 군데 연락처를 적었는데 하나는 경찰이고 나머지 둘은 동급생의 번호이다. 나가미네의 연락처를 적지 않은 것은 그를 번거롭게 하지 않으려는 친구들 나름의 배려일 것이다. 그나마 다행이다. 혹시 연락처가 적혔다면 정보 제공을 기다리느라 전화에서 한시도 눈을 떼지 못했을 것이다.

전단을 배포한 동네 사람들도 별다른 얘기가 없다. 즉 대단한 효과는 없다는 소리다.

역에서 집까지 오는 10분 정도의 거리를 나가미네는 터덜터덜 걸었다. 여름이라 아직 밝은데 해가 조금만 떨어져도 갑자기 어두워지는 길이다. 게다가 사람의 왕래도 드물고 일반 주택보다 사용처가 불분명한 건물이 많다.

어떻게 이런 길을 에마 혼자 다니게 했을까?

집을 산 것은 거품 경제가 끝나고 얼마 지나지 않아서다. 부동산이 떨어지자 지금이라면 살 수 있겠다 싶어서 서둘러 계약했다. 조금 기다리면 더 싸진다는 것을 그때는 전혀 생각하지 못했다.

역에서 걸어서 10분…….

이 거리가 가까운 건지 먼 건지 살 때 아내와 의논했다. 하지만 그것은 통근하는 나가미네를 중심으로 한 얘기다. 앞으로 딸이 이 길을 지나다녀야 한다는 생각은 거의 없었다. 전혀 화제로 삼지 않은 것은 아니었으나 중시하지는 않았다. 딸이 혼자 전차를 타는 날은 먼일이라고 생각했고 그때는 훨씬 북적이는 길이 되리라는 낙관적인 전망을 가졌다. 일본 경제의 터널이 이토록 길어질 줄 예상하지 못했다.

이 길 어딘가에서 에마가 납치당했다……. 그렇게 생각하면 분노와 슬픔이 한없이 끓어올랐다. 나가미네는 걸으면서 주위를 둘러보고 이따금 노상 주차한 승용차에 날카로운 시선을 던졌다.

자택 앞까지 와서도 그는 바로 문을 통과하지 못하고 가만히 서서 집을 올려다봤다.

이런 걸 원하다니.

그때는 어떻게 되었었나 보다. 내 집이란 게 없으면 제대로 된 남자가 아니라 착각해 하루라도 빨리 사야 한다며 안달을 냈다. 그 결과가 뭔가. 아내도 딸도 죽고 남자 혼자 살기에 이 집은 너무 썰렁한, 커다란 상자에 불과해졌다.

상냥한 미소를 지으며 지금이야말로 살 때라고 역설하던 부동산 중개인의 얼굴이 기억났다. 바로 얼마 전까지 그 남자를 까맣게 잊고 지냈다. 그러나 지금은 단순한 심술임을 알면서도 그 중개인이 너무도 증오스럽다. 불길한 물건을 내게 판 것만 같다.

현관문을 여니 안은 캄캄했다. 아침에 나갈 때 불을 켜두지 않았기 때문이다. 앞으로는 거실 불이라도 켜두자고 결심했다. 돌아왔을 때 누군가가 불을 켜고 기다리는 일은 이제 없을 테니까.

거실로 들어가자 부재중 전화 램프가 깜빡였다. 그는 버튼을 누르고 소파에 앉아 재킷을 벗고 넥타이를 풀었다.

전화 스피커에서 여자 목소리가 들려왔다.

[여보세요, 우에노예요. 부의금 일로 상담할 게 있어요. 또 전화할게요.]

에마의 장례식에서 부의금 정리를 담당했던 친척 여성이다. 장례식 때를 떠올리자 나가미네는 또 가슴이 아팠다.

그는 TV를 켰다. TV 프로그램 같은 것으로 마음이 나아지지는 않았으나 소리가 없는 것보다는 나을 것 같다.

전화에서 다음 메시지가 흘러나왔다. 너무 어눌한 목소리라 제대로 들리지 않았다.

[……아닙니다. 다시 말하겠습니다. 에마 씨를 죽인 범인은 스가노 가이지와 도모자키 아쓰야라는 남자입니다. 도모자키의 주소는 아다치구……]

TV에 정신이 팔린 탓에 순간 나가미네의 반응은 조금 느렸다. 그가 전화 쪽을 봤을 때는 메시지가 끝나가고 있었다.

[이것은 장난이 아닙니다. 정말입니다. 경찰에 알려주세요.]

메시지 종료를 알리는 전자음과 함께 나가미네는 일어났다. 전화로 달려가 테이프를 되감고 두 번째 메시지를 재생했다.

[여보세요, 나가미네 씨인가요? 에마 양은 스가노 가이지와 도모자키 아쓰야 둘에게 살해당했습니다. 이것은 장난 전화가 아닙니다. 다시 말하겠습니다. 에마 씨를 죽인 범인은

스가노 가이지와 도모자키 아쓰야라는 남자입니다……]

목소리가 잘 안 들리는 것은 손수건 같은 것으로 입을 막고 있기 때문인 듯하다. 남자 목소리인데 나이는 추정하기 힘들다.

남자는 도모자키 아쓰야라는 인물의 주소를 천천히 알리고 다음과 같이 말했다.

[도모자키는 우편함 안쪽에 열쇠를 감춥니다. 그걸로 방에 들어가면 증거를 찾을 수 있을 겁니다. 비디오테이프 같은 거 말입니다. 반복하겠습니다. 이것은 장난이 아닙니다. 정말입니다. 경찰에 알려주세요.]

메시지는 거기서 끝났다.

나가미네는 한참을 망연자실한 채 서 있었다. 전화를 멍하니 바라보며 움직이지 못했다.

이건 뭐지? 누가 이런 전화를 걸었지…….

그는 전화의 착신 기록을 살폈다. 문제의 전화는 공중전화에서 건 듯하다. 시각은 오후 5시가 지났을 때다.

장난 전화인가? 처음에는 그렇게 생각했다. 그러나 전화를 건 사람은 그렇지 않다고 두 번이나 말했다. 물론 그렇다고 다 믿을 수는 없겠으나 그렇게까지 얘기했는데.

무엇보다 장난 전화라면 집으로 걸지 않았을 것이다. 전단이나 입간판에는 집 전화번호가 적혀 있지 않았다.

그래, 왜 이리로 건 거지? 어떻게 우리 전화번호를 알았지……?

나가미네의 머리에 뭔가가 번뜩였다. 에마는 휴대전화를 가지고 있었다. 그런데 그것이 발견되지 않았다. 휴대전화에는 이 집 번호가 등록되어 있다.

범인이 직접 걸었다고는 생각할 수 없다. 그러나 범인과 가까운 누군가가 에마의 휴대전화를 뒤져서 건 게 아닐까?

양말에 뭔가 닿은 느낌이 들었다. 나가미네는 자기 발을 내려다보니 동그랗게 젖은 흔적이 있다. 자세히 보니 오른쪽 겨드랑이에서 땀이 떨어진 것이었다.

그는 메모지와 볼펜을 들고 다시 메시지를 재생했다.

스가노 가이지, 도모자키 아쓰야라는 이름, 그리고 주소를 재빨리 메모해 소파로 돌아왔다. 다른 손에는 무선 전화기가 들려 있었다.

경찰에 전화해야 한다. 이게 장난인지 아닌지는 모르겠으나 일단 알릴 필요가 있다. 그들은 곧장 이 주소로 가서 이 이름의 인물이 실존하는지, 존재한다면 사건과 관련이 있는지 조사할 것이다. 그들에게는 너무나 쉬운 일일 것이다.

만약 장난이 아니라면 사건은 바로 해결된다. 범인은 체포될 것이다. 정보 제공자의 정체도 언젠가는 밝혀질 게 분명하다. 이것이야말로 사건이 일어난 이래 나가미네가 줄곧 바라던 일이다. 그것밖에 머리에 없었다.

경찰에 알려야만 해.

나가미네는 벗어놓은 재킷의 안주머니를 뒤졌다. 거기에 지갑이 있고 그 안에는 명함 한 장이 들어있다. 히사쓰카라는 경부의 명함이다. 무슨 일 있으면 연락 달라고 수사본부 연락처를 볼펜으로 적어주었다.

그는 그 번호를 보며 전화기 버튼을 눌렀다. 이제 발신 버튼만 누르면 된다.

그런데 왠지 버튼을 누를 수 없어 전화기를 테이블에 놓고 한숨을 길게 내쉬었다.

TV에는 축구 중계를 방송 중이다. 나가미네는 멍하니 화면을 바라봤다. 한 선수의 플레이를 놓고 해설자가 쓴 소리를 했다. 더 과감하게 플레이하길 바란다, 젊으니까 실패하더라도 감독도 눈감아 줄 것이다……. 그런 내용이다.

나가미네는 리모컨을 들어 TV를 껐다.

며칠 전에 뉴스를 보고 알았다. 수상한 차가 목격되었다는 내용이다. 구형 세단에 두세 명의 젊은이가 탔다고 했다.

그 녀석들이 에마를 납치한 놈들이라 단정하는 것은 아니다. 그러나 그들이 범인이라면 어떻게 되지? 게다가 그 녀석들이 미성년자라면? 술을 마셨다면? 각성제를 사용했다면? 정신 이상이라면?

과거에 일어났던 몇 가지 부조리한 사건의 기억이 나가미네의 뇌리에 떠올랐다. 범인이 늘 사형당하는 것은 아니다. 오히려 그렇지 않은 경우가 많다. 미성년자인 경우는 이름이 공개되지 않고 절대 사형당하지도 않는다.

소년법은 피해자를 위한 것도 아니고 범죄 방지를 위한 것도 아니다. 소년은 잘못을 저지르기 마련이라는 전제 아래 그들을 구제하기 위해 존재하는 것이다. 거기에는 피해자의 슬픔이나 억울함은 반영되지 않고 실상은 무시되었다. 공허한 도덕관일 뿐이다.

더욱이 사건 발생 이후의 경찰 대응도 불만스럽다.

수사가 얼마나 진행되었는지, 전혀 알려주지 않는다. 수상한 차가 목격된 것도 뉴스를 보지 않았다면 지금까지 몰랐을 것이다. 그 뒤로 얼마나 새로운 사실을 알게 되었는지도 전혀 알려주지 않고 있다.

이 제보 전화를 경찰에 알린다 치자. 경찰은 움직일 것이다. 하지만 어떻게 움직이는지 나가미네에게는 아마 알려주지 않을 것이다. 범인 체포로 이어진다 해도 자세한 경위는 설명해주지 않을 게 뻔하다. 그 범인을 만날 수 있을지도 미지수이다. 그리고 뭐가 어떻게 되었는지 모르는 채 재판이 시작되고 유족 입장에선 전혀 이해할 수 없는 이유로 범인은 대단한 벌을 받지 않을 것이다.

나가미네는 자리에서 일어나 장식장 위에 놓아둔 도로 지도를 들고 소파로 돌아왔다. 조금 전 메모한 주소를 찾아봤다.

있네…….

정보 제공자가 알려준 주소는 가공의 것이 아니었다. 번지까지 완벽하게 실재한다. 물론 그렇다고 해서 거기에 정보 제공자가 말한 아파트가 있고, 도모자키 아쓰야라는 인물이 산다는 보장은 없다.

나가미네는 다시 무선 전화기를 들었다. 액정 화면에는 경찰 연락처가 표시된 상태였다. 그것을 지운 다음 재킷 주머니에서 휴대전화를 꺼냈다. 등록된 번호 중에서 회사 상사의 것을 골라내 집 무선 전화기로 상사에게 전화했다.

상대는 바로 받았다. 나가미네라고 알리니 조금 놀란 느낌이었다.

"갑작스럽게 죄송합니다. 실은 몸이 좋지 않아서 내일은 쉴까 합니다. 오늘 막 복귀해놓고 죄송합니다만." 나가미네가 말했다.

"그런가? 아니네, 전혀 신경 쓰지 말게. 피곤해 보여서 걱정하던 참이야. 몸이 회복될 때까지 더 쉬는 것도 좋겠어. 절차는 내가 알아서 처리할 테니 걱정하지 말고 쉬게." 상사의 말투에는 나가미네의 휴가를 환영하는 듯한 울림이 있다. 당연한 일일지 모른다.

전화를 끊고 다시 메모와 지도를 대조하며 그 장소까지의 경로를 확인했다.

우선 내 눈으로 확인하자……. 고민 끝에 그가 내린 결론이다.

그는 장식장 위를 봤다. 에마의 사진과 에마의 유골이 담긴 상자가 나란히 놓여 있다.

살짝 시선을 들자 오래전 나가미네가 열중했던 엽총이 장식되어 있다. 잠시 바라보다 시선을 돌렸다.

9

수상한 전화를 받은 다음 날, 나가미네는 정오 너머까지 집에 있었다. 도모자키 아쓰야라는 인물의 아파트에 갈 생각인데 도대체 어떤 시간대를 노려야 할지 몰라서다.

그 남자가 범인이라면 제대로 된 직업이 없지 않을까? 나가미네는 막연하게 그렇게 생각했다. 일하고 있더라도 고작해야 프리터일 것이다. 물장사일 수도 있겠다.

어쨌든, 오전에는 집에 있으리라 짐작했다.

수상한 전화를 건 사람은 방 열쇠를 숨겨 놓은 장소까지 알려줬다. 즉 도모자키 아쓰야는 혼자 살고 그가 없을 때를 노리면 침입은 어렵지 않다는 소리일 것이다.

오후 1시가 조금 지났을 무렵, 나가미네는 나갈 채비를 했다. 필기도구와 휴대전화, 그리고 지도와 돋보기안경을 가방에 넣고 집을 나왔다. 차로 갈까 하다가 주차 공간을 찾지 못할 수도 있겠다는 생각에 전차를 이용하기로 했다.

전차 역 매점에서 일회용 카메라를 샀다. 카메라가 딸린 휴대전화가 보급된 터라 이런 카메라의 매출이 급격히 줄었다는 얘기를 들은 기억이 났다.

나가미네의 휴대전화에는 카메라가 없지만 고성능 디지털카메라는 가지고 있다. 그러나 그걸 가지고 오지 않은 것은 디지털 사진은 증거 능력이 없다는 얘기를 들었기 때문이다.

전차는 비어있었다. 그는 차량 가장 끝자리에 앉아 앞으로 자신이 할 일을 다시 한 번 머릿속으로 정리했다.

하룻밤이 지났지만 수상한 전화를 경찰에 알리는 것은 피하자는 생각에는 변함이 없다. 경찰보다 먼저 범인을 밝혀낼 수 있을지 모를 가능성을 버리고 싶지 않았다. 그렇다고 대단히 앞질러 가겠다는 것도 아니다. 그저 일단 경찰에게 맡기면 자신이 범인과 접촉할 기회는 영원히 사라지지 않을까 생각했을 뿐이다.

물론 수상한 전화를 건 사람이 진실을 말했다는 보장은 없다. 장난일 가능성도 컸다. 장난이 아니더라도 착각일 수도 있다.

그러므로 먼저, 확인할 필요가 있다. 그리고 확인한 이상, 증거도 잡아야 한다. 필기구와 카메라는 그 때문에 준비한 것이다.

도모자키 아쓰야 일당이 범인이라는 확증을 얻는다면 당연하고, 만약 얻지 못하더라도 나름의 조사가 끝난 다음에는 경찰에 알릴 생각이다.

전차를 갈아타고 가장 가까운 역에서 내렸다. 개찰구를 나오니 주변 도로 지도가 있다. 지참한 지도와 대조하며 대강의 위치를 확인한 다음 역을 나왔다.

여름 햇살이 아스팔트를 달구고 있다. 조금 걸었을 뿐인데 온몸에서 땀이 분출했다. 나가미네는 손수건으로 얼굴과 목덜미를 닦으면서 전봇대의 주소 표시를 확인해 나갔다.

이윽고 수상한 전화가 알려준 주소에 도착했다. 낡은 2층짜리 아파트다.

주위에 인기척이 없음을 확인하고 나가미네는 아파트로 다가갔다. 주소에 따르면 집은 1층일 것이다. 그는 문에 달린 방 번호와 문패를 곁눈질하면서 천천히 걸었다.

있다······.

집 앞에는 '도모자키'라는 팻말이 달려 있다. 이름은 없다.

그는 문 앞을 일단 그냥 지나쳤다. 아파트에서 떨어져 모퉁이를 하나 돌아 멈췄다. 심장 고동이 빨라졌다.

주소는 엉터리가 아니다. 도모자키 아쓰야라는 인물이 사는 것도 틀림없는 듯하다.

자, 이제 어떻게 하지……?

그건 이미 생각해뒀다. 그러나 막상 실행에 옮기려니 두려웠다. 무엇보다 불법 침입인 셈이다. 피해자 아버지라 해도 용서받을 수 없는 일임은 잘 안다.

그만하려면 지금이 마지막이다. 그리고 경찰에 연락하는 것이다. 다음은 그들이 처리해 줄 것이다. 나가미네가 위험에 처할 일은 없다.

하지만 범인 체포만이 그가 바라는 일은 아니다. 진짜 바람은 자신의 증오와 슬픔을 범인이 느끼게 하는 것이다. 에마가 당한 불행이 얼마나 부조리한 것인지를 알리고 자신들의 죄가 얼마나 무거운지 깨닫게 하고 싶다.

경찰에 맡기면 내 바람이 이루어질까?

아마도 이루어지지 않을 것이다. 그는 그렇게 생각했다. 피해자 유족을 유령 취급하는 현재의 재판 제도가 문제인 것이다.

스스로 하는 수밖에 없어. 나가미네는 다시금 생각했다. 직접 증거를 잡고 범인 앞에 들이대는 것이다. 그렇게 해서 왜 죄 없는 에마를 그렇게 만들었는지 추궁하는 것이다.

경찰에 알리는 것은 그다음이다.

그는 심호흡을 한 번 하고 몸을 돌렸다. 손바닥에 땀이 흥건했다.

조금 전보다 빠른 걸음으로 아파트에 다가갔다. 그러나 이번에는 뒤로 돌았다. 집의 위치를 생각하면서 창문을 찾았다.

도모자키의 집 창문은 잠겨있고 지저분한 커튼으로 가려져 있다. 불은 켜져 있지 않고 에어컨 실외기도 작동하지 않는다.

아무래도 집에 없는 모양이야……. 나가미네는 마른침을 삼켰다.

바깥쪽으로 돌아 나와 마음을 다잡고 도어폰을 눌렀다.

만에 하나 도모자키가 방에 있다면 신문 권유인 척할 생각이다. 어차피 거절할 테니까 그대로 일단 물러난다. 다음은 어딘가에 잠복해 외출하기를 기다린다.

도모자키가 외출하지 않으면 어쩌지. 그건 그때 생각하자. 다른 방법을 생각하는 수밖에 없다.

하지만 그럴 필요는 없을 듯했다. 안에서 아무런 반응이 없었다. 나가미네는 다시 도어폰을 눌렀다. 그래도 결과는 마찬가지였다.

그는 주위를 둘러보면서 우편함에 손을 넣었다. 수상한 전화의 주인공은 우편함 안쪽에 열쇠를 숨겨뒀다고만 했다. 어떤 식으로 숨겼는지는 잘 모르겠다.

손끝에 뭔가가 걸렸다. 작은 종이봉투 같다. 그 안에 손가락을 넣으니 열쇠가 만져졌다.

더는 망설일 상황이 아니다. 열쇠를 꺼내 망설임 없이 열쇠 구멍에 꽂았다. 딸깍 문이 열리는 소리가 나자 손잡이를 돌려 당겼다.

재빨리 문 안쪽으로 몸을 숨긴 다음 문을 잠가야 할지 나가미네는 생각했다.

언제 도모자키가 돌아올지 모른다. 열쇠가 없어졌다는 것을 알면 소란을 피울 우려가 있다. 도모자키가 에마를 죽인 범인이라면 모르겠으나 아니라면 상황은 완전히 달라진다.

생각 끝에 나가미네는 문을 잠그고 열쇠는 우편함 봉투 안에 다시 넣었다. 열쇠를 꺼내는 기척이 나면 창문으로 도망치면 된다. 그것을 대비해 창문 잠금장치를 미리 풀어두었다. 다만 밖에서 보면 곤란하므로 커튼은 닫아두었다.

닫힌 커튼 앞에 서서 다시금 방을 둘러봤다.

빈말이라도 깔끔하다고는 할 수 없다. 바닥에 잡지와 만화가 흩어져 있고 쓰레기통은 잔뜩 쓰레기가 쌓인 채 쓰러져 있다. 컵라면과 편의점 도시락 용기가 방구석에 방치되어 있다. 작은 테이블 위는 빈 캔과 과자 봉지 천지다.

방에 가면 증거를 찾을 수 있을 겁니다. 비디오테이프 같은 거요……. 수상한 전화의 목소리를 나가미네는 떠올렸다.

14인치 TV와 비디오 플레이어가 놓여 있고 그 옆의 철제 수납장에는 수십 개의 비디오테이프가 꽂혀 있다. 라벨에는

TV 프로그램 제목 등이 악필로 적혀 있다.

그것들을 바라보던 나가미네의 시선이 멈췄다. 기묘한 제목이 나열되어 있었기 때문이다. 일테면 『5/6 고스계의 여자』라거나 『7/2 노래방 여고생』 등이다.

그는 그것들 가운데 하나를 골라 비디오 기기에 넣으려 했으나 기계에 들어가지 않았다. 이미 테이프가 들어 있는 것 같아 꺼내기 버튼을 눌렀다.

테이프가 나오자 그것을 꺼내고 새로 테이프를 넣으려 했다. 그러나 방금 나온 테이프의 라벨이 눈에 들어와 그는 손길을 멈췄다.

라벨에 『8월 불꽃놀이 유카타』라고 적혀 있다.

마음이 소란해진다는 정도로는 표현할 수 없는 격렬한 동요가 나가미네를 덮쳤다. 피가 거꾸로 솟구치는 것 같고 귀 뒤쪽이 펄떡펄떡 요동쳤다. 방이 찜통처럼 더웠는데도 온몸에 오한이 들었다.

나가미네는 떨리는 손으로 그 테이프를 플레이어에 넣고 TV 스위치를 켜고 입력을 비디오로 바꿨다. 그러고도 바로 비디오 재생 스위치를 누르지 못했다.

가령 어떤 게 나오더라도……. 그는 자신을 설득했다.

어떤 게 나오더라도 직시하자. 에마 죽음의 진상을 밝힐 유일한 기회일지 모른다. 딸의 운명을 분명히 새기고 자신이 죽을 때까지 평생 짊어질 십자가로 여겨야 한다.

두세 번 호흡을 되풀이하고 재생 버튼을 눌렀다.

그러자 갑자기 화면 전체가 하얗게 변했다. 뭔가 뿌옇게 나오는 듯하더니 곧 초점이 맞기 시작했다. 화면의 색이 짙어지더니 뿌옇던 것의 윤곽이 또렷해졌다.

화면에 등장한 것은 사람의 엉덩이다. 털이 많고 근육이 붙은 정도로 보아 남자의 것임을 알 수 있다. 카메라는 남자의 하반신을 훑더니 복부 쪽으로 올라갔다.

마침내 음부의 아랫부분이 크게 나타나더니 카메라가 서서히 빠졌다. 약간의 손 떨림은 있었으나 익숙한 움직임이다.

성기 끝을 머금은 입술이 나오고 그 사이로 침이 흘렀다. 카메라가 더 빠져 전체적인 상황을 비췄다. 성기를 물고 있는 것은 젊은 여자로 넋 나간 표정이다.

완전히 정신을 놓은 여자가 에마임을 깨닫는 데까지 나가미네는 다소의 시간이 필요했다. 아니, 아마 한순간이었을 텐데 그 한순간을 인정하고 싶지 않아 갈등했다.

그는 절규가 터져 나올 것만 같아 자신의 입을 틀어막았다. 막는 것만으로는 터지는 절규를 견딜 수 없을 것 같아 가운뎃손가락을 힘껏 깨물었다.

전라로 무릎을 꿇은 에마는 남자에게 머리를 눌려 억지로 자세를 취하고 있다. 공허한 눈과 표정에서 의사라는 것이 전혀 느껴지지 않는다. 저항할 기력조차 없어 보였다.

누군가 웃고 있다. 카메라를 조작하고 있는 남자인지, 에마에게 성행위를 시키고 있는 남자인지는 모르겠다. 그리고 남자들은 서로 얘기를 나누고 있다. 내용은 들리지 않지만, 그 말투는 신이 난 듯 의기양양하게 들렸다.

화면이 바뀌더니 에마가 크게 다리를 벌리고 카메라에 자신의 음부를 드러내고 있다. 에마의 뒤에서 남자가 윗몸을 내리누르는데 에마는 여전히 저항하지 않는다. 마치 인형처럼 남자들 마음대로 움직였다.

카메라가 음부로 다가갔다. 남자들의 웃음소리.

나가미네는 더는 견딜 수 없어 비디오를 끄고 머리를 감싼 채 몸을 웅크렸다. 여기 오기로 마음먹었을 때부터 어느 정도는 각오했던 일이지만 이토록 고통스러울 줄은 몰랐다.

그는 눈물을 흘렸다. 아내가 남기고 떠난, 자기 목숨보다 소중한, 이 세상에서 유일한 보물이, 짐승만도 못한 쓰레기 같은 놈들에게 유린당했다는 생각에 미칠 것만 같았다.

나가미네는 수없이 머리를 바닥에 찧었다. 그렇게 해야만 간신히 제정신을 유지할 수 있을 것 같았기 때문이다.

그래도 눈물이 멈추지 않아 그는 바닥에 머리를 문질러댔다. 고통에 슬픔이 완화되길 바랐다.

그때였다. 그의 눈에 어떤 것이 들어왔다. 그는 침대 밑으로 손을 넣었다.

거기 처박혀 있던 것은 낯익은 얇은 분홍색 유카타였다. 백화점에서 에마에게 사준 옷이다.

나가미네는 유카타에 얼굴을 묻었다. 다시 눈물이 솟구쳤다. 이미 먼지 냄새가 배어 있었으나 그래도 어렴풋하게나마 샴푸 향기가 났다.

격렬한 분노가 솟구침과 동시에 급격히 손발이 차가워졌다. 그의 마음속 저 깊은 곳에 잠들어 있던 무언가가, 자신도 그 존재를 깨닫지 못했던 무언가가 천천히 고개를 들었다. 그것은 지금까지 그의 가슴속을 지배했던 유일한 감정인 슬픔을 저 구석으로 밀어버렸다.

유카타에서 고개를 든 그는 TV로 시선을 돌리고 다시 비디오 스위치를 켰다.

성기를 노출한 에마의 모습이 다시 화면에 나타났으나 나가미네는 시선을 피하지 않았다. 이를 악물고 그 지옥을 머릿속에 새겨 넣었다.

지옥은 아직 끝나지 않았다. 에마가 남자들에게 강간당하는 모습이 극히 선명하게 화면에 나왔다. 남자들은 그야말로 짐승이었다. 이제 막 열다섯이 된 에마를 인간으로 취급하지 않았다. 그녀에게 무수한 체위를 강요하며 자신들의 추한 욕망을 채웠다.

에마의 표정에서는 이미 인간성이 사라지고 없었다. 마약 주사를 맞은 탓인지, 충격을 받은 나머지 정신 이상을 일으킨 건지 알 수 없다. 어쨌든 이 시점에 이미 제정신이 아니라는 게 오히려 다행이라고 나가미네는 생각했다. 이 현실을 받아들인 채 죽었다면 너무 비참하다.

몇 번인가 화면이 바뀌고 축 늘어진 에마가 나타났다. 한 남자가 에마의 뺨을 때렸다. 캠코더를 촬영하던 남자가 웃었다. 뭐야 자냐……? 웃으면서 그렇게 말했다.

뺨을 때리던 남자가 이쪽을 바라봤다. 심각한 표정이다. 큰일 났어, 그렇게 말하는 듯했다. 그리고 영상이 꺼졌다.

나가미네는 손톱이 손등을 파고들 정도로 양손을 세게 움켜쥐고 있었다. 우두둑 소리가 날 정도로 어금니를 악물었다.

에마가 이렇게 죽었구나. 나가미네는 깨달았다. 아니야, 살해당했어.

가슴속에서 싹튼 무언가가 그를 움직이게 했다. 온몸은 뜨거운데 머리는 놀랍게도 너무나 차가웠다.

그때였다. 현관 우편함에서 소리가 났다.

10

나가미네는 긴장했다. 누군가가 돌아오면 창문으로 도망
치기로 했으나 그렇게 하지 않았다. 아무것도 안 하고 이 자
리를 떠난다는 생각은 이제 그의 머릿속에 없었다.

재빨리 실내를 돌아본 나가미네의 시선에 싱크대 위쪽에
방치된 식칼이 들어왔다. 망설임이나 주저는 없었다. 그는 성
큼성큼 다가가 식칼을 들고 신발장 대신 놓인 수납장 뒤에 숨
었다. 문이 열리는 소리가 난 것은 그 직후다.

문이 열리고 누군가 들어왔다. 전혀 경계하는 기색 없이
성큼성큼 안으로 들어온다. 가냘픈 어깨에 머리를 금발로 물
들인 소년이다. 헐렁한 티셔츠를 입고 회색 바지를 아래로 내
려 입었다.

이 녀석이구나. 나가미네는 생각했다.

도모자키 아쓰야인지 스가노 가이지인지는 모른다. 하지만 둘 중 하나임은 틀림없다는 확신이 들었다. 덩치나 머리색깔까지 방금 영상에서 본 녀석이다.

나가미네는 걸음을 내디뎠다.

어떤 기척을 느꼈는지 소년이 돌아봤으나 그때는 이미 나가미네가 소년의 바로 뒤로 돌아가 칼을 들이대고 있었다.

온 힘을 다해 들고 있는 식칼을 찔렀다. 쑥, 살을 파고드는 감각이 들었다.

식칼은 소년의 오른쪽 옆구리에 깊이 박혔다. 소년은 놀란 표정으로 나가미네의 얼굴을 보고 시선을 떨구어 자기 몸에 무슨 일이 일어났는지 살폈다.

"왜……?" 신음 같은 소리가 흘러나왔다.

나가미네는 말없이 식칼을 뽑아 다시 같은 곳을 찔렀다. 소년은 얼굴을 일그러뜨리며 나가미네의 몸을 밀려 했다. 그러나 그리 강한 힘은 아니었다.

다시 식칼을 뽑자 소년은 옆구리를 손으로 막으면서 무너지듯 주저앉았다. 도망치려고 몸을 움직였으나 힘이 전혀 들어가지 않는 듯 바닥 위를 미끄러질 뿐이다. 그의 표정은 놀라움과 공포로 가득했다.

그 표정을 본 나가미네의 마음에 일말의 동정도 생기지 않았다. 오직 증오만이 부풀어 오를 뿐이다. 소년의 얼굴은 바로 조금 전 비디오에 나왔던 얼굴이다. 에마를 유린하고 살해한 짐승 중 하나가 틀림없다.

나가미네가 소년의 가슴을 누르자 그는 힘없이 바닥에 쓰러졌다. 나가미네를 보고 "누구야?"라고 기어들어 가는 소리로 물었다.

나가미네는 소년의 몸에 올라탔다. 격렬한 통증이 찾아온 듯 소년은 비명을 지르며 다리를 버둥거리고 양손을 마구 휘둘렀다.

티셔츠 소매에서 나온 팔의 피부색이 영상에 나온 남자들의 나체와 겹쳤다. 이 팔로 에마를 짓누르고 인간으로서의 존엄을 훼손하고 인생을 빼앗았다. 앞으로 활짝 필 청춘의 문을 무참히 짓밟은 것이다.

정신을 차린 순간, 나가미네는 소년의 가슴을 마구 찌르고 있었다. 인간의 것이라고는 할 수 없는 비명이 소년의 입에서 터져 나왔다.

"닥쳐. 안 그러면 다음은 여길 찔러 주지." 나가미네는 식칼 끝을 소년의 목에 댔다. 그제야 나가미네는 자신의 손과 식칼이 피범벅이 되었음을 깨달았다.

소년은 만세라도 부르는 듯 두 손을 올린 채 그대로 멈추더니 눈을 크게 부릅떴다. 뭐라고 얘기하려는 것 같은데 그 소리는 나가미네의 귀에 닿지 않았다. 헐떡대는 소리가 흘러나올 뿐이다. 얼굴은 이미 잿빛에 가까웠다.

"네가 도모자키 아쓰야인가? 아니면 스가노 가이지인가?"

소년은 열심히 입을 움직이려 했다. 그러나 역시 헐떡이는 소리만 나왔다.

"도모자키야?" 나가미네는 다시 물었다.

소년이 희미하게 고개를 끄덕였다. 눈의 초점이 사라지고 있다.

"스가노 가이지는 어디 있지?"

도모자키는 대답하지 못하고 눈을 감으려 했다.

"대답해! 스가노는 어디 있어?" 나가미네는 인형처럼 축 늘어진 소년의 몸을 흔들었다.

도모자키의 입술이 살짝 움직였다. 나가미네는 귀를 가져다 댔다.

"펜션…… 나가노…… 도망쳤어."

"나가노? 나가노현 말이야? 어느 펜션?"

나가미네는 도모자키의 몸을 계속 흔들었으나 그 입술은 이제 더는 움직이지 않았다. 팔과 다리를 축 늘어뜨린 채 눈을 살짝 뜨고 허공을 응시했다.

나가미네는 천천히 도모자키의 몸에서 떨어졌다. 도모자키는 움직이는 기척이 없다. 축 늘어진 팔의 손목을 잡아봤으나 맥박이 전혀 잡히지 않았다.

너무 쉽게 죽어버렸네…….

나가미네는 침대에 등을 기대고 앉아 사체가 된 도모자키를 바라봤다. 티셔츠는 원래 색깔을 알아볼 수 없을 정도로 피로 물들어 있고 바닥은 시뻘겋다. 자기 몸도 마찬가지이리라. 그는 마침내 깨달았다. 하지만 그런 건 아무래도 상관없었다.

이렇게 끝낼 수는 없어. 이 정도로 복수를 끝냈다고 할 수 없지. 더 지독한 일을 당하게 해야지. 더 인간성을 훼손하는 거야. 더, 더, 더…….

나가미네의 시선이 사체의 전신을 핥듯 움직였다. 마침내 시선이 한 점에 머물렀다. 도모자키의 사타구니였다.

그는 도모자키의 허리띠를 풀고 바지와 속옷을 한꺼번에 내렸다. 음모에 감싸인 성기가 드러났다. 그것은 작게 위축되어 있고 실금한 듯 오줌 냄새가 났다.

에마는 이 추한 것을 입에 넣어야 했어…….

혐오감과 증오가 다시 나가미네의 몸속을 내달렸다. 그는 피범벅인 식칼을 들었다. 그리고 도모자키의 성기에 대고 힘을 줬다. 하지만 핏덩어리가 굳어선지 잘 잘리지 않았다. 그는 도모자키의 바지에 식칼을 닦고 다시 같은 동작을 했다. 이번에는 싹둑 잘리는 감각이 찾아왔다. 열중해 반복했다. 몇 번째인가에 성기가 도모자키의 몸에서 떨어졌다.

피는 별로 나오지 않았다.

나가미네는 사체의 얼굴을 봤다. 도모자키는 조금 전과 같은 표정이다. 즉 무표정이다.

그게 너무나 화가 났다.

살아 있었다면 성기 절단은 죽기보다 괴로웠을 텐데. 그것을 이용해 여성을 유린하고 성욕을 채우는 것만을 삶의 보람으로 삼았던 게 틀림없다. 왜 숨통을 끊어놓기 전에 이것부터 하지 않았을까? 나가미네는 후회했다. 지금 이 짐승은 삶의 보람을 잃은 것도 모르며, 고통도 느끼지 않는다.

나가미네는 양손으로 식칼을 잡고 사체의 가슴과 복부를 마구 찔렀다. 찌르면서 눈물을 흘렸다.

사람을 죽여도, 사체를 훼손해도 딸을 빼앗긴 원한의 만분의 일도 사라지지 않는다. 슬픔이 누그러들지도 않았다.

그럼 살려서 반성하게 하면 조금이나마 나았을까? 이런 인간쓰레기들이 반성할까? 반성해도 용서할 수 없다. 에마는 살아 돌아오지 못한다. 시간을 되돌릴 수도 없다. 애당초 이런 짐승 같은 놈들이, 교도소 안이라 할지라도 앞으로도 인간으로 살 생각을 하면 견딜 수 없다.

나가미네는 끔찍한 고통 속에서 식칼을 계속 휘둘렀다. 범인에게 복수한다고 해서 구원받는 게 아니라는 것은 안다. 아무것도 해결되지 않고 내일도 없다. 하지만 복수라도 하지 않으면 더 아픈 고뇌의 날들이 기다린다. 지옥 같은 인생이 죽을 때까지 이어질 뿐이다. 사랑하는 사람을 부조리하게 빼앗긴 인간에게 그 어디에도 빛은 없다.

도모자키 아쓰야의 시신을 발견한 것은 모토무라라는 열여덟 살 소년이다. 모토무라는 예전에 도모자키가 다니던 고등학교 동급생으로, 그가 퇴학당한 뒤에도 종종 어울려 놀았다. 그날 모토무라는 새로 산 오토바이를 보여주려고 아쓰야의 아파트에 들렀다.

모토무라는 사체를 발견하자마자 휴대전화로 담당 경찰서에 신고했다. 경관이 출동했을 때 모토무라는 방 밖에 주저앉아 있었다. 현장을 보존해야 한다는 의식이 그에게 있었던 것은 아니다. 도무지 방에 있을 수 없었다고 창백한 얼굴로 경관에게 말했다고 한다.

실제로 그는 사체를 본 순간 구토했다. 그 흔적이 현장 검증으로 확인되었다.

방에 들어간 경관은 깜짝 놀랐다. 상상을 초월한 비참한 광경이 펼쳐져 있었다. 결국은 경관도 담당인 니시아라이 경찰서에서 수사관이 도착할 때까지 문밖에서 대기할 수밖에 없었다.

니시아라이 경찰서의 수사관들 역시 사체의 상태를 보고

눈을 돌렸다. 베테랑 감식원조차 "이런 사체는 본 적 없어"라며 얼굴을 찌푸렸다.

몸통에 난 무수한 자상, 성기가 잘린 점 등을 보면 타살임이 명백했다. 곧바로 경시청에 연락이 갔다.

소식을 듣고 부모가 달려왔다. 어머니는 사체를 보고 절규하다가 그대로 정신을 잃고 쓰러졌다. 아버지는 얼어붙은 채 굳어버려 움직이지 않았다. 형사는 아버지의 이야기를 들으려고 했으나 "아들의 일은 아내에게 다 맡기고 있다"라고만 했을 뿐이다. 간신히 왜 미성년자인 아들을 혼자 살게 했냐는 질문에만 대답했다. 고등학교를 중퇴한 아들에게 대학 수험을 준비하게 하려고 장소를 제공했다는 것이다. 방에는 공부한 흔적이 전혀 없었는데 그 점에 대해서는 "아내에게 물어보라"라고만 대답했다.

너무나 이상하고 엽기적인 살인인데 현장 검증이 진행됨에 따라 수사관들의 표정에 낙관적인 빛이 떠오르기 시작했다. 범인을 특정하기에 충분한 물증이 발견되었기 때문이다.

일단 사체 옆에 흉기가 떨어져 있었다. 흔한 식칼로 새것은 아니다. 처음부터 방에 있었던 것인지는 불명이나 손잡이에 지문이 또렷이 남아 있었다. 같은 인물로 추정되는 지문이 방 곳곳에서 발견되었다. 또 실내에 신발을 신고 돌아다닌 흔적도 있다.

더구나 범인의 것으로 추정되는 의류가 침대 위에 던져져 있었다. 온통 피가 묻어 있어서 도주하려고 벗은 것으로 추정되었다.

그 의류가 피해자 것이 아님은 명백했다. 하얀 폴로셔츠도, 감색 바지도 피해자와는 치수가 달랐다. 무엇보다 취향이라는 점에서 피해자의 일상복과는 완전히 달랐다.

다음 날에야 도모자키 아쓰야의 부모에게 다시 이야기를 들었다. 실질적으로는 어머니에게만 들었다고 해야 할 것이다. 여전히 넋을 놓은 상태인 그녀는 울기만 할 뿐 형사의 질문에 제대로 대답하지 못했다. 그래도 지리멸렬한 진술을 조금씩 정리하다 보니 도모자키 아쓰야의 최근 생활이 어렴풋하게나마 드러났다.

도모자키는 1주일이나 2주일에 한 번씩 집에 왔다고 한다. 목적은 주로 용돈을 받는 것이다. 그때마다 어머니는 5만 엔 전후의 돈을 줬다. 아버지는 운송업을 경영해 아들의 교육을 포함한 가정일은 전부 아내에게 일임했다고 한다.

그러나 어머니는 아들이 평소 어떻게 생활하고 어떤 친구들과 어울리는지 전혀 몰랐다. 관심이 없었던 것도, 걱정하지 않았던 것도 아니다. "그런 걸 물으면 아쓰야가 미친 듯 화를 내서요"라고 했다. 아파트를 찾아오는 것도 격렬히 말렸다고 한다.

그런 상황이라 어머니는 도모자키가 살해된 원인뿐만 아니라 구체적인 생활을 도통 몰랐다. 간신히 이렇게 말했을 뿐이다.

"나쁜 친구들이 아주 많았던 것 같으니까 다투다가 살해된 게 아닐까요?"

형사들은 도모자키의 교우관계를 샅샅이 조사했다. 곧 몇명의 이름이 거론되었다. 특히 친했던 것은 중학교 동급생이었던 스가노 가이지라는 소년이다. 도모자키가 마지막으로 목격된 곳은 패스트푸드점인데 그때도 스가노와 같이 있던 것으로 판명되었다.

재빨리 두 형사가 스가노의 집을 찾아갔다. 도모자키의 집에서는 걸어서 몇 분 거리다.

스가노 가이지는 집에 없었다. 형사를 맞은 어머니의 말로는, 여행을 떠났다는데 어디로 갔는지 모르고 휴대전화를 걸어도 받지 않는다고 한다. 어머니는 작은 가게를 운영하고 있고 남편과는 10년 전에 이혼했다. 일이 고되 아들 일은 그다지 신경 쓰지 못하는 듯했다.

형사들은 어머니에게 부탁해 스가노 가이지의 방에 들어가, 방치된 라이터, 헤어무스, CD 등을 빌려왔다. 그들 물품을 감식과로 보내 지문을 채취한 결과, 도모자키 아쓰야의 방에서 채취한 지문 몇 개와는 같았으나 식칼에 묻은 지문과는 일치하지 않았다.

그렇다고 바로 스가노의 혐의가 풀린 건 아니다. 오히려 사건과 어떤 관련이 있지 않겠냐는 견해가 강했다. 도모자키가 살해된 날에 스가노가 여행을 떠났기 때문이다.

도모자키의 중학교 동급생이자 지금도 어울리던 사람이 스가노 외에 또 있다. 나카이 마코토라는 소년이다. 그 소년에게도 형사를 보냈다.

나카이 마코토는 집에 있었다. 그도 도모자키나 스가노와 마찬가지로 고등학교를 중퇴하고, 또 다른 둘과 마찬가지로 제대로 된 직업도 없이 매일 부평초처럼 살고 있다.

형사들 눈에 나카이 마코토는 잔뜩 겁을 먹은 듯 보였다. 그러나 사건에 관해 뭘 알아선지, 아니면 그저 진짜 형사를 보고 긴장한 건지, 판단할 수 없었다.

사건에 대해 뭔가 짚이는 건 없다, 요즘 들어 자신은 도모자키와 만난 적 없다는 것이 나카이 마코토의 주장이었다. 그에 대해 입증 수사가 진행되었는데 실제로 도모자키와 나카이가 만났다는 정보는 얻을 수 없었다. 형사들이 몰래 가져온 나카이의 지문도 식칼의 것과 일치하지 않았다.

그런 와중에 도모자키 아쓰야의 방을 조사하던 형사가 말도 안 되는 것을 발견했다.

비디오테이프이다.

형사가 처음부터 대단한 의도를 가지고 테이프를 재생한 건 아니다. 어차피 TV 프로그램이나 녹화했겠지. 그 정도의 가벼운 마음으로 비디오 플레이어에 테이프를 넣었다.

이윽고 화면에 나타난 영상을 보고, 형사는 넋을 놓고 말았다.

11

도모자키 아쓰야의 방에는 수십 개에 달하는 비디오테이프가 보관되어 있었다. 그중 대다수는 TV 프로그램을 녹화한 평범한 것이었으나 수사관들은 전부를 종이상자에 담아 수사본부로 돌아가기로 했다. VHS 테이프 외에 캠코더용 테이프 몇 개와 디지털카메라도 발견해 그것도 담았다.

니시아라이 경찰서의 방 하나가 테이프 확인용으로 배정되었다. 담당 수사관들은 처음에는 개인적인 호기심이 발동하는 것을 억누르지 못했다. 남녀의 섹스 장면을 촬영한 것이라고 들었기 때문이다. 담당자들은 모자이크가 없는 조금 과격한 성인 비디오를 감상하는 기분으로 이 임무에 임했다.

그런데 그들은 곧, 큰 착각임을 깨달았다.

예상대로 섹스 장면이었다. 그러나 화면에 흐르는 영상은 그들의 호기심을 자극하는 게 아니었다. 잔혹하고 불쾌하며, 인간성이라고는 조금도 느껴지지 않는 강간 장면의 연속이었기 때문이다.

영상을 본 수사관은 예외 없이 비위가 상해 30분 이상은 도무지 계속 보지 못했다.

도모자키 아쓰야가 많은 소녀를 강간했다는 데는 의심의 여지가 없었다. 그 사실과 도모자키의 성기가 잘린 점을 연관 짓지 않은 사람은 없었다.

도모자키의 사체를 발견한 모토무라라는 소년이 수사본부에 불려왔다. 그는 비디오를 본 후 필사적으로 고개를 흔들었다.

"나는 몰라요. 아쓰야나 가이지가 여자를 꼬드겨 나쁜 짓을 한다는 건 알았는데 저는 한 적 없어요. 정말이에요. 정말 몰라요."

"가이지? 도모자키와 같이 찍힌 남자가 스가노 가이지니?" 형사가 물었다.

"맞아요. 가이지예요. 그 녀석, 아주 지독한 놈이에요. 나랑은 관계없어요."

모토무라의 말로는 도모자키 아쓰야는 스가노 가이지와 함께 여성들을 강간했다고 자랑스럽게 떠들고 다녔단다.

수사진으로서는 그 스가노가 행방을 감춘 점을 중시할 수밖에 없었다. 그러나 스가노가 도모자키 살해의 범인이라고 생각하는 수사관은 적었다. 어떤 문제가 있었든, 강간 공범을 죽이는데 그토록 잔혹한 짓을 할 이유가 없다는 의견이 지배적이었다.

역시 제일 먼저 떠올린 것은 강간 피해자이거나 그 관계자가 도모자키에게 복수했다는 추측이다. 벗어 던진 옷으로 봤을 때 범인은 남성이므로 강간당한 소녀의 아버지, 형제 혹은 연인일 것으로 여겨졌다.

물론 다른 의견도 있었다. 도모자키의 반인륜적인 행위를 아는 사람이 그 피해자가 한 것으로 보이도록 한 게 아닐까? 성기를 자른 것도, 일부러 옷을 벗어놓고 간 것도 위장이라는 것이다.

어쨌든 강간 피해자들의 신원을 판명할 필요가 있다. 그렇다고 해도 이런 종류의 범죄는 피해 신고를 하지 않는 경우가 대부분이다. 비디오테이프 담당자들은 진저리를 치면서도 소녀들의 신원과 이어질 게 찍히지 않았나 확인하려고 불쾌한 영상을 반복해 감상해야 했다.

마침내 담당자 하나가 한 테이프에 주목했다. VHS가 아니라 캠코더용 테이프였다. 강간 장면이 담긴 VHS 테이프는 모두 캠코더용 테이프에서 복사한 것인데 그것만은 복사되지 않은 듯 같은 내용이 담긴 VHS 테이프가 없었다.

그 담당자가 주목한 것은 다름 아니라 피해자의 얼굴이다. 그 소녀의 얼굴을 본 적 있었다.

그 집 수십 미터 앞에 다섯 대의 차가 차례로 정지했다. 마지막 차를 타고 온 오리베와 마노는 차에서 내려 주위를 살피면서 천천히 걷기 시작했다. 주택가인데 길을 걷는 일반인은 없다. 낮에도 이렇다면 밤이 되면 위험하겠다고 오리베는 생각했다.

다른 차에서 내린 형사들도 재빨리 다음 행동을 옮겼다. 약 반 정도의 사람이 집 뒤로 돌아갔다. 피의자가 도주할 우려가 있을 때 당연히 취하는 행동이다.

앞서 걷던 형사 하나가 멈춰 마노와 오리베를 기다렸다. 가와사키라는 남자로 오리베 일행과는 다른 반 소속이다.

"제가 인터폰을 누르겠습니다. 혹시 당사자가 나오면 마노 형사님이 대응해주세요. 그러는 편이 경계가 덜 할 겁니다. 만약 용건을 물으면."

"알아. 따님 건으로 질문이 있다고 하면 되지." 마노가 귀찮다는 듯 대답했다.

"부탁드립니다. 부재중이면 예정대로 가택 수색에 들어갑니다. 쭉 훑어본 후 숨은 사람이 없으면 알릴 테니까 그때까지 두 분은 현관 앞에서 대기해주십시오. 만약 피의자가 어딘가에 숨어 있다가 현관 쪽으로 도주하면 지원해주세요."

"아마 없을 거야."

"저도 그렇게 생각합니다만 만에 하나를 위해서입니다."
그렇게 말하고 가와사키는 등을 돌렸다.

후, 하고 마노는 한숨을 토해냈다. 오리베와 눈이 마주쳤다.

"그럼 갈까?" 마노가 걷기 시작했다. 오리베도 뒤를 따랐다.

두 사람 앞에 붉은 지붕의 집이 있다. 나가미네 에마의 집
이다. 그리고 가와사키 일행의 목적은 에마의 아버지인 나가
미네 시게키에게 임의동행을 요구하는 것이다. 체포까지 가
지 않은 것은 출두만 하면 자백받을 수 있다는 확신이 수사진
에 있었기 때문이다.

니시아라이 경찰서 담당 지역에서 엽기적인 살인사건이
일어난 것은 오리베도 알고 있다. 그러나 자신들이 담당한 사
건과 관련이 있으리라고는 생각하지 못했다. 사건의 질이 완
전히 다르다고 생각했기 때문이다.

그래서 어젯밤 늦게 히사쓰카로부터 나가미네 시게키의
자택을 지키라는 명령을 받았을 때도 목적이 무엇인지는 몰
랐다. 물어봐도 "자세한 얘기는 나중에 해주지. 일단 나가미
네에게서 눈을 떼지 마. 만약 집에 없으면 돌아오기를 기다
려"라는 말을 들었을 뿐이다.

오리베는 목적도 모른 채 나가미네의 집을 감시했다. 밤이

되어도 집의 불이 켜지지 않았으니 사람이 없는 게 분명했다. 그런 상태는 다른 형사와 교대한 오늘 아침까지 이어졌다.

잠복을 끝낸 뒤 이번에는 니시아라이 경찰서에 불려갔다. 마노도 같이 갔다. 오리베는 수면 부족으로 머리가 무거웠으나 어두컴컴한 방에서 보게 된 비디오는 그의 졸음을 싹 날렸다.

도모자키 아쓰야 일당이 강간한 소녀는 나가미네 에마가 분명했다. 그 얼굴은 오리베의 머리에 각인되어 있다. 영상 속의 에마에게서 감정은 찾아볼 수 없었다. 마약과 강간으로 정신이 무너졌을 거라고 마노는 말했다.

히사쓰카의 설명에 따르면, 도모자키 아쓰야 타살을 담당한 다른 반이 수사 과정에서 이 비디오를 발견했다고 한다. 원래는 나가미네 시게키에게도 영상을 보여주고, 딸인지 확인해야 하는데 왠지 연락이 닿지 않았다. 근처 파출소에 연락해 나가미네의 집 상황을 살피도록 했으나 아무래도 집을 비운 듯해서 이미 현장 주변 지리를 잘 아는 오리베에게 나가미네의 집 감시를 맡긴 것이다.

나가미네는 결근 중이다. 상사에게 그런 뜻을 전한 것이 도모자키가 살해되기 전날 밤이다. 니시아라이 경찰서의 수사본부에서는 나가미네가 도모자키를 살해했을 가능성이 크다고 보고 그의 직장에서 소지품을 압수해 지문을 조사한 결과, 그의 지문이 도모자키 살해에 사용된 식칼에 묻어 있던 것과 완전히 일치했다.

그 순간 나가미네 시게키는 딸을 살해당한 유족에서 살인 사건 중요 참고인으로 처지가 바뀌었다.

"확실히 나가미네 씨가 도모자키를 죽였을까요?" 오리베는 걸으면서 조그맣게 마노에게 물었다.

"나가미네 씨라. 그렇지. 아직은 씨를 붙여도 되겠지."

그 말을 통해 마노가 나가미네를 범인으로 보고 있음을 알 수 있었다.

"이런 말은 형사로서 실격이겠지만……."

"그렇다면 말하지 마." 오리베의 말을 막은 마노는 앞만 보고 있었다.

오리베는 선배 형사의 옆얼굴을 보고 입을 다물었다. 그는 이렇게 말하려 했다. 나가미네 시게키의 마음을 알 것 같다, 고…….

나가미네 에마가 강간당하는 장면은 캠코더용의 카세트 테이프에만 남아 있다. 도모자키는 왜 평소처럼 VHS 테이프에 복사하지 않았을까? 나가미네 에마가 죽어버렸기 때문에 그런 짓을 할 여유가 없었다는 생각도 가능하다. 그러나 방의 쓰레기통에서 VHS 테이프 포장 셀로판과 남은 라벨 시트 같은 게 발견되었다. 또 테이프 케이스만 침대 옆에 떨어져 있었다.

도모자키는 나가미네 에마를 강간하는 장면도 복사했다고 생각하는 게 타당할 것이다. 그럼 왜 그 테이프는 발견되지 않았나?

아마도 나가미네 시게키가 가지고 갔을 것이다.

그는 도모자키의 방에 침입해 복사된 테이프를 봤다. 그 걸 보고 도모자키를 기다렸다가, 혹은 마침 돌아왔을 도모자키에게 복수한 것이다. 그는 자신이 의심당할 것을 알면서도 피 묻은 옷을 그 자리에 남기고 식칼 지문도 닦지 않았다. 아마 체포도 각오했을 것이다. 그래도 테이프만은 남겨두지 않았다. 딸이 능욕당하는 영상을, 일테면 증거라는 형태라 해도 경관을 포함한 많은 사람에게 보이고 싶지 않았을 것이다.

그 심정을 생각하면 오리베는 가슴이 너무 아팠다. 도모자키의 시신 사진은 오리베도 봤는데 그 정도는 당해도 싸다고 생각했다. 아니, 그래도 나가미네의 마음은 위로받지 못했으리라.

나가미네의 집 앞에 도착했다. 가와사키가 같은 반 형사들과 뭔가 이야기를 나눴다. 그 무리에서 조금 떨어진 곳에 중년의 야윈 여성이 서 있다. 나가미네 시게키의 친척 여성이다. 가택 수색 때 입회인으로 데려왔을 것이다. 그녀는 두려움과 당혹스러움이 뒤섞인 얼굴을 하고 서 있다. 오리베는 무리도 아니라고 생각했다. 조금 전까지는 이 세상에서 가장 안타까웠던 친척이 지금은 살인사건 용의자가 된 것이다.

"그럼, 누르겠습니다." 가와사키가 인터폰 버튼을 눌렀다.

집 안에서 벨 소리가 어렴풋하게 들려왔으나 스피커로 대답이 돌아오지는 않았다. 가와사키는 다시 버튼을 눌렀다. 결과는 마찬가지였다.

"가택 수색으로 전환하겠습니다." 그렇게 말하고 그는 품에서 서류를 꺼냈다. 수색영장이다. 그것을 친척 여성에게 보여줬다. "입회해 주시겠습니까?"

"아, 네." 그녀는 긴장한 표정으로 끄덕였다.

"열쇠가 없어서 현관 잠금장치를 강제로 열겠습니다. 괜찮겠습니까? 끝난 뒤에는 어떤 형태로든 다시 잠그겠습니다."

"네……, 아, 알겠습니다."

가와사키의 지시로 특수반 담당자가 현관을 열었다. 불과 1분도 지나지 않아 문이 열렸다.

가와사키를 선두로 여러 명의 형사가 들어갔다. 오리베와 마노는 밖에서 대기했다.

"차는 그대로……인가?" 마노가 옆의 주차 공간을 내려다봤다. 거기에는 감색 국산 차가 세워져 있다.

"나가미네 씨, 어디 갔을까요?"

"글쎄 모르지. 어디 갔다면 그나마 좋겠는데." 마노는 손목시계를 봤다. "아직 녀석들이 요란을 안 떠는 걸 보니 집에는 아무도 없나 보군."

"집에 숨어 있을지도 모른다고 생각하셨나요?"

"숨어 있을 거라는 생각은 안 했어. 그저 집 안에서 발견될 수도 있지 않을까 했지."

"발견……" 따라 읊조리던 오리베는 마노의 의도를 깨달았다. 베테랑 형사는 나가미네 시게키가 자살했을 가능성을 말한 것이다.

오리베가 집을 올려다봤을 때 현관에서 한 형사가 고개를 내밀었다.

"들어오시죠." 오리베 일행을 향해 무뚝뚝하게 말하고 바로 사라졌다.

"저 얼굴을 보니 아무것도 발견하지 못한 것 같네." 마노는 조그맣게 말했다.

집으로 들어가니 정면 계단에서 가와사키가 내려오던 참이다.

"도망쳤습니다. 2층에 나가미네의 침실이 있습니다. 여행 준비를 한 흔적이 있습니다."

마노는 계단을 올라갔다. 2층에는 있는 두 방 모두 문이 열려 형사가 드나들고 있다.

6평 정도 크기의 서양식 방에는 싱글 침대 두 개가 놓여 있다. 아무래도 부부가 사용했을 것이다. 얇은 커버가 덮여 있을 뿐인 한쪽 침대 위에 옷과 수건 등이 아무렇게나 놓여 있다. 계절과 어울리지 않게 스웨터 같은 게 나와 있다.

오리베는 옆방을 들여다봤다. 작은 침대와 책상이 놓여 있고 벽에는 남성 아이돌의 포스터가 붙어 있다. 책상 위에는 영어사전이 놓여 있다.

나가미네 시게키는 이 방을 계속 보존하려 했던 게 아닐까……? 오리베는 문득 그런 느낌이 들었다.

1층으로 내려가자 거실에서 형사들이 온갖 곳을 뒤지고 있다. 그들을 방해하지 않으려는 배려인지 친척 여성은 구석에 우두커니 서 있다.

"뭘 찾는 겁니까?" 오리베가 가와사키에게 물었다.

"총알이요." 장식장 밑을 뒤지면서 가와사키가 대답했다.

"총알?"

"무슨 총알?" 마노가 물었다.

가와사키가 일어나 친척 여성 쪽을 봤다.

"저분 말로는, 여기에 엽총이 걸려 있었답니다. 그게 사라졌어요." 그렇게 말하고 장식장 위를 가리켰다.

12

 나가노역의 플랫폼에 서자, 푹푹 찌는 듯한 열기가 온몸을
감쌌다. 등에서 땀이 쏟아졌다. 북쪽인 신슈 지방은 당연히
서늘할 거라고 단정했던 것을 후회했다. 들고 있는 보스턴백
안에는 지금 계절에는 조금 두꺼운 옷이 몇 벌 들어있다.

 나가미네는 주위를 둘러보면서 플랫폼을 걸었다. 샐러리
맨처럼 보이는 남자가 많았다. 그러나 누구도 그에게 주의를
기울이는 것처럼 보이지 않는다.

 나가미네는 보스턴백을 들고 어깨에 골프가방을 짊어지고
있다. 중년 남성의 스타일로는 가장 이상하게 보이지 않을 차
림 중 하나다.

 개찰구를 나오자 물품 보관소를 찾았다. 골프가방이 들어
갈 큰 물품 보관함이 필요했다.

적당한 물품 보관함을 발견해 골프가방을 넣고 사용 설명서를 보면서 문을 닫았다. 보관 기간은 사흘이다. 나가미네는 손목시계를 보고 요일과 시각을 확인했다. 사흘이 되기 전에 가지러 와야 한다. 만에 하나 담당자가 내용물을 확인하면 모든 게 끝장이다.

몸이 가벼워진 그는 역을 나와 바로 근처에 있는 서점에 들어갔다. 대형 서점이라 손님의 얼굴을 점원이 기억할 가능성이 적다고 판단했다. 나가노현의 여행안내 책자와 펜션을 망라한 책을 샀다. 서점 옆의 문구점에서 편지지와 봉투, 80엔짜리 우표 3장도 샀다.

카페로 들어가 커피를 주문하고 방금 산 책을 꺼냈다. 가게 안은 반쯤 손님들로 차 있다. 다들 나가미네에게 신경 쓰는 모습은 아니다.

대각선 앞쪽에 앉은 남자가 신문을 반으로 접어 읽고 있다. 나가미네가 보이는 면에 '아다치구 엽기 살인에 새로운 전개'라는 기사가 실려 있다. 그는 순간적으로 고개를 숙였다.

아무래도…….

경찰은 도모자키 아쓰야를 죽인 범인을 자신이라 판단했겠지. 자신의 범행임을 은폐하는 공작을 아무것도 하지 않았다. 도모자키의 방에서 지문이 잔뜩 발견되었을 것이다. 흉기마저 그대로 두고 왔다.

도모자키를 살해한 뒤 나가미네는 한참을 멀거니 있었다. 꼼짝하지 않는 사체에 식칼을 휘두르는 작업에도 마음이 가지 않게 되었다. 사체는 사체에 불과했다. 더는 자신이 증오할 대상이 아님을 깨달았다.

끔찍한 일을 저질렀다는 의식은 없다. 오직 허무함만이 그의 가슴을 지배했다. 뭔가를 할 기력조차 없어서 그저 가만히 흘러가는 대로 자신을 맡기고 싶었다. 이대로 여기 가만히 있으면 언젠가는 누군가에게 발견될 것이다. 그 사람이 경찰에 신고하고 출동한 경관에게 자신은 체포된다. 그것도 괜찮겠다는 생각마저 들었다.

그런 그의 눈에 다시 분홍색 유카타가 들어왔다. 에마가 그것을 입고 좋아하며 춤추던 모습이 뇌리에 떠올랐다.

다음 순간, 그 모습이 전라로 변했다. 전라의 딸을 두 남자가 강간하는 비디오 영상이 되살아났다.

가슴을 쥐어뜯는 듯한 정신적인 고통이 다시 그를 덮쳤다. 끔찍한 영상을 뿌리치려고 고개를 흔들고 얼굴을 문질렀다.

이대로 끝낼 수 없어. 여기서 경찰에 잡힐 수는 없어. 그렇다면 도모자키를 뭐하러 죽였는가?

스가노 가이지를 찾아야 한다. 무슨 일이 있더라도 그 짐승을 잡아, 에마가 맛본 고통의 백만분의 일이라도 알게 해야 한다. 그것이야말로 지금 자신이 살아갈 이유다.

그는 소리가 나지 않도록 조심하면서 실내를 뒤졌다. 뭐든 스가노 가이지를 발견할 단서를 얻고 싶다.

"펜션…… 나가노의…… 도망쳤어."

도모자키 아쓰야가 마지막으로 한 말이 유일한 힌트인데 그것만으로는 턱없이 부족하다. 나가노 어디인지, 어떤 펜션 인지를 알아내야 한다.

그러나 방을 아무리 뒤져도 스가노 가이지의 거처를 알아 낼 단서를 찾지 못했다.

방을 나오기로 마음먹고 나서야 자신이 피범벅임을 깨달 았다. 이래서는 밖으로 나간 순간 신고를 당할 것이다. 전차 나 택시도 탈 수 없다.

싸구려 옷장 문을 열고 마구 쑤셔 박혀 있는 옷 중에서 베 이지 반바지와 흰색 티셔츠를 꺼냈다. 그거라면 중년 남자가 입어도 이상하게 여기지는 않을 것 같다. 입어 보니 상당히 허리가 끼었으나 보기에 아주 이상하지 않았다.

피로 물든 자기 옷은 침대 위에 그냥 뒀다. 옷으로 신원을 밝혀질 일은 없다고 생각했고 자신의 범행이라는 게 발각되 는 것도 어차피 피할 수 없으니 포기하기로 했다.

도모자키 아쓰야의 사체를 발견한 경찰은 철저히 그를 조 사할 것이다. 그러면 도모자키가 나가미네 에마의 살인범임 도 언젠가는 밝혀질 것이다. 그 수사 과정에서 형사들은 나가미네에게 범인을 알려준 정보 제공자와도 접촉하리라. 어쩌면 사건을 알게 된 정보 제공자가 먼저 경찰에 연락할지도 모른다. 어쨌든 그 시점에서 경찰은 나가미네에게 의심의 눈길을 돌릴 것이다.

지문을 지우지 않았던 것도, 그런 이유 때문이다. 게다가 지문을 완전히 지우는 것도 불가능하다. 처음부터 도모자키를 죽이려 했던 게 아니었던 터라 맨손으로 온갖 곳을 만졌다. 지우려면 방 전체를 구석구석 닦고 다녀야 한다. 실내만이 아니라 문밖이나 베란다 난간까지 닦아야만 한다. 한시라도 빨리 이 자리를 떠나야 하는 상황에서 그럴 여유는 없다.

그보다 꼭 회수해야 하는 게 있다. 그는 비디오 기기에서 테이프를 빼서 가져온 가방에 넣었다.

에마의 무참한 모습이 찍힌 테이프다.

이로써 도모자키 아쓰야가 에마 살인범으로 판명되는 게 조금 늦어질 것이다. 그러면 지문이 어느 정도 남아 있더라도 경찰의 눈길이 나가미네에게 돌아오는 일은 당분간 없겠지.

그리고 더 큰 이유가 하나 더 있다.

아버지로서, 딸의 이런 무참한, 너무나 불쌍한 모습을, 경찰이라 하더라도 다른 사람에게 보여줄 수는 없다. 저세상의 에마도 그것만은 피해달라고 빌고 있을 게 틀림없다.

그는 에마의 유카타도 가지고 가기로 했다. 이것도 에마가 살해된 사건과의 연결을 끊기 위해서였으나 그녀의 유품을 이런 더러운 장소에 남기고 싶지 않다는 마음도 있다.

이것 말고 그녀의 소지품이 없을까, 나가미네는 방 안을 샅샅이 뒤졌다. 침대 밑에서 유카타 띠와 그녀가 마지막으로 가지고 나간 주머니 모양의 작은 백을 찾았다. 그것들도 가방에 넣었다. 유카타는 들어가지 않아서 방에 있던 편의점 봉투에 넣었다.

현관문으로 나가기로 했다. 창문으로 나가다가 누가 보면 곤란하기 때문이다.

그런데 문을 열고 사람이 없는지를 확인하고 집을 나온 것까지는 좋았는데 그 시점에서 중대한 실수를 저질렀음을 깨달았다. 방 열쇠를 가지고 오지 않은 것이다.

순간 열쇠를 가지러 다시 갈까 망설였으나 멀리서 대화 소리가 들려 그는 문 앞에서 떨어졌다. 오래 꾸물댈 수도 없었고 방으로 돌아가더라도 바로 열쇠를 발견할 수 있는 것도 아니다. 문을 잠그지 않으면 사체 발견이 빨라지겠으나 잠갔을 때와 비교해 그다지 큰 차이가 있을 것 같지도 않다. 그보다는 빨리 사라지는 게 중요하다.

집까지는 택시를 이용했다. 많은 사람과 얼굴을 마주해야 하는 전차를 탈 용기가 없다. 막 사람을 죽인 사람의 얼굴이 얼마나 흉측한지 자신도 알 수 없기 때문이다. 택시 안에서는 되도록 운전사와 눈을 마주치지 않았고 괜한 말도 하지 않도록 노력했다.

집으로 돌아와 바로 짐을 싸기 시작했다. 여행용 보스턴백을 꺼냈는데 평범한 여행이 되지 않을 것임은 그가 가장 잘 알았다. 여행이 아니라 실종 준비인 셈이다.

필요한 물건은 사면 된다, 최대한 쓸데없는 것은 백에 넣지 않았다. 대신 도모자키의 방에서 회수한 에마의 마지막 소지품은 넣었다. 앨범에서 마음에 드는 사진을 몇 장 빼서 그것도 넣었다. 그 안에는 아내의 사진도 포함되었다. 앨범을 보니 눈물이 흘렀다.

보스턴백을 다 싼 그에게 하나 더 해야 할 일이 있었다. 그는 거실로 들어가 그것을 봤다.

사격을 시작했을 때 자신을 교육한 강사는 이렇게 말했다.

"총이란 건 말입니다, 신비한 마력을 지녔습니다. 총을 들면 누구나 방아쇠를 당기고 싶어지죠. 하지만 본격적으로 배우고 난 다음에는 오히려 방아쇠를 함부로 당길 수 없게 됩니다. 총의 무서움을 알아버렸기 때문입니다. 사격은 그 무서움과의 싸움입니다."

스가노 가이지가 앞에 있다면 자신은 방아쇠에 건 손가락에 힘을 줄 수 있을까? 나가미네는 생각했다. 사람을 쏜다는 생각은 해본 적 없었기 때문이다. 아니, 전혀 생각하지 않은 건 아니다. 하지만 그것은 공상의 세계였을 뿐이다. 현실적으로 생각한 적은 한 번도 없다.

나가미네는 전용 케이스를 꺼내 그 안에 총의 부품을 담았다. 그러다가 마음이 바뀌어 다시 다 꺼냈다. 엽총용 케이스는 사람들이 보면 바로 안다. 이런 걸 들고 돌아다닐 수는 없다.

생각 끝에 선택한 것이 골프가방이다. 한 대회에서 준우승했을 때 상품으로 받은 것이다.

밤이 새기를 기다려 집을 나가기로 했다. 그동안 나가미네는 집을 구석구석 돌아다녔다. 부부 침실, 에마의 방, 부엌, 화장실, 욕실, 그리고 거실. 어느 방이나 꿈처럼 즐거웠던 추억이 있다. 이 집으로 이사 왔을 때를 떠올리자 가슴이 아팠다. 이사 오지 않았다면 에마가 그런 일을 당하지 않았겠지만, 새 집을 샀을 때의 행복감은 지금도 그의 마음속에 있다.

그는 소파에 앉아 얼음을 넣은 위스키를 마시면서 조용한 시간을 보냈다. 모든 추억이 슬픔에 잠겼다. 죽고 싶다는 유혹을 이기려면 최대한 증오를 끌어내야 했다.

사람들의 웃음소리에 나가미네는 정신을 차렸다. 눈앞에 커피 컵이 놓여 있다. 마셔 보니 조금 식었다.

가족 셋이 웃고 있다. 네다섯 살쯤 된 사내아이는 크림소다를 마시고 있다.

만약 우리 부부의 아이도 아들이었다면 그런 끔찍한 일은 당하지 않았겠지. 문득 그런 생각이 들었다. 그러나 그 직후 그건 문제의 핵심이 아니라고 마음을 고쳐먹었다. 딸을 가진 부모가 겁을 집어먹은 채 살아야 하는 이 세상이야말로 너무 이상한 것이다.

복수가 허무한 행위라는 것은 도모자키를 죽이면서 충분히 깨달았다. 얻을 수 있는 것은 아무것도 없다. 그래도 나가미네는 남은 놈을 그냥 놔둘 수 없다. 그것은 에마에 대한 배신행위라는 생각이 들었다. 그녀를 괴롭혔던 짐승들에게 제재를 가할 사람은 자신밖에 없다.

죄를 심판할 권리가 자신에게 없다는 것은 안다. 그것은 법원의 일일 것이다. 그렇다면 법원은 범죄자를 제대로 심판할 수 있나?

그런 일은 해주지 않을 것이다. 신문이나 TV 등의 정보로 재판이 어떻게 진행되고 어떤 사건에 대해 어떤 판결이 내려지는지를 나가미네는 조금은 알고 있다. 그 지식으로 보건대 법원은 범죄자를 제대로 심판하지 않는다.

오히려 법원은 범죄자를 구원해준다. 죄를 저지른 인간에게 갱생할 기회를 주고 그 인간을 증오하는 사람들의 눈에 닿지 않는 곳에 숨긴다.

그게 형벌일까? 게다가 그 기간이 놀랍도록 짧다. 한 사람의 일생을 빼앗았는데 범인의 인생을 빼앗아서는 안 된다니.

게다가 도모자키 아쓰야처럼, 아마 스가노 가이지도 미성년자일 것이다. 에마를 의도적으로 죽인 게 아니라고 변호사가 주장하면 어쩌면 벌을 전혀 안 받을지 모른다.

그런 바보 같은 얘기가 어디 있나 싶다. 그 쓰레기 같은 자식들이 빼앗은 것은 에마의 인생만이 아니다. 그녀를 사랑했던 모든 사람의 인생에 치유되지 않는 상처를 남긴 것이다.

나가미네는 심호흡을 한 번 하고 테이블에 꺼내 놓은 책을 백에 다시 넣었다. 그 대신 만년필과 문구점에서 산 편지지를 꺼냈다.

친지들에게 사죄해야 한다. 앞으로 한동안 엄청난 폐를 끼치게 될 것이다. 세상 사람들로부터 비난과 호기심 어린 시선을 받을 게 확실하고 언론 취재도 받을 것이다. 아무리 사죄해도 부족하겠으나 그렇다고 모른 척하면 나가미네의 마음이 편치 않았다.

사죄해야 할 데가 하나 더 있다. 회사이다. 오랫동안 일해 온 직장을, 이런 형태로 갑자기 떠나게 될 줄은 몰랐다. 폐가 되겠지만 그냥 있을 수는 없다. 사건이 발각되면 바로 해고되겠으나 먼저 사직서를 내는 게 타당할 것 같았다.

그리고 한 군데 더, 편지를 써야 하는 곳이 있다.

거기에 적을 내용이 가장 어렵구나.

13

식당 구석의 TV에서는 낮 시간대 와이드쇼 프로그램이 방
영되고 있다. 덮밥을 먹고 차를 마시려고 찻잔에 손을 대던
오리베는 화면에 크게 나온 자막을 보고 손을 멈췄다.

'참혹하게 살해된 젊은이, 가와구치시 소녀 사체유기사건
과도 관련 있나?'라는 자막이 나왔다.

"사건을 보도하네요." 오리베가 조그맣게 맞은편의 마노에
게 알렸다.

마노가 메밀국수를 먹으면서 살짝 고개를 끄덕였으나 TV
를 보지는 않았다.

단정한 이목구비의 여자 아나운서가 무거운 분위기로 말
하기 시작했다.

『아다치구에서 일어난 참혹한 살인 사건 피해자에게, 상습

적 강간, 이른바 부녀자 폭행 혐의가 있었던 것은 저희 프로그램에서 이미 전한 바 있습니다만, 아라카와강에서 발견된 나가미네 에마 양의 사체유기사건에 관여했을 가능성이 있는 것으로 밝혀졌습니다. 니시아라이 경찰서에서 취재 중인 사카모토 기자가 전해드리겠습니다.』

화면이 바뀌고 니시아라이 경찰서 정면 현관이 나왔다. 반소매 셔츠를 입은 남자가 마이크를 들고 서 있다.

『니시아라이 경찰서 앞입니다. 몇 번 전해드렸듯이 문제의 소년 집에서 강간 행위를 촬영한 비디오테이프가 대량으로 발견되었습니다. 그런데 테이프 중 하나에 아라카와강에서 시신으로 발견된 나가미네 에마 양의 모습이 찍혀 있는 것으로 판명되었습니다. 수사본부는 이를 바탕으로 두 사건 사이에 관련이 있는 것으로 보고 있습니다.』

다시 화면이 스튜디오로 돌아왔다. 남성 사회자가 침통한 표정으로 입을 열었다.

『이게 도대체 어떻게 된 거죠? 아, 이와 관련된 속보가 있습니다. 나가미네 에마 양에 관해 물으려고 에마 양의 아버지에게 우리 프로그램 스태프가 연락을 취했으나 자택에 안 계시고 근무지에도 나타나지 않았다고 합니다. 이에 대해 정보가 들어오는 대로 전해드리겠습니다. 자, 사건이 예기치 못한 방향으로 움직였는데…….』

사회자가 옆에 앉은 평론가들에게 의견을 구했다. 평론가들은 너무나도 기묘한 상황에 괜한 말을 했다가 나중에 망신을 당하면 큰일이다 싶었는지, 다들 애매한 답변만 했다. 예를 들어 이 세상은 어딘가 병들었다는 추상적인 의견이 오갔다.

이 내용은 어젯밤 뉴스 프로그램에서 처음으로 보도되었다. 그러나 그때는 나가미네 시게키가 행방을 감춘 사실은 언급되지 않았다.

"언론은 나가미네 씨가 도모자키 살인범이라는 걸 모를까요?" 오리베가 마노에게 물었다.

메밀국수를 다 먹은 마노는 이쑤시개로 이를 쑤시기 시작했다.

"그럴 리 없지. 경찰의 움직임을 바로 알 텐데. 다만 지문이 일치했다는 것은 발표되지 않았으니까 쉽게 추측해선 안 된다고 생각해 조심하는 거겠지."

"지문은 왜 발표하지 않나요?"

"아마도 나가미네를 궁지에 몰고 싶지 않아서겠지. 인간은 말이야, 궁지에 몰리면 무슨 일을 저지를지 몰라. 게다가 녀석은 엄청난 물건을 가지고 있잖아."

"하긴 엽총이니까요."

오리베의 발언에 마노가 얼굴을 찡그린 채 입 닫으라는 시늉을 했다. 이런 데서 떠들지 말라는 듯하다. 오리베는 고개를 숙였다.

두 사람은 식당을 나왔다. 후나바시 경마장 옆이다. 폭넓은 도로를 따라 5분쯤 걷자 작은 상점이 늘어선 도로가 나왔다. 그곳에서 모퉁이를 돌아 조금 더 걸었다. 오른쪽 대각선 앞에 도모자키 쌀가게라는 간판이 나타났다. 그러나 가게 셔터는 내려져 있다. 더러운 간판을 보니 오랫동안 영업하지 않았음을 알 수 있다.

"저기 같군."

"아무도 안 사는 것 같은데요."

"그러니 더 잘됐지. 이웃 사람에게 민원을 듣지 않을 테고 언론이 들이닥치지도 않을 테니까."

셔터는 녹슬어 오랫동안 여닫지 않은 게 분명했다. 둘은 옆 골목으로 들어가 가게 뒤쪽으로 돌았다. 주거지인 뒤쪽에 골목과 통하는 조그만 문이 있다. 문 옆에는 버튼이 달려 있다.

"이거, 울릴까요?"

"울리는지 아닌지는 눌러보면 알겠지." 말이 다 끝나기도 전에 마노는 버튼을 눌렀다. 처음에는 반응이 전혀 없어 다시 눌렀다.

아무래도 고장인 것 같다고 오리베가 말하려는데 문 열리는 소리가 났다. 20센티 정도 열리더니 쉰 살 정도의 여성이 얼굴을 내밀었다. 눈이 푹 꺼져 있다.

"아침에 연락드렸던 사람입니다만." 마노가 싹싹한 미소를 지었다.

"아, 어서 오세요." 여성은 무뚝뚝하게 말하고 문을 열었다.

마노에 이어 오리베도 집 안으로 들어갔다. 방은 어두컴컴했고 묵직하게 가라앉은 공기에 향과 먼지 냄새가 섞여 있다.

3평 정도의 다다미방이다. 작은 차탁과 찻상이 놓여 있을 뿐 다른 가구는 보이지 않았다. 장지문이 꼭 닫혀 있어서 옆 방은 보이지 않았으나 아무래도 향내는 거기서 나는 것 같다.

마노가 자신을 소개하자 오리베도 따라 인사했다. 여성은 형사의 이름 같은 건 아무래도 상관없다는 듯 낡은 다다미로 시선을 떨구었다.

이 여성 — 도모자키 사치요는 살해당한 도모자키 아쓰야의 어머니다. 어젯밤부터 이쪽 집으로 옮겨왔다고 한다. 이곳은 남편인 이쿠오의 본가라고 한다.

"여기에는 지금 아무도 안 사시나요?" 마노가 물었다.

"그게 무슨 관계가 있나요?"

도모자키 사치요의 질문에 마노는 서둘러 손을 저었다.

"아니, 그건 아닙니다."

사치요는 어깨를 들썩여 숨을 크게 내쉬었다.

"근처에 시아주버님이 살아요. 여기는 창고 대신 사용하고요. 남편이 부탁해 당분간 살 수 있도록 해주셨죠." 억양이 없는 말투였다.

"그랬군요. 뭐, 저쪽에 있으면 아무래도 시끄러울 테니까요."

"시끄러운 정도가 아니죠! 주위에서 이상한 눈으로 보고, 이상한 사람들이 취재하겠다고 찾아오고. 정말 돌아버릴 것 같아요." 사치요는 미간을 찌푸리며 머리를 절레절레 흔들었다.

그렇겠지. 사치요는 지금, 일본에서 가장 주목을 받는 사람일 것이다. 어쨌든 엽기적인 살인의 피해자이자 강간 살인마이기도 한 인간의 어머니이니까. 그리고 이 여성의 아들에게는 사체유기사건의 용의자라는 호칭까지 붙었다.

"그런 상황에 죄송하지만, 두세 가지 묻고 싶은 게 있어서요." 마노가 조심스럽게 운을 뗐다.

사치요의 눈이 신경질적으로 올라갔다.

"말할 건 아무것도 없어요. 다 얘기했잖아요! 이제 적당히 좀 하세요!"

"최근 한 달간 아드님과 대화하신 적 없다는 말씀이시죠?" 마노는 사치요의 험악한 태도에 아랑곳하지 않고 질문을 던졌다.

"그래요. 그래서 나는 그 애가 무슨 짓을 했는지 전혀 몰라요."

"아드님이 혼자 살기 시작한 게 언제쯤입니까?"

"작년 11월이요. 대학 수험을 준비하겠다고 하길래, 그럼 조용한 환경에서 공부에 전념하는 게 좋겠다 싶어서…… 우리는 운송업을 하는 터라 집과 회사가 같은 부지 안에 있어요. 그래서 소음도 심하고 사람들 출입도 많아서 차분히 공부할 분위기가 아니라……"

마노가 사치요의 말을 끊고 이야기했다.

"소문으로는, 아쓰야 군이 부모님에게 폭력을 휘둘러 다른 곳으로 보냈다고 하던데요."

사치요의 얼굴에 당황하는 기색이 나타났다.

"누가 그런 말을 하던가요?"

"아니, 어디까지나 소문입니다. 저희는 많은 사람에게 이야기를 듣고 다니니까요."

고개를 숙인 사치요의 시선이 심하게 흔들렸다. 쓸데없는 얘기를 누가 형사에게 흘렸을까를 생각하고 있는지 모르겠다.

"어머님, 말씀하시죠." 마노가 재촉했다.

사치요가 고개를 들었다. 그러나 마노의 얼굴을 보려고는 하지 않았다.

"그야, 그 또래 남자애들은 다소 난폭하잖아요. 정서 불안이라고 해야 하나? 그런 느낌이었어요. 그래서 차분한 환경에서 공부할 수 있도록 아파트를 빌려준 겁니다. 그게 다예요."

오리베는 이야기를 들으며 어머니란 참 대단한 존재라는 생각을 했다. 방을 따로 빌려서 내보낼 정도였으니 도모자키 아쓰야가 어머니에게 가했을 폭력은 평범하지 않았을 것이다. 실제로 사치요가 다친 걸 봤다는 사람이 아주 많다. 그런데도 사치요는 아들을 감싸고 있다.

"그 정서 불안의 원인이 뭔지, 짐작 가는 부분이 있으신가요?" 마노가 물었다.

"그건, 우리 잘못이에요. 어릴 때부터 방치해서, 좀 더 고민도 들어줬어야 했는데."

마노는 고개를 저었다.

"그게 아니라 좀 더 직접적인 원인 말입니다."

"직접적이라니……?"

"아쓰야 군은 시너를 마시다가 훈방된 적도 있더군요. 중학교 때죠. 매직 머시룸(환각 작용을 일으키는 물질 - 역주)을 소지했던 적도 있고요."

사치요의 낯빛이 변했다. 눈을 크게 뜨고 고개를 저었다.

"딱 한 번이에요. 게다가 아주 오래전 일이고."

"이런 말 드리기 좀 그렇습니다만, 훈방 조치가 한 번뿐이라고 해서 딱 한 번이라고 단정할 수는 없습니다. 오히려 숨어서 여러 번 한 사례가 대부분이죠."

"아뇨, 우리 애는……."

"시너는 이제 안 할지 모르죠." 마노는 어머니의 말을 막고 말했다. "같이 어울리는 무리들도 모른다고 했으니까요. 하지만 어머니, 그 대신 다른 걸 했을 가능성도 충분합니다. 아쓰야 군이 마약을 한 흔적은 없었나요?"

사치요의 얼굴이 일그러졌다. 처음으로 똑바로 마노의 얼굴을 바라봤다.

"우리 애가 그런 짓을 했을 리 없잖아요? 정말 착한 애라고요. 나쁜 친구의 꾐에 빠져 점점 이상한 쪽으로 흘러간 거죠. 나쁜 건, 그 스가노라는 아이예요. 아쓰야는 마음을 잡으려고 했는데 늘 방해만 했다고요."

"스가노라면, 스가노 가이지 군 말입니까?"

사치요가 고개를 까딱 끄덕였다.

"걔는 중학교 때부터 불량했어요. 아주 평판이 자자했다고요. 시너나 담배도 다 그 아이가 아쓰야에게 가르쳐준 거예요. 같이 하지 않으면 지독한 일을 당하게 해주겠다고 늘 협박했어요. 아쓰야는 어쩔 수 없이 어울린 거라고요."

"그럼, 스가노 군이 마약을 했을 가능성은?"

"걔라면, 그 정도는 했겠죠."

"그런 말을 아쓰야 군에게 들은 적 있나요?"

"그건……, 분명히 들은 적은 없어요. 하지만 그 녀석은 핑장하다거나 위험한 일은 뭐든 한다는 얘기는 들었어요."

"그래요? 위험한 일은 뭐든, 말입니까?"

"맞아요. 그런 애와 어울리지 않았다면 이런 일은⋯⋯."

사치요는 이를 악문 듯 입을 다물고 눈을 질끈 감았다. 옆에 있던 손수건으로 눈가를 눌렀다.

"이번 일도 그렇잖아요? 많은 여자애를 강간했다는 둥 TV에서는 엄청난 말들을 해대는데 전부 스가노 군이 주범일 거예요. 그런데 우리 애가 악인이 되고⋯⋯. 스가노 군에 대해서는 아무도 말하지 않는 게 이상하지 않나요? 아쓰야는 살해됐다고요. 피해자인데 왜 이토록 욕을 먹어야 하죠?"

사치요는 손수건에 얼굴을 묻고 엉엉 울기 시작했다. 목소리가 갈라졌다.

마노는 곤란한 표정으로 고개를 오리베에게 돌렸다가 다시 사치요를 보며 그녀의 귓가에 입을 가까이 댔다.

"아쓰야 군은 운전할 수 있지요?"

"그게 왜요? 스가노 군도 할 수 있어요."

"보통 어떤 차를 탔나요? 아니, 아쓰야 군에게 차가 없었다는 건 압니다. 그러니 친구 차를 빌렸을 것 같은데요."

"몰라요. 그 애가 무슨 짓을 하는지는."

참, 지리멸렬하네. 오리베는 생각했다. 무슨 짓을 했는지도 모르면서 자기 아들은 나쁜 사람이 아니라고 믿다니.

갑자기 사치요가 고개를 들고 눈에서 손수건을 뗐다. 눈이 벌겋게 부어 있다.

"그거, 아쓰야와 관계없으니까요."

"그거, 라뇨?" 마노가 물었다.

"아라카와강에 여자애 시체가 버려진 사건이요. 아쓰야의 비디오에 찍혀 있다고 해서, 왜 우리 애가 범인이 되죠? 이상하지 않나요? 더 조사해주세요. 우리 애한테는 죄가 없을 겁니다."

오리베는 말도 안 되는 소리를 해대는 어머니를 보면서 아들이 나가미네 에마를 능욕하는 영상을 직접 보고도 똑같은 소리를 할까 싶었다.

14

마코토가 침대에 누워 만화를 보고 있는데 "들어간다"라는 소리가 나더니 장지문이 열리고 아버지 다이조가 들어왔다. 트임이 있는 반소매 셔츠에 양복바지 차림이다. 회사에서 막 돌아온 듯하다.

마코토는 만화책을 덮고 아버지 쪽으로 몸을 틀었다. "왜?"

다이조는 아들의 의자에 앉아 등받이에 팔을 올렸다. 실내를 둘러보며 씁쓸한 표정을 지었다.

"방이 참 더럽구나. 가끔 청소나 좀 해라."

"그 말 하려고 일부러 왔어?"

"너, 언제까지 그렇게 빈둥댈 거니?"

"갑자기 왜 잔소리야? 가만히 좀 놔둬." 마코토는 휙 몸을 돌리고 다시 만화책을 펼쳤다. 계속 잔소리하면 한바탕 난리를 칠 생각이다.

"너랑 그 일은 관계없지?" 다이조가 나지막하게 물었다.

"그 일이라니?" 마코토는 여전히 만화를 읽는 척했으나 속으로는 흠칫했다.

"당연히 도모자키라는 녀석 사건 말이지. 어때? 너, 관계있는 거냐?"

마코토는 침을 삼켰다. 동요를 들켜서는 안 된다.

"관계없어."

"진짜냐?"

"진짜야, 정말 성가시네."

아버지가 일어나는 것 같다. 방을 나가는가 싶었는데 그러지 않았다. 마코토의 어깨를 잡았다. 강한 힘이다.

"나를 보고 똑바로 말해라. 아주 중요한 일이야." 아버지의 목소리에서 조바심이 묻어났다.

마코토는 어쩔 수 없이 몸을 일으키고 침대 위에 털썩 앉았다. 힐끗 올려다보니 아버지는 아들을 노려보고 있다. 하지만 그 눈에는 분노가 아니라 절박함이 담겨 있다.

"얼마 전 형사가 왔을 때 도모자키와는 최근 만나지 않았다고 했다. 사실이니?"

"사실이야." 마코토는 고개를 숙이며 대답했다.

"그럼, 그날은? 가와구치에서 불꽃 축제가 있던 날 말이다.

너, 우리 차를 가지고 나갔지? 그때 친구 집에 있다고 했잖아. 그 친구가 도모자키 아니니?"

마코토는 대답할 수 없었다. 틀림없이 그때 아버지에게 그렇게 말했다. 지금 여기서 다른 친구라고 거짓말해봤자 소용없다. 조사하면 바로 탄로 난다.

그가 침묵을 지키자 다이조는 사정을 파악한 듯 크게 혀를 찼다.

"바보 같은 짓이나 하고 다니고. 그럴 것 같더라니. 도모자키가 살해됐을 때부터 영 불길했다." 다이조는 다시 자리에 앉았다. 철제 의자가 삐걱댔다.

마코토는 아버지를 봤다. "난, 관계없어."

밑을 보던 다이조가 초조함을 담은 얼굴을 들었다.

"관계없다니, 뭐가? 너도 같이 있었잖아. 도모자키 녀석들이 나쁜 짓을 할 때!"

마코토는 손을 저었다.

"나는 없었다고! 아니, 그때 차를 가져왔잖아. 아버지가 차를 가져오라고 했잖아?"

"그때까지는 같이 있었잖아."

"그야 그렇지만 그때까지는 아무것도 안 했어. 그냥 같이 차를 탄 게 전부야. 그래서 녀석들이 그 여자애를 죽였는지는 정말 몰랐어. 전부 내가 돌아온 다음에 일어난 일이야. 정말

이야!"

다이조는 뚫어지게 마코토의 얼굴을 바라봤다. 아들의 말
이 진짜인지 가늠하는 눈빛이다.

"여자애를 납치할 때는? 같이 없었니? 전에 TV에서 현장
에 수상한 차가 있었다고 했어. 혹시 그거 우리 차 아니니? 구
식 세단 타입이라던데."

마코토는 눈길을 피했다. 더는 변명은 불가능하다.

"역시 우리 차였구나." 다이조가 못을 박았다.

어쩔 수 없이 마코토는 살짝 고개를 끄덕였다. 다이조는
또 혀를 찼다.

"TV를 보고 남 일이라고 생각했는데 설마 우리 차일 줄이
야."

"하지만 나는 관계없다고."

"왜 관계가 없니? 네가 운전했을 거 아니냐? 여자애를 납
치했을 때도 같이 있었잖아!" 분노로 다이조의 목소리가 떨
렸다.

"그렇지만 납치한 건 내가 아니야. 아쓰야와 가이지가 해
서 마음대로 차에 태웠다고. 나, 녀석들이 그런 짓을 할 줄은
꿈에도 생각 못 했어."

"그럼 그때 왜 둘을 말리지 않았니? 차에 태우지 말라고
했어야지!"

"그런 말을 어떻게 해? 그런 말 했다가는 나중에 무슨 일을 당할지 모른다고. 너덜너덜해질 때까지 맞을 거야."

다이조는 아들의 말이 지긋지긋하다는 듯 얼굴을 일그러뜨렸다.

"너희 세계는 야쿠자나 마찬가지구나. 머리가 어떻게 된 거냐, 그렇게 살아서 나중에 뭐가 되려고."

"여자애를 아쓰야의 아파트까지 데려갔고……, 그때 아버지가 전화한 거야. 그래서 둘과 헤어지고 돌아왔다고."

"진짜냐?"

"진짜야. 믿어줘."

"너는 여자애에게 손대지 않았다고? 거짓말 아니지?"

"거짓말 아니야. 나는 운전만 했어."

다이조는 고개를 끄덕이고 턱을 쓰다듬으면서 생각에 잠겼다. 턱에는 수염이 자라 있다.

"어차피 곧 경찰이 다시 찾아올 거다. 불꽃 축제 날 일을 네게 물을 거야. 그러면 어떻게 대답할 생각이니?"

"어떻게……? 솔직히 말하는 수밖에 없잖아."

"너는 차를 타지 않았다고 말할 수는 없을까?"

아버지의 질문에 마코토의 눈이 커졌다. "어, 무슨 말이야?"

"그러니까 말이다, 너는 도모자키에게 차를 빌려주고 어디선가 기다리기로 한 거지. 아니야, 그러면 어디서 기다렸는지 설명해야겠지. 그래, 그럼 도모자키의 아파트에서 기다렸다고 하자. 도모자키가 여자애를 납치해 돌아왔는데 너는 차만 돌려받고 집에 왔다고."

마코토는 드디어 아버지의 의도를 깨달았다. 다이조는 어떻게든 아들을 감싸려는 것이다. 자신을 위해 거짓말을 짜내고 있다.

"그건 안 돼." 마코토가 말했다.

"왜?"

"그야, 가이지가 있잖아. 가이지가 경찰에 잡혀 다 자백하면 내가 운전한 게 들통날 거야."

"그런가." 다이조는 입술을 깨물고 얼굴을 찡그렸다.

"역시 사실을 말하는 수밖에 없지 않을까?"

"그렇구나……." 다이조는 주먹으로 자신의 허벅지를 두드리며 마코토를 봤다. "한심한 거짓말을 했다가는 곤란하겠구나. 그럼 솔직히 말하자. 다만 협박당한 사실만은 분명히 해라."

"협박?"

"차를 운전하라는 협박을 당했잖아. 여자애를 납치할 때도 협력하지 않으면 지독한 일을 당할 거라는 말을 들었고."

"둘은 그런 소릴 하지 않았어. 나중에 린치를 당할까 봐 거스르지 못한 거지."

다이조는 답답한 듯 고개를 흔들었다.

"형사에게는 들었다고 해야지. 그래서 무서워서 하기 싫었
지만 운전했다고. 그 점을 강조해둬야 나중에 귀찮아지지 않
아."

"하지만 가이지는 협박하지 않았다고 할 거야. 틀림없이."

"그건 경찰이 누구 말을 믿을지의 문제야. 괜찮아. 다툴 일
이 생기면 변호사에게 부탁할게."

마코토는 받아들였다. 아버지를 한심하게 생각해왔는데
지금은 든든했다.

"그리고 도모자키 녀석들이 정말 강간할 줄 몰랐다는 말도
꼭 해라."

다이조의 말이 무슨 뜻인지 이해하지 못한 마코토는 고개
를 갸웃했다.

"녀석들이 여자애에게 끔찍한 짓을 할 거라는 사실을 알고
도 그대로 집에 왔다면 너도 공범이 될 테니까. 다음에 경찰
에 신고했으면 모르겠으나 그것도 안 했잖아."

"응……."

"범죄가 일어날 줄 알면서 외면하는 것도 범죄야. 그러니
까 여자애 몸을 잠깐 만지고 바로 돌려보내는 줄 알았다고 해
라. 도모자키 녀석들이 그렇게 말했다고."

"믿어줄까?"

"믿어주지 않더라도 그렇게 주장해. 경찰에 신고하지 않은 것은 이렇게 큰 사건이 될 줄 몰랐고 도모자키 녀석들에게 나중에 보복을 당할까 봐 두려웠다고 하면 돼."

그것은 어느 정도 사실이다. 마코토는 알았다고 대답했다.

"그래서 TV 같은 데서 여자애가 행방불명이 되었다는 것과 사체가 발견되었다는 등의 사실을 알았어도 도모자키 녀석들의 짓이라고는 전혀 생각하지 못한 거야. 그게 가장 중요하니까 절대 잊지 마라."

"응, 알았어."

"사건과의 연관성을 전혀 생각하지 못한 것과 녀석들에게 협박당한 것을 강조하면 네게 큰 죄를 묻진 않을 거다. 무죄가 되도록 변호사가 힘쓰게 해야지."

다이조는 팔짱을 끼고 눈을 감았다. 뭔가 빠진 게 없는지 확인하는 표정이다.

"도모자키 녀석들과는 이후 만나지 않았지?" 마코토를 가만히 노려보며 다이조가 물었다.

마코토는 잠자코 딱 한 번 고개를 저었다.

"뭐야? 아니니?"

"나중에 불려 나갔어. 차를 가지고 오라고 해서……."

"언제니?"

"불꽃 축제 이틀 뒤였어."

"차, 빌려줬니?" 다이조의 얼굴이 한층 험악해졌다.

마코토는 말없이 살짝 고개를 끄덕였다. "바보냐!" 다이조는 내뱉듯 말했다.

"왜 그렇게 시키는 대로 다 하니. 그런 식이니까 너는 뭘 해도 안 되는 거야."

늘 켕기던 부분을 정확하게 지적하니 마코토는 상처를 입음과 동시에 화가 나 고개를 돌렸다.

"그다음은?"

"뭐?"

"뭐라니? 차를 빌려줬다는 것은 돌려받을 때도 만났다는 소리 아니냐?"

"응."

"언제?"

"다음 날 아침. 전날 밤에 전화가 와서 아파트까지 가지러 오라고 했어. 그래서 가지러 갔어." 조금 부루퉁하게 마코토가 대답했다.

"차를 빌려주거나 받을 때 무슨 얘기를 했니? 녀석들, 여자애를 죽였다거나 사체를 운반하는 데 차를 썼다고 했니?"

"그렇게 분명히 말한 건 아니야. 뭐랄까, 그런 것 같다는 느낌은 들었지만."

"그런 것 같은? 무슨 소리야? 자세히 말해."

"기억 안 나. 자기들 잘못이 아니라거나 그건 사고였다거나, 그런 느낌이었던 것 같은데." 마코토가 머리카락을 쥐어뜯으며 진저리나는 표정을 지었다.

다이조는 의자에서 일어나 마코토의 옆에 다시 앉았다. 침대가 푹 꺼졌다.

"그럼 너는 사체를 옮기는 것도 돕지 않았구나. 차를 빌려주기만 하고."

"맞아. 당연하지."

"됐다. 그럼 그 부분도 경찰에 다 말해라. 차를 빌려줬으나 어디에 사용하는지는 전혀 몰랐다고. 다음 날 돌려받을 때도 녀석들은 아무 말도 해주지 않았다. 그렇게 설명해라. 알겠니?"

"알았어. 하지만⋯⋯"

"왜?" 다이조가 마코토의 얼굴을 들여다봤다.

마코토의 머리에 떠오른 것은 아쓰야와 가이지로부터 알리바이 공작을 부탁받은 일이다. 실제로 마코토는 노래방에 가서 둘의 알리바이를 만들었다. 그걸 말해야 할까 망설였다.

"뭐니? 설마 다른 게 또 있니?" 다이조가 위협하듯 말했다.

"아냐, 아무것도 없어." 마코토는 그렇게 대답했다.

여기서 알리바이 공작까지 말하면 아버지에게 어떤 비난

을 당할지 모른다고 생각했기 때문이다.

"저기, 정말 괜찮을까?" 조심스럽게 아버지에게 물었다.

"뭐가?"

"그러니까, 가이지와 말이 상당히 다를 텐데. 녀석은 아마 나도 공범이라고 주장할 거야."

"그야 아까도 말했듯 경찰이 어느 쪽 주장을 믿을지에 달렸지. 요컨대 증거가 있느냐 없느냐의 문제야. 너는 아무것도 모른 채 이용당한 것뿐이야. 적극적으로 가담했다는 증거는 어디에도 없어. 그것만 지키면 재판에 가더라도 괜찮을 거야. 어쨌든 살해한 것은 녀석들이니까. 경찰도 녀석들 얘기가 거짓말이라고 믿을 거야. 걱정하지 마라."

과연 그렇게 잘 될까 싶었으나 마코토는 일단 고개를 끄덕였다. 지금은 아버지의 말대로 하기로 했다. 재판 같은 어려운 얘기가 나오니 두 손 들고 말았다.

"이 일로 너도 조금은 깨달았겠지." 다이조가 마코토의 어깨에 손을 얹었다. "앞으로는 좀 더 좋은 친구들과 어울려라."

"응……."

"뭐라고 했더라? 도모자키와 한 패인 애?"

"가이지야. 스가노 가이지."

"스가노라." 다이조는 입가를 일그러뜨린 후 조그맣게 중얼거렸다. "그 녀석도 도모자키처럼 살해되면 얘기가 쉬워지는데."

　마코토는 깜짝 놀라 아버지를 봤다. 그러자 그 시선을 어
떻게 해석했는지, 다이조는 크게 고개를 끄덕였다.

15

마노와 오리베는 도부이세사키선의 우메지마역으로 향했다. 스가노 가이지의 집에서 가장 가까운 역이다.

개찰구를 나오자, 가와사키가 신문을 읽으면서 서 있다. 오리베와 마노가 다가가 말했다. 기척을 느꼈는지 가와사키가 고개를 들었다.

"혼자인가?" 마노가 물었다.

"구라타는 맨션 앞을 지키고 있습니다."

가와사키는 후배 형사의 이름을 댔다. 그들은 이마이 반에 소속되어 있다. 이마이 반은 히사쓰카 반과 마찬가지로 살인 사건 담당이다.

"스가노의 어머니는 집에 있겠지?"

"있습니다. 늘 7시 무렵에 집을 나간다고 합니다. 가게가 긴시초에 있습니다."

"스가노 가이지와 접촉한 듯한…… 정황은 없겠지?" 포기한 듯한 말투로 마노가 말했다.

"없습니다." 가와사키가 쓴웃음을 지었다. "그쪽은 어땠나요? 도모자키의 모친으로부터 뭔가 알아내셨습니까?"

마노는 아랫입술을 내밀고 손을 저었다.

"애당초 기대도 안 했어. 얼굴을 보러 간 것뿐이야. 옛날부터 이런 말이 있잖아. 잘못 자란 녀석을 보면 그 부모를 보라고."

"그 어머니는 아들이 나가미네에게 살해됐다는 걸 눈치챈 것 같습니까?"

"아니, 아직 거기까지 생각할 여유는 없는 것 같아. 아들의 바보 같은 행동을 감싸느라 정신없더라고. 뭐, 그래도 언젠가는 알게 되겠지. 그때 어떤 표정을 지을지 보고 싶군."

"좋습니다. 저도 같이 가죠."

가와사키가 걷기 시작해서 오리베 일행도 뒤를 따랐다.

형식상 지금도 조토 경찰서와 니시아라이 경찰서의 두 군데에 수사본부가 차려져 있다. 조토 경찰서 본부에서는 나가미네 에마 사건을, 니시아라이 경찰서 본부에서는 도모자키 아쓰야 살인사건을 수사하는 형태이다. 그러나 도모자키 아쓰야를 죽인 것이 나가미네 시게키임이 거의 확실시된 이상,

160

쌍방이 합동 수사에 나서는 것은 당연했다. 지금은 니시아라이 경찰서 쪽이 실질상 수사본부가 되었다.

그러나 다른 사건이고 각각 범인이 다른 이상, 소속에 따라 수사관의 담당이 달라지는 것도 사실이다. 오리베와 마노는 어디까지나 나가미네 에마의 사체유기사건에 대한 진상을 규명하는 것이 선결 과제이고, 범인이 도모자키 일당이라면 그들의 범행을 입증할 증거를 모으는 게 수사의 목적이다. 한편 가와사키 쪽은 그 도모자키를 살해한 범인을 쫓는 게 일이다.

"그런데 도모자키의 어머니는 사건 전에 나가미네 일을 알았습니까? 나가미네 에마의 사건 말입니다." 걸으면서 가와사키가 물었다.

"전혀 못 들었다고 하더군. 거짓말하는 얼굴은 아니었어. 무엇보다 그 어머니는 아들에 관해 아무것도 몰랐으니까."

"요즘 부모들은 다 그렇죠."

"도모자키가 어울린 친구들은?"

"그쪽은 저희가 조사했습니다만, 나가미네나 나가미네 에마에 관해서는 사건이 일어났는지도 모르더군요. 도모자키가 전부터 나가미네 에마를 노린 것 같지도 않다고 했습니다. 한심한 녀석들뿐이라 신용할 수는 없지만 말입니다."

"그럼 나가미네 에마 사건 이전에는 도모자키와 나가미네 부녀에게 접점은 없었다는 말인가? 역시 우연히 길에서 본 에마를 납치했다는 말인가?"

"그런 것 같습니다."

"이상하네. 윗분들은 어떻게 생각하나?"

"윗분들도 고개를 갸웃하고 있죠. 나가미네가 방에 침입한 수단도 아직 밝혀지지 않았습니다."

"우연히 문이 열려 있었다는 말인가?"

"지금 시점에서는 그 가능성밖에 없죠."

가와사키의 말에 마노는 낮게 신음했다.

둘이 나누는 대화 내용은 오리베도 다 알고 있다. 수사본부에서 문제가 된 것 중 하나로, 나가미네 시게키가 어떻게 도모자키 아쓰야에 관해 알게 되었느냐는 것이다. 평범한 샐러리맨에 지나지 않는 그에게 경찰도 알아내지 못한 진실을 파헤칠 능력과 인맥이 있을 것 같지는 않다. 유일하게 생각할 수 있는 건 에마가 살해되기 전부터 나가미네가 도모자키를 알고 있었을 가능성인데 현재까지 그런 연관성은 알아내지 못했다.

게다가 또 다른 문제가, 나가미네가 어떻게 도모자키의 방에 침입했느냐는 것이다. 정황상 도모자키가 집을 비운 사이에 숨어 들어가 그 비디오테이프를 본 다음, 도모자키를 기다리고 있었다고 생각할 수밖에 없다.

"스가노만 찾으면 다 해결될 텐데 말입니다." 가와사키는 한숨을 섞어가며 말했다.

그 스가노 가이지의 집은 닛코 가도 바로 앞에 있는 6층짜리 맨션의 5층이다. 세 사람은 그 앞에서 걸음을 멈췄다.

가와사키가 전화를 걸었다.

"가와사키야. 이상한 점이라도 있나? ……그래? 이제 마노 선배 팀과 어머니를 만날 거야. 계속해서 주변 상황을 감시해 주게."

전화를 끊은 다음 그는 마노와 오리베를 번갈아 봤다.

"구라타 형사팀이 맨션을 감시하고 있습니다. 특별히 이상한 점은 없는 듯합니다. 가시죠."

스가노의 맨션 건너편에 비슷한 맨션이 있다. 그곳에서 가와사키의 동료들이 잠복하고 있는 듯하다. 말할 것도 없이 그들이 기다리는 사람은 나가미네 시게키이다. 도모자키를 살해한 나가미네가 이어서 스가노 가이지를 노릴 것이라는 점은 쉽게 상상할 수 있다.

셋은 스가노의 맨션으로 들어갔다. 오토록이라 가와사키가 인터폰을 눌렀다. 스가노 가이지의 어머니로 추정되는 여성의 목소리가 들렸다. 가와사키가 짧게 자신을 밝히자 바로 문이 열렸다.

"어머니의 이름은?" 엘리베이터를 탄 뒤 마노가 물었다.

"미치코입니다. 길 로에 아들 자입니다. 가게에서도 그 이름을 씁니다."

"스가노 가이지가 도모자키와 함께 젊은 여성을 강간했다는 사실을 어머니에게 알릴 건가?"

"알리라는 지시를 받았습니다. 뭐, 아마도 각오는 하고 있겠죠."

"과연 그럴까?" 마노가 입가를 일그러뜨렸다.

"하지만 아들이 도모자키와 내내 함께 행동한 것은 알겠죠. 어머니이니까."

"그래도 마찬가지야. 어머니란 존재는 아이 문제에는 맹목적이 되지. 도모자키의 어머니도 마찬가지였어. 아무리 움직일 수 없는 증거가 있더라도 역시 믿고 싶지 않을 거야. 알지만 모른 척하는 거지."

"현실을 받아들이게 할 생각입니다." 가와사키가 싱긋 웃었다. "받아들이지 않으면 아들이 살해당한다는 것도 알릴 겁니다."

엘리베이터가 5층에 도착했다. 방 앞에도 인터폰이 달려 있다. 가와사키가 버튼을 누르자 대답이 들리기 전에 문이 열렸다. 나타난 것은 갈색 머리를 길게 기른 여성이다.

"수고하시네요. 여러모로 폐를 끼칩니다." 스가노 미치코가 정중하게 인사했다.

마노가 한 걸음 나섰다.

"아드님 일로 여쭙고 싶은 게 있어서 왔습니다."

"압니다. 누추하지만 들어오시죠."

도모자키 아쓰야의 어머니보다 훨씬 차분하다고 오리베는 생각했다. 무엇보다 가이지는 아직 살해되지 않았으니 당연하겠지. 나이는 30대 중반으로 보였는데 물론 더 위일 것이다. 가게에 나가기에는 아직 이른 시간인데 이미 화장을 마치고 있었다.

누추하다고 했으나 거실 넓이는 10평 이상일 것 같다. 모던한 가구도 비싸 보인다.

커피를 타오겠다는 미치코를 마노가 말렸다.

"아드님에게 아직 연락이 없었나요?"

스가노 미치코는 심각한 표정으로 눈썹을 찡그렸다.

"없어요. 늘 그래요. 홀쩍 나가서 며칠씩 연락이 안 되는 일이 종종 있어요."

여행을 떠나 연락이 되지 않는 게 특별한 일이 아니라고 주장하고 싶은 말투였다.

"어디로 갔는지도 모르시나요?"

"그렇습니다. 꼬치꼬치 캐물으면 화를 내서요. 그 또래 애들은 다 그렇잖아요?"

이 역시 자기 아들만 이상한 게 아니라고 주장하는 것처럼 들렸다.

"연락해보실 생각은 없으셨나요?" 가와사키가 물었다.

"그러고 싶지만 짚이는 데가 하나도 없어서요. 휴대전화에 걸었지만, 부재중으로 넘어갈 뿐이고……." 그렇게 말하고 미치코는 세 형사를 둘러봤다. "하지만 그 아이가 돌아오더라도 도움이 안 될 겁니다. 그건 전에도 다른 형사님께 말씀드렸지만."

"도움이 안 될 거라니?" 마노가 물었다.

"도모자키 군의 사건 말이에요. 안됐지만 마침 그 사건 전에 여행을 떠났어요. 우리 아들은 아무것도 모를 겁니다."

아무래도 형사의 방문 목적을 도모자키 살인범과 관련된 단서를 찾는 것으로 단정한 듯하다. 혹은 그런 척하고 있거나.

"어머님." 가와사키가 분위기를 바꾸려는 듯 어조를 바꿔 말을 꺼냈다. "살해된 도모자키 군이 생전 어떤 짓을 했는지 아십니까?"

"무슨 말씀이신지……."

"어제도 오늘도, TV에서 시끄럽게 다루고 있지 않습니까? 비디오를 발견했고 거기에 온갖 문제 영상이 녹화되어 있습니다. TV, 보셨나요?"

스가노 미치코는 눈을 떨구었다. 그러나 겁먹은 것처럼 보이지는 않았다. 빨갛게 칠한 입술 양쪽 끝이 내려갔다.

"그건 저도 봤어요. 도모자키 군이 여자애들에게 장난을 쳤다더군요." 한숨을 쉬며 천천히 고개를 저었다. "도모자키 군을 좀 아는데 그런 애는 아니에요. 우리 애도 괜찮은 녀석이라고 했고요. 그게 어쩌다 이렇게 잘못되었는지……."

"그에게는 공범이 있습니다." 가와사키가 말했다. "비디오에는 다른 사람도 찍혀 있죠. 여러 사람이 확인했는데 아드님이 틀림없는 듯합니다."

아이섀도로 검게 칠한 스가노 미치코의 눈이 크게 벌어지더니 미간에 깊은 주름을 잡았다. 가슴이 솟을 정도로 숨을 들이켰다.

"우리 아들이 그런 짓을 할 리 없어요." 격렬하게 고개를 저으면서 말했다. 그 눈은 가와사키를 노려보고 있다.

가와사키는 양복 주머니에서 두 장의 사진을 꺼내 테이블에 놓았다. 현상된 사진이 아니라 프린트한 것이다. 비디오 화상에서 뽑은 듯하다.

사진 속에는 또렷한 이목구비에 짧은 머리를 거꾸로 세운 젊은이의 얼굴이 찍혀 있다. 얼굴 부분만 확대한 듯 조금 윤곽이 흐렸으나 확인에 지장은 없다.

"이게 뭔가요?" 스가노 미치코가 소리쳤다.

"잘 보십시오. 아드님 아닙니까?"

"아니에요!"

"어머님, 이건 아주 중요한 일입니다. 아드님의 생명과 관련된 일입니다. 그러니까 잘 보십시오. 아드님 맞죠? 만약 이 사진으로 알아보기 힘들다고 하시면 원본 비디오를 보여드리는 수밖에 없습니다만."

"원본 비디오라니, 그게 뭔데요?"

"아까도 말씀드렸던 도모자키 아쓰야의 방에서 발견한 비디오입니다." 가와사키가 말했다. 도모자키 아쓰야라고 이름만 부른 것은 비디오 내용이 범죄 행위임을 알리고 싶었기 때문일지 모른다.

스가노 미치코는 입을 닫고 고개를 숙인 채 사진을 보려 하지 않았다. 그 모습을 통해 사진 속 인물이 자식이란 걸 이미 인정했음을 오리베는 깨달았다.

"뭐…… 뭔가, 잘못된 거예요." 조금 전과는 비교할 수 없을 정도로 힘없는 목소리였다. "우리 애가 그런 짓을 하다니, 도무지 믿을 수 없어요. 뭔가 착오가 있을 겁니다. 틀림없이 반쯤 장난으로 시작했다가 잘못된 걸 거예요."

"어머님, 강간입니다." 가와사키가 차갑게 말했다. "반쯤 장난으로 강간, 합니까?"

스가노 미치코의 몸이 덜덜 떨렸다. 공포 때문인지 아니면 분노 때문인지, 오리베는 판단하기 힘들었다.

"아니…… 강간인지 아닌지 모르잖아요! 비디오라서 그렇게 보일 뿐이지 않을까요? 무엇보다, 비디오라는 거, 재판에서 증거가 되지도 않는다고 전에 들었어요."

그것은 사실이다. 참고 자료는 되지만 증거로 인정되기는 어렵다. 아무래도 변조나 가공 가능성이 있기 때문이다.

"어린 여성이 죽었습니다." 한동안 침묵하던 마노가 입을 열었다. "아라카와강에서 사체로 발견된 여자애도 도모자키 일당의 희생자입니다. 그 영상에도 아드님이 찍혀 있습니다."

"그게 무슨 소리죠? 그러니까 우리 애가 죽였다는 말인가요? 아니…… 그건 명예훼손이에요. 변호사에게 연락하겠어요!"

히스테릭하게 요란을 떠는 여자를 바라보면서 도모자키의 어머니와 마찬가지구나 하고 오리베는 생각했다. 둘 다 완전히 아들을 믿는 건 아니다. 오히려 속으로는 자기 아들이 한 짓임을 알고 있다. 그런데도 둘은 아들을 감싸려는 것이다.

"말씀하신 대로 아드님이 실제로 강간했는지 아닌지는 모릅니다." 가와사키가 감정이 담기지 않은 목소리로 이야기하기 시작했다. "다만 문제는 도모자키 군이 살해됐다는 겁니다. 그리고 그를 살해한 범인은 아마 아드님을 노리고 있을 겁니다."

그 순간, 이제까지 분노로 붉어져 있던 스가노 미치코의 얼굴에서 급속히 핏기가 사라졌다.

16

스가노 미치코의 맨션을 나오고 얼마 지나지 않아 마노의
휴대전화가 울렸다. 마침 우메지마역에 도착했을 때였다.

"여보세요……. 네? 다녀왔습니다. 틀렸습니다. 아들이 있
는 곳을 아는 것 같지 않습니다. ……숨기는 것처럼 보이지
않았습니다. ……네, 지금 오리베와 함께 있습니다. 이마이 반
사람들은 스가노의 맨션 건너편 집에. ……아니, 지금이요?
괜찮습니다만. ……잠깐만요. 나카이요? ……나카이 마코토.
알겠습니다. 그런 바로 들르겠습니다. 주소는…… 네……, 네.
3초메죠?"

마노가 전화를 끊길 기다렸다가 오리베가 말했다.

"탐문입니까?"

"그래. 도모자키의 중학교 동급생이 이 근처에 산다네. 본

인의 부모가 니시아라이 경찰서에 연락해서 하고 싶은 말이 있다고 했대."

"도모자키와 동급생이라면 스가노와도 마찬가지 아닙니까?"

"그렇겠지. 그런데, 지도 있나?"

"있습니다."

오리베는 선 채 지도를 펼쳐 마노가 전화로 들은 주소를 확인했다. 확실히 걸어서 갈 수 있는 거리였다. 주소로 보건대 맨션이나 아파트가 아니라 단독주택 같다.

"니시아라이 경찰서에 연락했다는 것은 도모자키 살해와 관련된 정보 제공인가요?"

"아니, 단언할 수는 없어. 일단 자택과 가까운 경찰서에 연락했을지 모르지. 게다가 도모자키 살해 쪽이라면 가와사키 쪽으로 지시가 떨어졌겠지."

"그러고 보니 그렇네요."

나카이 마코토의 집은 상점가에서 조금 들어가 집들이 다닥다닥 붙은 주택가 가운데 있었다. 작은 대문에서 손이 닿을 듯한 거리에 현관문이 있다.

인터폰을 누르고 마노가 신분을 밝히자 바로 문이 열렸다. 까무잡잡한 피부에 다부진 체격의 쉰 살 정도로 보이는 남성이 나왔다.

"여기까지 오시게 해서 죄송합니다. 마코토의 아버지입니다." 남자는 명함을 내밀었다. 나카이 다이조라고 인쇄되어 있다. 건설회사 과장으로 일하는 듯하다.

"하실 말씀이 있다고?" 마노가 물었다.

"네. 일단 안으로 들어오시죠."

마노와 오리베는 조용한 거실로 안내되었다. 바로 옆에 식탁이 있는데 다이조의 아내가 긴장한 표정으로 둘에게 차를 내왔다.

"마코토를 불러." 다이조가 아내에게 명령했다.

부인이 나가는 것을 지켜본 뒤 마노가 입을 열었다.

"나카이 씨, 하실 말씀이란 뭔지요?"

다이조를 차 한 모금을 마시고 쓴웃음을 지었다.

"그건 본인이 설명하게 하겠습니다. 그 사건……, 도모자키 군과 관련된 건이라."

"그가 살해된 사건 말입니까?"

"아니, 아뇨. 그쪽이 아니라 가와구치에 사는 여학생이 사체로 발견된 사건 말입니다. 그 범인이 도모자키 군 같다고."

"그래요? 하지만 아직 도모자키 군의 소행으로 확정된 건 아닙니다."

"아하하, 그렇습니까? 하지만 거의 틀림없겠죠. TV에서 그런 의미로 말하던데."

"그건…… TV에서 뭐라고 하는지는 모르겠습니다만 일단 자세한 것은 아직 수사 중입니다."

"그렇습니까? 그렇다면 어쩌면 아들 얘기가 도움이 될 수도 있겠군요."

참 돌려 말하네. 오리베는 옆에서 들으며 아무래도 꿍꿍이가 있는 듯 느꼈다.

그때 문이 열리고 마른 소년이 어머니와 함께 들어왔다. 갈색으로 물들인 머리를 죄다 세웠다. 형사들에게 경계가 담긴 눈빛을 던졌다.

"마코토, 이리로 와서 형사님들에게 전에 했던 이야기를 해라."

아버지의 말에 마코토는 말없이 다가와 아버지 옆에 앉아 고개를 숙였다.

"마코토 군이라고 했지? 무슨 말을 하고 싶은 거지?" 마노가 다정하게 말을 걸었다.

마코토는 옆자리의 아버지를 봤다. 어떻게 얘기해야 하는지를 묻는 표정이다.

"처음부터 말하면 돼. 그 불꽃 축제 날 밤부터." 다이조가 말했다.

"불꽃 축제 날 밤이라면 가와구치에서 여학생이 행방불명된 날이구나." 마노가 마코토에게 물었다.

마코토는 살짝 고개를 끄덕였다.

"이 녀석 말로는 도모자키와 스가노를 만났답니다. 게다가 차를 태워줬다고."

"차를? 네 차?"

"제 차입니다. 하지만 가끔 이 녀석이 씁니다."

"차종은?"

"글로리아입니다. 77년식 고물차죠."

찾았다! 오리베는 생각했다. 목격담과 일치한다.

"그 차에 도모자키와 스가노를 태웠다고?" 마노가 마코토의 얼굴을 들여다봤다.

"그 불꽃 축제날 그들이 불러서 나갔답니다. 그래서 차를 타고 셋이 놀러 갔다고⋯⋯."

"아버님, 죄송하지만 아드님께 직접 얘기를 듣고 싶은데요."

"아! 그렇죠. 그게 낫겠군요. 얘, 정확히 말해라." 다이조가 마코토에게 말했다.

"⋯⋯가이지가 불꽃놀이 뒤에 여자를 꼬실 거라고 해서, 아쓰야와 셋이 차로⋯⋯ 여기저기 돌아다녀⋯⋯" 말끝이 흐려졌다. 마코토는 이렇게 말을 끝낼 생각인 듯하다.

"그래서?" 마노가 재촉했다.

"가이지와 아쓰야가 차를 세우라고 했어요. 그래서 기다렸

더니 모르는 여자애를 데려와서 차에 태우고, 아파트로 가라
고 해서……."

"잠깐! 그 여자애라면, 둘이 길에서 말을 걸었다는 거니?"

마코토가 시선을 떨군 채 고개를 갸웃했다.

"잘 모르겠다고 해야 하나……뭐랄까, 완전히 축 늘어져
서, 정신을 잃은 것 같았어요."

마노가 슬쩍 오리베를 봤다. 눈을 마주친 뒤 다시 마코토
를 봤다.

"그 여자애라는 게 그 여자애일까? 사체로 발견된 나가미
네 에마 양이니?"

"얼굴은 잘 기억하지 못하지만, 그런 것 같아서……."

"아니, 이 녀석의 말은 말입니다. 살해당한 도모자키 군이
가와구치의 여자애를 죽인 게 아니냐는 뉴스를 보다 보니, 그
때 여자애이지 않을까 생각했다는 겁니다. 그전까지는 전혀
생각하지 않았답니다. 내 참, 태평하다고 해야 하나, 넋이 빠
졌다고 해야 하나, 참 부끄럽습니다."

"차는 어디 있나요?" 마노가 다이조에게 물었다.

"주차장에 있습니다. 앞 도로를 따라 20미터쯤 가면 츠키
기메라는 주차장이 있습니다."

"차를 좀 보여주시겠습니까?"

"그야 물론이죠. 지금 당장 집 앞으로 가져오겠습니다."

일어나려는 다이조를 "아니, 괜찮습니다"라고 마노가 손으로 제지했다.

"전문가가 있으니까 그들에게 맡기겠습니다." 그렇게 말하고 마노는 오리베에게 눈짓했다.

잠깐 실례하겠다며 오리베가 일어났다. 수사본부에 보고하기 위해서였다.

감식반을 보내 달라고 히사쓰카에게 연락하고 오리베가 방으로 돌아오자, 마코토로부터의 사정 청취는 꽤 진행되어 있었다.

"그럼 정리하자면 이런 얘기니? 불꽃 축제 날 밤에 도모자키와 스가노 군이 여자애를 어딘가에서 데려와 자네 차에 태웠다. 그대로 도모자키 군의 아파트로 갔는데 자네는 아버지가 불러 차를 돌려주려고 집으로 돌아왔다. 이틀 뒤, 도모자키 군이 전화해 차를 빌려달라고 했다. 목적은 몰랐다. 그날 밤, 전화가 와서 다음 날 아침 일찍 도모자키 군의 아파트까지 차를 가지러 갔다. 스가노 군도 같이 있었는데 둘의 모습에 이상한 점은 없었다. 이런 얘기인가?"

"아, 대강…… 그래요." 마코토가 기어 들어가는 목소리로 대답했다.

"뭐라고 해야 할까요. 정말 한심한 얘기죠." 다이조가 씁쓸한 표정을 지었다. "아무리 협박을 받았더라도 모르는 여자애를 어디선가 납치해 오는 녀석들이 시키는 대로 하다니, 말도 안 되는 소리라고 얼마나 혼냈는지. 아무래도 그 둘은 전에도 똑같은 짓을 해온 듯합니다. 하지만 다행이라고 해야 하나, 우연이라고 해야 하나 큰 사건이 되지 않았던 것 같습니다. 그래서 가와구치에서 여자애가 행방불명되었다거나 그 아이의 시체가 발견되었다는 뉴스를 보고도 알아차리지 못했답니다."

"그랬니?" 마노가 마코토에게 물었다.

마코토는 그렇다며 살짝 고개를 끄덕였다.

"그런데? 왜 갑자기 자신이 사건과 관련이 있지 않을까 생각했니?"

"그러니까 그건…… 아쓰야가 가와구치의 여자애를 죽인 범인이라는 뉴스가 나오고, 그게 그때의 여자애인가 싶어서……. 정말 그렇다면 이거 큰일이잖아요?"

"여자애를 납치할 때 같이 있었던 것이나 차를 빌려준 것을 경찰에 얘기해두는 게 낫겠다고 생각했니?"

"네."

"그랬구나." 마노는 고개를 끄덕인 다음 다이조를 봤다. "아드님이 지금 한 말을 다시 한 번 경찰에 가서 할 수 있게 해주시겠습니까? 그렇게 늦게 돌아오지는 않을 겁니다."

"오늘, 지금이요?"

"부탁드립니다." 마노가 고개를 숙였다.

"그야 필요하다면 어쩔 수 없죠." 다이조는 곁눈질로 아들을 봤다. "아, 제가 같이 가도 될까요?"

"물론이죠. 그렇게 해주시면 고맙겠습니다."

"그럼, 잠깐 준비를 하겠습니다. ······어이!"

다이조는 마코토의 어깨를 툭툭 두드려 일으켜 세워 함께 거실을 나갔다.

마노가 오리베 쪽을 봤다. "반장에게 연락했나?"

"네. 감식이 곧 도착할 겁니다. 우리 반 사람이 동행한답니다."

"알았네. 그 사람들이 도착하기를 기다렸다가 우리는 나카이 씨 부자와 니시아라이 경찰서로 가지."

"알겠습니다."

오리베가 끄덕였을 때 "저기요!" 하며 마코토의 어머니가 말을 걸었다. 어머니는 그때까지 한마디도 하지 않고 남편과 아들 얘기를 가만히 듣고만 있었다.

"왜 그러시죠?" 마노가 물었다.

어머니는 입술을 적시고 천천히 말했다.

"우리 애도 벌을 받나요?"

"아뇨, 그건······." 마노가 낮게 신음했다. "저희는 들려 드릴 말씀이 없습니다. 검찰이 어떻게 판단할지에 달렸죠. 지금 얘기를 들은 바로는 여자애를 납치할 때 같이 있었고 게다가 차까지 운전했는데 이 점을 어떻게 해석할지가 문제죠."

"역시 그렇군요." 어머니는 한숨을 내쉬었다. "저 아이, 기가 약해서 협박당하면 아무 말도 못 해요. 늘 시키는 대로 하고……."

"다른 둘과의 관계도 앞으로 조사할 겁니다. 실제로 협박당한 것으로 밝혀지면 검찰도 나름 이해하리라 생각합니다만."

어머니는 그러냐며 고개를 끄덕였다. 상당히 안심한 것처럼 보였다.

"저희는 밖에서 기다리겠습니다." 마노는 일어나 오리베에게 눈으로 신호를 보냈다. 오리베도 따라 일어났다.

"어떻게 생각해? 나카이 마코토의 얘기." 밖으로 나온 뒤 마노가 오리베에게 물었다.

"거의 믿을 만한 것 같습니다." 오리베는 솔직히 대답했다. "그 비디오에 나카이는 찍혀 있지 않았으니까 나가미네 에마의 강간 현장에는 없지 않았을까요?"

"사체 유기 쪽은 어때? 관여한 것 같나?"

"그럴 가능성은 적다고 생각합니다. 만약 관여했다면 이렇게 연락하지 않았겠죠. 스가노 가이지가 체포되면 다 들통날 테니까요."

"그렇지. 대체로 나도 동의해."

"세부적인 부분에 마음에 걸리는 게 있나요?"

"아니, 대단한 건 아닌데." 마노가 목소리를 낮추고 의미심장한 미소를 지었다. "아들의 죄가 조금이라도 가벼워지도록 부모가 열심히 지혜를 짜낸 것 같더군. 당연한 일이지."

"그들이 뭔가 숨기고 있다고요?"

"감추는 정도가 아니라 묘하게 뭔가로 감싸고 있는 느낌이야."

마노가 그렇게 말했을 때 순찰차와 왜건이 다가오는 게 보였다. 사이렌은 울리지 않았다.

그와 거의 동시에 현관문이 열리고 나카이 부자가 나왔다. 다이조는 정장 차림이다.

다이조의 안내로 오리베 일행은 글로리아가 세워져 있는 주차장으로 향했다.

글로리아는 가장 구석에 세워져 있다. 77년식인 만큼 오리베의 눈에는 고물로 보였는데 잘 손질했는지 칠이 벗겨지거나 한 곳은 없다.

바로 감식이 일을 시작했다. 나카이 부자는 불안하게 감식 반원들의 움직임을 바라봤다.

동행한 수사관 가운데 곤도라는 형사가 마노와 오리베에게 다가와 목소리를 낮춰 말했다.

"차를 발견한 건 다행인데 저쪽은 아주 성가시게 되었어요."

"저쪽이라니, 나가미네?" 마노도 목소리를 낮춰 물었다.

곤도는 그렇다며 고개를 끄덕였다. 나카이 부자를 힐끔 보고 말을 이었다.

"오늘 저녁, 경시청 홍보부에 편지가 도착했답니다. 누구일 것 같습니까?"

"설마……!" 오리베는 눈을 부릅떴다.

"설마가 맞아." 곤도는 오리베에게서 마노에게 시선을 옮겼다. "나가미네입니다. 속달 우편이었죠."

"내용은?"

곤도는 잠시 뜸을 들였다가 말했다.

"딸의 원수를 갚게 해달라, 원한을 풀면 반드시 자수하겠다, 그렇게 적혀 있었답니다."

17

『도모자키 아쓰야 살해사건을 담당하시는 경찰 관계자분들께.

저는 얼마 전 아라카와강에서 사체로 발견된 나가미네 에마의 아버지 나가미네 시게키입니다. 여러분에게 알려야 할 게 있어서 펜을 들었습니다.

이미 아시리라 생각하지만 도모자키 아쓰야를 죽인 사람은 접니다.

동기는 말할 필요도 없을지 모르겠으나 딸의 복수입니다.

아내를 여러 해 전에 잃은 제게 에마는 유일한 혈육이자 무엇과도 바꿀 수 없는 보물이었습니다. 딸이 있었기에 아무리 힘들어도 견딜 수 있었고 앞으로의 인생도 꿈꿀 수 있었습니다.

그 무엇과도 바꿀 수 없는 보물을, 도모자키 아쓰야는 제게서 빼앗아갔습니다. 게다가 그 방식은 너무나 잔인하고 광기 어린 것으로, 인간성이라고는 조금도 찾아볼 수 없었습니다. 내 딸을 마치 가축처럼, 아니 그보다도 못한, 그저 고깃덩어리로 취급했습니다.

저는 그 모습을 제 눈으로 직접 봤습니다. 인간의 탈을 뒤집어쓴 짐승들이 에마를 유린하는 모습이 캠코더에 담겨 있었기 때문입니다.

그것을 봤을 때의 제 심정을 아실까요?

제가 슬픔 한가운데 있을 때 도모자키 아쓰야가 돌아왔습니다. 그에게는 최악의 순간이었을 겁니다. 그러나 제게는 원한을 풀 절호의, 그리고 유일한 기회였습니다.

그를 죽인 것을, 저는 조금도 후회하지 않습니다. 그래서 원한이 풀렸냐고 물으시면 그럴 리 없다고 말씀드릴 수밖에 없습니다. 하지만 아무것도 하지 않았다면 더 분했을 겁니다.

도모자키는 미성년자입니다. 게다가 고의로 에마를 죽인 게 아니라, 예를 들어 알코올이나 마약의 영향으로 정상적인 판단력이 없었다고 변호사가 주장하면 도무지 형사처벌이라 할 수 없을 가벼운 판결이 내려질 우려가 있습니다. 미성년자의 갱생을 우선시해야 한다는, 피해자 측의 마음을 완전히 무시하는 상황이 벌어질 게 뻔합니다.

사건이 일어나기 전이라면 저도 그런 이상적인 주장에 동의했을지 모릅니다. 하지만 지금은 생각이 다릅니다. 이런 일을 당하고 나서야 드디어 알았습니다. 한번 생긴 '악'은 영원히 사라지지 않습니다. 가령 가해자가 갱생하더라도(지금의 저는 있을 수 없는 일이라고 단언할 수 있으나 만에 하나 그러더라도) 그들이 만들어낸 '악'은 피해자들 속에 남아, 영원히 마음을 갉아먹습니다.

물론 어떤 이유로든 사람을 죽이면 벌을 받아야 한다는 것은 잘 압니다. 이미 저는 각오가 되어 있습니다.

그러나 지금은 아직 체포될 수 없습니다. 복수해야 할 인간이 하나 더 있기 때문입니다. 그게 누구인지는 지금쯤 경찰도 알 겁니다.

저는 무슨 일이 있더라도 복수를 끝낼 겁니다. 그때까지는 붙잡히지 않을 생각입니다. 대신 복수를 끝내면 제 발로 바로 자수하겠습니다. 정상참작을 요구할 생각도 없습니다. 사형이 선고되더라도 상관없습니다. 어차피 이대로는 살 의미도 없는 인생이니까요.

이런 글을 쓰는 것도 아무런 의미가 없음을 잘 압니다. 지금쯤 여러분은 제 행방을 좇고 있겠죠. 그 방침이 이 편지로 바뀌리라 기대하지 않습니다.

다만 제 지인, 친구 그리고 친척에 대한 불필요하고 엄격

한 수사는 피해주시길 부탁드립니다. 제게 공범은 없습니다. 모두 저 혼자 생각하고 행동하는 겁니다. 정기적으로 연락하는 사람도 없습니다.

지금까지 우리 부녀는 많은 도움을 받으며 살았습니다. 그 모든 분들에게 폐를 끼치고 싶지 않아 이 편지를 씁니다.

이 편지가 무사히 수사 일선에 있는 분들에게 전해지길 기도합니다.

나가미네 시게키』

편지지는 전부 여덟 장이다. 자필 편지인데 글씨가 매우 안정적이어서 격정에 휩싸여 휘갈겨 쓴 문장이 아님은 바로 알 수 있다.

니시아라이 경찰서 회의실 일각에 오리베를 비롯한 히사쓰카 반의 수사관들이 모여 있다. 전원이 A4 용지를 들고 있다. 나가미네 시게키의 편지를 복사한 것이다.

쓴 사람이 나가미네 시게키라는 점은 이미 필적 감정을 통해 밝혀졌다. 소인을 통해 아이치현에서 보내진 것으로 밝혀졌다. 그런데 현재까지 나가미네와 아이치현과의 접점은 찾지 못했다.

"아주 단호하네." 오리베의 옆에 있던 형사가 중얼거렸다. "하지만 이런 걸 써서 보내도 곤란해. 마음은 알겠는데 우리는 위의 지시를 따르는 수밖에 없잖아."

"하지만 이로써 나가미네 시게키를 도모자키 살인범으로 단정할 수 있게 되었잖아요. 과장님들, 어떻게 할까요?"

"어떻게?"

"지명수배, 할까요?"

"하겠지. 지금쯤 윗분들은 그 절차를 논의 중일 거야."

얼마 후 회의실 문이 열리고, 히사쓰카를 비롯한 반장 이상급 사람들이 들어왔다. 히사쓰카는 오리베 일행 쪽으로 왔다.

"마노, 차를 발견했더군." 히사쓰카가 마노에게 물었다.

마노는 고개를 끄덕였다.

"도모자키의 동급생 중에 나카이 마코토라는 소년이 있는데, 그 집 차가 틀림없는 것 같습니다. 글로리아입니다. 감식반이 조사했는데 나카이의 말로는 사체를 운반하는 데 사용됐다고 합니다."

"나카이의 조서는?"

"조금 전 받고 오늘은 일단 돌려보냈습니다."

마노는 나카이 마코토의 진술 내용을 정리해 보고했다. 이미 오리베가 전화로 말한 것이라 히사쓰카는 그리 놀라지 않았다.

"어떻게 할까요? 내일, 다시 나카이 마코토를 부를까요?" 마노가 확인했다.

히사쓰카가 고개를 흔들었다.

"그럴 필요는 없을 거야. 도모자키와 스가노가 무서워 시키는 대로 했다는 말이 거짓말은 아닐 거야. 스가노가 있는 곳도 전혀 모를 테고."

"그건 그렇지만 납치와 부녀자 폭행에는 공범 혐의가 있습니다."

"그건 스가노를 체포한 다음에 하지. 기껏 해야 검찰 송치겠지. 그보다……" 히사쓰카는 옆 책상에 놓인 복사지를 들었다. "이 녀석을 공개하기로 했어."

"전문을요?" 마노의 목소리에 놀라움이 배어 있다.

"아냐, 정리한 내용만. 소년법을 비난하는 부분을 공개하면 그야말로 언론이 소란을 피울 거야. 도모자키 살해를 자백한 것과 딸의 복수를 계속하겠다는 부분을 강조해 발표할 거야. 동시에 나가미네를 전국에 지명수배한다."

오리베는 역시 그렇게 되었나 생각하면서 상사의 입을 바라봤다. 그럼 스가노 가이지는 어떻게 되나. 그는 생각했다. 녀석은 지명수배 되지 않나.

물론 그런 얘기는 나오지 않았다. 스가노를 지명수배할 수 없다는 점은 오리베도 잘 안다. 나가미네 에마가 살해되었다고 단정할 상황이 아니며 그녀의 죽음에 스가노가 어떤 식으로 관여했는지도 불명이다. 그보다 스가노는 미성년자다.

"이 편지가 언론을 통해 발표되었을 때 스가노가 어떻게 움직일지가 문제죠."

마노의 말에 히사쓰카가 고개를 끄덕였다.

"살해되는 것보다는 낫다고 생각해 자진 출두하면 좋을 텐데. 그걸 기대하고 언론에 공개하는 건데 요즘 젊은이들 생각은 도통 모르니까."

"소인은 어떻게 되었습니까? 아이치현 안에서 우체통에 넣어진 것도 발표합니까?"

"자네도 역시 그게 마음에 걸리나?"

"그렇죠. 이 편지의 의도는 그거밖에 없으니까요."

"나도 그렇게 생각해. 하지만 발표 여부는 과장에게 일임하기로 했어."

"저기요! 보낸 장소가 그렇게 문제가 됩니까?" 다른 형사가 끼어들었다.

히사쓰카는 그 형사를 봤다.

"나가미네가 왜 그런 편지를 보냈다고 생각하나?"

"왜냐니, 그야 여기에 적힌 대로겠죠. 주위 사람에게 괜한 폐를 끼치고 싶지 않았겠죠."

"그것도 있겠지. 하지만 그것만을 위해 굳이 이렇게까지 할까? 또 이런 일을 해도 우리는 상대가 누구든 필요하면 수사해. 그 정도는 나가미네도 잘 알 거야."

"그럼, 이 편지의 목적은 뭐죠?" 오리베가 물었다.

히사쓰카는 복사된 편지로 시선을 떨어뜨렸다.

"여기에 적힌 것은 이미 우리가 아는 것들뿐이야. 새로운 정보라 할 만한 것은 아무것도 없어. 그건 나가미네 자신도 인정하고 있지. 즉 마노의 말처럼 내용만으로는 그의 의도를 알 수 없어. 그렇다면 내용 이외의 부분에서 의도를 찾을 필요가 있지. 하지만 보내는 사람이 나가미네 시게키라고 되어 있을 뿐이야. 남은 정보라고 하면 소인밖에 없어. 나가미네도 경찰이 소인을 중시하리라 생각했을 거야. 그런데도 도쿄 이외의 지역에서 우체통에 넣은 것은 특별한 의미가 있다고 생각하는 게 좋겠지."

"나가미네가 실제로는 아이치현에 가지 않았다는 말씀입니까? 그래서 발표할 필요가 없다고?" 오리베가 말했다.

"그렇지. 나가미네는 아이치현에 없을 거야. 우리 수사에 혼란을 주려는 목적이 담겨 있을지 모르지. 그러나 그건 아마도 사소한 목적일 거야. 더 큰 목적이 있다고 생각해."

"그게, 뭔데요?"

오리베가 묻자 히사쓰카는 부하들을 둘러봤다.

"나가미네는 아마도, 곧 자신이 지명수배되리라 예상했을 거다. 그때가 되면 녀석이 스가노를 쫓고 있다는 사실이 공개돼. 문제는 그것을 본 스가노가 어떻게 움직이냐는 거지. 아까도 말했듯 우리는 스가노가 자진 출두하길 바라는 바야. 하지만 나가미네는 그러지 않길 바라지. 복수할 기회를 놓칠 테니까."

"그것을 막는 게 이 편지를 쓴 가장 큰 이유란 말씀입니까?" 오리베가 다시 편지 내용을 훑었다.

"어디까지나 추측이지만" 히사쓰카가 말했다. "이런 편지가 오면 경찰은 공개해야만 해. 그때 보통 소인을 언급하지. 그렇게 되면 나가미네는 스가노가 직접 경찰에 출두할 가능성이 줄어든다고 생각한 게 아닐까?"

"왜죠?" 다른 형사가 이유를 물었다.

"스가노는 아이치현에 있지 않으니까." 마노가 대답했다. "완전히 다른 지역에 있으니까. 그러면 뉴스를 본 스가노는 이렇게 생각하겠지. 뭐야, 나가미네는 내가 어디 있는지 전혀 모르잖아. 이러면 살해당할 걱정은 없으니 경찰을 피해 다녀야겠다……."

히사쓰카가 마노의 곁에서 고개를 끄덕였다.

"뒤집어 말하면 나가미네는 스가노가 있는 곳을 대강 짐작하고 있어. 그래서 일부러 아이치현이라는 곳을 고른 거야. 만에 하나 스가노가 정말 아이치현에 숨어 있다면 스가노의 출두를 재촉하는 게 되니까."

상사의 추리에 오리베는 신음했다. 그런 생각은 듣기 전까지 전혀 하지 못했다.

"나가미네가 거기까지 생각했을까요?"오리베의 옆에 있던 형사가 말했다.

"그러니까 추측이라고 한 거다. 그러나 고려할 필요는 있지. 우리가 해야 할 일은 나가미네에게 살해당하기 전에 스가노를 확보하는 것이다. 그러기 위해서는 스가노 쪽에서 나오도록 하는 게 가장 좋지."

"만약 반장님 추리가 맞는다면 나가미네는 어떻게 스가노의 은신처를 알아낸 거죠?"오리베가 말해봤다.

히사쓰카가 아랫입술을 내밀고 고개를 천천히 끄덕였다.

"확실히 그게 지금으로서는 가장 큰 수수께끼야. 그러나 나가미네는 마지막으로 도모자키를 만났어. 녀석을 죽이기 직전에 알아냈을 가능성도 충분하지."

"그보다 문제는 나가미네가 어떻게 도모자키를 알게 되었냐는 거죠."마노가 옆에서 덧붙였다. "이 편지에도 자신이 어떻게 딸을 죽인 범인을 알아냈는지는 전혀 언급하지 않았습니다. 깜빡했다기보다 어떤 의도가 담긴 것 같습니다."

"어떤 의도지?"

"글쎄요. 그것까지는."마노는 고개를 기울였다. "나가미네에게 물어보는 수밖에 없겠죠."

히사쓰카는 복사지를 내려놓고 다시 한 번 전원을 둘러봤다.

"수사는 이마이 반과 협조해 진행하는데 기본적으로 저쪽은 나가미네를, 우리는 스가노를 쫓는다. 스가노와 조금이라도 관계가 있는 사람을 샅샅이 조사해."

해산 명령에 형사들은 삼삼오오 흩어졌다. 내일부터 퇴근하지 못하는 날들이 이어지리라는 생각을 모두 품고 있었다.

"마노, 그리고 오리베." 히사쓰카가 손짓했다. "둘은 미안하지만, 앞으로 한 군데 더 가줬으면 하는 곳이 있네."

"스가노의 어머니죠?" 마노가 말했다.

히사쓰카가 살짝 고개를 끄덕였다.

"아들이 어디 있는지 짐작 가는 곳이 없는지 다시 물어봐주게."

"저 편지를 보여줘도 되겠습니까?"

"물론이지. 아들을 살리고 싶으면 솔직히 말하라고 겁 좀 주게."

마노는 알겠다고 대답했다.

"오리베, 왜? 하고 싶은 말이라도 있나?" 오리베가 대답하지 않아선지 히사쓰카가 물었다.

"아닙니다. 그런 건 아닌데……." 주저하면서도 그는 입을 열었다. "우리 수사는 결국, 스가노를 돕는 것으로 이어지는 것 같아서."

마노가 쓴웃음을 지었다. 하지만 히사쓰카는 표정을 바꾸지 않고 팔짱을 꼈다.

"마노, 그 편지의 다른 목적이 이거일 수도 있겠어."

"이거라뇨?"

"수사관들의 의지를 꺾는 것. 벌써 이렇게 정에 휩쓸리는 녀석이 있잖아."

"아뇨, 저는……"

"자신이 누군지 잊지 마라. 빨리 움직여!"

18

단자와 가문의 묘지는 예상했던 대로, 그다지 잘 손질되어 있지 않았다. 와카코는 가져온 목장갑을 끼고 주위 잡초를 뽑았다. 왜 자기가 이런 일을 해야 하는지 알 수 없었으나 다이시의 얼굴이 떠오르자 절로 손이 움직였다.

잡초를 다 뽑고 절에서 빌려온 빗자루로 주위를 쓴 다음에야 와카코는 묘 앞에 무릎을 꿇었다. 묘 앞에는 이미 꽃이 놓여 있었는데 그 옆에 자신이 가져온 꽃도 놓았다. 그리고 향을 올리고 합장했다.

이제 더는 생각하지 말자고 마음먹었는데 역시 다이시가 건강했을 때를 떠올리지 않을 수 없었다. 눈두덩이 뜨거워졌다. 그러나 눈물을 흘리지 않을 정도의 자제력은 지난 몇 년 사이 익혔다.

인기척을 느끼고 바로 합장을 풀었다. 발소리가 나는 쪽을 보니 단자와 유지가 서 있었다. 유지도 이미 와카코를 알아본 듯 눈이 마주치자 고개를 숙였다. 낮게 한숨을 내쉬었다는 것을 어깨 움직임으로 알 수 있었다.

와카코는 두세 걸음 그에게 다가갔다.

"우연? 아니면……." 말끝을 흐렸다.

그는 쓴웃음을 짓고는 다시 고개를 들었다.

"우연이야. 하지만 아니라고도 할 수 있지. 오늘쯤 당신이 올까 싶어서. 숨어서 기다리고 있었던 건 아니니까 그건 알아줘."

"당신, 제사 때 안 왔어?"

"응. 출장이라 못 왔어. 그래서 오늘 향이나 올리려고."

"그랬구나."

와카코는 유지에게 길을 양보하려고 옆으로 비켜났다. 그는 말없이 묘로 다가가 조금 전 와카코가 했던 대로 합장했다. 그동안 와카코는 물끄러미 땅만 보고 있었다. 유지를 기다리는 건 아니었지만 저세상에 있는 아들을 방해하고 싶지 않았다. 다이시는 지금, 아버지 마음의 소리를 듣고 있을 게 틀림없다.

유지가 일어나길 기다렸다가 와카코는 빗자루와 양동이를 들었다.

"친척들이 청소도 안 해놨던가?" 유지가 물었다.

"했더라. 하지만 잡초가 좀 있어서……. 비난하려고 그런 거 아니니까 신경 쓰지 마."

"잡초 뽑기 같은 거, 내가 오지 않았으면 아무도 몰랐을 테니까 그렇게 생각 안 해. 뭐든 적당히 하는 사람들이니까 청소도 엉망이었겠지. 어쨌든 고마워."

"당신에게 감사 인사를 받을 처지도 아니고. 내 마음 편하라고 한 일이야."

"아니야. 다이시도 기뻐할 거야. 오늘은 어쩌다 나란히 왔나 의아해할지도."

유지는 와카코의 마음을 풀어주려고 이런 말을 했을지 모른다. 그러나 그녀는 웃을 수 없었다. 이제 더는 그런 사이가 아니라고 자신을 다독였다.

어쨌든 둘이 나란히 묘지를 나오는 형태가 되고 말았다. 영 어색했으나 떨어져 걷는 것도 부자연스러운 것 같았다.

"올해는 어땠어?" 주차장으로 향하는 도중 유지가 물었다.

"어떻다니, 뭐가?"

"펜션 말이야. 여름 기온이 낮아서 손님은 좀 있었어?"

"아아." 와카코는 고개를 끄덕였다. "평소와 그리 다르지 않았어. 매년 찾아주는 대학 테니스 동아리가 올해도 왔고."

"그럼 다행이군."

"당신 일은?"

"아직 잘릴 것 같지는 않아. 뭐, 작은 회사지만 그래도 실적은 안정적인 편이니까."

"잘 되길 바라."

"고마워. 당신도."

"응." 와카코는 살짝 턱을 움직였다. 더는 유지를 보려고도 하지 않았다.

주차장에 도착하자 와카코의 RV 차량 옆에 유지의 세단이 세워져 있었다. 다른 곳에도 빈자리가 있었는데 그는 굳이 차를 나란히 세웠구나 싶었다. 솔직히 와카코는 이런 미련에 겨운 행동이 답답했다.

"어디 가서 차라도 마실래?" 차 문을 열고 유지가 가볍게 말했다.

예상했던 대로네. 와카코는 그렇게 생각하며 고개를 가로저었다.

"미안해. 금방 돌아온다고 말하고 나왔어."

"그래?" 유지는 섭섭한 기색이었다. "그럼 또 보지."

또 보는 일은 없다고 생각했으나 와카코는 형식적으로나마 미소를 지었다.

"잘 지내." 그렇게 말하고 먼저 차에 탄 와카코는 유지를 보지도 않고 시동을 걸었다.

그가 차를 탈 때, 와카코의 RV 차량은 이미 움직이기 시작했다.

추모공원은 다카사키시 외곽에 있었다. 와카코는 다카사키 인터체인지로 간에쓰 자동차전용도로 상행선을 탔다. 바로 나타나는 분기점에서 조신에쓰 자동차전용도로로 들어가면 사쿠 인터체인지까지는 그리 멀지 않다. 여름 레저 시즌이 지나 길은 한산했다.

유지의 야윈 얼굴이 떠올랐다. 차를 마시자고 했는데, 그는 도대체 무슨 얘기를 할 생각이었을까? 지금 와서 추억 얘기로 이야기꽃을 피워서 어쩌자는 말인가. 무엇보다 둘이 나눌 즐거운 추억이란 게 없다. 아니, 예전에는 있었겠지만, 어떤 사건으로 모든 것은 물거품이 되고 말았다. 이제는 아무것도 돌이킬 수 없다.

와카코는 라디오를 켰다. 도로 교통정보가 흐른 뒤 남성 진행자가 최신 뉴스를 이야기하기 시작했다.

『아, 조금 전, 참으로 무섭다고 해야 할까, 안타깝다고 해야 할 뉴스가 들어왔습니다. 얼마 전 이 프로그램에서도 여러 번 전해드렸죠. 도쿄 아다치구에서 일어난 살인사건―자택 비디오에 강간 장면을 녹화해뒀던 젊은이가 살해된 사건 말인데 그 속보입니다. 어제, 경시청에 한 통의 편지가 도착했답니다. 보낸 사람은 살인사건 얼마 전에 사체로 발견된 사이타마현 가와구치시의 나가미네 에마 양의 아버지, 나가미네 시게키 용의자로……. 아, 지금 용의자라고 한 것은 아다치구 사건과 관련해 살인 혐의가 있기 때문입니다. 편지에서도 자신이 범인이라고 고백했다고 합니다. 살인 동기는 딸을 죽인 복수라고 썼답니다. 나가미네 용의자는 복수해야 할 사람이 하나 더 있어서 현재 도주 중으로, 경찰이 그의 행방을 쫓고 있다고 합니다. ……이 시각 뉴스였습니다. 아주 어마어마한 일이 되었네요. 어떻게 생각하십니까?』진행자는 여성 출연자에게 감상을 물었다.

『음, 마음은 이해한다고 해야 하나……? 하지만, 역시 아무리 복수를 위해서라도 사람을 죽이는 건 옳지 않아요.』

『뭐, 편지에 적힌 내용이 진실인지는 아직 모르지만, 이런 거짓말을 굳이 써서 보내는 사람은 없겠죠?』

『그렇죠.』

『나가미네 용의자……라. 피해자의 아버지였던 사람이 이번에는 살인 용의자가 되었군요. 일본이 앞으로 어떻게 될지 모르겠습니다.』

누구나 할 수 있는 소리를 한 진행자는 다음 노래를 소개했다. 남성 엔카 가수의 오래된 히트곡이 흘러나왔다. 와카코는 스위치를 눌러 프로그램을 바꿨다.

세상에는 늘 불행한 사람이 있기 마련이지. 와카코의 솔직한 감상이었다. 살인을 저지를 수 있다는 감각은 잘 모르겠으나 아이를 잃은 슬픔은 이해한다.

사쿠 인터체인지에서 고속도로를 빠져나올 무렵에는 그 라디오 뉴스는 와카코의 머리에서 완전히 지워져 있었다.

펜션 '크레센토'는 다테시나 목장 입구에 있는 녹색 지붕이 눈에 띄는 서양식 건물이다. 그 앞에 있는 주차장에 와카코는 차를 세웠다.

손목시계를 보니 오후 3시가 조금 넘었다. '크레센토'의 체크인은 3시다. 오늘은 예약이 두 건 있는데 둘 다 저녁에 도착한다고 들었다.

현관을 통해 안으로 들어가면 오른쪽이 식당과 라운지였다. 아버지 다카아키가 걸레질하고 있었다.

"왔구나. 어땠니?" 다카아키는 하던 일을 멈추고 물었다.

"별일은 없었어. 꽃을 놓고 향을 올리고 왔지 뭐."

"그렇구나." 다카아키는 다시 걸레질을 재개했다. 그 등은 대놓고 무슨 말을 하고 싶은 듯했다.

와카코는 아버지가 무슨 생각을 하고 있는지 알았다. 이제 슬슬 다이시 일은 잊어라. 그렇게 생각하고 있을 것이다. 그러나 동시에 그게 불가능한 일임을 다카아키도 안다. 그래서 성묘나 다이시의 생일에는 부녀 사이에 어색한 대화가 오가는 것이다.

와카코는 옆의 주방으로 들어가 앞치마를 둘렀다. 요리 재료 준비는 와카코의 몫이었다. 손님이 늘어나는 시기가 되면 여러 명의 아르바이트를 쓰지만, 이번 주부터는 한 명으로 줄였다.

요리를 준비하며 생각한다. 나는 언제까지 여기 있게 될까? 다카아키는 언제까지든 있으라고 했고 진심일 테지만, 한편으로 딸의 장래를 걱정하고 있다는 것도 잘 안다.

10년 전만 해도 자신이 이렇게 될 줄은 꿈에도 상상하지 않았다. 단자와 유지와 결혼해 마에바시의 신혼집에서 한껏 기대에 부푼 나날을 보냈다. 당시 그녀의 머릿속에는 곧 태어날 아이뿐이었다. 출산은 조금 불안했으나 육아를 상상하는 건 즐거웠다.

석 달 뒤에 태어난 아기는 아들이었다. 4킬로그램이나 나가는 건강한 아기였다. 유지와 상의해 큰 뜻이라는 의미인 다이시라는 이름을 붙여줬다.

첫 육아는 익숙지 않은 일의 연속이라 힘들었다. 세상의 남편들이 대체로 그렇듯 유지도 그다지 협조적이지 않았다. 회사 실적이 악화되던 시기라 중견 사원인 그는 가족을 돌볼 틈 없이 일해야 했다.

와카코는 자신의 시간 전부를 다이시를 기르는 데 쏟았다. 그 노력이 열매를 맺어 다이시는 건강하게 자랐다. 잘 키워줘서 고맙다는 유지의 말을 들었을 때는 눈물이 나올 정도로 기뻤다. 보상받은 느낌이었다.

하지만 행복의 막은 느닷없이 내려졌다.

그날, 오랜만에 가족 셋이 근처 공원으로 놀러 나간 날씨 좋은 월요일. 유지는 토요일에 출근했던 터라 대체 휴가를 얻었다.

다이시는 3살이 되었고 아주 건강했다.

아버지와 처음으로 공원에서 놀게 된 다이시는 한껏 들떠 있었다. 둘이 모래 장난을 하는 모습을 벤치에서 지켜보면서 와카코는 행복을 음미했다.

습도가 적당하고 햇볕이 따뜻한 오후였다. 이런 평온한 기분이 몇 년 만인가. 그렇게 생각하며 와카코는 꾸벅꾸벅 졸기 시작했다.

유지는 나중에, 와카코에게 "애 좀 봐줘"라고 말했다고 주장했다. 담배를 사러 가기 위해서였다.

하지만 와카코는 들은 기억이 없다. 둘이 노는 모습을 바라보던 기억밖에 없다.

누가 어깨를 흔들어 잠에서 깼다. 유지의 심각한 얼굴이 눈앞에 있었다. 다이시는 어딨어? 그가 말했다. 그제야 외아들이 없어졌다는 걸 깨달았다.

사색이 되어 둘은 아들을 찾았다. 다이시는 나선형 미끄럼틀 밑에 쓰러져 있었다. 유지가 황급히 안았으나 다이시는 꿈쩍도 하지 않았다. 얼굴이 회색빛이었다.

서둘러 병원에 데려갔으나 이미 늦었다. 머리와 목뼈가 부러진 것이다.

부모의 감시에서 해방된 다이시가 나선형 미끄럼틀을 밑에서 올라가던 중간쯤에서 아래를 보다가 그만 머리부터 떨어졌다는 사실이 나중에 판명되었다. 그 부분의 높이는 지면에서 2미터였고 게다가 아래는 딱딱한 콘크리트였다.

미친 듯이 울부짖으며 무너지는 날들이 이어졌다. 거의 아무것도 먹지 않았고 마시지도 않았으며 잠들지 못한 채 내내 울기만 했다. 늘 곁에 누가 있어서 다행이었다. 만약 잠시라도 혼자 있는 시간이 있었다면 맨션 베란다에서 뛰어내렸을 것이다.

슬픔만이 찾아오는 시간이 지나자 이번에는 허무했다. 아무것도 생각할 수 없었고 살아가야 한다는 게 겁이 났다.

그런 시간을 거쳐 드디어 사고와 대면할 수 있었다. 그렇다고 긍정적인 생각을 가지게 되었다는 소리는 아니다. 사고를 떠올릴 때마다 후회가 엄습했다. 왜 그때, 잠들었나……? 동시에 유지를 원망하게 되었다. 왜 담배 같은 걸 사러 갔냐고……. 그 말이 수없이 입 밖으로 나올 뻔했다.

그도 아마 같은 생각이었을 것이다. 하지만 그도 와카코를 원망하지 않았다.

표면적으로는 평온한 날들이 돌아왔다. 그러나 마음의 평온은 찾아오지 않았다. 그 증거로 둘은 거의 대화를 나누지 않았다. 최대한 공통 화제를 피해야 했던 만큼 대화하지 않는 게 가장 쉬운 선택지였다.

"아아, 맞다. 오늘 예약이 하나 더 들어왔다."

아버지의 목소리에 와카코는 정신을 차렸다. 다카아키가 주방 입구에 서 있었다.

"오늘? 갑자기?"

"점심 지나서 전화가 왔다. 모레까지 머물 수 있냐고 해서 된다고 했다."

"커플?"

"아니. 한 사람이랬어. 남자였고."

"혼자? 웬일이래."

"목소리로 봐서는 이상한 사람 같지는 않던데. 밤에 도착한다고 식사는 됐대."

"방값은?"

"응. 1.5인분으로 오케이 했어."

"그래?"

'크레센토'는 일곱 개의 방이 있고 모두 트윈룸이다. 침대를 더 넣어 3인실로 쓸 때도 있는데 혼자 쓸 때는 1.5인분을 받는다.

긴 머리에 수염을 지저분하게 기른 남성 손님은 밤 9시가 지나서 왔다. 나이는 마흔 전후일까. 편안한 복장에 짐은 보스턴백 하나였다.

그 손님은 숙박 카드에, 요시카와 다케오라고 적었다.

19

　나가미네는 방에 들어가자 보스턴백을 내려놓고 옆 침대에 쓰러졌다. 온몸에 모래를 채운 듯 무거웠고 땀투성이였다. 체크 셔츠에서 살짝 냄새도 났다.

　옆 침대로 시선을 돌리니, 하얀 바탕에 꽃무늬 커버가 씌워져 있었다. 여기는 중년 남자 혼자 묵을 만한 곳은 아니구나. 격자 창문을 가리고 있는 커튼도 꽃무늬다.

　몸을 일으켰다. 백을 끌어당겨 지퍼를 열고 거울을 꺼냈다. 거울을 옆에 놓고 자기 얼굴을 비추면서 나가미네는 머리에 양손을 넣었다. 손가락으로 단추 위치를 찾아 신중히 전체를 들어 올리니 장발의 가발이 머리에서 떨어졌다. 나고야 백화점에서 산 가발이다. 적은 머리숱을 감추기 위해서가 아니라 패션 용품이라고 했는데 그런 탓인지 갈색과 금발이 대부분이었다.

그는 가발을 옆에 던지고 머리를 고정하던 그물을 벗고 원래 자기 머리카락에 손가락을 넣어 마구 긁었다. 찜통 같았던 머리에 공기가 들어가자 시원했다.

다시 거울을 보며 입 주위를 어루만졌다. 지저분한 수염은 그런 게 아니라 집을 떠난 뒤로 내내 깎지 않아 생긴 것이다. 물론 깎을 여유가 없었던 게 아니라 조금이라도 인상을 바꾸기 위해서였다.

그는 평소 단정하게 머리 가르마를 탔고 수염도 기른 적 없다. 그래서 사진은 다 그런 모습일 것이다.

방 한쪽에 TV가 놓여 있었다. 리모컨으로 스위치를 켜고 채널을 뉴스 프로그램에 맞췄다. 한참 기다렸으나 나가미네에 관한 사건 보도는 없었다.

한숨을 내쉬고 다시 한 번 거울을 본 뒤 가발과 함께 백에 넣었다. 백에는 옅은 색 선글라스도 들어있는데 낮에는 선글라스도 끼고 다녔다.

이런 변장이 얼마나 효과가 있을지는 알 수 없다. 혹 지인이 그런 모습으로 나타나면 못 알아볼 것 같지는 않다. 그러나 TV에서 본 인물 사진이라면 대부분 기억하지 못할 것이다. 그로서는 세상의 그런 무관심을 기대할 수밖에 없다.

다시 백에 손을 넣어 이번에는 종이 한 장을 꺼냈다. 거기에 빼곡히 인쇄된 것은 나가노현의 주요 펜션이다. '크레센토'도 그중 하나이다.

어제와 오늘, 나가미네는 다리가 퉁퉁 붓도록 이 펜션들을 돌아다녔다. 말할 것도 없이 스가노 가이지를 찾기 위해서다. 도모자키가 숨을 거두기 직전에 했던 나가노 펜션에 갔다는 말이 유일한 단서다.

이런 방법으로 정말 스가노를 찾을 수 있을까 싶어 불안하기도 했다. 그러나 다른 방법이 없는 이상 이 가느다란 실을 따라가는 것 외에는 나가미네에게 남은 길은 없다.

피곤했던 탓인지 나가미네는 침대에 누운 채 깜빡 잠들었다. TV를 켜놓았는데 TV에서 들린 아나운서의 목소리가 그를 깨웠다.

『……경찰은 나가미네 시게키 용의자를 살인 혐의로 전국에 지명수배 했습니다. 나가미네 용의자는 총기를 소지하고 있을 가능성도 있으므로, 소재를 아시는 분은 가까운 경찰서로 연락하시기 바랍니다. 다음으로 얼마 전 열린 세계 환경 개선 회의에서…….』

나가미네는 서둘러 일어나 TV를 봤으나 이미 전혀 다른 영상이 나왔다. 그는 리모컨으로 채널을 바꿨으나 다른 방송국에서도 뉴스는 방영하지 않았다.

나가미네는 TV를 껐다. 시계를 보니 이미 11시가 넘었다.

자신이 지명수배된 것은 저녁 뉴스로 알았다. 각오한 일이라 놀라지는 않았으나 역시 온몸이 굳어지는 것은 어쩔 수 없었다. 뉴스는 가전제품 판매점 앞에서 봤는데 행인들의 시선이 갑자기 자신에게 쏟아지는 것 같은 착각에 사로잡혔다.

그 편지도 예상대로 보도되었다. 아니, 보도되기를 바라며 보낸 편지였다. 하지만 계산이 틀린 것도 있었다. 소인에 대해 전혀 언급되지 않은 것이다. 일부러 아이치현까지 가서 넣은 의미가 사라졌다.

그는 자신이 쓴 편지 내용을 머릿속으로 암송했다. 저는 얼마 전 아라카와강에서 사체로 발견된 나가미네 에마의 아버지, 나가미네 시게키입니다……. 이렇게 시작된 편지 내용에 거짓은 없다. 모든 진심을 담아 썼다. 복수를 끝내면 자수할 테니까 친구와 지인에 대한 불필요하고 가혹한 수사는 하지 말아 달라는 마음 역시 지금도 변함없다.

그러나 그런 편지를 썼다고 경찰이 배려해주지 않으리라는 사실도 그는 잘 알고 있었다. 그들은 배려는커녕 인정사정없이 나가미네의 교제 범위 안에 있는 모든 사람을 수사 대상에 올릴 것이다.

편지의 가장 큰 목적은 어딘가에 숨어 있을 스가노 가이지를 방심하게 만드는 것이었다.

스가노도 바보가 아닌 이상, 자신들이 죽인 소녀의 아버지가 도모자키를 죽이고 자기도 노리고 있음은 알 것이다. 나가미네에게 가장 나쁜 상황은 복수당할 것을 두려워한 스가노가 순순히 자수해버리는 것이다.

스가노가 체포된다고 해서 에마의 복수가 이루어지는 것은 아니라고 나가미네는 생각했다. 내 손으로 처형해야 비로소 그 몇 분의 일 정도는 이뤄지는 것이다. 스가노를 경찰에 가게 해선 안 된다. 소년법이 지켜주는 감옥으로 보내서는 안 된다…….

그래서 쓴 편지였다. 보낸 장소도 보도될 것이라 예상했다. 아이치현에서 보내졌다고 하면 나가노현에 숨어 있는 스가노는 가슴을 쓸어내리며 안도할 것이다. 서둘러 자수할 생각은 하지 않으리라.

그런데 언론은 소인에 대해 전혀 보도하지 않았다. 경찰이 발표하지 않았다는 뜻이겠지. 단순히 발표할 만한 일이 아니라고 판단했을까? 아니면 나가미네의 목적을 간파했기 때문일까? 아니면 다른 의도가 있을까? 도무지 짐작이 안 간다.

다음 날 아침, 나가미네는 7시에 일어났다. 더 빨리 깼으나 최대한 몸을 쉬게 해야 한다는 생각에서 누워 있었다. 그러나 다시 수마가 찾아오는 일은 없었다. 에마의 사건 이래 시작된 불면은 도피 생활이 시작된 뒤로 더 심해졌다. 그 탓인지 늘 머리가 무겁고 온몸이 나른했다.

아침 식사는 7시부터 8시 반 사이라고 들었다. 그러나 가능한 다른 손님들과 얼굴을 마주치고 싶지 않은 나가미네는 담배를 피우거나 주변 상황을 지도로 확인하며 시간을 죽였다. TV를 켤 마음도 들지 않았다.

8시가 조금 지났을 때 전화기가 울렸다. 그는 수화기를 들었다.

"안녕하세요. 요시카와 고객님. 아침 식사 준비가 되었는데 어떻게 하시겠어요?" 여성이 물었다.

"먹겠습니다. 바로 가겠습니다." 그렇게 말하고 전화를 끊었다.

가발과 선글라스를 쓰고 2층에 있는 방을 나왔다. 계단을 내려가자 식당에 다른 손님은 없었다. 식당 구석에서 어젯밤 그를 맞이했던 서른 살쯤 되는 여성이 컴퓨터를 조작하고 있었다.

"안녕하세요!" 여성은 나가미네를 보고 생긋 웃으며 인사했다. "어서 오세요. 저쪽입니다."

여성은 창가 테이블 하나를 손으로 가리켰다. 매트가 깔려 있고 식기가 놓여 있었다.

나가미네가 자리에 앉자, 곧 여성이 아침 식사를 가져왔다. 달걀 요리와 수프, 샐러드, 과일 그리고 빵이었다. 식후 음료는 뭐로 하겠냐고 물어서 나가미네는 커피를 주문했다.

"죄송합니다. 너무 늦게 와서." 그가 사과했다.

"아닙니다. 저희는 괜찮습니다." 여성은 웃으며 그렇게 말하고 컴퓨터가 놓인 테이블로 돌아갔다.

그래도 수상하게 보는 것 같지는 않네. 나가미네는 일단 안심했다.

창문으로 바깥 경치를 바라보면서 천천히 아침을 먹었다. 이런 이상한 상황이 아니라 정말 레저를 즐기려고 이곳에 왔다면 얼마나 좋았을까? 게다가 곁에 가족이 있다면 그보다 더한 행복은 없으리라. 진심으로 그렇게 느꼈다.

펜션의 여성이 커피를 가져와 나가미네는 가볍게 고개를 숙였다.

"바쁜 시기는 지났나요?" 그가 물었다.

"네. 지난주까지가 제일 바빴죠."

"하긴 여름 휴가철이 끝났으니까요."

"네. 이쪽은 일로 오셨나요?"

"네, 그렇습니다. 아, 좀 이상한 일이긴 한데." 나가미네는 쓴웃음을 지었다.

예상대로 여성은 의아한 표정을 지었다.

"사람을 찾고 있습니다. 18살 소년이고 가출했죠. 부모님이 부탁하셔서."

"그럼, 탐정이세요?"

"아뇨. 그쪽 프로는 아닙니다. 그래서 고생 중이죠." 나가미네는 커피 컵으로 손을 뻗었다. "여기는 아르바이트를 안 쓰십니까?"

"써요. 하지만 지금은 한 사람밖에 없죠."

"그 사람은 언제부터 여기서 일했나요?"

"7월부터인데요."

"그렇군요." 나가미네는 고개를 끄덕이고 셔츠 주머니에서 사진 한 장을 꺼냈다. "이런 소년을 최근 보신 적 있나요?"

에마를 유린하던 그 비디오 영상에서 스가노로 추정되는 소년의 얼굴만 프린트한 것이다. 따라서 화질이 좋지 않다.

여성은 고개를 기울였다.

"죄송해요. 잘 모르겠네요."

"그렇습니까? 바쁘신데 죄송합니다."

나가미네는 사진을 주머니에 넣고 커피를 마시기 시작했다. 여성은 다시 컴퓨터 앞으로 돌아갔다.

이런 질문이 얼마나 위험한지는 너무나 잘 안다. 어떤 계기로 경찰의 귀에 들어가면 바로 의심을 살 것이다. 그러나 이것 말고는 스가노를 찾을 방법이 없다. 경찰에 들키는 게 먼저일지, 스가노를 찾는 게 먼저일지, 나가미네는 하늘에 운을 맡긴 채 행동하고 있다.

나가미네는 식사를 마치고 자리에서 일어섰다. 펜션 여성은 여전히 컴퓨터 앞에 앉아 있다. 악전고투 중인 것 같아서 저도 모르게 뭔가 싶어 들여다봤다. 모니터에는 사진 한 장이 나와 있었다. 스캔한 사진인 듯한데 신사 경내로 보이는 배경에 부모와 자식으로 보이는 세 사람이 찍혀 있다.

"잘 먹었습니다." 그가 여성의 등에 인사했다.

"아! 죄송해요. 입에 맞으셨는지 모르겠어요." 여성이 돌아보며 미소를 지었다.

나가미네는 식당 출입구로 향하다가 걸음을 멈추고 다시 여성에게 다가갔다.

"저……."

바로 여성이 돌아봤다. "네?"

"무슨 일을 하고 계시나요? 아까부터 내내 고생하시고 계신 것 같은데."

"아, 이거요?" 여성은 쑥스러운 듯 입가를 막았다. "옛날 사진을 확대해 인쇄하려는데 방법을 잘 몰라서 스캔까지는 했는데……."

"잠깐 봐도 될까요?"

"하실 수 있으세요?"

"잘은 모르지만, 아마 할 수 있을 겁니다."

나가미네는 여성 대신 컴퓨터 앞에 앉았다. 잠깐 조작해보니 상황을 파악할 수 있었다. 여성은 소프트웨어 사용 방법을 제대로 이해하지 못한 것이다.

"여기에 크기를 입력하고 리턴 키를 누르면 원하는 크기로 바뀝니다. 그다음 프린터로 인쇄하기만 하면 됩니다." 화면을 가리키며 기본적인 방법을 설명했다.

"고맙습니다. 살았어요! 제가, 평소에 워드프로세서와 인터넷만 사용해서요."

"도움이 되었다니 다행입니다." 나가미네는 모니터 화면으로 시선을 옮겼다. "남편분과 아드님입니까?"

"아…… 예." 그녀는 왠지 시선을 떨어뜨렸다.

"시치고산(아이들의 건강한 성장을 축하하는 행사 - 역주) 때입니까?"

"아뇨, 새해였어요. 아주 오래전이죠."

"그래요? 이 사진에 특별한 추억이 있나 보죠?"

"추억이라기보다, 그냥 마음에 드는 사진이라."

"그렇군요." 나가미네는 고개를 끄덕였다. "그런데 원래 사진이 좋지 않은지 여기저기 손상된 흔적이 있네요."

"이거, 제가 가지고 있던 게 아니에요. 보존 상태가 안 좋았는지 손상이 심해서……."

"그랬나요? 그거 안 됐군요." 손상 흔적이 더 두드러질 것을 알면서도 확대하려 했다면 정말 마음에 드는 사진인 것 같아 나가미네가 말했다. "나중에 더 좋은 사진을 찍으시지요?"

밝은 미소가 돌아오리라 기대했는데 문득 여성은 의례적인 미소만 지을 뿐이었다. 사진의 손상을 지적한 게 잘못이었나 싶었다.

그는 의자에서 일어났다. 그때 컴퓨터 옆에 놓인 몇 장의 사진이 눈에 들어왔다. 가장 위에 놓인 사진은 뒤집혀 있고 거기에 사인펜으로 이렇게 적혀 있었다. 향년 3세……

그의 시선을 느꼈는지 여성은 서둘러 그 사진을 집어 들었다.

"정말 감사했습니다." 나가미네를 향해 고개를 숙였다.

"아, 아닙니다……"

나가미네는 할 말을 찾지 못한 채 잠자코 자리를 떠났다.

20

작은 테이블이 교실 책상처럼 정렬되어 있었다. 오리베는 접수대에서 받은 번호표를 보면서 그 번호에 해당하는 테이블에 앉았다. 테이블 위에는 금연 마크 스티커가 붙어 있다.

주위를 둘러보니 반 정도의 테이블이 채워져 있는데 회색 유니폼을 입은 사람이 하나씩 앉아 있었다. 아마 이 회사의 종업원일 테지만 그들의 상대는 천차만별이다. 작업복 차림의 사람이 있는가 하면 오리베처럼 정장 차림인 사람도 있다. 공통점은 찾아온 사람들이 매우 굽실대고 있다는 것이다. 하청 기업 사람이거나 이 회사의 거래처 사람일 것이다. 다른 처지의 손님, 즉 이 회사가 모셔야 하는 기업의 사람을 초대했을 때는 더 편안한 응접실이 준비되어 있을 것이다.

작업복 차림의 백발 중년 남성이 아들뻘쯤 되는 젊은 사원에게 연신 고개 숙이는 모습을 보고 있자니 민간 기업의 권력 관계는 냉혹하다는 생각이 들었다.

그가 자리에 앉고 10분쯤 지났을 무렵, 안경 쓴 작은 몸집의 남자가 다가왔다. 역시 회색 유니폼을 입고. 신경질적으로 생긴 남자는 40대 중반으로 보였다.

오리베는 일어나 물었다. "후지노 씨 되시나요?"

"그렇습니다만, 아, 그러니까……"

"오리베입니다. 바쁘신데 죄송합니다."

후지노는 말없이 고개만 끄덕이고 의자를 뺐다. 그 모습을 보고 오리베도 다시 앉았다.

"제조업체에 근무하시는 분들과는 몇 번 만나본 적 있는데 이런 곳은 처음입니다. 정말 활기가 넘치네요."

오리베는 상대의 기분을 풀 의도로 말했는데 후지노의 굳은 표정은 변하지 않았다. 입술을 적시고 오리베를 쳐다봤다.

"솔직히 말씀드리면 경찰분이 무슨 이유로 저를 만나러 오시는지 정말 모르겠습니다. 저는 아무것도 모릅니다."

오리베는 미소를 지었다.

"네, 물론 사건에 관여했다거나, 그렇게 생각하지는 않습니다. 다만 단서가 될 만한 것을 아시지 않을까 해서요."

"단서라뇨? 나가미네 씨의 거처를 물으시는 거죠?"

"아, 물론 그것도 포함되죠."

후지노는 바로 고개를 저었다.

"그런 거, 저는 모릅니다. 전화로도 말씀드렸다시피 나가미네 씨는 같은 직장에서 일하는 동료일 뿐입니다."

"하지만 회사 밖에서도 친하게 지내셨죠? 같은 취미로."

오리베의 말에 후지노는 살짝 입가를 일그러뜨렸다.

"나가미네 씨는 몇 년 전에 사격을 관뒀습니다."

"그렇다고 교류를 중단하신 건 아니지 않습니까? 사격 동아리 회식 같은 데 나가미네 씨도 참석하지 않았나요?"

"그야 그렇지만 특별히 친했던 건 아닙니다."

"하지만 나가미네 씨에게 사격을 권한 분이 후지노 씨라고 들었습니다."

"권했다기보다…… 그가 관심을 보여서 여러모로 상담해 줬을 뿐입니다."

"나가미네 씨는 사격을 어느 정도나?"

"10년쯤……이려나."

"실력은 어떤가요?"

후지노는 고개를 살짝 기울였다.

"상당했죠. 물론 큰 대회에 출전해 우승할 수준은 아니지만."

"사냥은 안 하셨나요?"

"실제 사냥 말입니까? 거의 없을 겁니다. 사격장에서 자주 쐈죠. 클레이 사격이나 필드 사격 같은 경기도 했고."

"나가미네 씨는 왜 사격을 관뒀나요?"

"눈입니다." 후지노는 자신의 안경을 가리켰다. "안구건조
증에 걸렸어요. 눈을 혹사할 수 없게 된 겁니다. 당시는 회사
안에서도 선글라스를 끼고 있었죠."

"그럼 지금이라면 총을 쏘는 데 문제는 없겠군요?"

"뭐, 쏘는 것 정도는." 그렇게 말하고 후지노는 얼굴을 찡
그렸다. "하지만 공백이 있었으니 어떨까요. 익숙하지 않으면
좀처럼 방아쇠를 당기기 힘드니까요."

"나가미네 씨가 사격 훈련을 할 만한 장소가 있을까요? 공
식 사격장이 아니라도 괜찮습니다."

후지노는 안경 속의 눈을 희번덕거렸다.

"비공식 연습장 같은 건 없습니다."

"사람이 없는 산속 깊은 곳에 들어가 사격 훈련을 하지는
않나요?"

"안 합니다."

"그럼 공식 연습장이라도 괜찮으니까 알려주십시오."

"그건 상관없지만, 나가미네 씨가 그런 데 나타날 리 없죠.
바로 들킬 테니까요."

"그렇겠지만, 혹시나 해서요."

후지노는 대놓고 한숨을 쉬고 재킷 안주머니에서 수첩을

꺼냈다.

"우리가 자주 이용하는 사격장이라면 여기에 적어놨습니다. 다른 장소는 그쪽이 알아서 조사하시죠."

"물론 그렇게 할 겁니다. 메모해도 될까요?"

"네. 그러시죠." 후지노는 무뚝뚝하게 말하고 수첩을 펼쳤다.

오리베가 사격장 이름과 연락처를 적고 있는데 후지노가 말을 걸었다.

"저……, 그게 정말 나가미네 씨의 편지입니까?"

"무슨 말씀이신지?"

"누군가의 장난이거나 진범이 나가미네 씨에게 죄를 뒤집어씌우려고 하거나, 그럴 가능성은 없나요?"

아무래도 후지노는 나가미네 시게키가 살인을 저질렀다는 사실을 인정하고 싶지 않은 듯하다. 지금은 그리 친하지 않다면서 역시 나가미네를 걱정하고 있다.

"저로서는 뭐라고 단언할 수 없습니다." 오리베는 신중히 대답했다. "다만 언론에 그렇게 발표된 이상, 윗선은 나가미네 씨가 쓴 것으로 판단한 것 같습니다."

후지노는 드러내놓고 실망하며 어깨를 늘어뜨렸다.

"그렇군요……. 나가미네 씨는 역시 체포되는 건가요?"

오리베는 눈썹을 찡그리고 살짝 끄덕였다.

"사람을 죽였으니까요."

"그건 알겠는데 살해당한 사람에게도 문제가 있었잖아요? 체포되는 거야 어쩔 수 없지만, 집행유예나 정상참작의 여지는 없나요?"

"그건 법원이 판단할 문제라 저희로서는 뭐라 대답할 수 없습니다."

"하지만 살인죄로 쫓기고 있잖아요?"

"그렇습니다."

"그 점이, 뭐랄까…… 석연치 않아요. 사람을 죽였으니 살인죄겠으나 상대는 죽임을 당해도 싼 인간이었습니다. 딸이 그런 일을 당했다면 어떤 부모라도 복수하고 싶을 겁니다. 내게도 또래 자식이 있어요. 그래서 나가미네 씨의 마음을 너무나 잘 이해합니다. 오히려 아무것도 안 하는 게 이상하죠."

"무슨 말씀이신지는 알겠습니다만 오늘날의 법률은 복수를 인정하지 않으니까요."

"그런 건……." 후지노는 입술을 깨물었다. 그런 건 굳이 말하지 않아도 안다고 말하고 싶은 것이리라.

메모를 끝내고 오리베는 수첩을 후지노에게 돌려주었다.

"직장 동료분들의 반응은 어떤가요?"

"반응……이요?"

"나가미네 씨 일은 당연히 화제가 됐을 텐데요."

"아, 그야 뭐……. 하지만 뭐라고 해야 할까요. 웬만해선 그 일을 언급하지 않으려는 분위기가 강합니다. 좋은 일도 아니고."

"후지노 씨 말고 나가미네 씨와 친하게 지내셨던 분이 있을까요?"

"아뇨. 그러니까 저도 특별히 친했던 건 아니라니까요." 후지노는 눈살을 찌푸리며 불쾌함을 드러냈다. "나가미네 씨와 누가 친했는지는 잘 모릅니다. 다른 사람에게 물어보세요."

"몇 분에게 여쭸더니 후지노 씨 이름이 나오더군요."

후지노의 눈이 커졌다. 누가 그런 말을 했는지 생각하는 표정이다.

"제 이름이 나올 정도라면 회사에서 특별히 친한 사람이 없었다는 뜻이겠죠. 그러니까 형사님도 이런 데를 뒤져봤자 수확은 없을 겁니다." 후지노는 보란 듯 재킷 소매를 걷었다. "더 하실 말씀이 없으면 이제 실례해도 될까요? 일하다가 나와서요."

"죄송합니다. 마지막으로 한 가지만 더." 오리베는 검지를 세웠다. "에마 양의 시신을 발견하고 나가미네 씨는 한동안 회사를 쉬었다고 했는데 도모자키 아쓰야를 죽이기 전날에만 회사를 나왔습니다. 그때를 기억하시나요?"

후지노는 순간 회상하는 듯한 눈빛이더니 살짝 고개를 끄

223

덕였다.

"기억합니다. 하지만 그에게 말을 걸지 못했습니다. 걸 수 없었습니다. 다른 사람도 마찬가지였을 겁니다."

"딸을 잃고 몹시 침울했나요?"

"그렇게 보였습니다."

"뭔가 눈에 띄는 행동은 없었나요? 평소와 달랐던 점이라거나 뭐든 괜찮습니다."

"글쎄요." 후지노는 어깨를 가볍게 움츠렸다.

"나가미네 씨를 관찰한 건 아니니까요. 다만 좀처럼 일이 손에 잡히지 않는 것 같았습니다. 가끔 자리를 떴던 건 기억합니다. 내가 자판기 음료수를 사러 갔을 때 복도 구석에 있는 그를 봤는데." 후지노는 회상하는 듯한 눈빛으로 말을 이었다. "아무래도 울고 있는 것 같았습니다. 따님 일이 머리에서 떠나지 않았겠죠. 무리도 아닐 겁니다."

"그랬군요." 오리베는 고개를 끄덕였다. 후지노의 말투는 담담했으나 듣는 것만으로도 가슴이 먹먹했다.

오리베는 감사 인사를 건네고 반도체 제조업체의 사옥을 떠났다. 역으로 가면서 후지노에게 들은 말을 머릿속으로 반추했지만 나가미네의 잠복처를 알아낼 만한 힌트는 찾을 수 없었다.

시종일관 불쾌해 보이던 후지노의 얼굴을 떠올렸다. 나가미네와는 그다지 친하지 않았다고 거듭 주장했다. 하지만 얽히는 것을 꺼린 게 아니라 그가 체포될 실마리를 자신이 만들지나 않을까 두려워한 게 아닐까. 스포츠를 통해 다져진 우정이 얼마나 굳건한지 오리베는 알고 있다.

나가미네 씨의 마음을 너무나 이해합니다. 오히려 아무것도 안 하는 게 이상하죠…….

그 말이 후지노 씨의 본심일 것이다. 동시에 오리베가 느끼는 감정이기도 했다. 형사라는 처지 때문에 동의할 수는 없으나 사실은 나가미네를 변호하는 말을 서로 나누고 싶었다.

마지막 질문의 대답을 생각했다. 후지노의 말에 따르면 눈에 띄는 나가미네의 움직임은 없었던 듯하다. 복도 구석에서 울었다는 것은 당시 상황을 생각하면 무리도 아니다.

그런데 다음 날, 나가미네는 도모자키의 아파트로 가서 복수했다. 이 갑작스러운 변화는 무엇 때문인가?

물론 마지막으로 출근한 시점에서 이미 나가미네는 도모자키를 알고 있었다고 생각할 수 있다. 그렇다면 왜 고작 하루만 출근했을까? 복수를 왜 다음 날로 넘겼을까?

마지막으로 출근한 날 밤, 나가미네는 상사에게 전화해 내일은 쉬고 싶다고 했다. 즉 나가미네가 도모자키 아쓰야를 알게 된 것은 그날 집에 돌아간 다음일 가능성이 크다.

어떻게 알았을까?

이것은 여전히 수사진의 골머리를 앓게 하는 문제다. 지금까지 조사한 바로는 도모자키와 스가노가 나가미네 에마를 납치한 것은 완전한 우연이고, 사전에 알았을 가능성은 전혀 없다. 나가미네가 가령 이리저리 알아보고 다녔다 해도 딸을 죽인 범인을 특정할 방법은 없다.

경시청으로 돌아오자 마노와 곤도 일행이 TV 앞에 모여 있었다. 다들 벌레라도 씹은 표정을 하고 있다.

"무슨 일입니까?" 오리베는 마노에게 물었다.

"당했어. 그 편지, 방송국에 흘러갔어."

"아니, 흘러가다니……"

"아니, 지금 막 편지 전문이 TV로 발표되고 말았어." 곤도가 말했다. "독점 공개래. 참 요란하게도 말하네."

"어떻게 된 거죠? 전문은 공개하지 않기로 한 거 아닙니까?"

"그러니까 어디서 새어 나간 거지. 당연히 신문도 방송국도 편지를 입수하고 싶어 안달이 났겠지. 입이 가벼운 형사가 가벼운 마음으로 복사본을 넘겼을 테고. 내 참. 또 윗분들이 난리를 치겠군."

"하지만 그게 그렇게 문제인가요? 편지 내용은 이미 거의 발표됐잖아요. 전문이 방송된다고 해서 상황이 크게 변할까요?"

곤도는 절레절레 고개를 흔들었다.

"너 참, 태평하구나."

"그런가요?" 오리베가 마노를 봤다.

마노는 담배에 불을 붙이고 연기를 길게 토해냈다.

"그 편지를 읽었을 때의 본인 기분을 떠올려 보면 알 텐데. 솔직히 마음이 흔들렸지?"

"그야 뭐."

"그 편지는 나가미네의 육성이나 마찬가지야. 육성에는 그만의 힘이 있지. 그 힘이 지나치게 강하면 우리에게 성가신 벽이 돼."

"벽이라니……"

"홍보부 전화가 시끄럽게 울려댈 거야." 곤도가 말했다. "내용은 이런 거겠지. 나가미네를 쫓지 마라!"

21

와카코가 내놓은 한 수에 남자 손님은 쓴웃음을 지었다. 티셔츠 밑으로 나온 팔로 팔짱을 끼고 낮게 신음했다.

"여보, 왜 그래? 체스라면 누구에게도 지지 않는다며? 거짓말이었어?" 그의 아내가 옆에서 놀렸다.

"참 시끄럽네. 좀 가만히 있어 봐." 남자 손님은 손가락으로 체스 말을 가리키면서 미간을 찌푸렸다. 아내와 자식에게 호언장담한 만큼 조금 더 버티고 싶겠지. 사실 승부는 이미 났다. 그가 무슨 수를 두든 이제 몇 번만 말을 움직이면 와카코가 체크메이트 할 수 있다. 그도 다 알고 있으리라.

저녁 식사 뒤, 와카코가 테이블을 닦고 있는데 남자 손님이 한 판 두자고 제안했다. 라운지 선반에 놓인 체스판을 본 모양이다. 남자 손님은 자신만만하게 보였다.

"아빠, 힘내요!" 땀으로 이마가 번들거리는 아버지를 7살짜리 아들이 응원했다. 몸은 가냘프지만 드러난 손과 발은 햇빛에 잘 그을려 있어 건강해 보이는 소년이다. 조금 전까지만 해도 가져온 게임기에 몰두하고 있었는데 아버지가 펜션 아줌마와 말을 움직이는 게임으로 겨루는 모습을 보더니, 규칙 같은 것을 전혀 모르면서도 흥미진진한 표정으로 전황을 지켜보기 시작했다.

와카코는 그 소년에 대해 이리저리 상상하지 않을 수 없었다. 평소에는 뭘 하고 놀까? 어떤 친구가 있을까? 좋아하는 건 뭘까? 장래 희망은 뭘까……? 말할 것도 없이 그런 상상은 지금은 죽고 없는 아들 때문에 환기되는 것이다. 그러나 와카코는 소년에게도 그 부모에게도 필요 이상의 질문은 하지 않았다. 물론 그들은 흔쾌히 대답해 줄 것이다. 하지만 그 대답을 들었을 때 자신의 마음이 요동치지 않으리라는 보장이 와카코에게는 없었다.

소년의 아버지가 마침내 다음 수를 두었다. 와카코가 예상했던 수다. 그녀는 미리 정해둔 말을 정해둔 위치로 옮겼다. 그것을 보고 소년의 아버지가 어깨를 축 늘어뜨렸다.

"아이고, 제가 졌습니다." 양손으로 테이블을 짚고 고개를 숙였다.

"어, 정말? 여보, 졌어?" 체스 규칙을 모르는 그의 아내는 옆에서 놀란 표정을 지었다. 이렇게 쉽게 끝날 줄은 몰랐으리라.

"아빠, 약하네!" 소년이 아버지의 허벅지를 두드렸다.

"음. 져본 적이 거의 없는데. 정말 강하시네요."

"그 정도는 아니에요." 와카코는 미소를 지으면서 체스판을 정리하기 시작했다. 체스는 이 펜션에서 일하기 시작하면서 아버지 다카아키에게 배웠다. 그보다는 하루의 일과가 끝나면 반드시 아버지의 체스 상대가 되어야 했다고 해야 옳을 것이다.

체스는 인생과 같다는 게 아버지의 말버릇이다.

"제일 처음에는 모든 말이 제자리에 가지런히 있어. 그대로 있으면 별일 없이 평온하겠으나 그건 있을 수 없단다. 말을 움직여서 자신의 진지에서 나가야만 해. 움직이면 상대를 쓰러뜨릴 수도 있지만, 나 역시 많은 것을 잃게 되지. 우리 인생도 마찬가지란다. 장기와 달리 상대에게 빼앗는다고 해서 내 것이 되진 않아."

다이시 일을 떠올리면 그 말은 진리인 듯하다. 아들의 죽음이 상대 탓이라고 주장하며 서로를 비난하다 보니 상처를 주었을 뿐 아무것도 남은 게 없었다.

남자 손님의 부인이 TV를 켰다. 뉴스 프로그램이 시작되고 있었다. 화면에는 편지 내용으로 보이는 게 크게 나오고,

그에 맞춰 잔잔한 목소리가 흘렀다.

『'저는 무슨 일이 있더라도 복수를 끝낼 겁니다. 그때까지는 붙잡히지 않을 생각입니다. 대신 복수를 끝내면 제 발로 바로 자수하겠습니다. 정상참작을 요구할 생각도 없습니다. 사형이 선고되더라도 상관없습니다. 어차피 이대로는 살 의미도 없는 인생이니까요'……나가미네 용의자는 이렇게 자신의 심정을 말하고 있습니다. 그야말로 복수를 위해 목숨을 건 겁니다. 이런 행동을 일반 시민들은 어떻게 생각할까요. 거리에 나가 이야기를 들었습니다.』

도쿄에서 일어난 강간범에 대한 복수 사건을 다룬 뉴스라는 것을 와카코는 바로 알았다. 낮 시간대 와이드쇼에서 범인 남성이 경찰에 보낸 편지 전문이 공개되자, 저녁 식사 때 숙박객들 사이에서 화제가 되었다. 편지 소인이 아이치현이라니 여기와는 먼 곳에서 일어난 사건이라는 인상에는 변함이 없었다.

화면에는 샐러리맨처럼 보이는 남성이 마이크 앞에 서 있었다.

『그 심정은 이해합니다. 저도 아이가 있으니까요. 하지만 실제로 행동에 옮길 수 있겠냐고 묻는다면, 저는 불가능할 것 같습니다. 살인은 아무래도…… 뭐랄까, 안 되죠.』

다음으로 중년 여성의 얼굴이 클로즈업해 등장했다.

『처음에는 말이죠, 어머나, 어떻게 저런 무서운 일을 저지르나 싶었죠. 아니, 살해 방법이 엄청났잖아요. 하지만 그 편지를 읽으니 불쌍해요.』

복수하길 바라냐는 질문에 중년 여성은 고개를 한쪽으로 기울였다.

『그러길 바라는 마음과 안된다는 마음이 반반씩 있어요. 그래서 잘 모르겠네요.』

이어서 백발의 노인. 노인은 인터뷰를 요청한 사람을 향해 눈을 부릅떴다.

『안 되는 일이지! 복수라니, 그런 야만적인 일은 안 된다고! 일본은 법치국가이니까 그런 일은 법정에서 싸워야지. 나쁜 일을 한 사람에게 법에 근거해 벌을 줘야 한다고.』

범인이 소년이라 교도소에 넣을 수 없는 상황이라면 어쩌겠냐는 질문이 던져졌다.

『그건…… 그래도 역시 안 될 일이야. 각자가 맘대로 원한을 풀면 사회는 엉망이 돼.』

원그래프가 화면에 나타났다. 나가미네 용의자의 행동에 동의한다. 마음은 이해하나 동의할 수 없다, 동의할 수 없다, 무응답의 4가지로 나뉘어 있었다. 마음은 이해하나 동의할 수 없다는 대답이 압도적으로 많아서 전체의 과반수를 차지했다.

"그야, 당연한 결과지." 남자 손님이 TV를 보면서 중얼거렸다. "마이크를 들이대면 살인에 동의할 수 없다고 하겠지."

"당신은 어떻게 할 거야?" 부인이 물었다.

"어떡하다니?"

"우리 애가 누군가에게 살해됐어. 그리고 범인을 알게 되면 어떻게 할 건데?" 컴퓨터 게임을 하기 시작한 아들을 보며 아내가 재차 물었다.

"죽여버리지." 남자 손님은 바로 대답했다. 웃고 있었으나 눈은 진지했다. "당신은 어쩔 건데?"

"나도 죽일 것 같아. 그럴 방법이 내게 있다면 말이야. 하지만."

"방법이라면 얼마든지 있어."

"단순히 죽이는 것만이 아니라 내가 체포되지 않았으면 좋겠어. 보라고, 아이가 살해당한 것만으로도 충분히 불행한데 복수했다고 교도소에 들어가야 하다니 너무하잖아. 그런 녀석 때문에 왜 두 번이나 불행해져야 해? 그러니까 나는 복수한다면 절대 잡히지 않는 방법을 생각한 뒤에 할 거야."

"역시 여자는 참 약았다니까! 그런 순간에도 자신을 보호할 생각을 하는구나."

"남자가 너무 단순한 거지. 아니, 복수해도 내가 잡히면 의미가 없잖아."

"잡혀도 좋으니까 원한을 풀겠다는 거잖아. 나는, 이 녀석이 살해되면 내가 잡히는 건 생각도 안 할 거야."

"당신은 그래서 안 된다는 거야. 조금 전 일도 생각해보라고. 그러니까 체스도 지는 거야. 그렇죠?" 아내는 와카코에게 동의를 구했다. 와카코는 대답하지 않고 쓴웃음만 지었다.

"체스와는 관계없는 일이지. 자, 이제 방으로 돌아가자. 내일은 등산이 있으니까 푹 자둬야 해. ……잘 먹었습니다."

"안녕히 주무세요." 와카코는 미소로 가족을 배웅했다.

뉴스는 경제 문제로 바뀌어 있었다. 불경기가 회복될 전망은 당분간 없다는, 그야말로 들을 가치도 없는 얘기를 경제학자가 그래프를 이용해 설명하고 있다. 와카코는 리모컨 스위치를 눌러 TV를 껐다.

체스판을 선반에 돌려놓았을 때 현관문에 달린 종이 울렸다. 돌아보니 요시카와 다케오가 들어오고 있다. 모자를 깊숙이 눌러쓰고 밤인데도 옅은 색 선글라스까지 끼고 있다. 셔츠 겨드랑이 부분이 땀으로 푹 젖어 있었다.

"이제 오세요?" 와카코가 라운지에서 나와 말을 걸었다.

요시카와는 허를 찔린 사람처럼 순간 몸을 움찔하더니 살짝 고개를 숙였다.

"저녁 식사는 정말 죄송합니다."

"그건 괜찮아요. 식사는 하셨나요?"

"네, 적당히……." 요시카와가 고개를 끄덕였다.

저녁 무렵, 그가 전화해 식사는 준비하지 않아도 된다고 했다.

"그 사람, 찾았나요?" 와카코가 물었다. 가출 소년을 찾고 있다는 그의 말을 기억하고 있었기 때문이다. 오늘도 그 건으로 돌아다녔을 것이다.

"아뇨. 유감스럽게도." 그는 힘없이 웃으며 고개를 저었다. "이 주변을 돌아다녔는데 펜션 수가 너무 많아 놀랐습니다."

"다른 단서는 없나요. 이름이나."

"이름은 알지만, 프라이버시 문제도 있어서 쉽게 밝힐 수는 없습니다."

"아아, 그렇겠네요. 그럼, 내일도 계속 찾으시는 건가요?"

"그러는 수밖에 없을 듯합니다."

"내일 이후의 숙박지는 정하셨나요?"

"앞으로 정해야죠. 조금 더 북쪽으로 가볼까 합니다."

아무래도 그는 거점을 이동하면서 조사를 계속할 생각인가 보다.

"그럼, 다음 장소가 정해지면 말씀해주세요. 저희가 펜션은 찾아드릴 수 있어요."

"정말인가요? 그럼 고맙겠습니다만."

"걱정하지 마시고 말씀해주세요. 할인하는 곳도 있으니까요."

"고맙습니다." 요시카와는 고개를 숙이고 계단을 오르려다가 걸음을 멈추고 돌아봤다. "어제 사진, 있나요?"

"사진? 아아……."

그가 무슨 말을 하는지, 바로 알았다. 다이시의 사진이다. 아주 오래전에 찍은 사진을 친척이 보내준 것이다. 보존 상태가 나빴으나 스캔해 컴퓨터로 프린트하려 했는데 방법을 몰라 당황하고 있자 요시카와와 도와줬다.

"잠깐만 기다려주세요." 와카코는 그렇게 말하고 잰걸음으로 복도 안쪽으로 갔다. 거기에 그녀의 개인실이 있다.

사진은 이미 프린트했다. 그것을 들고 요시카와에게 돌아왔다.

"이렇게 되었어요." 그에게 내밀었다.

요시카와는 선글라스를 벗고 사진을 봤다. 그때 문득, 와카코의 기억 구석에서 뭔가가 걸리는 듯했다. 이 사람과 닮은 얼굴을 어디서 본 것 같다. 그런데 그게 너무나 애매하다. 선글라스를 쓴 얼굴은 어젯밤에 봤는데 그때는 아무것도 느끼지 못했다. 그러므로 그냥 기분 탓이려니, 그녀는 그렇게 해석했다.

"아무래도 손상된 부분이 마음에 걸리네요." 요시카와가 말했다.

"어쩔 수 없죠. 사진이 남아 있는 것만으로도……." 와카코
는 거기까지 말하다가 입을 다물었다. 죽은 아들의 사진이라
는 말은 직접 내뱉고 싶지 않았다.

"사진을 컴퓨터로 스캔해 받으셨죠? 그 데이터가 남아 있
나요?" 요시카와가 물었다.

"네. 아직 있어요."

"잠깐 보여주시겠습니까?"

"네. 그건 상관없지만……."

와카코는 어쩔 셈인가 생각하면서도 라운지로 들어가 식
당 구석에 놓인 컴퓨터로 다가갔다.

와카코는 컴퓨터를 켜고 그 사진을 화면에 불러냈다.

컴퓨터 앞에 앉은 요시카와는 작은 서류 가방을 안고 있었
는데 그 안에서 새 플로피디스크를 꺼냈다.

"이 사진 데이터를 복사해도 될까요?"

"네? 왜요?"

"저도 컴퓨터가 있습니다. 그걸 이용하면 손상을 복구할
수 있을 것 같습니다."

"그래요?"

"아마 그럴 겁니다. 사진의 손상, 없애고 싶지 않으신가
요?"

"그야……. 가능하다면 부탁드릴게요."

"그럼 한번 해보겠습니다." 요시카와는 컴퓨터 옆에 붙은 슬롯에 디스크를 넣었다. "플로피를 사용하는 것도 오랜만이네요. 최근에는 보통 CD-ROM으로 데이터를 주고받으니까요."

"얻은 컴퓨터예요. 그래서 낡은 데다 소프트웨어도 업데이트되지 않았고요."

"평소 쓰는 데 불편하지 않으면 그만이죠."

요시카와는 익숙한 손놀림으로 키보드와 마우스를 조작한 다음 플로피디스크를 꺼냈다. 복사를 끝낸 모양이다.

"오늘 밤 안으로 해보겠습니다." 요시카와는 플로피를 가방에 넣었다.

"괜찮으시겠어요? 그런 귀찮은 일을 맡으셔서."

"그리 어려운 일은 아닙니다." 그는 그렇게 말하더니 어두운 표정으로 조금 망설이듯 입을 열었다. "저기, 이런 질문은 무례일지 모르겠으나……"

"뭔데요?" 와카코가 물었다.

"아드님은…… 병으로?"

와카코는 저도 모르게 요시카와의 얼굴을 응시하고 말았다. 그는 눈을 내리깔았다.

역시 알았구나. 와카코는 생각했다.

"아뇨, 사고였어요." 목소리가 어두워지지 않도록 조심하면서 대답했다. "공원 미끄럼틀에서 떨어져…… 부모의 부주 의로……."

요시카와는 눈을 부릅떴다. 예상치 못한 답변이었을 것이다.

"그래요? 안 좋은 기억을 여쭸군요. 죄송합니다. 이 사진, 내일 아침에는 완성될 겁니다."

"무리하지는 마세요."

"괜찮습니다. 그럼, 안녕히 주무세요." 그는 그렇게 말하고 선글라스를 벗고 인사했다.

그때 와카코는 또, 역시 누군가와 닮았다고 생각했다.

22

방으로 돌아온 나가미네는 가방에서 노트북을 꺼냈다. 전원을 켜고 컴퓨터가 작동하는 사이에 담배에 불을 붙였다.

셔츠 겨드랑이에서 지독한 땀 냄새가 나는 것을 깨닫고 담배를 물고 셔츠를 벗어 던졌다. 온몸이 땀투성이였다.

시계를 보니 10시 전이다. 먼저 목욕부터 할까 싶었는데 역시 마지막까지 버텨보기로 했다. 오늘은 가능하다면 머리를 감고 싶다. 그러려면 가발을 벗어야 하는데 그때 누가 목욕탕에 들어오면 곤란하다.

컴퓨터를 들고 온 데는 몇 가지 이유가 있다. 하나는 인터넷으로 정보를 모을 일이 생길 수도 있다고 생각했기 때문이다. 그러나 사건에 관한 것이라면 TV와 휴대전화로 충분히 알 수 있어서 사실 그 목적으로 컴퓨터를 사용한 적은 한 번도 없다.

컴퓨터가 켜졌다. 나가미네는 화면에 표시된 아이콘 하나를 클릭했다. 순식간에 화면 전체가 동영상 표시 모드로 바뀌었다.

시작된 영상은 나가미네가 두 번 다시 보고 싶지 않은 것이다. 즉 에마가 두 남자에게 유린당할 때의 영상이다. 집을 나설 때 그 비디오에서 노트북으로 복사했다.

나가미네는 눈 한번 깜빡이지 않고 손가락에 담배를 끼운 채 화면을 바라봤다. 수없이 봐도 익숙해지지 않은, 절망감과 증오를 증폭하는 영상이다. 두 번 다시 보고 싶지 않다. 그러나 봐야만 하는 영상이다.

노트북을 들고 온 이유도 이 때문이다. 언제 어디서나 이 악몽 같은 영상을 봐둬야 했다. 스가노 가이지의 얼굴을 완전히 머리에 넣어두고 싶고, 약해지는 마음을 다잡을 목적도 있다.

이 동영상으로 스가노 가이지의 얼굴 사진을 만들었다. 그 사진을 들고 펜션을 돌아다니며 물었다.

하지만 오늘도 수확은 없었다. 스무 군데 이상 찾아다녔으나 스가노 가이지로 여겨지는 인물은 없었다. 또 일하고 있다는 정보도 얻지 못했다.

내일부터 어떻게 해야 할까? 솔직히 막막했다. 지금 같은 방식으로 과연 스가노 가이지를 찾을 수 있을지 전혀 자신이 없다. 이러고 돌아다니다가 언젠가는 신고당할 것 같아 불안했다.

오늘, 그 편지가 TV에 공개되면서 다시 나가미네의 얼굴이 노출되는 일이 많아졌다. 반복해서 TV로 얼굴이 공개되면 아무리 눈썰미가 나쁜 사람이라도 점차 기억할 것이다. 이상한 질문을 하고 다니던 자가 딸의 복수를 하려는 살인범임을 알아차리는 사람이 나타나는 것도 시간문제일 것 같았다.

하지만 다른 방법이 있나……?

나가미네는 조금 전 플로피를 노트북에 넣고 안에 있는 사진을 하드디스크로 복사했다. 그다음 사진 가공 소프트웨어를 켜고 사진을 불러냈다.

신사 경내에서 행복하게 웃는 가족 셋의 모습이다. 펜션 여성은 지금보다 조금 통통해 보였고 남편으로 보이는 남성은 정장 차림으로 상당한 미남이다. 가운데서 손가락으로 브이를 그리고 있는 남자아이는 체크무늬 상의와 반바지에 하얀 양말을 신고 있다.

공원 미끄럼틀에서 떨어졌다고 펜션 여성은 말했다. 그래서 아들이 죽었다고. 더는 자세히 물을 수 없었으나 과연 어떤 일이 벌어졌을까? 부모의 부주의라고 했는데 도대체 어떤 상황이었을까?

어쨌든 그때의 슬픔이 얼마나 컸을지, 지금의 나가미네는 상상할 수 있다. 몇 년 전인지는 모르겠으나 아마도 마음의 상처는 치유되지 않았을 것이다. 그렇게 생각하니 그 여성이 다정하게 미소 지을 때조차 그 눈에 애수 같은 게 감돌았던 이유도 알 것 같다.

나가미네는 돋보기안경을 끼고 소프트웨어를 사용해 신중하게 사진 복원을 시작했다. 배경이나 옷 부분의 손상을 지우는 일은 아무것도 아니나 얼굴 부분을 수정할 때는 최대한 신경 썼다. 복원하다가 얼굴의 인상이 변해버리면 끝이기 때문이다.

왜 이름도 모르는 여성을 위해 이런 일을 할 마음이 생겼을까? 나가미네 자신도 잘 알 수 없었다. 사진 속 아들이 죽었다는 사실을 모르고 무례한 말을 해버린 데 대한 사과의 의미도 분명 있다. 아이를 잃었다는 점에서 동료 의식을 지닌 것도 사실이다. 하지만 그게 전부는 아니다. 그것만이라면 이 정도로 신경 써야 하는 일을 할 필요는 없다.

아마도 스스로 면죄부를 원하는 것이리라. 어떤 이유로든 사람을 죽인 사실을 정당화할 수는 없다. 그건 자신도 잘 안다. 용서받을 수 없는 짓을 했다는 죄책감이 사라지지 않았다.

그것을 이기려면 '에마를 위해서'라는 주문을 계속 읊조릴 수밖에 없다. 즉 아이를 사랑하는 부모의 마음이니 당연한 게 아니냐고 생각하는 수밖에 없다. 그런 생각에 의지하고 있는 이상, 펜션 여성처럼 아이를 잃은 사람을 그냥 지나칠 수 없다.

사진 복원이 잘 되더라도 이런 마음으로 복원되었다는 것을 알면 그 여성은 기뻐할까?

11시 넘어 누군가 목욕탕에 들어가는 소리가 났다. 목욕탕 정리를 하려고 복도로 나온 와카코는 낙담하고 자기 방으로 돌아갔다. 목욕 시간은 11시까지로 되어 있는데 기분 좋게 몸을 담근 손님을 재촉하고 싶지는 않다. 게다가 아무래도 요시카와일 것만 같다. 돌아온 뒤로 아직 목욕탕을 찾지 않았기 때문이다. 사람을 찾아 돌아다녔을 테니까 느긋하게 목욕하길 바랐다.

기다린 시간은 몇 분 정도였다. 몸만 잠깐 담갔는지 손님이 나오는 소리가 바로 들렸다.

와카코가 방을 나오자 복도 중간에 설치된 자판기에서 요시카와가 캔 맥주를 사던 중이었다. 머리에 수건을 두르고 있다. 와카코를 보고 그는 왠지 깜짝 놀란 듯 뒷걸음쳤다.

"왜 그러세요?" 와카코가 물었다.

"아니, 아무것도 아닙니다." 그는 세면도구를 든 손을 뒤로 감추고 머리에 두른 수건을 한 손으로 눌렀다. "죄송합니다. 늦게 목욕탕을 이용해서."

"아뇨. 괜찮습니다. 물이 미지근하지 않았나요?"

"딱 좋았습니다. 기분 좋아 잠들 뻔했습니다."

"그럼 다행이네요." 몸만 담근 것 같았으니 그럴 여유는 없었을 텐데. 와카코는 그렇게 생각하며 말했다.

"아까까지 사진 복원을 했습니다. 잘 될 것 같아요." 요시카와가 말했다.

"그래요? 그렇다면 정말 기쁠 것 같네요. 너무 무리하지는 마세요."

"그리 대단한 일은 아니니까 신경 쓰지 마십시오. 그럼, 내일 뵙지요."

"안녕히 주무세요."

요시카와도 잘 자라고 인사하고 캔 맥주를 들고 사라졌다. 와카코는 그 뒷모습을 배웅한 뒤 목욕탕으로 향했다.

누구랑 닮았지……? 그게 영 마음에 걸렸다. 주변 사람은 아니다. 아주 다른 형태로 봤던 사람이다. 일테면 TV 같은 데서 본 것 같다. 그러나 연예인일 리는 없는데.

단순한 착각일까? 처음 온 곳인데 전에 온 적 있는 듯한 느낌이 들 때가 있다. 데자뷔. 그런 것일지 모른다.

어쨌든 저 사람은 좋은 사람이라고 와카코는 생각했다. 사진의 손상을 없애는 게 얼마나 어려운 일인지는 전혀 모르나 어쨌든 시간과 정성이 필요할 건 틀림없다. 쉽게 하겠다고 나

245

설 리 없다.

유달리 아이를 좋아하나? 아니면 아이 있는 부모의 마음을 누구보다 존중하는 사람일까? 행방불명인 소년을 찾는 것도 어쩌면 단순히 돈을 위해서만은 아닐지 모르겠다.

목욕탕 정리와 문단속을 끝내고 와카코는 방으로 돌아가려 했다. 그런데 조금 전의 자판기를 지나가다 거스름돈을 발견하고 걸음을 멈췄다.

손을 넣으니 거스름돈이 남아 있었다. 아마도 요시카와가 까먹고 간 모양이다.

잠시 망설이다가 와카코는 방에 가져다주기로 했다. 조금 전 말투로 보아 그는 아직 잠들지 않았을 것이다.

계단을 올라 요시카와가 묵는 방문을 가볍게 두드렸다. 곧 "네"라는 낮은 목소리가 돌아왔다.

"저, 자판기에 거스름돈을 두고 가셨어요."

와카코의 말에 "아!"라며 조금 놀라는 목소리가 나더니 문이 열렸다. 고개를 내민 요시카와는 안경을 끼고 머리에는 여전히 수건을 두르고 있었다.

"여기요." 와카코가 잔돈을 내밀자 그는 미안하다며 돈을 받았다.

"지금 사진을 복원하고 있습니다. 곧 완성될 겁니다." 요시카와가 말했다.

"고맙습니다." 와카코는 감사 인사를 건네며 그를 바라봤
다.

요시카와가 의아한 표정을 지었다. "무슨 일이라도?"

"아, 아닙니다." 와카코는 서둘러 손을 저었다. "죄송해요.
안경을 끼고 계셔서."

"이거요?" 그는 쓴웃음을 지으며 안경을 벗었다. "돋보기입
니다. 이게 없으면 작은 글씨는 안 보여서요."

"눈이 피로하지 않도록 조심하세요."

"괜찮습니다."

잘 자라는 인사를 다시 나누고 요시카와는 문을 닫았다.
와카코도 문에서 멀어졌다.

그런데 계단에 발을 내딛는 순간 갑자기 그녀의 뇌리에 빛
이 스며들었다. 그 빛은 보려 해도 도무지 보이지 않았던 기
억의 틈을 비추었다. 거기에 떠오른 것은 한 TV 영상이다.

장례식 풍경이다. 상주 남성이 인사하며 미리 준비한 글을
읽고 있다. 안경 쓴 그 얼굴이 클로즈업되고 그 눈에서 눈물
이 흘렀다.

최근에 본 영상이다. 도대체 무슨 장례식이었더라…….

와카코는 숨을 삼켰다. 와이드쇼에서 몇 번인가 봤던 것이
다. 강간당하고 살해된 딸의 복수를 위해 아버지가 범인을 쫓
고 있다는 그 사건이다. 프로그램에서는 그 아버지를 설명할

때 딸의 장례식 영상을 이용했다. 아마도 그의 억울함을 가장 잘 표현할 수 있다고 생각했기 때문이리라.

나가미네……. 이름이 뭐였더라.

와카코는 천천히 계단을 내려갔다. 서두르다간 다리를 겹질릴 것 같았기 때문이다. 심장 박동이 빨라지며 온몸에서 식은땀이 흘렀다.

라운지에서 어제와 오늘 신문을 펼쳤다. 지명수배되었을 때 사진이 있을 것이다.

있다! 이윽고 와카코는 한 남자가 정면을 보고 있는 사진을 발견했다. 사진 아래에 '나가미네 시게키'라고 적혀 있다.

와카코는 그 사진을 응시했다. 틀림없다. 요시카와를 보고 누군가와 닮았다고 생각했는데 이 사람이다. 머리 모양이 다르고 사진 속 나가미네 시게키는 수염을 기르진 않았으나 만약 길렀다면 꼭 빼닮았을 것이다.

요시카와가 나가미네 시게키일까?

머리가 길지만 가발일 수도 있다. 와카코는 남성용 가발이 있다는 사실을 안다. 목욕을 끝낸 그는 수건을 머리에 두르고 있었다. 원래의 짧은 머리를 숨기려던 게 아닐까?

게다가 그의 행동도 수상했다. 소년을 찾는다고 했는데 혹시 그 소년이 바로 복수하려는 상대 아닐까?

신문을 든 손이 덜덜 떨렸다. 와카코는 신문을 접고 서둘러 자기 방으로 돌아왔다. 문단속을 점검하는 일이 남았으나 지금은 그런 생각을 할 여유가 없다.

TV를 켜고 바로 앞에 앉았다. 우선은 요시카와가 나가미네 시게키인지를 확인해야 했다. 신문 사진만으로 단언해선 안 된다고 생각했기 때문이다. 하지만 애석하게도 어느 방송국에서도 뉴스를 방송하고 있지 않았다.

만약 그가 나가미네 시게키라면 어떻게 하지……?

당연히 경찰에 신고해야 하리라. 아니, 어쩌면 지금 당장 알려야 할지 모른다. 비슷한 사람이 있다는 것만으로도 가치 있는 정보일 것이다. 설령 다른 사람이더라도 경찰은 물론 요시카와가 자신을 탓하지는 않을 것이다.

현재까지는 자신 외에는 아무도 알아차리지 못한 듯하다. 그야 당연하지. 요시카와는 누구와도 거의 얼굴을 맞대지 않았으니까. 그것도 그가 지명수배 된 인물임을 드러내는 증거 같다.

일단은 아버지에게 알려야 한다. 그러면 아버지가 판단해 줄 것이다.

그런데도 와카코는 자리에서 일어나지 못했다. 아버지에게 알리는 걸 주저하는 자신을 발견했다. 다카아키는 경찰에 신고하겠지. 그러면 곧바로 경찰이 출동해 사실 여부를 확인할 것이다. 만약 요시카와가 나가미네 시게키라면 그 자리에서 체포된다. 다른 사람이라면 웃어넘길 일일 것이다. 아무런 문제도 없다. 와카코와 아버지가 피해볼 일도 없다.

하지만 그래도 될까……?

보이지 않는 무언가가, 일어서려는 자신을 만류했다.

23

창밖이 밝아졌다. 와카코는 침대 위에서 몸을 일으켰다. 자명종 시계가 울릴 때까지 아직 한 시간 가까이 남았으나 이러고 있어봤자 소용없다는 생각이 들었다. 깜빡깜빡 졸기는 했으나 거의 숙면하지 못했다.

와카코는 TV를 켰다. 그러나 뉴스는커녕 영상이 나오는 채널조차 찾지 못해 바로 껐다.

수면 부족 탓인지 머리가 무겁다. 게다가 속까지 쓰린 것 같다.

요시카와 일을 아버지에게 알려야 할지 아직 정하지 못했다. 아니, 사실 와카코의 마음은 굳어졌다. 그녀가 나가미네 시게키인지 직접 확인하고 확실하면 경찰에 전화하자고 생각했다. 왜 그런 마음이 들었는지는 자신도 알 수 없다. 어쨌든 이 일을 다른 사람에게 맡길 수 없다는 생각이 들었다. 아버지에게 책임을 떠넘겨서는 안 된다는 마음도 분명 있으나 그게 다는 아니다. 직접 판단하지 않으면 나중에 후회할 것만 같았다.

와카코는 잠시 기다렸다가 다시 TV를 켰다. 그러자 어제 스포츠 결과를 알려주는 프로그램이 나왔다. 와카코는 채널을 그대로 두고 일반 뉴스 프로그램이 시작되기를 기다렸다. 아침 뉴스 프로그램에서는 같은 내용을 반복하니 한 채널에 고정해두면 언젠가 나가미네 시게키 관련 뉴스가 나올 것이다.

와카코는 요시카와와 나눈 대화를 떠올렸다. 분명 그에게는 도망자가 갖출 법한 뭔가 어두운 부분이 있다. 늘 고개를 살짝 숙이고 있다. 하지만 가끔씩 하는 그의 말에는 살인자로는 여겨지지 않는 따뜻함이 담겨 있는 것도 사실이다. 이기적인 생각으로 함부로 행동하는 사람처럼 보이지 않았다. 무엇보다 그는 다이시의 사진을 복원해주겠다고 나섰다. 그저 자신의 복수만 생각하는 사람이라면 지금 상황에서 그런 말을 꺼내지 않을 것이다.

거기까지 생각하던 와카코는 깜짝 놀랐다. 자신의 심리에 그를 감싸고 싶은 마음이 있음을 깨달았기 때문이다. 그녀는 살짝 고개를 젓고 TV 화면에 집중했다. 마침 그때 아다치구에서 일어난 살인사건의 속보를 아나운서가 소개하기 시작했다.

『……나가미네 용의자의 편지는 일반인들에게 다양한 파문을 던졌습니다. 이에 대해 경시청은 공개된 편지 내용이 사실이라고 인정하고 이제까지의 발표에 덧붙일 것도 없고 수사 방침의 변화도 없다고 밝혔습니다. 또 소인이 아이치현인데 대해 편지를 보낸 곳이 거기일 뿐이지 나가미네 용의자가 아이치현에 잠복해 있다고 단언할 수는 없다고 했습니다.』

남자 아나운서의 오른쪽 위에 얼굴 사진이 나왔다. 사진 아래에 나가미네 용의자라고 적혀 있다. 와카코는 몸을 내밀었다. 신문에 실린 것과 같은 사진인 듯한데 크고 화질이 좋아 이목구비를 더 분명히 확인할 수 있었다.

와카코의 심장 박동이 다시 빨라졌다. 보면 볼수록 요시카와와 비슷했다. 이제는 다른 사람으로 생각되지 않았다.

누군가 복도를 지나가는 발소리가 났다. 그 소리에 와카코는 흠칫 놀랐다. 다카아키의 발소리임을 알고도 한동안 가슴의 소란이 가라앉지 않았다.

간단히 몸을 단장하고 방을 나왔다. 계단을 지나갈 때 2층을 봤다. 이런 이른 아침에 요시카와가 일어났을 리 없다는 것을 잘 알면서도 그와 만나지 않을까 싶어 흠칫흠칫 몸을 떨었다.

주방에 들어가자 다카아키가 허리에 앞치마를 두르던 참

이었다. 그는 딸을 보고 의외라는 표정을 지었다.

"아니, 무슨 일이니? 굉장히 일찍 일어났구나."

"그냥 눈이 떠졌어." 와카코는 벽시계를 봤다. 확실히 평소보다 30분이나 일렀다.

"마침 잘 됐구나. 빨리 출발한다는 손님이 있다. 자, 밑 준비를 부탁한다."

"알았어." 와카코는 앞치마를 들었다. "저기…… 빨리 출발한다는 손님, 누구야?"

"작은 남자아이를 데려온 부부 있잖아. 너, 체스를 같이 뒀다며?"

"아아, 그 가족?" 와카코는 고개를 끄덕이고 감자를 씻기 시작했다. 만약 요시카와가 빨리 출발한다고 하면 어떡하나 생각했다.

와카코는 다 씻은 감자의 껍질을 벗기면서 아버지의 등을 바라봤다. 그는 수프를 만들고 있었다. 그 등은 늘 똑같았다. 이 펜션에 곧 온 일본이 주목할 사태가 찾아오리라고는 꿈에도 상상하지 못할 것이다. 세상의 떠들썩함을 싫어해 이런 삶을 선택한 아버지이다. 자신은 아무것도 바뀌지 않는 매일을 보내며, 찾아왔다가 떠나는 여행자들과의 잠깐의 만남만을 낙으로 여겼다. TV에 방영되는 끔찍한 살인사건 같은 것은 다른 세상 이야기라고 생각할 게 분명하다.

"왜 그러니?" 갑자기 돌아본 다카아키가 와카코를 보고 의아한 표정을 지었다. 그녀가 식칼 든 손을 멈추고 멀거니 있는 모습을 본 것이다.

"아냐, 아무것도." 와카코는 미소를 지었다.

"너, 안색이 별로 안 좋구나. 어디 아프면 쉬어도 된다."

"괜찮아. 좀 생각할 게 있어서 그래." 와카코는 여전히 웃음을 얼굴에 붙인 채 식칼을 움직이기 시작했다. 다카아키는 더는 아무것도 묻지 않았다.

아르바이트 학생도 일어나자 주방은 곧장 활기를 띠었다. 식탁에는 예쁜 식탁보가 깔리고 숙박객이 언제 일어나도 바로 음식을 낼 수 있는 준비를 마쳤다.

7시에 처음으로 나타난 손님은 어젯밤 와카코와 체스를 두었던 남자의 가족이었다. 그는 와카코를 보자 어제는 고마웠다고 인사했고 와카코도 웃으며 자기야말로 즐거웠다고 답했다. 뺨이 굳는 듯한 느낌이 들었다.

다른 숙박객도 속속 들어왔으나 요시카와는 나타나지 않았다. 어제 아침도 그는 다른 손님보다 조금 늦게 나타났던 것으로 기억한다. 그에 대한 의심만 깊어질 따름이다.

체스를 좋아하는 남자는 재빨리 식사를 마치고 아직 아내와 아들이 식사 중인데도 일어나 TV 앞으로 이동했다. TV를 켜고 뉴스 프로그램에 채널을 맞췄다.

"여보, 뭐 하는 거야? 우리 아직 다 안 먹었는데." 아내가 항의했다.

"상관없잖아. 거기서 기다리지 않아도."

"아니, 불안하잖아!"

"됐으니까 천천히 먹어." 남성은 TV 볼륨을 키웠다.

나가미네 용의자가……, 라는 목소리가 와카코의 귀에 꽂혔다. 식기를 놓은 쟁반을 나르던 와카코는 낭패한 나머지 쟁반을 떨어뜨릴 뻔했다. 다행히 아무도 보지 못한 듯하다.

와카코는 슬쩍 TV를 봤다. 남성 아나운서가 약간 긴장한 표정으로 말하고 있다.

『이것은 저희 방송이 독자적인 조사로 알아낸 사실입니다. 나가미네 용의자는 몇 년 전까지 클레이 사격 경기에 출전했고 엽총도 소지하고 있는 것으로 밝혀졌습니다. 나가미네 용의자가 그 엽총을 들고 행방을 감췄는지, 수사본부는 밝히고 있지 않으나 총을 사용한 복수를 고려하면 시가지 등에서 발포할 우려도 있고, 그런 사태가 벌어지면 일반 시민 중에 부상자가 나올 수 있으므로 엄중한 경계가 필요할 것입니다.』

TV 앞에 자리 잡은 남성이 팔짱을 낀 채 뒤로 몸을 크게 젖혔다.

"아이고! 라이플로 복수할 생각이었나? 이거, 점점 무서워지네. 할리우드 영화 같아."

"일반인이 그렇게 총을 사용할 수 있나?" 그의 아내가 물었다.

"그야 가능하지. 특별한 허가증이 필요하지만. 안 그러면 사냥은 불가능하잖아."

"아, 그런가?" 아내는 이해한 듯 고개를 끄덕였다.

와카코는 요시카와의 짐을 떠올리려 했다. 라이플이라면 평범한 백에는 안 들어가지 않을까? 그는 보스턴백 하나만 들고 왔던 것 같다. 아니면 라이플은 접어서 소형으로 만들 수 있나……?

8시가 되자 아침 식사를 마친 손님들은 모두 자취를 감췄다. 대부분 체크아웃까지 마쳤다.

"와카코 씨. 요시카와 씨라는 분이 아직 남았는데요." 아르바이트 다다노가 말을 걸어왔다.

"아, 그래? 그럼 전화해볼까?" 와카코는 전화기로 다가갔다. 손님에 연락하는 일은 와카코의 업무였다. 어제 아침도 그에게 전화한 일을 떠올렸다.

와카코는 주저하면서도 수화기를 들었다. 방 번호를 확인하고 버튼을 누른다. 호출음이 나자 기다리기라도 한 듯 바로 연결되었다.

"네." 요시카와의 낮은 목소리가 들려왔다.

"아, 예……, 아침 준비가 되었는데 어떻게 하실지." 목소리가 갈라져 나왔다.

"먹겠습니다. 바로 가겠습니다."

"그럼 기다리겠습니다."

전화를 끊고 한숨을 내쉬었다. 수화기를 든 손이 땀으로 축축했다.

"이상하네요." 와카코의 뒤에서 다다노가 말했다.

"어, 뭐가?" 와카코가 돌아보며 물었다.

"아니, 와카코 씨. 손님 방에 전화할 때는 늘 좋은 아침입니다, 라고 인사하잖아요. 그런데 지금은 안 하셨어요."

"아아……." 그러고 보니 그랬다. 너무 긴장한 나머지 그런 일상적인 인사조차 잊고 말았다. 와카코는 애써 웃어 보였다. "깜빡했네. 다른 생각을 하면서 전화했더니."

"피곤하신 거 아니에요? 뒷정리는 제가 할게요."

"아냐, 괜찮아. 걱정해줘서 고마워. 뒷정리는 내가 할 테니까 다다노 군은 아저씨 좀 도와드려."

아저씨는 아버지 다카아키를 가리킨다. 그는 체크아웃한 방의 청소를 하는 중일 것이다. 와카코는 괜스레 다다노와 요시카와를 만나게 하고 싶지 않았다. 사실은 다다노에게 요시카와의 얼굴을 보여주고 지명수배범과 닮았는지 확인하는 게 나을 것이다. 그런데 왠지 와카코의 생각은 달랐다. 그래 버리면 신고 외에는 방법이 없어진다. 그런 상황을 피하려는 마음이 있다.

　나가는 다다노와 엇갈려 요시카와가 들어왔다. 그는 와카코의 마음도 모른 채 눈을 내리깐 상태에서도 미소를 지었다.

"안녕하세요."

　"잘 주무셨어요!" 와카코도 대답하고 그의 아침 준비를 시작했다.

　쟁반에 식사를 담아 그의 자리까지 날랐다. 그리 무거운 것을 옮기는 게 아닌데 발걸음이 영 어색한 것만 같았다. 자신이 떨고 있는 탓에 그런 거라는 사실을 그의 테이블에 음식을 놓으면서 깨달았다.

　"저기요." 요시카와가 말을 걸었다.

　"네?" 와카코가 자기도 모르게 눈을 크게 떴다.

　"이거 받으세요." 그렇게 말하고 그는 테이블 구석에 플로피디스크를 놓았다.

　"아…… 그 사진인가요?"

　"네. 저는 잘 된 것 같은데 직접 보시지 않으면 알 수 없으니까요. 복원하면 얼굴 인상이 바뀌기도 해서요."

　"그럼, 나중에 볼게요."

　"가능하다면 지금 보실 수 없나요? 만약 수정하는 게 나으면 바로 하려고요."

　"그래요? 그럼, 지금 바로 볼게요."

와카코는 플로피를 들고 그의 테이블에서 떨어졌다. 컴퓨터 앞에 앉아 전원을 켜고 플로피를 꽂았다. 곧 화면에 플로피 아이콘이 나타나 클릭했다.

와카코는 나온 사진을 보고 숨을 멈췄다. 흠집투성이였던 사진이 완전히 달라져 있었다. 갓 현상한 사진처럼 깨끗하고, 게다가 색이 더 선명해진 듯하다.

"어떠세요?" 바로 뒤에서 소리가 났다. 요시카와가 와카코의 대각선 뒤에 서 있었다.

"굉장해요!" 와카코는 솔직한 감상을 내뱉었다. "이렇게 깨끗해질 줄은 몰랐어요. 정말 감사해요. 이 정도면 액자에 넣어 장식해도 이상하지 않겠어요."

"아드님 얼굴 인상이 달라지진 않았나요?"

"아뇨, 전혀. 그 아이 얼굴 그대로네요."

훌륭하게 되살아난 다이시의 얼굴을 보고 있자니 와카코의 눈에 눈물이 고였다. 서둘러 앞치마 끝으로 눈가를 훔쳤다.

"정말 감사해요. 수고하셨네요."

"아니, 별거 아닙니다. 좋아해 주시니 다행이네요." 요시카와는 씩 웃고는 테이블로 돌아갔다.

와카코는 그가 식사하는 뒷모습과 화면 위에 되살아난 아들의 사진을 번갈아 봤다. 자세한 건 모르겠으나 이 정도의 복원이 그리 쉽게 될 것 같지는 않다. 아마도 밤늦게까지 컴

퓨터 앞에 앉아 있었으리라. 그 증거로 그의 눈이 살짝 충혈
된 듯 보였다.

나쁜 사람은 아니구나. 아니, 오히려 누구보다 따뜻한 사
람이야. 그런 사람이 왜? 와카코는 이런 생각을 할 수밖에 없
었다.

"그런데……." 갑자기 그가 돌아봤다.

"네?" 와카코는 등을 꼿꼿이 폈다.

"오늘 예약, 다 찼나요? 가능하면 하루 더 묵고 싶은데."

24

펜션 '크레센토'를 나온 나가미네는 평소처럼 버스를 타지 않고 다테시나 목장을 향해 걷기 시작했다. 그렇다고 어떤 목적이 있었던 것은 아니다. 방에만 있으면 펜션 사람들이 수상하게 여길 것 같아 일단 나오기로 한 것이다.

오늘 아침, 눈을 뜨니 너무나 격렬한 피로감이 몰려왔다. 침대에서 일어나는 것조차 고통스러웠다. 아침이 늦어진 것은 다른 손님과 마주치지 않으려고 한 것도 있으나 실제로 전화가 울릴 때까지 누워 있었다.

어젯밤 새벽 2시까지 사진 복원 작업을 했다. 아이를 잃은 그 여성의 위로가 된다면 좋겠다는 가벼운 마음으로 시작한 일인데 일단 매달리자 어느새 열중하고 말았다.

아마도 자기 안에 지금 상황에서 도피하고 싶은 심정이 있었던 모양이라고 스스로 분석했다. 단서가 거의 없는 상태의 탐색에도 지쳤고, 지명수배범이라는 처지에도 지쳐 아주 잠시라도 자신의 처지를 잊고 작업에 몰두한 것이다.

피로감에 휩싸인 것은 작업 때문에 육체가 피로해서가 아니라 그 작업이 끝나버렸기 때문일 것이다. 그렇게 생각할 수밖에 없었다. 복수하려 해도 상대를 찾을 수 없다는 지옥 같은 시간이 또 시작되려 하고 있었다.

조금만 몸과 머리를 쉬게 하자. 생각해 보니 집을 나온 이후 정신과 육체를 계속 혹사해왔다. 이대로는 완전히 망가져 버릴 것이다. 스가노 가이지를 찾아내 복수를 끝낼 때까지는 쓰러질 수 없다.

체류 중인 '크레센토'는 한숨 돌리기에 딱 좋은 숙소였다. 종업원이 적고 카페를 운영하지 않아서 불특정 다수의 사람이 드나들지도 않는다. 지명수배된 몸이니까 다른 사람과 거의 마주치지 않을 수 있다는 것은 큰 장점이었다.

그래서 그 숙소에서 하룻밤 더 묵자고 생각했다. 앞으로 언제 쉴 수 있을지 모르기 때문이다. 아니, 잠깐 쉬는 것조차 불가능할지 모른다.

하룻밤 더 묵을 수 있냐는 질문에 여성은 의외라는 표정을 지었다. 이유를 알고 싶어 하는 것 같아서 "이곳이 마음에 드네요"라고 대답했다. 솔직한 심정이기도 했다.

여성은 당황한 표정으로 나가미네를 기다리게 하고 일단 안으로 들어갔다. 2, 3분쯤 있다가 나타난 여성은 눈을 크게 뜨고 고개를 끄덕였다. 그리고 가능하다고 했다.

아마도 나 같은 손님이 별로 없었나, 나가미네는 생각했다. 중년 남자가 혼자 묵는 일 자체가 드문 데다 갑자기 숙박을 연장하겠다니 당혹스러웠을 수도 있겠다.

다테시나 목장에 가까워지자 가족 나들이 손님이 눈에 띄었다. 오늘이 여름방학 마지막 일요일임을 깨달았다. 그래서 펜션에도 가족 손님이 있었구나.

음료와 소프트아이스크림 등을 파는 가게가 나왔다. 파라솔을 펼치고 그 아래에서 사람들이 쉬고 있다. 벌써 캔 맥주를 마시는 남성도 있었다. 커플도 많았고 다들 행복해 보였다.

나가미네는 자판기에서 콜라를 사서 조금 떨어진 벤치에 앉았다. 주위 사람들은 자기 바로 옆에 지명수배 중인 살인범이 있으리라고는 꿈에도 생각하지 못할 것이다.

피서지라 해도 햇살이 강해 오늘도 더울 듯했다. 나가미네는 선글라스 위치를 고쳤다. 모자를 쓴 머리가 너무 더웠다. 가발까지 이중으로 머리를 덮고 있으니 당연했다. 인적이 드문 곳에 가면 가발은 벗어야겠다고 생각했다.

그나저나 앞으로 어떻게 하면 좋을까……?

슬금슬금 우울한 생각이 떠올랐다. 나가미네는 콜라를 한 손에 들고 생각에 잠겼다.

무엇보다 스가노 가이지는 왜 나가노의 펜션에 왔을까? 도모자키 아쓰야는 숨을 거두기 직전, 스가노에게 "도망쳤다" 라는 표현을 썼다. 즉 스가노는 도망쳐야 한다는 사실을 알았다는 소리다. 그 시점에서 나가미네는 아직 복수를 시작하지 않았으니까 경찰에게서 도망쳤다는 뜻이리라.

나가노의 펜션을 고른 것은 도피행의 목적지로 적합했기 때문일까? 아니면 다른 곳이 생각나지 않았던 걸까? 어쨌든 스가노에게 나가노는 특별한 곳인 듯하다.

하지만 친척이 있는 건 아니리라. 그런 직접적인 연결고리가 있는 장소라면 경찰은 훨씬 전에 냄새를 맡았을 테고 지금쯤 스가노는 체포되었을 테니까. 오래전에 산 적이 있거나 일한 적이 있을 가능성도 크지 않을 것이다.

경찰은 도대체 어떤 방법으로 스가노가 있는 곳을 찾아낼까? 우선은 부모나 친구들에게 물어보겠지. 지금도 발견되지 않았다는 소리는 그런 사람들도 모르는 곳에 스가노가 숨어 있다는 얘기이다.

아냐…….

부모가 사실을 말한다는 보장은 없다. 만약 아들의 거처를 알더라도 경찰에 쫓기고 있다면 숨기지 않을까? 도망치길 바라는 마음에서가 아니다. 잡히기 전에 자수하길 바라는 마음에서이다. 어떤 자식이라도 부모가 보기에는 불쌍하다. 설령 극악무도한 인간으로 자랐더라도, 그 펜션의 여성처럼 어리고 사랑스러웠던 시절의 추억이 기억의 중심에 자리 잡고 있어서 자신의 양식 같은 건 완전히 외면하고 만다.

나가미네는 도모자키 아쓰야를 살해한 순간을 떠올렸다. 그런 짐승조차 부모는 있다. 신문 보도에 따르면 대학 수험공부를 위해 방을 빌려줬단다. 무슨 그런 한심한 말이 있나. 그런 인간이 혼자 살면서 얌전히 공부할 리 없다. 아마도 성가신 물건을 치우는 심정으로 집에서 내보냈을 것이다. 가정 폭력이 있었다고 언론은 보도했다.

그 결과 다른 사람을 해쳤으니 부모의 책임을 방기했다고 할 수 있다. 언론 보도에 따르면 도모자키 아쓰야의 부모는 아들이 사체로 발견된 시점에서는 비극적인 일을 당한 부모로 취재에도 응했다고 한다. 그런데 도모자키의 평소 행실이 밝혀지고 복수를 당했다는 의혹이 강해지자 갑자기 행방을 감췄다. 물론 경찰은 어디 있는지 알 테고 기자 중에 알아낸 사람도 있는 것 같지만 이번에는 완전히 태도를 바꿔 취재를 거부 중이란다. 강간당한 여성들에 대한 사죄도 없이 아들을 잃은 유족이라는 처지만 강조하고 있단다.

그런 기사를 보면서 도모자키를 죽인 데 대한 양심의 가책이 사라졌다. 그저 아무 의미도 없는 일이었다는 피로감만 가

중되었다. 적어도 부모들의 참회하는 모습이라도 봤다면 마음이 아프고, 조금은 구원받은 심정이 되었을 것 같다.

아마 스가노 가이지의 부모도 마찬가지일 것이다. 경찰로부터 아들이 어떤 악행을 계속해왔는지 들었을 것이다. 그 결과 도모자키와 마찬가지로 목숨의 위협을 받고 있다는 것도 지금은 알고 있으리라. 그래도 부모는 자식이 체포되기를 바라지 않는다. 아무리 윤리적인 설명을 들어도 자기 자식이 죽임을 당할 만큼 나쁜 사람이라는 것을 인정할 수 없고 목숨의 위협을 받고 있다는 사실을 믿을 수 없을 것이다.

그런 부모가 있기에 자신처럼 슬픈 일을 당하는 부모가 있다고 나가미네는 생각했다. 십여 년 전에는 양쪽 다 같은 처지였을 것이다. 막 태어난 갓난아기와 만나 어떻게 키울지를 생각하며 행복했겠지.

용서할 수 없다, 본인도 그 부모도……. 나가미네는 벤치에서 일어나 콜라 캔을 우그러뜨렸다.

하지만 어떻게 해야 스가노 가이지를 찾을 수 있을까? 나가미네는 지난 며칠간의 탐색으로 자신이 하려는 일이 모래 사장에서 바늘 찾기나 마찬가지임을 깨달았다.

"……애야, 와카코!"

부르는 소리에 와카코는 고개를 들었다. 와카코는 라운지에서 주간지를 펼치고 넋을 놓고 있었다.

밀짚모자를 쓴 다카아키가 이상하다는 듯한 표정을 짓고
있었다.

"왜 그러니? 멀거니. 내가 부르는 소리 못 들었니? 여러 번,
창을 두드렸는데."

"아, 미안." 와카코는 주간지를 닫았다. 아다치구의 살인사
건에 관한 특집 기사가 실렸다. 손님이 놓고 간 주간지이다.

다카아키는 밖에서 풀을 베고 있었을 텐데 일이 생겨 안에
있는 딸을 부르려고 창문을 두드린 모양이다.

"무슨 일인데?"

"아니다. 벌써 끝냈으니까." 다카아키는 목에 건 수건을 벗
어 땀을 닦으면서 주방으로 들어갔다. 음료수를 마시려는 것
이리라.

와카코는 주간지를 들고 일어섰다. 주방의 열린 문 너머로
다카아키의 모습이 보였다가 사라졌다. 냉장고를 여닫는 소
리가 들렸다.

와카코는 여전히 아버지에게 말해야 할지 망설이고 있었
다. 아침 식사 때 다시 요시카와의 얼굴을 봤는데 역시 나가
미네 시게키를 빼닮았다. 주간지에 실린 얼굴 사진으로 다시
확인했는데 같은 인물 같다는 인상이 더 강해졌다.

다카아키가 밀짚모자로 부채질하며 나왔다.

"요시카와 씨라는 분, 일박 더 하는 거야? 일정표에 적혀 있는데."

"응. 오늘 아침, 갑자기 들어서……"

"흠. 일정이 바뀌었나."

"잘 모르겠어……. 어쨌든 우리 집이 마음에 든 것 같아."

"그래? 그럼 다행이네." 다카아키는 고개를 끄덕이고 그대로 나갔다. 요시카와라는 손님을 수상하게 여기는 기색은 전혀 없다.

와카코는 도무지 요시카와에 대해 말할 수 없었다. 그럼 스스로 경찰에 신고해야 하는데 그럴 결심도 들지 않았다. 새삼 와카코는 자신이 요시카와가 체크아웃하고 나가는 것을 잠자코 묵인할 생각임을 깨달았다. 언젠가 체포된다고 하더라도 그곳이 어딘가 다른 곳이길 바랐다. 성가신 일에 휘말리고 싶지 않다는 마음 때문은 아니다. 목숨을 건 그의 바람을 자기 손으로 망가뜨리고 싶지 않았다.

다다노가 2층에서 내려왔다.

"방 청소, 끝냈어요. 202호실은 그대로 두면 되죠?"

202호실은 요시카와의 방이다. 조금 전, 와카코가 그러라고 지시했다.

"맞아. 고마워."

"그럼, 무슨 일 있으면 부르세요." 다다노는 그렇게 말하고 마스터키를 와카코 앞에 놓고 나갔다.

와카코는 마스터키를 바라봤다. 크레센토는 객실에 여전히 구식 실린더 잠금장치를 사용한다. 잠긴 문을 딸 만한 사람이 이런 곳에 묵을 리 없다고 다카아키가 말했다.

마스터키를 사용하면 어느 방이나 들어갈 수 있다. 202호실도 마찬가지다.

그는 밤까지 돌아오지 않을 텐데…….

지금이 기회라는 생각이 들었다. 비슷하긴 하나 요시카와가 나가미네 시게키라고 단정할 수는 없다. 어쩌면 그저 닮은 사람일 수도 있다. 그렇다면 괜스레 이리저리 고민만 하는 셈이다. 고민은 확실해진 다음에 해도 늦지 않다. 그리고 확실히 하는 방법이 지금 여기에 있다.

와카코는 열쇠를 들고 복도로 나갔다. 심장의 고동 소리가 빨라졌다.

그럴 필요도 없는데 와카코는 발소리를 죽이며 계단을 올랐다. 대부분의 방문이 열려 있는 것은 환기를 위해서다. 그러나 202호실 문만은 굳게 닫혀 있다.

문 앞에 서서 와카코는 마스터키를 열쇠 구멍에 꽂았다. 손끝이 떨려 딸가닥딸가닥 금속 소리가 울렸다. 찰칵 잠금장치가 풀리는 소리가 나자 심호흡을 하고 천천히 문을 열었다.

실내는 그리 어질러져 있지 않았다. 보스턴백은 방구석에 놓여 있고 테이블 위에는 노트북이 놓여 있었다.

와카코는 조심스레 가방을 열었다. 안에는 간단한 옷가지와 세면도구 등이 들어있다. 수첩이나 신분증 같은 것은 보이지 않았다.

와카코의 시선이 노트북으로 향했다. 이것을 이용해 사진을 복원해 줬구나. 그 생각을 하니 이런 짓을 하는 게 영 찜찜했다.

노트북을 열고 주저하면서 전원을 켰다. 시스템이 가동될 때까지의 시간이 아주 길게 느껴졌다.

그의 정체를 확인하려면 어떻게 해야 할까? 와카코가 생각해낸 것은 메일을 보는 것이다. 내용까지는 읽지 않아도 메일을 쓸 때 그가 어떤 이름을 쓰는지 알고 싶었다.

하지만 다른 사람의 컴퓨터를 써본 적 없는 와카코는 뭘 조작해야 메일을 열 수 있는지 잘 몰랐다. 어쩔 수 없이 화면에 나온 아이콘을 하나씩 클릭했다.

한 아이콘을 클릭했을 때였다. 화면 전체의 분위기가 갑자기 바뀌었다. 이윽고 거기에 동영상이 나타났다.

큰일 났네. 이상한 걸 작동시키고 말았어…….

와카코는 서둘러 동영상을 끄려고 했는데 조작 방법을 잘 몰랐다. 우왕좌왕하고 있는데 영상이 쑥쑥 흘러갔다.

그리고 충격적인 장면이 나타났다.

처음 와카코는 그것을, 단순한 포르노 동영상이라고 생각했다. 그러나 흐르는 영상을 자세히 보니, 아무래도 그런 종류가 아닌 듯했다.

젊은 아가씨가 두 남자에게 강간당하고 있다. 아가씨는 축 늘어져 있고 얼굴에는 생기가 없다. 그런 여자를 남자들이 유린하고 있다. 보는 것만으로도 구역질이 나올 것 같은 불쾌한 영상이다.

와카코는 간신히 조작 패널을 발견하고 그것을 클릭해 정지시켰다. 그리고 그대로 전원을 껐다. 역겨움이 가라앉질 않았다.

컴퓨터를 탁 닫는 순간 머릿속에 번뜩 떠올랐다.

지금 이것은, 요시카와의, 아니, 나가미네 시게키의 딸이 강간당할 때의 영상 아닐까……?

25

　니시아라이 경찰서의 가지와라라는 형사의 안내로 회의실에 들어온 사람은 쉰 전후로 보이는 몸집 작은 남성이었다. 눈이 움푹 패고 뺨이 핼쑥했다. 오리베의 눈에는 원래 마른 게 아니라 피폐해 시들어 버린 듯 보였다. 충혈된 눈에도 그런 점이 잘 드러났다. 긴장한 표정은 그가 얼마나 고민한 끝에 이렇게 이름을 밝혔는지를 증명하는 듯했다.

　"아유무라 씨인가요?" 오리베가 확인했다.

　남자는 고개를 끄덕이며 "그렇습니다"라고 조그맣게 대답했다.

　"일단 앉으시죠. 얘기는 대강 들었습니다만, 몇 가지 확인하고 싶은 게 있어서요."

　아유무라는 파이프 의자를 끌어 앉았다. 가지와라는 오리베 옆에 앉았다.

"아, 우선, 따님 치아키 씨가 자살했을 때 상황을 알고 싶은데요, 올해 5월 7일이라고 하셨죠?" 오리베는 들고 있는 자료를 보면서 물었다.

"그렇습니다. 골든위크(4월 말에서 5월 초의 황금연휴 - 역주)가 끝난 다음입니다. 저, 아까 했던 얘기를 한 번 더 해야 하나요?" 아유무라는 가지와라를 보며 물었다.

"네, 부탁드리겠습니다. 저희는 대강의 내용만 들어서요." 가지와라가 말했다.

아유무라는 고개를 한 번 끄덕이고, 침을 삼키듯 목울대를 울리고는 다시 오리베를 봤다.

"아내 말로는, 아침, 치아키가 좀처럼 일어나지 않아서 방까지 깨우러 갔답니다. 저는 이미 출근했고요. 그런데 딸은…… 치아키는 커튼레일에 줄을 묶고…… 목을 맸답니다. 아내는 서둘러 애를 끌어내리고 구급차를 불렀다는데 그때 이미 사망했다고. 제게는 경찰이 연락했죠. 아내는 그만…… 망연자실해서 연락할 정신이 아니었습니다."

아유무라는 뭔가를 힘껏 견디는 듯한 모습이었다. 석 달이 지났으나 마음의 상처는 아직도 치유되지 않은 게 분명하다.

오리베는 다시 자료로 시선을 떨어뜨렸다. 아유무라의 주소는 사이타마현 소카시였다. 그 사건은 소카 경찰서에서 자살로 처리했다. 지금 아유무라의 말을 들어도 자살 외에는 달리 생각할 여지가 없었을 것이다.

"유서는 있었나요?"

"없었습니다."

"자살 동기는 있었나요?"

아유무라는 고개를 가로저었다.

"아무것도 없습니다. 밝고 착한 아이였어요. 특별한 고민이 있는 것처럼 보이지도 않았고요. 다만 그 전날, 집에 아주 늦게 돌아왔어요. 저녁도 먹지 않고 방에 들어가서는 나오지 않았죠. 그래서 그날 무슨 일이 있었나 했는데……"

"전날이라면 5월 6일이군요. 학교는 쉬지 않았나요? 그런데 귀가가 늦었습니까?"

"9시……정도였을 겁니다. 친구와 노래방에 갔었다고 아내에게 말했다는데 그것도 문을 사이에 두고 이루어진 대화랍니다."

"그대로 아침까지 가족 앞에 모습을 드러내지 않았다는 말씀이죠?"

"그렇습니다. 그래서 도대체 무슨 일이 있었나 싶어서, 장례식에 온 학교 친구들에게 물어봤습니다. 그런데 아무도 노래방에 간 사람이 없더군요. 저녁때, 역에서 헤어졌다고. 치아키는 거기서부터 혼자였던 겁니다."

오리베는 이야기를 들으면서 나가미네 에마가 납치당한 상황과 흡사하다고 생각했다.

"치아키는 돌아오는 토요일에 좋아하는 밴드 콘서트가 있다며 손꼽아 기다렸답니다. 그러니까 그날 일이 있었던 게 틀림없습니다. 그래서 경찰에도 상담했는데 상대해주지 않더군요. ······아니, 의욕이 전혀 없어 보였습니다. 결국은 우리 교육이 좋지 않았다는 식으로 말해서······."

아유무라는 입술을 깨물고 움켜쥔 오른손 주먹으로 책상을 내리쳤다. 그 주먹이 바들바들 떨렸다.

자살로 처리한 사건 조사에 적극적이지 않은 경관의 심리는 오리베도 이해할 수 있었다. 처리하지 못한 사건이 산처럼 쌓여 있는 상황에 새로운 사건이 매일 발생한다. 자살이라는 게 명백하면 그 동기가 불명이라도 서류 절차상 아무런 문제가 없다.

"그런데 왜 이번 아다치구 사건과 따님 사건에 관련이 있다고 생각하시나요?"

"그러니까 그게, 최근 딸 친구에게 이상한 얘기를 들었습니다."

"이상한 얘기라니?"

"4월경, 치아키와 둘이 학교에서 돌아오는 길에 차에 탄 두 명의 남자가 말을 걸어왔답니다. 남자들이 상당히 끈질기

276

게 따라왔다고 했어요. 그때는 그래도 뿌리쳤는데 그 뒤로도 학교 옆 길가에 그 차가 서 있어서 먼길을 돌아 집에 왔다는 겁니다. 다만 치아키가 죽기 직전에는 그런 일이 없어져서, 자살 동기로 생각하지 못했다고 합니다."

"그 두 명의 남자라는 게……"

"네. 그중 하나가 이번 살해된 도모자키와 닮았다고 그 아이가 말하더군요. 더구나 탄 차도 비슷하고."

오리베는 가지와라에게 시선을 옮겼다.

"그 친구의 얘기를 들었나요?"

"아직 못 들었습니다만, 연락처는 알아냈습니다. 부를까요?"

"아뇨. 아직은 됐습니다."

오리베는 아유무라에게로 시선을 돌렸다.

"그 이야기를 듣고 바로 따님의 자살과 관련이 있다고 생각하셨나요?"

"상황이 비슷해서요. 저, 나가미네 에마 양이 살해된 사건과."

아유무라는 나가미네 에마, 라는 이름을 정확히 기억하고 있었다. 일련의 사건에 대해 아마 강한 관심을 지니고 있을 것이다. 그러면서도 '살해'된 사건으로 잘못 해석하고 있는 것은 도모자키 일당에 대한 증오의 표현으로 보인다.

"그리고……" 아유무라는 일단 시선을 떨구었다가 다시 고개를 들었다. "아내 말로는 치아키는 죽기 직전 샤워를 했답니다."

"샤워요?"

"네. 나중에 알았는데 그런 흔적이 있었답니다. 밤중에 샤워하고 속옷까지 새것으로 갈아입었다고. 아내는 그 사실을 제게 내내 숨겼어요. 아내는 어렴풋이 무슨 일이 있었는지 알아차렸던 거죠."

괴로워하며 말하는 아유무라로부터 오리베는 시선을 돌렸다. 아유무라 치아키가 어떤 심정으로 샤워했을지 생각하니 가슴이 아팠다. 아마도 죽기 직전 더러워진 몸을 깨끗이 씻고 싶었을 것이다.

오리베가 들고 있는 자료에는 두 장의 사진이 첨부되어 있었다. 아유무라 치아키의 얼굴 사진으로 둘 다 교복 차림이다. 눈이 큰 귀여운 소녀다.

니시아라이 경찰서의 설명으로는 아유무라는 이 사진을 들고 찾아왔다고 했다. 그리고 나가미네 에마를 강간한 범인의 비디오 가운데 이 사진의 소녀가 찍혀 있지 않냐고 문의했단다.

도모자키 아쓰야의 방에서 압수된 비디오는 니시아라이 경찰서에서 보관하고 있다. 우선 가지와라 팀이 그것을 재생하면서 아유무라 치아키의 사진과 비교했다.

그리고 오리베는 영상 속에서 치아키처럼 보이는 소녀를 발견했다는 소식을 들었다. 그는 아직 영상을 보지 않았다.

"영상을 볼 수 있나요?" 오리베는 가지와라에게 물었다.

"바로 볼 수 있게 해놨습니다." 가지와라는 방구석을 쳐다봤다. 거기에는 비디오 모니터와 비디오 재생기기가 설치되어 있었다.

"테이프는?"

"넣어놨습니다." 가지와라가 나지막하게 대답했다.

"저기요?" 아유무라가 말을 꺼냈다.

"역시…… 찾은 건가요? 딸이 비디오에 찍혀 있나요?" 그의 목소리가 뒤집혔다.

"아뇨. 아직 단언할 수 없습니다. 제가 보고 닮았다고 생각했을 뿐입니다." 가지와라가 변명처럼 대답했다. "그래서 아버님의 확인이 필요해 비디오를……."

"보여주십시오." 아유무라는 턱을 강하게 당기고 허리를 폈다.

가지와라가 오리베를 봤다. 오리베가 고개를 끄덕였다. 아유무라에게 비디오를 보여주라는 상사의 허락을 받았다.

가지와라는 이쪽으로 오라며 TV 앞에 파이프 의자를 놓았다. 아유무라는 주저하면서도 거기에 앉았다. 가지와라는 리모컨을 들고 TV와 비디오 재생기기의 전원을 넣었다. 하지만 재생을 시작하기 전에 오리베에게 물었다.

"오리베 씨도 보실 겁니까?"

오리베는 순간 망설였으나 바로 손을 저었다.

"아뇨. 저는 나중에 보죠. 아유무라 씨가 틀림없는지 확인하시면."

가지와라가 고개를 끄덕였다. 그게 낫겠다고 그의 표정이 말하고 있다.

"따님인 듯한 인물이 찍힌 부분을 미리 찾아놨습니다. 재생 스위치를 누르면 영상이 시작될 겁니다. 확인이 끝나면 말씀하세요. 저희는 밖에 있을 테니까."

아유무라는 알겠다고 대답하고 리모컨을 받았다.

그를 남기고 오리베는 가지와라와 함께 회의실을 나왔다. 문을 닫자 가지와라는 휴우, 크게 숨을 내뱉었다. 동시에 재킷 안주머니에 손을 넣어 담배를 꺼냈다.

"참 힘든 역할을 맡았네요. 피차." 허물없는 말투로 가지와라가 말했다. 보기에 그는 오리베보다 조금 연상인 듯하다.

"가지와라 씨는 비디오를 보셨죠? 저 사람 딸 같나요?"

"아마도." 가지와라는 얼굴을 찡그렸다. "처음에는 영상이 어둡고 얼굴이 제대로 찍히지 않아 확인하기 어려웠습니다. 그 멍청한 놈들이 하도 아랫도리만 찍어대서요. 그런데 후반부에 얼굴 클로즈업이 나와요. 그런데 그게 참 끔찍한 영상입니다. 그걸 아버지가 볼 생각을 하니 나까지 마음이 무거워지네요."

오리베가 고개를 저었다. 그의 이야기를 듣는 것만으로도 우울해졌다.

"녀석들은 쓰레기예요." 가지와라는 연기를 토해내면서 말했다. "솔직히 나는, 스가노도 나가미네에게 살해당했으면 합니다. 나가미네가 잡히지 않기를 살짝 바라고 있죠."

오리베는 잠자코 아래를 봤다. 뭐라고 대답해야 좋을지 몰랐다. 속으로는 동의했다.

가지와라가 낮게 웃었다.

"수사1과 형사님들은 입이 찢어져도 그런 말은 못 하죠."

오리베도 대답 대신 쓴웃음을 지었다. 그냥 웃자고 하는 말로 받아들이기로 했다.

도모자키의 방에서 압수한 비디오에는 나가미네 에마를 포함해 13명의 여성이 찍혀 있었다. 그만큼의 피해자가 있다는 소리다. 하지만 이제까지 그에 해당하는 피해 신고가 들어온 적은 없다. 즉 피해자들은 눈물로 참고 있다는 것이다.

앞으로도 나오지 않으리라는 것이 수사본부의 생각이다. 강간당하는 상황을 촬영한 비디오가 남아 있다면 더더욱 그럴 것이라는 게 형사들의 생각이었다.

그런데 아유무라가 나타난 것이다.

"한 대 피우실래요?" 가지와라가 담뱃갑을 내밀었다.

오리베가 괜찮다고 거절했을 때 문 안쪽에서 아아아악, 짐승이 울부짖는 듯한 소리가 들려왔다. 동시에 무언가가 격렬하게 쓰러지는 소리가 났다.

오리베는 문을 열고 안으로 뛰어들었다. 아유무라가 바닥을 기어 다니며 양손으로 머리를 감싸고 있었다. 그 자세 그대로 아아아악, 계속 울부짖었다.

TV는 꺼졌고 리모컨이 바닥에 떨어져 있다.

"아유무라 씨, 정신 차리세요."

오리베가 등에 대고 말을 걸었으나 아유무라는 듣지 못하는 듯했다. 울부짖으면서 몸부림을 쳤다. 바닥이 젖어 있다. 대량의 콧물과 눈물이 아유무라의 얼굴에서 떨어졌다.

그의 포효가 들렸는지 서원들이 달려왔고 그들에게는 가지와라가 사정을 설명했다.

아유무라의 절규는 서서히 말이 되어갔다. 무슨 말을 하는지, 오리베는 바로 알아듣지 못했다. 주문처럼 되풀이하는 가운데 또렷해졌다.

젠장, 제기랄, 돌려줘. 치아키를 돌려줘. 젠장, 왜! 제기랄, 왜 이런 일이, 으아아아아아악…….

오리베는 아유무라에게 다가가지 않았다. 말을 걸지도 못했다. 분노와 절망과 슬픔이 두터운 층이 되어, 딸을 유린당한 아버지를 감싸고 있었다.

이것이 나가미네의 모습이구나. 오리베는 생각했다.

도모자키의 방에서 비디오를 봤을 때, 나가미네도 틀림없이 이랬을 것이다. 지옥보다 더 지독한 세계에 떨어져, 마음이 산산이 부서졌을 것이다.

그때 가해자가 나타났으니 어떻게 되었을까? 태연할 수 있는 사람이 있을까? 죽이는 데서 끝나지 않고 사체를 갈가리 찢고 싶었을 것이다. 그리고 그렇게까지 하더라도, 나가미네도, 이 아버지도 영원히 구원받을 수 없다. 아무것도 얻지 못한다.

아유무라의 절규가 "죽여버릴 거야, 죽여버릴 거야!"로 변했다.

26

나가미네가 펜션으로 돌아왔을 때, 이미 9시가 다 되어 있었다.

어젯밤과 마찬가지로 저녁에 전화를 걸어 저녁 식사 준비를 하지 않아도 된다고 알렸다. 그러므로 종업원들도 그의 귀가를 기다리지는 않았을 것이다.

'크레센토'의 광고에는 주인 겸 주방장이 솜씨를 발휘한 저녁이 유명하다고 적혀 있다. 그 특기 요리를 한 번은 먹어 보고 싶었으나 다른 손님과 마주칠 위험을 생각하면 참아야 했다. 나가미네의 오늘 밤 식사는 소고기 카레였다. 외지 손님 같은 건 조금도 신경 쓰지 않는 북적대는, 그저 넓은 것만이 자랑인 가게였다. 지금의 그에게는 그런 가게가 훨씬 고마웠다.

현관문을 열고 펜션으로 들어왔다. 조명이 반쯤 꺼져서 건물 안은 어두컴컴했다. 라운지에서 새어 나오는 빛도 약했다.

나가미네가 구두를 벗고 있는데 라운지에서 발소리가 났다. 그는 서둘러 구두를 선반에 넣었다. 가능하면 누구와도 마주치고 싶지 않았다.

라운지에서 나온 사람은 늘 보는 그 여성이었다. 나가미네는 안도했다. 이 사람은 괜찮다. 아무것도 모르는 눈치에다 오히려 친근감을 품은 듯했다.

"어서 오세요." 여성은 미소를 지었다.

"늦어서 죄송해요. 식사도 제 마음대로 취소해 죄송하고요."

"아뇨……, 저희는 괜찮습니다." 여성은 고개를 숙이고 중얼거리듯 말했다.

"그럼, 안녕히 주무세요." 나가미네는 인사하고 여성의 옆을 지나쳐 계단에 발을 댔다.

"저기요." 여성이 말을 걸어왔다.

나가미네는 걸음을 멈추고 돌아봤다. "네."

"저기……, 혹시 괜찮으시면 차라도 어떠세요? 케이크도 있는데…… 아니면 케이크 같은 거, 싫어하시나요?" 여성은 약간 딱딱하게 말했다.

나가미네는 계단에 발을 올린 채 잠시 생각했다. 사진 때

문에 인사하려나 싶었다. 그것 말고는 이런 말을 꺼낼 이유가
없다.

그때가 되어서야 커피 향이 라운지에서 풍기고 있음을 깨
달았다. 아무래도 이 여성은 이 제안을 하려고 내내 기다렸을
것이다.

피서지 펜션에서 이름도 모르는 여성과 케이크를 먹으면
서 커피를 마신다⋯⋯. 참 우아한 시간이겠네. 나가미네는 생
각했다. 그런 시간을 보내고 싶은 마음이 갑자기 부풀어 올랐
다. 두 번 다시 자신에게 그런 시간은 오지 않으리라고 생각
한 순간, 아니, 오리라는 몽상조차 하지 않았던 한때가 눈앞
에 펼쳐졌다.

그러나 그는 미소를 지으며 고개를 흔들었다.

"케이크를 싫어하진 않지만, 오늘 밤은 됐습니다. 방에서
아직 할 일이 있어서요."

"그러세요? 알겠습니다. 죄송해요." 여자는 묘하게 긴장된
표정으로 고개를 끄덕였다.

나가미네는 계단을 올라갔다. 자기 방 앞에 서서 키를 꺼
내 문을 열었다. 조명을 켜고 안으로 들어갔다.

그 순간, 기묘한 위화감이 그의 온몸을 감쌌다.

뭔가 이상하다는 정도가 아니다. 이 방에서 밤을 지낸 것
은 세 번째인데 전과는 미묘하게 공기가 다르다는 것을 느꼈

다. 그는 고개를 기울이면서 침대에 앉았다. 담요와 시트 상태는 오늘 아침, 그가 방을 나갈 때와 같았다.

기분 탓이려니 생각했을 때 그것이 눈에 들어왔다.

책상 위의 노트북이다. 위치가 아주 애매하게 달라진 것 같다. 구체적으로 말하자면 평소보다 조금 앞으로 당겨져 있는 느낌이다. 그는 평소 노트북을 사용할 때 최대한 몸에서 떨어뜨린다. 그러는 게 팔이 편하기 때문이다.

가슴이 소란해지고 온몸에서 식은땀이 배어 나왔다.

나가미네는 책상 앞에 서서 컴퓨터를 켰다. 마우스를 쥔 손이 조금 떨렸다. 그가 한 일은 마지막으로 사용한 소프트웨어를 살펴본 것이다.

마지막으로 사용된 것은 동영상을 보는 소프트웨어였다. 그는 동요를 억누르면서 기억을 더듬었다. 에마가 강간당할 때의 영상은 분명 일과처럼 본다. 이 컴퓨터로 마지막에 그걸 봤나?

아니야. 그 사진을 복원하려고 사진 가공 소프트웨어를 썼다. 그게 마지막이다. 수정을 끝낸 사진을 플로피로 옮기고 그대로 컴퓨터를 껐다.

그리고는 컴퓨터를 쓰지 않았다. 그러니까 자기 이외의 누군가가 에마의 동영상을 봤다는 소리다.

그게 누군지는 생각할 필요도 없다.

그는 서둘러 노트북을 정리했다. 그리고 주위에 벗어놓았던 속옷과 가발도 벗어 가방에 넣었다. 모자만 다시 썼다.

짐을 모두 챙긴 뒤 실내를 점검하고 문을 열었다. 복도에 인기척은 없었다. 오늘은 일요일이라 숙박객은 적을 것이다.

그는 발소리를 내지 않도록 조심하며 복도를 걸어 계단을 내려왔다. 라운지 문 앞에 서서 품에 손을 넣었다. 지갑을 꺼내 만 엔짜리 지폐 석 장을 뺐다. 숙박요금이다. 메모를 남길까 생각하다가 그냥 두기로 했다. 메모를 남기지 않아도 그가 왜 갑자기 떠났는지 그 여성은 알 테니까.

지폐를 접어서 라운지 문에 끼우려는데 그 문이 열렸다. 그는 깜짝 놀라 손을 뺐다.

거기에 그 여성이 서 있었다. 살짝 눈을 들어 나가미네를 바라본다. 그도 여성의 얼굴을 봤는데 바로 시선을 피했다.

"나가시나요?" 여성이 물었다.

그렇다고 고개를 끄덕이고 나가미네는 들고 있던 돈을 옆 선반에 놓았다. 모자를 깊이 눌러 쓰고 그대로 현관을 향해 갔다.

"잠깐만요." 여성이 말을 걸었다. "잠깐만 기다리세요."

나가미네는 걸음을 멈췄다. 그러나 돌아보지는 않았다. 그러자 여성이 다가와 그의 앞에 섰다.

다시 둘은 서로의 눈을 봤다. 하지만 이번에는 나가미네도 눈을 피하지 않았다.

"나가미네⋯⋯씨죠?" 여성이 질문했다.

그는 수긍 대신 질문했다. "이미 신고를?"

여성은 고개를 저었다.

"당신이라는 걸 알아차린 사람은 저뿐이에요."

"그럼 이제 경찰에 신고하겠군요."

나가미네의 질문에 여성은 대답하지 않았다. 눈을 깜빡이고 시선을 떨구었다.

왜 이 사람이 아직 신고하지 않았는지 의문이었다. 그 영상을 봤다면 그가 현재 화제를 일으키고 있는 지명수배범임을 알았을 것이다. 조금 전 차를 마시자고 한 것도 이상했다. 이 사람의 생각을 읽을 수 없다.

"당장 나가겠습니다." 나가미네가 말했다. "너무 이기적인 부탁이지만, 조금만 있다가 신고하시면 고맙겠습니다."

그러자 여성이 고개를 들더니 살짝 옆으로 저었다.

"저는 경찰에 알릴 생각이 없어요."

나가미네는 눈을 크게 떴다. "그래요?" 반신반의하며 물었다.

"그러니까 오늘 밤 급히 떠나시지 않아도 됩니다. 그랬다가는 더 곤란해지죠? 갈 곳도 없고 역 같은 데서 어슬렁거리면 그야말로 의심을 받을 테니까요."

289

"그건 그렇습니다."

"오늘 밤은 여기서 묵으세요. 그래야 아버지도 이상하게 생각하지 않을 거예요."

이 말로, 나가미네는 여성의 의도를 이해했다. 모르는 체하려는 것이다. 경찰에게 알리지 않고 내일 그가 떠나는 것을 묵인하려는 것이다.

"그래도 괜찮겠습니까?" 그렇게 해준다면 고마운 일이라고 생각하며 그가 물었다.

"네. 하지만……" 여성이 뭔가 말하려는 듯 입술을 축였으나 망설이고 있다.

"무슨 일인지?" 나가미네가 재촉했다.

여자가 심호흡했다.

"조금만 이야기를 들려주시면 안 될까요? 오늘 밤은 다른 손님도 없고 아버지도 주무시니까."

"제 얘기, 요?"

그녀는 그렇다며 고개를 끄덕였다. 그 진지한 눈빛에는 그 정도의 권리는 있다고 주장하는 빛이 담겨 있었다.

"알겠습니다. 그럼, 짐부터 놓고 오죠."

여성이 고개를 끄덕이는 것을 보고 나가미네는 몸을 돌렸다. 계단을 오르며 이 틈에 여성이 신고하지는 않을까 하는 생각이 스쳤으나 바로 생각을 떨쳐버렸다.

와카코는 커피를 타면서 자신이 지금 무슨 짓을 하나 싶었다. 분명한 의사와 의지를 가진 것도 아니면서 나가미네에게 그런 말을 하고 말았다. 솔직히 말하자면 경찰에 신고해야 하는지 아직도 망설이고 있다.

하지만 그런 망설임이 줄어들고 있는 것도 사실이다. 그 끔찍한 영상을 봤을 때, 이제까지 막연하기만 했던 나가미네의 분노와 슬픔이 와카코의 마음속에서 구체적인 형태를 갖췄다. 그것이 너무나 무거워, 생각 없이 경찰에 신고하는 일은 경거망동처럼 여겨졌다.

그럼 어떻게 해야 할까? 답은 나오지 않았다. 경찰에 신고하지 말고 내일 아침, 아무것도 모르는 얼굴로 그를 보내면 될까? 너무나 쉽게 성가신 일에서 도망치는 데 불과한 게 아닐까?

일단 그의 생각을 들어보자. 생각 끝에 내린 결론이다. 얘기해서 어쩌자는 건지는 전혀 모른다. 그러나 잠자코 지나칠 수는 없다. 그것은 자신이 오래전 한 아이의 부모였음을 포기하는 것이나 마찬가지인 것만 같았다.

실례하겠다며 그는 의자를 빼고 앉았다. 조금 전까지 쓰고 있던 모자는 벗었다.

"그거, 가발이죠?" 와카코는 그의 머리를 눈으로 가리켰다.

그는 그렇다고 조그맣게 대답했다. 어색한 듯 설핏 웃었다. "이상한가요?"

"아뇨. 아주 자연스러웠어요. 전혀 몰랐으니까. 하지만 덥지 않나요?"

"아주 푹푹 찝니다." 그가 말했다. "특히 낮에는 너무 더워 괴롭습니다."

"지금은 벗어도 돼요. 아까도 말씀드렸다시피 아버지는 주무세요."

"그런가요?" 그는 조금 망설이더니 곧 양쪽 손가락을 머리카락 안에 넣었다. "그럼, 그렇게 말씀해주시니……."

긴 머리 가발 아래 드러난 것은 백발이 섞인 짧게 깎은 머리였다. 그 탓에 순식간에 대여섯 살은 더 들어 보였다.

후, 그가 한숨을 쉬고 웃었다.

"시원하네요. 사람 앞에서 벗는 것도 오랜만입니다."

"그걸 쓰고 있으면 웬만해선 사람들이 못 알아볼 거예요."

"당신은 어떻게?" 알았냐고 묻는 것 같다.

"어젯밤, 목욕하고 나오시다가 만났죠. 그때 머리에 수건을 감고 계셨어요. 게다가 안경도 쓰고 계셨고……. 제가 TV에서 본 나가미네 씨도 안경을 쓰고 있어서."

"아……!" 나가미네는 커피잔으로 손을 뻗었다. "그만 마음을 놓고 말았네요. 그 사진 수정에 너무 열중하는 바람에."

"사진은 정말 고마웠어요." 와카코는 고개를 숙였다. 솔직한 심정이다.

"아닙니다. 기분전환이 되었습니다." 그는 그렇게 말하고 커피를 마셨다.

"힘든 시기에 왜 그런 일을 해주셨어요?"

"글쎄요. 왜 그랬을까요." 그는 고개를 기울였다. "제가 범죄자라는 사실을 잊고 싶었을지도 모르겠네요. 자그마한 친절을 베풀어 스스로 용서받고 싶었을 수도 있고요."

"용서받을 수 없는 일을 하고 있다고 생각하시나요?"

"그야 물론." 나가미네는 커피잔을 받침에 놓았다. "어떤 이유에서든 사람을 죽여선 안 되죠. 그건 압니다. 용서받을 수 없는 일이죠."

와카코는 고개를 숙이고 커피잔을 가져왔다. 그의 슬픈 눈을 계속 보는 게 힘들었다.

"저…… 성함을 여쭤도 될까요?" 그가 물었다.

와카코는 고개를 들었다. "단자와입니다."

"단자와 씨……, 이름은?"

"와카코예요."

단자와 와카코 씨, 그는 입안에서 중얼거리고는 씩 웃었다.

"살짝 이미지와 다르네요."

"어떤 이름이라고 생각하셨어요?"

"아니, 구체적으로 상상한 건 아니지만……." 나가미네는 미소를 지은 채 고개를 숙였다가 다시 들었다. 그 얼굴에 웃음기는 없었다. "노트북의 동영상을 보셨죠?"

와카노는 그렇다고 대답했다. 목소리가 갈라졌다.

"그렇군요. 노트북을 안 가지고 나간 게 실수였네요. 아니, 당신이 그걸 보려 했다는 것은 이미 제 정체를 알아차렸다는 거니까 마찬가지려나." 후반부는 혼잣말처럼 말했다.

와카코는 한숨을 쉬었다.

"정말 끔찍한 일이에요. 그런 끔찍한 짓을 저지르는 인간이 이 세상에 있다니……. 아주 충격적이었어요."

"그렇죠."

"나가미네 씨의 마음을 생각하니 견딜 수 없어서……, 만약 제가 나가미네 씨였다면 역시 같은 일을……."

"와카코 씨." 나카미네가 와카코를 제지하듯 불렀다. "당신은 그런 말을 해선 안 됩니다."

"아……!"

와카코는 죄송하다고 낮게 읊조렸다.

27

나가미네는 커피를 마시고 살그머니 한숨을 쉬었다.

"이렇게 편안하게 커피를 마신 것도 오랜만이네요." 입가를 풀며 그렇게 말했다.

얼마나 슬픈 미소인가. 와카코는 생각했다.

"신문으로 읽었는데 나가미네 씨는 역시 다른 범인을 쫓고 있나요?" 와카코가 물었다.

나가미네는 고개를 끄덕이고 커피잔을 놓았다. "네."

"제게 보여줬던 사진의 남성인가요?"

"그렇습니다. 그 컴퓨터 영상을 보셨으니 아실 텐데 거기서 프린트한 겁니다. 그래서 화질이 나쁩니다."

"제게 하신 설명에 따르면 걸어서 돌아다니신다고요?"

"그렇습니다. 무엇보다 단서가 거의 없어서요."

"어떻게 이 펜션에?"

"나가노 펜션에 갔다는 게 유일한 단서입니다. 그래서 나가노현 안의 펜션을 다 돌아다니려고." 그는 자학적인 미소를 지었다. "너무 안일한 생각이었습니다. 이렇게 많을 줄은 몰랐습니다. 숲속에서 나무를 찾는 거나 마찬가지더군요."

와카코도 그러리라고 생각했다.

"오늘도 그렇게 물어보고 다니셨나요?"

나가미네는 고개를 저었다.

"오늘은 이전 방법으로는 통할 것 같지 않아서 도서관이나 관광 안내소 등을 돌아다녔습니다. 자료 조사가 목적이죠."

"자료 조사요?"

"그놈이 왜 나가노 펜션으로 도망쳤을지 생각했습니다. 친척이나 지인이 있을지 모르겠으나 그건 아닐 것 같습니다. 뭔가 특별한 추억이 있는 곳이 아닐까 싶어서. 일테면 예전에 특별한 경험을 했다거나."

"스포츠 합숙 같은 거요?"

와카코가 퍼뜩 생각나 말했다. 이 펜션도 매년 많은 학생 동아리가 합숙 거점으로 이용한다.

나가미네는 고개를 끄덕였다.

"스포츠가 아닐 수도 있죠. 어떤 체험학습으로 방문했다거나. 어쨌든 그런 것들은 좀 대대적으로 이루어질 테니까 그때의 기념사진 같은 게, 남아 있을 것 같아서."

"아아." 와카코는 크게 고개를 끄덕였다. 그의 말뜻을 이해했다.

"그럼, 이런저런 시설에 걸린 기념사진을 보며 다니신 건가요?"

"그렇습니다. 동아리 기념사진, 수학여행, 일단 기념사진이라 할 만한 것들은 죄다 보고 다녔습니다."

"성과는요……?"

와카코의 질문에 나가미네는 쓸쓸하게 웃었다.

"성과가 있었다면 지금 여기 없겠죠. 사진을 보다가 깨달았습니다. 제가 범인의 영상은 봤을지 모르지만, 범인의 얼굴은 본 적 없다는 사실을. 그 인물의 초등학교 때 사진을 보고 그 사람이라는 것을 깨달으려면 상당히 얼굴을 잘 알아야 하더라고요."

와카코는 수긍했다. 그럴지도 모르겠다.

"어쩌면 보고 다닌 사진 가운데 내가 찾는 사람이 찍혀 있었을지도 모릅니다. 그런데 알아볼 정도의 데이터가 제게는 없는 거죠. 정말 제 무능함에 화가 납니다. 뒤는 생각하지 않고 일단 뛰쳐나왔는데 도대체 뭘 할 생각인지." 나가미네는 오른쪽 주먹으로 가볍게 테이블을 두드린 다음 와카코를 보고 얼굴을 찌푸렸다. "죄송합니다. 한심하게 보셔도 됩니다."

"한심하다니요, 그럴 리가요……." 와카코는 고개를 숙였다가 금방 들었다. "그래서, 앞으로 어떻게 하실 생각이신가요? 제가 말하는 것도 그렇지만, 지금처럼 하시면 금방 들킬 겁니다. 이렇게 둔한 저도 알아차렸으니까요."

나가미네는 미간을 찌푸리고 커피잔을 기울였다. 다 마신 것 같다.

"더 드릴까요?"

"아뇨, 됐습니다." 그는 빈 잔을 든 채 고개를 저었다.

"저……, 혹시 찾는 상대를 발견하면 어쩔 셈이세요?"

와카코의 질문에 나가미네는 시선을 떨구었다.

"역시 따님의 복수를 하실 건가요?"

"네." 나가미네는 시선을 떨군 채 조용히 말했다. "그럴 생각입니다."

"경찰에 맡길 수 없어서요?"

"경찰이라기보다 현재의 사법제도라고 해야 맞겠죠. 어쨌든 경찰이 딸을 강간한 다른 놈을 체포했다고 치죠. 하지만 그 남자에게 내려지는 벌은 정말 놀라울 만큼 가볍습니다. 벌이라고 부를 수도 없을 정도입니다. 갱생이나 사회 복귀 같은 목적 때문에요. 피해자의 억울함은 반영되지 않습니다."

"하지만……."

"당신이 하려는 말은 잘 압니다." 나가미네는 오른손을 펼쳐 얼굴 앞에 내밀었다. "저도 전에는 당신처럼 생각했습니다. 하지만 이런 처지가 되고서야 처음으로 알았습니다. 법률은 인간의 나약함을 인정하지 않는다는 것을요."

와카코는 뭐라 할 말이 없었다. 어떤 이유로든 사람이 다른 사람을 죽여서는 안 된다. 그런 당연한 말을 입에 담은 게 부끄러웠다. 이 사람도 그 정도는 충분히 알고 행동하는 것이다.

"앞으로 어떻게 할 거냐는 말씀이시죠?" 나가미네가 이야기를 시작했다. "솔직히 말하면 아직 정해진 건 없습니다. 내일 일도 모르겠습니다. 하지만 계속 찾을 겁니다. 그것 외에는 제게 남은 길이 없으니까요. 그 전에 경찰에 잡힐지도 모르지만, 그걸 두려워하면 목적을 이룰 수 없습니다. 일단 해봐야죠."

"자수는 생각해보지 않으셨나요?" 쓸데없는 말이라고 생각하면서도 와카코는 물었다.

나가미네는 물끄러미 와카코의 눈을 바라봤다. 살짝 고개를 끄덕였다.

"자수는 목적을 이룬 다음에 할 겁니다."

예상했던 대답이다. 와카코는 고개를 축 늘어뜨렸다.

"어떠세요? 마음이 바뀌었나요?" 그가 물었다.

"바뀌다니요?"

"역시 경찰에 신고하는 게 낫겠다고 마음이 바뀌시지 않았나요?"

"아뇨, 그건……." 와카코는 침을 삼키고 말했다. "그건 아닙니다."

나가미네는 이 말을 그대로 믿지는 않을 것이다. 와카코의 속내를 탐색하듯 가만히 눈을 응시하더니 갑자기 일어났다.

"저는 이만 가는 게 좋겠습니다."

"잠깐만요. 정말입니다. 저를 믿어주세요." 와카코가 일어났다.

"당신에게는 감사합니다. 사실은 지금쯤 체포되었어야 하니까요. 사실은 경찰에 체포되는 것보다는 자수하는 게 낫겠다 싶어 잠시의 유예를 주셨겠죠. 하지만 방금도 말씀드렸듯이 저는 제 방침을 바꿀 마음이 없습니다. 괜찮습니다. 오늘 밤의 일은 체포되더라도 말하지 않겠습니다. 그러니 뜻대로 하세요."

"제가 신고하지 않는다고 했잖아요!" 저도 모르게 큰 소리를 내고 말았다. 적막했던 라운지에 목소리가 울렸다.

놀란 듯 눈을 크게 뜬 나가미네를 보고, 와카코는 자신의 뺨에 손을 댔다.

"어머, 제가 왜 화를 냈는지……."

그런 와카코를 내려다본 다음 나가미네는 머리를 긁적이고 다시 의자에 앉았다.

"당신에게 폐를 끼치고 싶지 않습니다. 지금 가는 게 좋을 것 같은데……."

"그렇게 생각하시면 부디 아침에 떠나세요. 이런 시간에 갑자기 나가시면 아버지는 수상하게 여길 겁니다. 아버지가 따지고 들면 뭐라고 해명해야 할지 모르겠습니다. 그것 때문에 아버지가 알아차릴 수도 있고요."

나가미네는 표정을 일그러뜨리고 얼굴을 문질렀다.

"그야…… 그럴 수도 있겠죠. 저로서도 오늘 밤 묵을 곳이 있으면 정말 고마운 일입니다."

와카코는 그를 보며 안타까움에 가까운 감정을 느꼈다. 이 사람 잘못이 아니다. 지극히 평범한, 아니, 평범한 사람보다 더 성실하고 다른 이를 배려할 줄 아는 사람이다. 그저 인생의 톱니바퀴가 부조리한 세상에 치여 어긋나면서 이런 처지에 몰린 것이다. 나쁜 짓이라는 것을 알면서도 복수해야 한다는 괴로움, 이 복수를 끝낼 미래가 보이지 않는 절망감, 그런 감정들과 싸우면서 살아가고 있다. 간신히 살아내고 있다.

"저……, 그 사진, 지금 갖고 계세요?" 와카코가 입을 열었다.

"사진?"

"당신이 보여줬던, 소년 사진이요."

"아아, 갖고 있습니다."

"잠깐만 보여주실래요?"

"그건 괜찮습니다만." 그는 셔츠 주머니에서 사진을 꺼냈다.

사진 속 소년은 전에 보여줄 때는 자세히 보지 않아 몰랐는데 꽤 잘생겼다. 강간 같은 거 하지 않아도 여자들에게 인기가 있었을 텐데.

"아니 왜?" 나가미네가 물었다.

와카코의 마음속에 갑자기 떠오른 게 있었다. 그것은 스스로 당혹해할 정도로 뜨겁고 격렬한 것이었다. 그 감정은 와카코에게 어떤 발언을 하게 만들었다. 한편으로 냉정하고 상식적인 자신이 그것을 막으려 했다. 그런 말을 하면 큰일 난다고……

그러나 와카코는 끝내 입을 열었다.

"이 사진, 제가 맡아도 될까요?"

"당신이? 아니, 그건…… 곤란합니다." 나가미네는 사진을 가져오려고 손을 뻗었다.

"아닙니다. 나가미네 씨를 방해하려는 게 아닙니다. 제가……"

더 말하면 안 된다고 한쪽 마음이 말렸다. 하지만 와카코는 그 마음을 무시하고 계속했다.

"제가 찾을게요. 제가 하게 해주세요."

두 번째 캔 맥주를 다 마신 아유무라는 일어나 냉장고를 열고 세 번째 캔 맥주로 손을 뻗었다.

"이제 그만하지?" 아내 가즈에가 말했다. 하지만 그리 강한 어조는 아니다.

아내는 옆 다다미방에서 책을 읽었다. 딸이 죽은 뒤 독서량이 늘었다. 현실 도피라고 아유무라는 해석했다.

그는 말없이 캔 맥주를 따고 식탁 의자에 다시 앉았다. 안주는 없이 맥주만 마셨다. 그리 알코올에 강한 것도 아니었으나 요즘은 조금도 취하지 않았다.

캔 맥주를 입에 댔을 때 현관 벨이 울렸다. 부부는 서로 마주 봤다.

"누구지? 이런 시간에."

아내는 짐작이 가지 않는다는 듯 고개를 기울였다. 아유무라가 시계를 보니 곧 10시였다.

벨이 또 울렸다. 캔 맥주를 놓고 일어나, 부엌 바로 옆에 있는 인터폰 수화기를 들고 말했다. "네."

"아……, 밤늦게 죄송합니다. '주간 아이즈'에서 나왔습니다. 잠시 뵐 수 있을까요?"

주간지? 아유무라는 의아했다. 그런 사람이 찾아올 이유가 없다.

"무슨 일이십니까?" 경계심을 목소리에 담았다.

"따님 일입니다. 니시아라이 경찰서에 다녀가셨죠?" 상대
가 재빨리 말했다.

아유무라는 얼굴을 찡그렸다. 벌써 냄새를 맡았구나. 프라
이버시를 조금도 지키지 않네. 분노가 치밀었다.

"할 말 없습니다." 그렇게 말하고 끊으려 했다.

"잠깐만요! 잠깐이면 됩니다. 꼭 확인해 주셨으면 하는 게
있어서요."

아유무라는 수화기를 놓으려다가 상대의 마지막 말에 손
길을 멈췄다. '확인할' 게 아니라 '확인해 주셨으면'이라는 말
이 걸렸다.

"무슨 확인이요?" 그가 물었다.

"그건……, 여기서 말씀드리기는 좀 곤란한데 범인인 소년
에 관한 거라." 상대는 목소리를 낮췄다.

범인 소년, 그렇다면 나가미네 시게키를 말하는 것은 아니
다. 즉 치아키를 강간한 놈들이다.

"거기서 기다리세요." 아유무라는 그렇게 말하고 인터폰을
끊었다.

"무슨 일이야?" 가즈에가 물었다.

"주간지 사람이래. 현관에서 만날게."

가즈에가 눈살을 찌푸렸다. "그런 사람과……. 하지 마."

"걱정하지 마."

아유무라는 현관문을 열었다. 코 밑과 턱에 수염을 기른 남자가 서 있었다. 말랐는데도 폴로 셔츠 소매 아래로 나온 팔 근육은 탄탄했다.

남자는 정중히 인사하고 명함을 내밀었다. '주간 아이즈'기자라고 되어 있다.

"그래서, 용건이 뭡니까?" 명함을 든 채 아유무라가 물었다.

"니시아라이 경찰서에서 비디오를 보셨죠. 어떤 비디오인지는 말할 것도 없으리라 생각합니다만."

아유무라는 입가를 일그러뜨려 불쾌함을 드러냈다. 건드리고 싶지 않은 부분이다.

시치미를 뗄까 생각했으나 그러면 이 남자를 만난 의미가 없다. "아, 뭐"라며 애매하게 수긍했다.

"그럼, 당연히 도모자키 일당의 얼굴도 보셨겠죠?"

"봤습니다."

"경찰은 다른 한 명의 이름도 알려줬나요?"

아유무라는 고개를 저었다. 그때 일을 떠올렸다. 비디오를 보고 피가 거꾸로 솟았던 그는 조금 진정되자 다른 범인의 이름을 형사에게 물었다. 그러나 그들은 끝까지 알려주지 않았다.

"그 범인, 이 소년 아니었나요?" 기자가 사진 한 장을 내밀었다.

28

스가노 미치코가 맨션에서 나온 것은 오후 2시가 조금 넘어서였다.

건너편 건물에서 잠복하던 오리베는 중얼거렸다. "이상하네."

"왜?" 마노가 물었다.

그는 다른 탐문을 하러 근처에 왔다가 들른 참이다. 현재 이 건물 잠복 요원은 한 사람이고 오늘은 오리베가 당번이다. 스가노 가이지가 어머니를 찾지 않을까 하는 기대는 거의 사라지고 있다.

"이런 이른 시간대에 나가는 데 이상해서요. 게다가 나가더라도 저 사람은 늘 역 쪽인데. 역과 반대 방향이네요."

마노가 창문으로 거리를 내려다봤다. "미행해."

"알겠습니다." 오리베는 입구로 향했다.

밖으로 나가자 이미 스가노 미치코는 보이지 않았다. 달려 뒤를 쫓는데 휴대전화가 울렸다. 마노였다.

"다음 모퉁이에서 왼쪽으로 돌았어. 들키지 말게."

"알겠습니다."

선배의 지시대로 모퉁이를 도니까 바로 앞에 스가노 미치코의 뒷모습이 보였다. 하얀 블라우스에 노란색 치마를 입고 검은 양산을 썼다.

그 양산을 표식 삼아 오리베는 미행을 이어갔다. 미행을 알아차리지 못한 듯 미치코는 한 번도 뒤를 돌아보지 않았다.

이윽고 미치코가 멈춰 양산을 접기 시작했다. 신용금고 앞이다. 들어가는 게 보였다.

오리베는 휴대전화를 귀에 댔다.

"은행에 들어갔습니다. 신협 신용금고입니다. ATM에 줄을 서 있습니다."

"은행? 그냥 가게 일인가? 아니, 잠깐만……." 조금 있다가 다시 마노의 목소리가 들렸다. "이상하네. 스가노 미치코가 경영하는 가게는 신협 신용금고와 거래가 없어. 음료 거래처도 없고."

스가노 미치코가 ATM 기기 앞에 서는 게 보였다. 핸드백을 앞에 놓고 기계를 조작하고 있다.

"통장을 정리하네요. 그게 다인데요." 오리베는 휴대전화에 대고 말했다.

"돈을 빼거나 넣는 게 아니고?"

"잘 보이진 않는데 달리 다른 일은 하지 않는 것 같습니다. 곧 밖으로 나올 것으로 보입니다."

"나오면 잡아. 그리고 통장을 보여달라고 해."

"통장 내용이요?"

"그래. 나도 그쪽으로 가지."

오리베가 전화를 끊음과 동시에 스가노 미치코가 나왔다. 양산을 쓰기 전에 서둘러 다가갔다.

"스가노 씨."

말을 걸자 미치코는 흠칫 놀라며 한 걸음 물러났다.

오리베의 얼굴이야 이미 알 터이지만 다시 소속과 이름을 댔다.

"무슨 일이시죠? 아들에게서는 아직 아무런 연락이 없습니다."

"지금, 통장 정리하셨죠? 통장 좀 보여주시겠습니까?"

미치코의 얼굴이 갑자기 창백해졌다. 오리베는 직감적으로 이거다 싶었다. 뭐가 맞았는지는 모르지만, 마노의 지시는 정확했다.

"왜 보여줘야 하죠? 프라이버시 침해 아닌가요?"

"강요할 수는 없지만······."

오리베가 거기까지 말했을 때 뒤에서 "보여주시는 게 낫지 않을까요?"라는 목소리가 났다. 마노가 다가오고 있었다.

"수사에 필요하다면 은행에 직접 요청해 입출금 상황을 제출하도록 할 수 있습니다. 하지만 괜히 번거롭고 서로 감정만 나빠지지 않겠습니까?"

미치코의 눈이 험악해졌다.

"그러니까 왜 통장이 필요한지 물었잖아요?"

형사 앞에서도 주눅 든 기색이 전혀 없다. 역시 물장사를 하는 만큼 보통은 아니라고 오리베는 생각했다. 아니, 과연 스가노 가이지의 어머니라고 해야 하나?

"우리 목적은 아드님의 거처를 알아내는 겁니다. 그러려면 관련 정보를 모두 파악해야 하거든요."

"통장이 무슨 관계죠?"

"상황에 따라서는 있죠. 보여주시죠? 최근 것만 보여주시면 됩니다." 마노가 무겁게 입을 열었다.

미치코는 괴로운 듯 얼굴을 찡그리고 고개를 숙였다. 그리고 마지못해 백에서 통장을 꺼냈다.

"그럼, 보겠습니다." 마노는 통장을 받아 재빨리 훑어보다가 한 곳에 시선을 고정했다. "이틀 전에 20만 엔을 출금하셨네요. 어머님이?"

"아……, 네." 미치코는 애매하게 고개를 끄덕였다.

그때야 비로소 오리베는 마노의 의도를 이해했다.

"카드로 찾으셨겠네요. 현금카드 가지고 계십니까?"

"그건, 아, 집에……."

"그래요? 그렇다면 지금 집까지 가죠. 카드를 좀 보여주시죠?"

마노의 말에 미치코는 낭패라는 듯 허공을 응시했다. 할 말을 찾지 못하는 것 같다.

"출금한 사람은 아드님……인 것 같네요." 마노가 미치코의 얼굴을 들여다봤다.

미치코는 그렇다며 살짝 고개를 끄덕였다.

"아드님은 이 은행의 현금카드를 갖고 있나요?"

"네. 용돈이 부족하면 여기서 빼서 쓰라고 가지고 다니게 했어요." 미치코는 힘없이 말했다.

일도 안 하고 놀기만 하는 한심한 아들에게 현금카드를 쥐어줬다는 말에 오리베는 정말 어이없다는 표정으로 어머니의 얼굴을 바라봤다. 더구나 예금액 잔고가 아직도 50만 엔 이상이었다.

"자세한 이야기를 듣고 싶으니 서까지 동행해주시죠."

마노의 말에 스가노 미치코는 고개를 떨군 채 알겠다고 대답했다.

"미안하게 됐네. 나카이 마코토 군이지?"

만화 카페에서 돌아오는 길, 한 남자가 마코토에게 말을 걸었다. 코 밑과 턱에 수염을 기른 건장한 남자다.

"그런데요?" 마코토는 잔뜩 경계하며 대답했다. 가벼운 복장이었으나 형사일지 모른다. 이따금 미행당하고 있다는 걸 안다. 아마도 가이지와 접촉할 가능성이 있다는 의심을 받고 있으리라.

"커피라도 마시지 않을래? 좀 듣고 싶은 얘기가 있는데."

"아저씨는 누군데요?"

남자는 명함을 내밀었다. 거기에는 '주간 아이즈'라는 회사 이름과 오다기리 가즈오라는 이름이 인쇄되어 있었다.

"친구에 대해 조금만 얘기해주면 좋겠는데."

"친구라뇨?"

마코토가 묻자 오다리기는 음흉한 미소를 지었다.

"스가노라는 친구 말이야. 스가노 가이지 군. 친했지?"

깜짝 놀랐다. 가이지의 이름은 경찰 관계자밖에 모를 텐데.

"저는 아무것도 몰라요." 걸음을 옮기려 하는데 오다기리가 그의 어깨를 잡고 말했다.

"아니, 그러지 말고!" 강력한 힘이다.

"스가노 군과 도모자키 군이 너와 어울렸다고 여러 사람이 얘기하던데. 잠깐만 시간을 내줘. 얼마 안 걸릴 거야."

"경찰이 아무한테나 말하지 말라고 그랬어요."

"그래. 그 경찰 말인데 네가 경찰에 불려간 사실을 나는 알고 있지. 이유도 말이야. 하지만 협조해주면 너에 대해선 기사로 쓰지 않을게." 오다기리가 수염 기른 얼굴을 바싹 들이댔다.

마코토는 기자의 교활한 미소를 다시 봤다. 협력하면 쓰지 않겠다는 말은 거부하면 쓰겠다는 뜻이다.

"나, 미성년자예요. 이름은 공개 못할 텐데요."

"이름은 밝히지 않아. 나가미네 에마 양이 납치되었을 때 두 강간범 말고 다른 협력자 하나가 있었다고 쓸 뿐이야. 그 둘과 아주 친했다고 쓸 수도 있지. 그러면 네 주변 사람들은 누군지 다 알지 않을까?"

마코토는 기자를 노려봤다. 오다기리는 소년의 시선 따위는 별 게 아니라는 듯 태연히 그를 응시할 뿐이다.

"딱 10분이야. 그 정도면 괜찮지?" 오다기리는 손가락을 하나 세웠다.

"나, 중요한 건 아무것도 몰라요. 경찰도 언론에 떠들지 말라고 했고……." 기어이 고개를 떨구고 말았다. 이 시점에서 승부는 난 셈이다.

"대단한 질문을 하는 것도 아니니 안심해. 자, 시원한 음료수라도 마시러 갈까?"

오다기리에게 떠밀려 마코토는 어슬렁어슬렁 그와 걷기 시작했다.

10분이라 했으나 마코토가 풀려난 것은 30분 이상 지난 뒤였다. 집으로 돌아와 부모님과 마주치지 않으려고 바로 계단을 올라가 자기 방에 틀어박혔다.

기자는 사건에 관해 아주 자세하고 정확히 알고 있었다. 무엇보다 아쓰야의 공범이 가이지라고 확신했는데 마코토는 그게 영 불안했다. 물론 그들이 늘 놀던 곳에 가서 물어보면 아쓰야의 제일 친한 친구가 가이지라는 것은 금방 알 것이다. 하지만 다른 친구들이 없는 것도 아니다. 가이지라고 단언할 근거는 없을 터였다.

"괜찮아. 다 안다니까." 오다기리는 그런 식으로 말했다. 얼굴에 자신감이 넘쳤다.

마코토에게 물은 것은 주로 가이지의 성격이나 평소 언동에 관해서다. 마코토가 어설프게 표현하면, 기자는 조금 어려운 단어로 확인했다. 자기중심적, 강압적, 폭력적, 지배욕, 과시욕……. 마코토는 애매하게 고개를 끄덕일 수밖에 없었는데 그가 기사에 가이지를 어떻게 표현할지는 자연스럽게 알 수 있었다.

기자는 나가미네 에마를 납치했을 때의 상황도 질문했다.

그와 관련해서는 쓰지 않기로 하지 않았냐고 항의하자 그는 말간 얼굴로 손을 저었다.

"세 번째 소년, 그러니까 너에 관해서는 안 쓴다니까. 그 점은 잘 뭉갤게."

그의 말은 의심스러웠으나, 마코토로서는 믿을 수밖에 없었다. 어쩔 수 없이 질문을 받고 납치 상황을 얘기했다.

기자는 질문이 끝나자 더는 볼일 없다는 듯 바로 일어났다. 마코토는 정말 자신에 관해서는 쓰지 않을 거냐고 확인하고 싶었으나 그럴 틈조차 주지 않았다.

주간지에 내 이야기가 실리면 어쩌지……?

지금도 주위 시선이 차가워졌음을 피부로 느끼고 있었다. 어울리던 친구들로부터 전혀 연락이 없다. 다들 얽히는 것을 피하고 있다. 사이가 좋은 척했지만 결국은 주변에 친구가 없었다는 사실을 통감했다.

침대에 누워 타월 담요를 머리까지 뒤집어썼을 때 휴대전화가 울리기 시작했다. 마코토는 천천히 일어나 휴대전화를 들었다. 액정 화면에는 공중전화라고 표시되어 있다.

"네."

"어이!" 낮은 목소리가 들렸다.

마코토는 깜짝 놀랐다. 익숙한 목소리였기 때문이다.

"어! 여보세요?" 휴대전화를 쥔 손에 힘이 들어갔다.

"옆에 누구 있어?" 상대가 물었다. 마코토가 잘 아는 목소리이다.

"가이지?"

"옆에 누가 있냐고 물었잖아! 있냐고?" 짜증이 섞인 말투. 틀림없다.

"없어. 혼자야."

"그래?" 후, 한숨을 내쉬는 소리가 들렸다. "어떻게 됐냐?"

"어…… 뭐가?"

"거기 상황 말이야. 어떻게 됐냐고? 나, 다 들통났냐?"

"아무래도 그런 것 같아. 아쓰야가 저렇게 됐으니 경찰도 다 조사했겠지."

"너, 경찰에 일러바쳤냐?"

마코토가 대답하지 않자 크게 혀 차는 소리가 들렸다.

"나를 팔았구나?"

"그게 아니야. 차에 관해 아버지가 알아차리고 경찰에 말해서 숨길 수가 없었어."

"기억해라. 너도 공범이니까." 가이지의 목소리가 날카로워졌다.

"나는 여자애에게 손대지 않았잖아."

"닥쳐! 내가 잡히면 네 탓이야."

"내가 말하지 않아도 경찰은 너를 잡을 거야. 이제 자수해."

315

"웃기고 있네! 닥치라고 했지?"

가이지의 호통에 마코토는 전화기를 귀에서 뗐다가 다시 댔다. 전화가 끊어졌나 생각했다.

그러나 여전히 통화 중이었다. 가이지의 숨소리가 들렸다.

"증거는 있대?"

"증거?"

"내가 그 여자애를 죽였다는 증거 말이야. 아니, 아쓰야 혼자 했을 수도 있잖아?"

마코토는 질문의 의도를 이해했다. 가이지는 모든 죄를 아쓰야에 덮어씌우려는 것이다.

"영상에 너도 찍혀 있어."

"그건 괜찮아. 내가 여자를 죽였다는 증거는 안 돼."

"나야…… 모르지."

다시 혀 차는 소리가 들렸다.

"알아봐. 다시 전화할 테니까. 분명히 말하는데 내가 전화했다는 소리를 누군가에게 하면 가만 안 둔다!" 그렇게 내뱉고 가이지는 일방적으로 전화를 끊었다.

29

와카코는 RV 차량을 도로 옆에 세우고 문을 열었다. 주위를 둘러봤으나 근처에는 인기척이 없었다. 조금 떨어진 편의점에서 회사원으로 보이는 여성 둘이 나와 반대 방향으로 걸어갔다.

"됐어요. 내리세요." 와카코는 뒷자리를 향해 말했다.

뒷자리에는 나가미네가 복잡한 표정으로 앉아 있었다.

"정말 괜찮겠어요?" 그가 물었다.

"아니, 달리 방법도 없잖아요? 지금 와서 갑자기 그러지 마세요."

나가미네는 살짝 고개를 끄덕이고 옆에 놓인 보스턴백을 들었다.

차에서 나오자 와카코는 여전히 주위를 둘러보면서 재빨

리 도로를 건넜다. 나가미네도 뒤를 따랐다.

둘은 5층짜리 낡은 맨션으로 들어갔다. 와카코는 백에서 열쇠를 꺼냈다. 다른 주민과 최대한 마주치지 않으려다 보니 마음이 급해 동작이 거칠어졌다.

오토록을 풀고 재빨리 들어가서 엘리베이터 버튼을 누르고 기다리는 동안에도 와카코는 영 불안했다.

나가미네가 쓴웃음을 지었다.

"혼자 다닐 때도 이렇게 주위를 신경 쓴 적은 없는데요."

"아니, 누가 당신을 볼 수도 있고……." 와카코가 말했다.

"그야 그렇지만 그렇게 돌아다니면 사람은 못 찾아요."

"운이 좋아 그동안 들키지 않았던 거예요."

나가미네는 다시 심각한 표정을 지으며 시선을 떨구었다.

"그러네요. 제일 먼저 알아차린 사람이 당신이라 다행이에요."

나가미네의 말에 이번에는 와카코가 시선을 피했다.

엘리베이터를 타고 3층에 내렸다. 303호실에 들어갈 때까지 다행히 다른 주민을 만나지는 않았다.

3.5평 정도 크기의 원룸은 가구도 없이 썰렁했고 실내에는 희미한 곰팡이 냄새가 떠돌았다. 와카코는 창문을 열었다.

"작년 말까지는 사람이 살았는데 그 사람이 나간 뒤로는 들어오겠다는 사람이 없네요. 부동산 중개인은 인테리어를 다시 하거나 적어도 대청소라도 해야 한다는데 그럴 여유가 없어서요……."

나가미네는 실내를 둘러보고 나서 바닥에 편히 앉았다.

"죄송하지만, 이 방은 당신 소유인가요?"

"어쨌든 명의는 저예요." 와카코는 가져온 짐을 풀었다. 내용물은 담요와 방석이다. "이혼할 때 남편이 줬어요."

"일부러 사줬다고요?"

와카코는 고개를 저었다.

"세금 대책과 장래 투자 목적으로 아주 오래전에 샀던 집이에요. 지금보다 경기가 좋았을 때 얘기죠. 그런데 가격이 많이 떨어졌어요. 대출은 이미 끝났지만, 아마 팔아도 대단한 돈은 되지 않을 거예요."

"그럼 당신이 살면 되잖아요?"

"처음에는 그럴 생각이었는데 아버지 일을 돕게 되면서 여기서 출퇴근하는 것도 힘들고. 결국은 임대를 하게 되었죠. 얼마 안 되는 임대료라도 일정 수입이 있으면 마음 놓이잖아요. 그런데 이렇게 낡으니 좀처럼 방을 빌리겠다는 사람이 없네요."

가장 가까운 역에서 걸어서 십여 분 걸리는 데다 주차장도 없다. 새로운 임대 맨션이 속속 지어지는 상황에서는 아무래도 비교우위에서 떨어진다. 임대료를 더 떨어뜨렸으나 중개인의 연락도 끊긴 상태다.

그런 방을 설마 이렇게 사용할 줄이야. 와카코는 꿈에도 생각하지 못했다. 그러나 나가미네를 한없이 '크레센토'에 둘 수 없었고 그렇다고 다른 숙소로 옮기는 것도 위험해 바로 여기 숨기기로 한 것이다.

"수도와 전기는 쓸 수 있을 거예요. 그리고 커튼을 준비해야겠네." 와카코는 창문을 보며 말했다.

"단자와 씨." 털썩 앉아 있던 나가미네가 무릎을 꿇고 양손을 무릎 위에 놓았다. "아무래도 이러면 안 되는 거 아닐까요? 솔직히 정말 감사합니다. 하지만 당신에게 폐를 끼칠 생각을 하니 너무 죄송해서……."

와카코도 천천히 자리에 앉아 바닥에 무릎을 댔다.

"제게 확실한 신념 같은 게 있어서 이렇게 행동하는 건 아네요. 하지만 아무래도 그냥 놔둘 수 없어요. 그러므로 갑자기 마음이 바뀔지도 몰라요. 그때는 솔직히 말할게요. 하지만 경찰에 신고는 안 해요. 그건 약속할게요."

나가미네는 석연치 않은 표정으로 수긍했다.

"알겠습니다. 당신 마음이 바뀌면 바로 나가겠습니다. 그때까지는 그 마음을 받죠."

"그러세요. 그렇다 해도 제게 가능한 일이 얼마나 있을지는 전혀 모르겠어요." 와카코가 머리카락을 마구 헝클었다.

"그런데……, 단서는 그 사진밖에 없는 거죠?"

와카코의 말에 나가미네는 순간 무슨 말인지 몰랐다. 조금 있다가 "아아"라며 눈을 깜빡였다.

"스가노 가이지의 사진 말이군요. 네. 저게 다입니다. 그리고 나가노번 _____션에 있다는 정보뿐이죠."

그 정도 단서로 _____찾을 수 있을까? 게다가 경찰에 들켜서는 안 된다. 와카코는 새나_____의 행동이 얼마나 무모한지 깨닫고 어이가 없었다. 물론 그노_____ 정신없이 매달렸을 테지만.

"왜 나가노의 펜션일까……?" 와카코가 혼잣말처럼 중거렸다.

"맞아요. 그걸 모르겠습니다. 친한 사람이나 친척이 있을지 모르지만, 그럼 경찰이 바로 알아냈을 겁니다."

"여행 같은 특별한 추억이 있을지도 모른다고 나가미네 씨가 말했죠? 하지만 그건 아닌 것 같아요."

"그런가요?"

"무엇보다" 와카코는 그의 얼굴을 빤히 바라봤다. "우리처럼 평범한 펜션이라도 추억의 장소라며 몇 년 뒤에 다시 찾는 젊은이가 있기는 해요. 하지만 그런 사람은 기본적으로 순수해요. 짓궂은 면이 있더라도 얘기를 나눠보면 기본적으로 다착한 사람들이죠. 그런데 스가노 가이지는 그런 사람이 아닐 것 같아요."

와카코의 의견에 나가미네는 미간을 찌푸렸다.

"그건…… 그럴 수도 있겠네요."

"물론 예외가 있을 수 있죠."

"아닙니다. 당신 말이 맞아요. 여행지의 추억을 소중히 여기는 인간이라면 그런 악독한 짓은 안 하겠죠. 무엇보다 그 녀석은 인간도 아닙니다. 짐승이죠. 아무리 의미가 크고 멋진 경험을 했더라도 거기에 감동하거나 소중하게 추억을 간직할 만한 신경이 애당초 없을 겁니다."

내뱉는 듯한 나가미네의 말투에는 딸을 유린하고 살해한 자에 대한 증오가 담겨 있었다. 와카코는 고개를 숙였다.

"그런 놈이 왜 굳이 나가노 펜션에……, 도통 모르겠네." 나가미네가 신음하며 고개를 저었다.

"일단 아는 펜션 관계자에게 물어볼게요. 최근 도쿄에서 온 소년 중에 장기 체류 중이거나 갑자기 아르바이트하는 사람이 있는지 알아볼게요." 와카코가 말했다.

"괜찮으시겠어요?"

"네. 알아서 해볼게요."

"죄송합니다. 당신에게 이런 일을 돕게 해서……."

고개를 떨군 나가미네를 보고 와카코는 일어섰다.

"장을 봐 올게요. 식료품이나 전기 주전자 같은 게 필요하겠어요."

"아닙니다. 그 정도는 제가 하겠습니다."

와카코는 일어나려는 나가미네를 손으로 제지했다.

"여기 있으세요. 애써 은신처를 확보했는데 경솔하게 움직이다가 발견되면 모든 게 물거품이 된다고요."

"그건 그렇지만."

"잠시만 기다리세요. 금방 다녀올게요." 와카코가 문으로 향했다.

"아니, 하지만 아무래도 저도 같이 가겠습니다." 나가미네가 쫓아왔다.

"나가미네 씨!"

"아닙니다. 저도 볼일이 있습니다." 그는 그렇게 말하고 주머니에서 뭔가를 꺼냈다. 물품 보관함의 열쇠였다.

"역 보관함에 짐을 맡겨 뒀어요. 가끔 보관함을 바꾸지 않으면 직원이 가져가요."

"그럼, 그것도 제가……."

와카코가 그렇게 말하고 열쇠를 받으려는데 나가미네는 열쇠 쥔 손을 뺐다.

"아닙니다. 이건 제가 해야 합니다."

"왜요? 역에는 사람이 많아서……."

나가미네는 고개를 저었다.

"물품 보관함 안에는 다른 사람이 만지면 위험한 물건이 있습니다."

"위험한?"

와카코는 묻다가 화들짝 놀랐다. 나가미네 용의자는 엽총을 갖고 도주 중이라는 자막이 TV에 나왔던 게 떠오른 것이다.

"제가 가겠습니다." 그가 다시 말했다.

와카코는 더 반론할 수 없어서 잠자코 고개를 끄덕였다.

둘은 맨션을 나와 큰길까지 나온 뒤 헤어졌다. 그의 뒷모습을 지켜보면서 와카코는 아직도 꿈을 꾸는 듯한 기분이었다. 자신이 하는 짓과 현재 상황을 믿을 수 없다.

물론 와카코에게도 생각은 있다. 나가미네가 복수를 완수하게 할 작정은 아니다. 경찰보다 먼저 스가노 가이지를 찾아야 한다. 둘이 경찰에 체포되기 전에 스가노에게 용서를 빌게 해야 한다. 사죄의 말을 듣게 해야 한다. 경찰 신고는 그다음이라도 늦지 않다.

역시 역 물품 보관함에도 자신이 갔어야 했다고 와카코는 생각했다. 거기에 숨겨 놓은 흉기를 나가미네로부터 빼앗을 유일한 기회였을지 모르기 때문이다.

예상대로 방은 정말 지저분하기 이를 데 없었다. 바닥에는 발 디딜 틈이 없을 정도로 잡지와 휴지가 어질러져 있고 침대 위에는 벗어놓은 옷들이 잔뜩 널려 있다. 도모자키의 방이랑 똑같네. 오리베는 아연한 채 방을 둘러보며 생각했다.

"어디부터 손대야 할까요?" 오리베는 선배 곤도에게 물었다. 곤도는 열린 옷장을 보고 진저리를 내고 있었다.

"싹 다 조사해야지." 곤도는 재킷을 벗고는 어디에 놓을지 모르겠다는 표정이다가 일단 재킷을 들고 방을 나갔다.

그 문 너머에서 마노의 목소리가 들렸다.

"뭐든 좋습니다. 생각나시는 게 없나요?"

"그렇게 말씀하셔도…… 전혀 짚이는 데가 없어요." 대답하는 사람은 스가노 가이지의 어머니 미치코다.

"그럴 리 있나요? 뭔가 있을 겁니다. 오랜 지인이나 친구, 누가 살지 않나요?"

"아니 나가노현이라니……, 그 아이, 간 적이 없을 거예요."

"있습니다. 지금도 나가노현에 있어요. 도쿄를 떠난 다음 그는 곧장 나가노현으로 갔어요. 그리고 지금도 머무르고 있습니다. 전혀 모르는 곳에 갈 리 없잖습니까?" 늘 부드럽게 말하는 마노도 지금은 부드럽게 말할 상황이 아닌 듯 말에 힘이 실렸다.

"그러니까, 저는 그 아이가 뭘 하는지 전혀 몰라요. 그 아이 일이라면 친구가 더 잘 알아요. 그런 아이들에게 물어보세요."

"어머니란 분이 아들이 어디로 여행 갔었는지도 모릅니까?"

"나가노라니, 여행이라고 할 만한 거리도 아니잖아요. 그런 데 갈 때마다 일일이 보고하지 않죠. 우리 애만이 아니라 어느 집 애나 다 그렇지 않나요? 형사님 자녀분도 그렇죠?"

"우리 애는 아직, 그렇게 크지 않았습니다만."

"그렇다면 곧 알게 되실 거예요. 나이가 들면 부모에게는 아무것도 말하지 않아요."

곤도가 쓸쓸하게 웃으며 가이지의 방으로 돌아왔다.

"말로는 못 당할 여자야. 아들이 나가미네와 경찰 양쪽에 쫓기고 있는데 말이야."

"정말 모르는 거 아닐까요?"

"아, 그럴 거야. 마노 선배도 그렇게 생각하겠지." 곤도가 낮은 목소리로 말했다.

미치코에게 받은 신용금고 통장에 따르면 스가노 가이지는 도주 후 두 번, 돈을 찾았다. 두 번 다 나가노현의 ATM을 이용했다. 한 번뿐이라면 도망치다가 우연히 들렀다고 생각할 수 있으나 일정한 기간을 두고 두 번이라면 나가노 어딘가에 있을 가능성이 크다.

이미 나가노현 경찰에 협력을 요청했고 은행 CCTV 영상도 분석 중인데 수사진이 가장 알고 싶은 것은 스가노가 왜 나가노현에 있냐는 것이다.

오리베와 곤도는 어질러진 방을 정리하기 시작했다. 이 안 어딘가에 스가노와 나가노현을 이어줄 만한 단서가 존재할지 모른다.

"나가미네도 나가노현에 있을까요?" 작업을 진행하면서 오리베가 말을 꺼냈다.

"마노 선배의 주장에 따르면 그럴 테지." 곤도가 대답했다.

"왜요?"

"잊었나? 그 나가미네의 편지 말이야. 소인이 아이치현이었지? 우리 수사를 방해하려고 거기서 보냈다고. 방해하려 했다는 것은 녀석은 스가노가 어디 있는지 대충 알고 있다는 뜻이지."

30

찾아온 두 형사 중 나이가 많아 보이는 쪽이 가와사키라고
이름을 밝혔다. 눈썹이 옅고 눈매가 날카로워 냉담해 보였다.

마코토의 방에 들어온 가와사키는 실내를 둘러보며 중얼
거렸다. "정말 지저분하군." 그 목소리는 낮고 날카로웠다.

마침 아버지는 없어서 어머니가 형사들을 거실로 안내하
려 했으나 그들은 마코토의 방에서 얘기하길 바랐다.

"어머님 앞에서 하기 어려운 얘기라서요." 가와사키가 내
놓은 이유였다. 혹시 곤란한 질문이 아닐까 싶어 마코토는 불
안했다.

"학교에 안 가지? 아르바이트도 요즘은 안 한다고 들었어.
매일, 뭘 하지?" 책상 앞 의자에 앉아 가와사키가 물었다. 다
른 형사는 선 채 실내를 꼼꼼히 살폈다. 마코토는 침대에 앉

왔다.

"아니 딱히 별로……. TV를 보거나 게임 하거나……." 마코토는 말을 흐렸다. 상대가 형사가 아니더라도 매일 뭐 하냐는 질문은 딱 질색이다. 자신이 빈둥대며 지낸다는 것쯤은 누구보다 잘 알고 있다.

가와사키는 입술 한쪽을 올렸다.

"흠. 어린 나이에 말이지."

마코토는 고개를 숙였다. 존재 가치가 없는 한심한 인간임을 새삼 지적받은 느낌이다.

"친구와는 자주 만나니?"

마코토는 말없이 고개를 저었다.

"왜? 친구가 없는 것도 아닐 텐데. 아니면 친구가 도모자키와 스가노 둘뿐인가?" 빈정거리는 말투로 가와사키는 질문을 계속했다.

마코토는 고개를 숙인 채 입을 열었다.

"부모님이 나돌아 다니지 말라고 하고, 친구들도 신경 쓰이는지 연락도 안 하고……."

"신경이 쓰여? 왜?"

"그러니까…… 나는 지금 이런 상태이고, 아쓰야가 저렇게 되었으니까."

"그러니까 성가신 일에 얽히고 싶지 않다는 말이구나." 가

329

와사키는 한마디로 정리했다. "아, 너희들의 우정이란 게 겨우 그 정도지. 힘들 때 돕는 게 진짜 우정인데 반대로 피해 다니네. 친구도 아니라는 소리지."

가와사키의 도발적인 말에 마코토는 저도 모르게 고개를 들고 상대를 노려봤다. 그러나 형사는 소년의 눈빛에 물러서지 않고, 불만이라도 있냐는 듯한 눈으로 응시했을 뿐이다. 마코토는 아무 말도 못 하고 다시 고개를 숙였다.

"친구들과 전혀 연락하지 않는다? 일테면 스가노 가이지와 연락하지 않았나?"

"최근 아무와도 말한 적 없어요. 연락도 없고……." 나지막하게 마코토가 대답했다.

"흠. 휴대전화 좀 보여줄래?"

"휴대전화요?"

"보기만 할게." 가와사키가 웃으며 말했다.

마코토는 침대 옆 콘센트에서 충전 중인 휴대전화를 들어 형사에게 내밀었다.

가와사키는 애니메이션 캐릭터가 그려진 바탕 화면을 보고 피식 웃고는 다른 형사에게 휴대전화를 건넸다. 그 형사는 바로 조작을 시작했다.

"뭐 하는 거예요?" 마코토가 항의했다.

"발신과 착신 이력을 보고 있어. 그 정도는 괜찮잖아?" 가와사키가 말했다.

"프라이버시 침해잖아요."

가와사키는 실실 웃으며 눈을 치켜뜨고 마코토를 바라봤다.

"수사상 필요해서. 우리가 어떤 수사 중인지 알지? 애당초 너희들이 나가미네 에마 양을 강간하지 않았다면 이런 일은 일어나지도 않았어. 너도 에마 양 납치를 도왔지? 우리 일에 협력하는 게 당연하지 않나?"

마코토는 형사에게서 시선을 피했다. 침대 끝을 꽉 움켜쥐었다.

휴대전화를 조사하던 형사가 가와사키에게 보여주면서 뭐라고 귀엣말을 했다. 가와사키의 낯빛이 심각해졌다.

"어제, 공중전화에서 전화가 왔네. 이게 누구지?"

마코토의 심장이 쿵 내려앉았다. 온몸에서 식은땀이 났다.

"그게…… 저, 어울리는 애가."

"어울려? 친구? 전혀 연락이 없었다며? 자, 이름을 말해줄래?"

마코토는 대답할 수 없었다. 적당한 이름을 대려다가 관뒀다. 조사하면 아주 쉽게 거짓말이 탄로 날 것이다.

"왜 그러지? 말을 못 하나? 아니면 네 또래 중에 휴대전화가 없는 사람이 있을까? 아니면 요금을 내지 못해서 정지당

331

했나?"

가와사키가 쏟아내는 질문에 마코토는 침묵을 지킬 수밖에 없었다. 입안이 바싹 말랐다.

"어서 대답해!"

다른 형사가 재촉하자 가와사키는 괜찮다며 제지했다.

"혹시 스가노 가이지인가?" 가와사키가 부드러운 목소리로 물었다.

얼버무려봤자 소용없는 일이고 더는 숨길 수 없다고 마코토는 생각했다. 가이지는 전화 얘기를 다른 사람에게 하면 가만두지 않겠다고 했으나 이 상황에서는 어쩔 수 없다.

그는 아주 살짝 고개를 끄덕였다. 다른 형사가 숨을 멈추는 듯했다.

"그가 왜 전화했지?" 가와사키가 물었다.

"여기 상황을 알려고…… 했던 것 같아요."

"그와 어떤 얘기를 했지?"

"그러니까…… 다 들켰으니까 자수하라고……."

마코토는 가이지와의 대화를 생각나는 대로 최대한 얘기했다. 가와사키는 심각한 표정으로 이야기를 듣고 다른 형사는 메모했다.

"어디 있는지는 말하지 않았나?" 가와사키가 물었다.

마코토는 고개를 저었다. "못 들었어요."

가와사키는 잠시 생각한 뒤 다른 형사에게 조용히 뭐라고 속삭였다. 파트너 형사는 고개를 끄덕이고 방을 나갔다.

"다시 전화하겠군. 자기가 범인이라는 증거가 있는지 알아보라고 했으니까."

"네."

"흠." 가와사키는 팔짱을 끼고 의자에 몸을 기댔다. 그 자세로 마코토를 가만히 바라봤다. "스가노 가이지는 나가노에 있는 것 같아."

"네?"

"나가노현. 스가노 가이지는 나가노 어딘가에 숨어 있는 것으로 밝혀졌어."

"나가노현……."

"어때? 듣고 나서 떠오르는 게 있나? 뭐든 좋아. 그들 대화 중에 나가노현이 나온 적 있나?"

마코토는 생각에 잠겼다. 가이지와 아쓰야와의 대화를 최대한 기억해내려 했다. 그러나 결국은 고개를 흔드는 수밖에 없었다.

"저는 몰라요. 나가노는 가본 적도 없어요."

"네 얘길 하는 게 아니잖아. 지금은 스가노에 관해 묻는 거지."

"몰라요."

가와사키는 진절머리 난다는 표정으로 옆을 봤다. 참 쓸모 없는 녀석이야. 그런 표정이다.

다른 형사가 돌아왔다. 가와사키를 향해 천천히 고개를 끄덕였다.

"좋아. 가볼까?" 가와사키가 일어나, 마코토를 내려다봤다.

"네? 가다니…… 어디를?"

"그야 경찰서지. 스가노와의 전화에 관해 자세히 얘기해줘야겠어. 자네 휴대전화도 우리가 잠시 보관해야겠고."

니시아라이 경찰서 회의실에서, 마코토는 집요한 질문 공세를 받았다. 하지만 마코토로서는 가와사키에게 했던 말을 되풀이할 수밖에 없었다. 형사들은 가이지의 거처를 알 만한 힌트가 대화 속에 있었는지 확인하고 싶어 했으나 마코토는 끝까지 그들의 희망을 들어주지 못했다.

밤이 되어서야 마코토는 겨우 집에 돌아올 수 있었다. 휴대전화도 돌려받았다. 그러나 차로 그를 데려다준 가와사키는 이렇게 말했다.

"오늘 밤부터 너희 집 앞에 잠복을 시작할 거야. 네 휴대전화에 손을 좀 댔어. 전화가 오면 우리가 알 수 있게 말이야. 대화 내용도 들을 수 있으니까 프라이버시를 지키고 싶으면 집 전화나 공중전화를 써. 스가노 가이지에게 전화가 오면 최대한 시간을 끌고. 알았어?"

"가이지가 전화를 안 하면요?"

"또 건다고 했잖아."

"그렇지만."

"전화가 안 오면 올 때까지 기다려야지. 괜찮아. 우리는 아주 잘 기다리거든. 스가노 가이지를 체포할 때까지 우리는 계속 기다릴 거야. 오래 볼 수도 있으니까 잘 부탁해." 그렇게 말하고 가와사키는 마코토의 어깨를 툭 쳤다.

가와사키는 마코토의 부모에게 같은 내용을 이야기하고 집을 나갔다. 하지만 가와사키가 탄 차가 집 앞에서 사라지는 소리는 들리지 않았다. 역시 계속 기다릴 모양이다.

형사 앞에서 잔뜩 주눅 들어있던 다이조가 가와사키가 나가자마자 불쾌한 표정을 드러냈다. 2층에 올라가려는 마코토를 불러세웠다.

"거기 서라."

"왜?"

"왜라니? 일단 여기 앉아." 거실 소파를 가리켰다.

마코토는 몸을 던지듯 소파에 앉아 고개를 돌렸다. 아버지 얼굴은 보고 싶지 않다. 경찰에게 지긋지긋할 정도로 추궁당했는데 또 무슨 설교를 들을까 싶어 우울했다.

"스가노에게 전화 온 사실을 왜 얘기하지 않았니?"

"그냥…… 다른 이유는 없었어."

"무슨 일이 있으면 바로 얘기하라고 했지."

"아니, 가이지와 대단한 얘기를 한 것도 아니라 말할 필요 없다고 생각했어. 녀석이 어디 있는지도 모르고."

"그런 문제가 아니잖아!"

호통을 친 다이조에게 어머니가 "여보"라며 달래듯 말했다. 그러나 붉어진 아버지의 얼굴에는 변함이 없었다.

"우리 차가 범죄에 사용되었을 수 있다고 경찰에 왜 알렸을 것 같니? 네가 놈들의 공범으로 여겨지지 않도록 하려던 거 아니냐. 여자애 납치는 그저 장난이라고 생각해 도왔던 거로 했잖아. 그러니까 앞으로는 최대한 경찰에 협력해야 한다고. 녀석들의 기분을 상하게 하면 앞으로 정말 골치 아파져. 그런 것도 모르냐?"

마코토는 얼굴을 일그러뜨렸다. 아버지의 말뜻은 잘 안다. 확실히 맞는 말이다. 하지만 솔직히 잘못했다고 말하고 싶지도 않았다. 늘 화만 내니 말을 할 맘이 생기겠냐고 하고 싶었다.

"아, 됐다. 경찰이 뭘 물어보든?"

"가이지와 전화로 무슨 말 했냐고."

"그러니까 그걸 말하라고."

또 말해야 하나 싶어 진저리가 났으나 표정에 드러내는 것만은 간신히 참았다. 더 잔소리를 들으면 못 참을 것 같았다.

질릴 정도로 계속했던 얘기를 다시 아버지에게 했다. 다이조는 입술을 꽉 악물고 들었다.

"그것뿐이라면 네가 아무것도 몰랐다는 말은 통할 것 같구나. 여자애를 납치하는 것만 도왔을 뿐 다음 일은 예상하지 못했다고 주장할 수 있겠어."

"하지만 가이지가 체포되면 어떻게 되는데? 녀석은 나도 공범이라고 했어. 경찰이 가이지의 말을 믿을 수도 있잖아."

"그러니까 몇 번을 말했니. 형사가 우리를 호의적으로 생각하게 해놔야지. 물고기의 마음을 알면 물의 마음을 안다는 말이 있잖아. 상대의 호의를 얻으면 만사형통이야. 어떤 세계나 마찬가지지."

아버지가 쓰는 관용구가 무슨 뜻인지 모르겠으나 어른들의 비겁한 생존 방식 중 하나이겠지.

"아, 어쨌든 스가노가 어떻게 지내는지는 신경 쓰이네. 체포된 분풀이로 너도 공범이라고 주장할지 몰라." 다이조는 입술을 깨물었다. "녀석들이 한 일, 너도 다 알고 있었니?"

"전부는 아니지만, 몇 가지는……."

"여자를 종종 성폭행한 것도?"

"응."

"이런 멍청한 녀석!" 다이조는 욕설을 내뱉고 말았다. "그런 놈들과 왜 하루라도 빨리 손을 끊지 않았니?"

지금 그 얘기를 해서 뭐 하게? 마코토는 속으로 투덜댔다.

"잘 들어라. 경찰이 놈들의 악행에 관해 물으면 아무것도 모른다고 해라. 종종 차를 빌려준 적은 있지만, 어디에 쓰는지는 전혀 몰랐다고. 그냥 장난이나 하는 줄 알았지 그렇게 악독한 짓을 하는지는 몰랐다고. 알겠니?"

"알았어."

부루퉁하게 대답하면서 그런 일을 할 의미가 있을까 마코토는 생각했다. 경찰서에 갔을 때를 떠올렸다. 형사들은 다 알고 있는 표정이었다.

31

오리베는 경시청의 한 방으로 자리를 옮겨 작업을 재개했다. 그들 옆에는 커다란 종이상자 3개가 놓여 있었다. 모두 스가노 가이지의 방에서 압수한 것이다. 앨범, 공책, 잡지, 비디오테이프, CD, 게임 소프트웨어 등등이 들어있다. 어딘가 스가노 가이지와 나가노현을 이어줄 힌트가 숨어 있을지 모른다.

하지만 존재하지 않는 것을 찾고 있다는 피로감에 휩싸인 것도 사실이다. 스가노는 그야말로 어쩌다 나가노현에 갔을지도 모른다. 그런 허무함을 견디며 함께 작업하던 곤도는 오랫동안 집에 들어가지 못했다며 조금 전 퇴근했다.

오리베는 모든 만화잡지를 살펴본 뒤 자신의 어깨를 주무르기 시작했다. 만화 속에 힌트가 있을 것 같지는 않았으나 무시할 수도 없다. 일테면 스가노의 애독 만화가 나가노현을 무대로 하고 있다면 나가노현에 간 동기가 될 수도 있다.

옆에 사람이 서 있는 듯한 기척이 나서 오리베는 고개를 들었다. 히사쓰카가 안경을 꺼내면서 건너편에 앉는 참이다.

"뭐라도 찾았나?" 히사쓰카는 만화 잡지를 들며 물었다. 그 말투에 대단한 대답을 기대하는 느낌은 없다.

"아니요……." 오리베는 떨떠름한 표정을 지었다.

"그래?" 예상했다는 듯 히사쓰카는 고개를 끄덕였다. 담뱃갑을 꺼내 주위를 두리번두리번 살폈다.

오리베는 재빨리 다른 자리에서 재떨이를 가져왔다.

"마노 쪽도 수확이 없는 것 같더군." 히사쓰카가 말했다.

"네. 스가노 미치코가 거짓말하는 것 같지는 않습니다."

"아들이 은밀히 예금을 빼간 사실은 숨겼지만, 아들이 간 곳은 정말 몰랐다……?" 히사쓰카는 담배 연기를 천장을 향해 뿜었다. "그건 그렇고 왜 나가노현으로 도망쳤을까?"

오리베는 히사쓰카가 왜 왔는지 의아했다. 부하와 상사의 관계이므로 평소에도 대화를 나누기도 하나 이렇게 오리베 혼자 있을 때 히사쓰카가 먼저 다가오는 일은 거의 없다.

"은행 CCTV 영상은 어떻게 됐나요?" 왠지 긴장되는 분위기라 오리베가 먼저 다른 화제를 찾았다.

"확인했지. 두 번 다 스가노 가이지 본인이 틀림없었어.

CCTV를 미처 생각하지 못한 건지, 아니면 찍혀도 상관없다고 생각한 건지, 어쨌든 그 무신경함을 이해할 수가 없어."

"스가노가 아직 나가노에 있을까요?"

"그건 모르지만, 혹시 다른 곳으로 옮겼더라도 이전 은신처를 알아내면 현재 거처도 파악할 가능성이 있지."

그러니까 지루한 조사라도 꼼꼼하게 하라고 당부하러 온 듯 느껴졌다.

"스가노도 공개하면 좋을 텐데요."오리베가 자기 생각을 말해봤다.

"나가노현에 있을 가능성이 있다는 식으로 공개하라고? 그리고 스가노의 얼굴 사진까지?"

"안 된다는 건 압니다만, 어떻게든 정보를 구할 수 있을까 싶어서요. 스가노도 혼자 생활하지는 않을 거 아닙니까. 공개만 하면 누군가가 신고하겠죠."

"나가미네는 지명수배되어 있는데도 아직 아무도 신고하지 않았어. 매일, 지긋지긋할 정도로 많은 정보 제공 전화가 오긴 하는데 다 엉터리야."

"그건 아는데……."

"자네가 하고 싶은 말이 뭔지는 알아. 하지만 할 수 없는 일은 할 수 없는 법이야. 스가노는 단순 참고인이고 게다가 미성년자야."

"그렇죠." 오리베는 고개를 떨구었다.

"자네, 몇 살이지?" 히사쓰카가 갑자기 뜻밖의 질문을 던졌다.

"스물여덟입니다."

"흠. 그럼 놈들보다 열 살 위인가." 히사쓰카는 담배를 계속 피웠다. 놈들이란 도모자키 아쓰야와 스가노 가이지를 뜻하는 것이리라.

"그 또래 녀석들이 무슨 생각을 하고 사는지는 잘 모르겠습니다."

오리베가 말하자 히사쓰카는 껄껄대며 웃었다.

"우리 가운데 제일 젊은 자네가 그렇게 말하면 우리는 어떡하나? 다 두 손 들어야겠군."

"하지만 요즘 열 살 차이는 아주 큽니다."

"그렇겠지. 하지만 그래도 노력해서 상상 좀 해주겠나? 놈들이 무슨 생각을 하는지 내게 좀 알려줬으면 하는데."

"무리입니다. 놈들의 생각 같은 거, 전혀 모르겠어요."

"그럼, 자네가 열여덟이었을 때를 생각하며 내 질문에 답하게. 그럼 되겠지?"

"그야 뭐……." 오리베는 쓴웃음을 지었다. 고등학교 시절의 동급생 얼굴이 몇 명 떠올랐다.

히사쓰카는 재떨이에 담뱃재를 털었다.

"불량 청소년들은 소년법을 실제로 어떻게 생각할까? 다소 나쁜 짓을 하더라도 이름도 안 나오고 교도소에 들어가는 일도 거의 없어. 그러니까 해버리자! 역시 그렇게 생각하고 말도 안 되는 짓을 저지르나?"

오리베는 얼굴을 찡그리며 팔짱을 꼈다.

"제 주위에도 불량한 애들은 많았으나 그런 생각을 입 밖에 내는 녀석은 없었습니다. 그렇게 깊이 생각하고 행동하는 것 같지는 않습니다. 하지만 소년법을 어렴풋하게나마 아는 건 사실입니다. 알고 있고 여차 싶을 때 그게 나를 지켜주리라는 인식은 있지 않을까요?"

"도모자키 일당은 어떨까? 미성년자니까 봐줄 거라는 안이한 생각이 그런 엄청난 짓을 저지르게 했을까?"

"그럴 가능성이 전혀 없다고는 할 수 없을 겁니다."

히사쓰카는 고개를 끄덕이고 담배를 비벼껐다. 불이 완전히 꺼진 후에도 답답함을 풀 듯 꽁초를 비벼댔다.

"그런 문제는 반장님이 더 잘 아시지 않나요?"

"무슨 뜻이지?" 오리베의 말에 히사쓰카는 한쪽 눈썹을 올렸다.

"이전 소년 관련 사건을 담당하셨다고. 사체에 기름 라이터에 의한 화상 흔적이 있던……."

"그 사건? 마노에게 들었군." 히사쓰카가 얼굴을 찌푸렸다.

"네."

"정말 끔찍한 사건이었지." 히사쓰카는 두 번째 담배를 물었다. "놈들은 한심한 이유로 같이 어울리던 친구를 죽였어. 체포된 뒤에도 자신들이 저지른 일의 중대함을 전혀 모르더군. 그 증거로 한 놈은 유족에게 사과하려 하지 않았어."

"마노 선배 말로는, 범인들은 자기 처지가 불쌍해 눈물을 흘렸다던데요."

"경찰에 체포된 게 싫어서 울었지. 부모 하나가 그런 바보 같은 자식을 위로하더군. 괜찮아. 금방 나올 거야. 그러더군."

"반장님은 유족과 계속 연락을 취하신다고 들었습니다."

오리베의 말에 히사쓰카는 조금 쑥스러운 듯 아랫입술을 내밀었다.

"도덕적인 이유 때문이 아니야. 내가 어쩌다 그런 일을 담당했을 뿐이지. 그러니까 유족을 사정 청취하는 역할이었지."

"그러셨군요."

"그런데 여러 번 만나 이야기를 듣다 보니 상대의 마음을 얼마간은 알 것 같더군. 내게도 비슷한 나이의 아들이 있었으니까."

오리베는 히사쓰카가 사고로 아들을 잃었다는 이야기를 떠올렸다.

"피해자 아버지로부터 범인들을 이송하는 날을 알려달라

는 말을 들은 적 있네." 히사쓰카는 아무렇게나 수염이 자란 턱을 만지며 말했다. "왜 그런 게 알고 싶으냐니까 범인들에게 하고 싶은 말이 있어서 이송에 입회하고 싶다더군. 나는 바로 알았지. 그래서 그러지 마십시오. 그렇게 말했어."

"그 아버지, 복수하려던 겁니까?" 오리베가 물었다.

"아마 그랬겠지. 아니, 얼마나 진심이었는지는 모르겠네. 다만 내가 그렇게 말하자 그 아버지는 낯빛을 바꾸며 달려들더군. 당신들은 범인을 벌하는 게 일 아닌가? 그런 당신들이 그 바보 같은 녀석들에게 벌을 줄 수 없다면 내가 하는 수밖에 없다고."

"그래서 반장님은 뭐라 하셨어요?"

"아무 말도 못 했네. 뭐라고 할 말이 없지 않나. 자네라면 뭐라고 답하겠나?" 히사쓰카는 똑바로 오리베를 응시했다.

오리베는 시선을 피했다. 나가미네 시게키와 아유무라의 얼굴이 떠올랐다.

"자네, 이 상황이 영 석연치 않지?" 히사쓰카가 말했다.

"네?"

"이번 사건 말이야. 자네 일은 스가노를 찾는 거야. 찾아서 나가미네 에마 양의 죽음에 그가 어떻게 관련되었는지를 알아내는 일이지. 하지만 그 일은 나가미네 씨에게 복수할 기회를 빼앗는 일이기도 하지. 자녀를 잃은 부모의 원한을 불완전한 상태로 봉인하는 일이라고. 그에 대해 의문을 품고 있겠지. 지금 여기 있는 사람은 자네와 나뿐이야. 솔직히 말해도 돼. 자네가 뭐라 하든 인사 품평에는 넣지 않을 테니까. 어떤 가?" 그렇게 말하고 히사쓰카는 씩 웃고는 바로 심각한 표정을 지었다.

오리베는 헛기침을 하고 등을 꼿꼿이 폈다. 침을 삼키고 입을 열었다.

"솔직히 말하면 우리보다 먼저 나가미네 씨……, 나가미네가 스가노를 발견했으면 합니다. 그리고 복수를 중단하기를……."

"어이, 잠깐만!" 히사쓰카가 손을 내밀었다. "솔직하게 말하라고 했는데. 거짓말은 말게."

"네……?"

"정말 복수를 중단하길 바라나?"

"아, 그게." 일단 고개를 떨군 오리베는 다시 고개를 들었다. "맞습니다. 제 본심은 나가미네 씨가 복수하길 바랍니다."

"응. 됐네. 그런 마음이 드는 게 당연해. 죄책감을 지닐 필요는 전혀 없어. 우리는 도덕군자가 아니고 목사도 아니지. 그저 형사일 뿐이야. 정의가 뭔지 생각할 필요도 없어. 이 문제를 놓고 토론할 필요도 없지. 적어도 형사인 이상은 말이야." 히사쓰카가 턱을 당겼다.

반장이 '형사인 이상'이라는 부분을 강조하는 것처럼 느껴졌다.

"일단 지금 자네 일은 이 쓰레기더미에서 스가노의 거처를 알아내는 거야. 괜한 생각은 말고 거기에 집중하게."

"알겠습니다."

"알았으면 됐네." 히사쓰카는 두 대째 담배를 꼈다. 이번에는 얌전히 꼈다.

다른 형사가 히사쓰카를 부르러 왔다. 반장은 오리베에게 눈으로 인사하고 자리에서 일어섰다.

마코토가 어떤 사실을 떠올린 것은 멍하니 TV를 보고 있을 때였다. 개그맨이 나오는 심야 프로그램을 볼 생각으로 TV를 켰는데 프로야구 중계가 길어졌는지 아직 뉴스 프로그램이 방영되는 중이었다.

나가미네 시게키와 가이지에 관해 뭔가 알 수 있을 듯해 지켜봤는데 그 이후의 속보는 없었다. 특별 취재 코너에서는 불경기로 경영이 원활치 않은 여관과 호텔을 특집으로 다뤘다.

뉴스를 보다가 마코토의 뇌리를 스치는 것이 있었다.

"망한 펜션이 있어. 거기로 여자를 데려가는 거지." 가이지가 실실 웃으면서 말하던 얼굴이 떠올랐다.

맞다. 분명 펜션이라고 했어…….

3개월쯤 전이다. 아쓰야가 차를 빌려달라고 했다. 여자를 태우려는 게 분명한데 그때 마코토는 동행하지 않았다.

차를 돌려받을 때 어디 갔었냐는 마코토의 질문에 가이지가 대답했다.

"어디 갔을 것 같아? 신슈(나가노현 일대를 통칭하는 명칭 - 역주)야."

"신슈?"

"아쓰야가 낚은 여자애가 드라이브하고 싶다잖아. 그래서 간에쓰를 달려 그대로 조신에쓰로 들어갔지. 거기가 어디쯤이지? 어쨌든 신슈야. 적당한 곳에서 빠져 산길로 들어갔어. 그랬더니 예상대로 여자애가 난리를 피우더라. 그래서 칼로 위협했지."

둘은 강간할 장소를 찾아 산길을 돌아다녔다고 했다. 그리고 마침내 목적을 이룰 절호의 장소를 발견했다. 그것이 폐업한 펜션이었다.

"창문을 깨고 그리 들어갔어. 망한 지 얼마 안 된 것 같더라. 안은 그런대로 깨끗했고 침대도 쓸 만했어. 아쓰야와 무슨 일이 생겼을 때 은신처로 쓰기로 했지."

그때는 마음에 담아두지 않았다. 그 둘의 방약무인한 행동에 익숙해져서 어떤 비상식적인 얘기를 들어도 인상에 남지 않았다.

그러나 지금, 그 기억이 떠올라 마코토는 당황했다.

틀림없다. 가이지는 그 펜션에 갔다. 거기에 숨어 있다…….

그것이 어딘지는 모른다. 그들은 자세한 지명을 말하지 않았다. 그러나 나가노현임은 분명하다.

나가노현에 있는 얼마 전에 폐업한 펜션. 그걸로 충분하지 않나. 그것만 알면 조금만 조사해도 가이지가 있는 곳을 알아낼 수 있지 않을까.

밖에 있는 형사들에게 말해야 할까? 마코토는 망설였다. 아버지와의 대화를 떠올렸다.

아쓰야와 가이지가 지금까지 어떤 짓을 했는지, 나는 모른 척해야 한다. 펜션이었던 폐가에서 강간했던 것도, 그 짓에 쓰려고 내게 차를 빌린 것도 나는 알아서는 안 된다.

그렇다고 이대로 가만히 있어도 될까? 누군가에게는 알려야 하지 않을까?

마코토는 자신의 휴대전화를 바라본 다음, 이 전화를 쓰면 안 된다는 사실을 떠올렸다.

32

  와카코가 찍어 온 사진은 전부 3백 장이 넘었다. 메모리카드 다섯 개 분량이다. 나가미네는 그 사진을 노트북에 넣고한 장씩 살폈다.

  펜션 종업원과 숙박객으로 보이는 다양한 젊은이가 찍혀있다. 와카코가 시간을 내서 나가노현의 주요 펜션 지역에 가서, 디지털카메라로 찍은 것들이다. 말할 것도 없이 스가노가이지가 찍혀 있지 않을까 기대하고 한 행동이다.

  전기포트에서 물 끓는 소리가 나자 와카코는 종이컵에 인스턴트커피를 타기 시작했다.

  "역시 안 찍혔나 보죠?" 와카코가 물었다.

  "아뇨, 아직 모르겠습니다. 아직 3분의 1도 못 봤으니까요. 그건 그렇고 용케 이렇게 많이 찍으셨네요. 이동하기도 힘드

셨을 텐데." 나가미네가 말했다.

"다른 좋은 방법이 생각나지 않아서 그냥 무턱대고 열심히 찍었어요. 죄송해요. 제가 나가미네 씨 대신 스가노 가이지를 찾겠다고 큰소리쳐놓고……."

"사과해야 할 사람은 저죠. 당신이 이런 일까지 할 이유는 전혀 없으니까요." 나가미네는 바닥에 편안히 앉아 노트북에서 와카코 쪽으로 몸을 돌렸다. "이걸로 충분합니다. 숨겨주신 것만으로도 감사해요. 더는 바랄 게 없습니다. 그러니 당신은 평범한 생활로 돌아가시죠."

"이미 여기까지 왔는데 모르는 척할 수는 없어요."

"지금이라면 아직 돌아갈 길이 있습니다. 체포된 뒤에도 당신에 관해서는 절대 말하지 않을 거고, 이 방에 있었다는 것도 숨길 생각입니다." 나가미네는 와카코의 눈을 바라봤다.

"그런 말이 아니에요. 그건 걱정하지 마세요." 와카코도 나가미네를 응시했다. 의지가 담긴 눈빛이었다. "나가미네 씨의 행동에 대해, 제 나름의 답을 내야 한다고 생각합니다. 이유가 무엇이든 복수는 안 된다는 형식적인 이론만으로 행동하고 싶지 않아요. 제 머리로 직접 생각해야 하는 일입니다. 심정적으로, 저는 나가미네 씨의 마음을 아주 잘 압니다. 저도 나가미네 씨와 같은 처지라면 똑같은 일을 했을 것 같아요. 그렇다면 우선 협력해야 한다고 생각했어요. 나가미네 씨와 함께 행동하면서 무엇이 옳은 일인지, 제가 직접 생각하고 싶어요."

열변을 토하는 와카코를 보며 나가미네는 저도 모르게 쓴웃음을 짓고 말았다.

"당신은 참 특이한 사람입니다. 평범한 여성이라고 생각했는데 아주 대담하고 강한 의지를 지녔네요."

"제가 귀찮게 하나요?"

"아닙니다." 나가미네는 고개를 저었다. "솔직히 정말 큰 도움이 되고 있습니다. 다만 이대로 스가노를 찾지 못하고 갑자기 경찰이 이곳에 들이닥치면 아무래도 당신에게 폐가 될 것 같아서, 그게 걱정입니다."

"이곳은 절대 경찰에 들키지 않아요. 당신이 말하지 않는 한." 와카코가 말했다. 그 말투에, 그러니까 주도권은 내가 쥐고 있다는 마음이 담겨 있는 듯도 했다. 이에 불만을 품을 자격이 나가미네에게는 없었다.

나가미네는 한숨을 쉬었다.

"경찰은 아직 스가노의 거처를 알아내지 못했겠지요?"

"알아냈다면 뉴스에 나왔겠죠."

"아뇨. 스가노를 체포하지 못했다면 보도하지 않을 겁니다. 체포했더라도 보도할지는……."

"왜요?"

"경찰은 저를 잡으려 할 테니까요. 그러려면 스가노를 체포했더라도 공표하지 않는 게 현명하죠. 저는 잠복을 계속해야 하고 그러는 동안 경찰은 포위망을 좁힐 수 있으니까요. 스가노를 체포했다는 뉴스가 나가면 자포자기한 나가미네가 무슨 짓을 벌일지 모른다. 경찰은 이렇게 생각하지 않을까요. 자살이라도 하면 곤란해지니까요."

그의 말에 와카코는 눈을 크게 떴다.

"만약 복수하지 못하면…… 자살할 생각이세요?"

"글쎄요. 그때 가봐야 알겠죠. 다만 지금의 제가 사는 이유는 딸을 죽인 놈에 대한 복수뿐인 것은 사실입니다." 나가미네는 고개를 기울이며 말했다.

"당신이 경찰에 보낸 편지에는 복수를 끝내면 자수하겠다고……."

"네. 그럴 생각입니다. 놈들을 땅속에 묻은 뒤라면 교도소 안에서 에마를 기리면서 평온한 마음으로 살 수 있을 것 같습니다. 하지만 그러지 못했을 때는 어떨지…… 저도 모르겠습니다." 나가미네는 턱을 당겼다.

와카코가 시선을 떨구었다. 그가 죽을 결심이라는 사실을 알아차린 것이다. 그런 사람에게 어떤 말을 해야 할지 알 수 없어 당혹한 표정이다.

나가미네는 손목시계를 봤다.

"이제 돌아가셔야 하는 거 아닌가요? 장 보러 나오신 거 아닌가요?"

"어머, 그러네요." 와카코도 자기 시계를 봤다. "그럼, 내일 또 올게요."

"저는 그동안 당신이 찍은 사진을 보겠습니다."

와카코가 나가자 나가미네는 문을 잠그고 다시 컴퓨터 앞에 앉았다. 와카코가 타준 인스턴트커피가 조금 식어 있었다.

와카코는 언제까지든 있으라고 했으나 나가미네는 여기에 계속 있을 수는 없다고 생각했다. 아무 관계도 없는 사람을 끌어들일 생각은 아예 없었다. 가령 협조적인 인물일지라도.

그렇다고 이곳을 나가면 어떻게 할지 전혀 계획이 서질 않았다. 역시 펜션을 돌아다니며 찾아야 하나. 그러다 보면 언젠가는 스가노 가이지를 만나리라 기대하는 수밖에 없나.

와카코가 찍어 온 사진을 바라보면서 이 가운데 스가노가 찍혀 있을 가능성은 적으리라 생각했다. 아무리 스가노가 생각 없는 놈이라도 이리 쉽게 사람들 앞에 모습을 드러내지는 않을 것이다.

나가미네는 노트북 화면에서 눈을 떼고 자리에 누웠다. 바닥의 차가운 감촉이 좋았다. 그는 누운 채 충전 중인 휴대전화로 손을 뻗어 전원을 켜고 부재중 전화 내용을 확인했다. 집을 나온 직후에는 수십 건의 메시지가 왔는데 최근에는 아무엇도 안 들어올 때가 많았다. 가끔 경찰로부터 가까운 경찰서에 출두하라는 형식적인 명령이 들어와 있을 뿐이다.

그래도 나가미네는 하루에 한 번씩 메시지를 확인했다. 만에 하나를 기대하면서.

메시지가 한 건 들어와 있다. 또 경찰이겠지 생각하면서 나가미네는 버튼을 조작했다. 경찰이라면 바로 삭제할 생각이었다.

그런데 메시지를 들은 나가미네는 휴대전화를 꽉 움켜쥐었다. 황급히 다시 들었다.

메시지는 다음과 같았다.

[스가노 가이지는 나가노현에 있는, 얼마 전 폐업한 펜션에 잠복했을 가능성이 있습니다. 고속도로 인터체인지에서 그리 멀지 않은 곳으로 여겨집니다.]

나가미네는 메모하면서 다시 메시지를 재생했다. 심장이 쿵쿵 뛰고 있다.

그 사람이다…….

이 전화야말로, 만에 하나 혹시 모른다고 그가 기대하고 있던 것이다. 에마의 강간범을 밀고해준 사람이 다시 정보를 제공한 것이다. 전과 마찬가지로 목소리가 낮아 잘 들리지 않지만, 같은 사람임이 틀림없다.

정보 제공자는 지난번에 "경찰에 알려주세요"라고 했다.

사정이 있어 스스로 알리지 못하는 것이라고 나가미네는 해석했다. 게다가 그는 정보 제공자의 지시를 무시하고 직접 복수하는 길을 택했다. 정보 제공자도 그 사실을 알 테니 정보가 생기더라도 나가미네에게 알려주지 않으리라는 생각에 체념하고 있었다. 그래도 혹시 몰라서 내내 기다리고는 있었지만.

폐업한 펜션이라…….

정보 제공자가 어떻게 정보를 입수했는지는 모른다. 어떤 목적으로 다시 알려주는지도 의문이다. 하지만 이 전화는 어둠에 휩싸여 어쩔 줄 모르고 있던 나가미네에게 내려온 한 줄기 빛 같았다.

물론 함정일 수도 있다. 일테면 경찰이 놓은 함정이고, 나가미네가 그곳으로 가면 수많은 경찰이 잠복하고 있을 수 있다. 하지만 그럴 가능성은 적으리라 판단했다. 함정을 팔 생각이라면 구체적인 장소를 알려줬을 것이다. 폐업한 지 얼마 안 되는 펜션이라는 것만으로는 너무 막연하다.

게다가 지금 자신의 처지는 의심이나 하고 있을 여지가 없다. 아무것도 하지 않고 이 방에 가만히 있을 바에는 조금이라도 가능성이 있는 길을 가야 하는 게 당연하다.

그나저나 도대체 정보 제공자는 누구일까……? 다시 휴대전화 전원을 끄면서 나가미네는 살짝 고개를 갸웃했다.

와카코가 주방에 들어서자, 다카아키가 의아한 표정으로
바라봤다.

"늦었구나."

"미안해요. 도서관에서 책 좀 찾느라고."

"흠. 웬일이니? 도서관이라니."

"나도 책을 읽고 싶을 때가 있다고요." 와카코는 토라진 척
하며 사 온 채소를 냉장고에 넣었다.

그때 현관 벨이 울렸다. 와카코는 아버지와 마주 봤다. 숙
박객이라면 벨을 누르진 않을 것이다.

와카코가 나가자 문밖에 두 명의 제복 경관이 서 있었다.
중년과 젊은 경관이었다. 와카코는 순간 가슴이 철렁했다.

"주인 되십니까?" 중년 경관이 물었다.

"그런데요." 와카코가 끄덕였다.

중년 경관은 고개를 끄덕이고 옆에 있던 젊은 경관으로부
터 전단을 받아 와카코에게 내밀었다.

"최근 이런 인물을 보시지 않았나요? 혹은 댁에 비슷한 인
물이 없나요?"

그 전단에 인쇄된 사진을 보고 와카코는 자기도 모르게 눈
을 부릅떴다. 입에서 놀라움의 비명이 새어 나오는 것도 막지
못했다.

"혹시 아시는 거라도?" 경관이 물었다.

"아뇨. 저……." 와카코는 침을 삼켰다. 열심히 평정을 가장하려 했다. "TV인가 신문에서 본 적 있어요. 이 사람은 그러니까……."

"역시 아시는군요." 경관은 의혹의 표정을 풀고 끄덕였다. "맞습니다. 도쿄에서 일어난 살인사건 용의자입니다. 딸의 복수를 하려는 사람이죠."

"그 사람이 이 근처에 있나요?"

"아니, 확실한 건 아닙니다. 도쿄의 정보에 따르면 이쪽 현에 잠복했을 가능성이 있답니다. 그래서 일단 이렇게 현 각지의 숙박 시설을 돌아다니고 있습니다."

와카코는 잠자코 고개만 끄덕였다. 실제로는 동요를 드러내지 않으려고 안간힘을 썼다.

드디어 경찰이 냄새를 맡았다. 아마도 엄청난 수의 경관이 이렇게 돌아다니고 있을 것이다.

"이 전단을 어디 잘 보이는 데 붙여주시겠습니까?"

"아…… 네." 와카코는 전단을 받았다.

"그리고 이것도." 젊은 경관이 한 장을 더 내밀었다.

거기에는 네 장의 사진이 인쇄되어 있었다. 모두 나가미네의 얼굴 사진인데 선글라스를 끼거나 수염을 그려 넣었다. 그가 변장했을 때를 가정해 대표적인 패턴을 만든 듯하다.

모자를 깊이 눌러쓴 사진을 보고 와카코는 온몸에 소름이

돈는 것을 느꼈다. 여기 있을 때의 나가미네 모습 그대로였다.

"그럼 잘 부탁드립니다." 중년 경관이 고개를 숙이자 젊은 경관도 따라 했다.

"무슨 일이니?" 와카코의 뒤에서 다카아키가 말을 걸더니 이어서 "무슨 일이 있나요?"라며 경관들에게 물었다.

"됐어. 내가 사정을 들었으니까." 와카코가 말했다.

"지명수배범의 얼굴 사진을 드렸습니다. 부디 협조 부탁드립니다." 경관이 말했다.

"흠. 지명수배범이라……." 다카아키는 와카코가 들고 있던 전단으로 손을 뻗었다.

거부할 수 없어서 그냥 넘겼다. 기도하는 마음으로 아버지를 살폈다.

"어!" 다카아키가 전단을 응시한 채 말했다. "이 사람, 어디서 봤는데?"

돌아가려던 두 경관이 걸음을 멈추고 동시에 돌아봤다.

"정말입니까?" 중년 경관이 물었다.

"TV에서 봤겠지. 워낙 유명한 사건이니까."

다카아키는 와카코의 말에 현혹되지 않았다.

"아니야. 우리 집에 묵었던 사람 아닌가? 누구였더라."

"정말인가요?" 경관이 종종걸음으로 돌아왔다. 좀 전의 낯빛과는 완전히 달랐다.

"정말 닮았어. ……보라고, 예약도 없이 갑자기 왔던 남자야." 와카코에게 확인했다.

"같이 온 사람이 있었나요?" 경관이 물었다.

"아니요, 혼자였어요. 그러고 보니 정체를 알 수 없는 남자였지."

다카아키의 말에 중년 경관이 흥분하기 시작했다.

"자세한 얘기를 좀 들려주시죠. ……어이, 서에 연락해."

명령을 받은 젊은 경관이 서둘러 휴대전화를 꺼냈다.

33

도쿄에서 왔다는 형사들이 '크레센토'에 나타난 것은 밤 10시가 넘어서였다. 그때까지 와카코는 펜션 일을 제대로 하지 못했다. 나가노 현경의 경관들에 의해 행동 범위가 극단적으로 줄어들었기 때문이다. 이날 밤, 유일한 숙박객이었던 노부부에게도 다른 숙소로 옮겨달라고 부탁했다. 부부는 사정을 듣자 성가신 일에는 휘말리고 싶지 않았는지 재빨리 짐을 싸서 떠났다.

가와사키라는 눈매가 매서운 형사가 와카코의 이야기를 듣고 싶다고 했다. 라운지 구석 테이블에서 와카코는 형사들과 마주 앉았다. 가와사키의 옆에는 그보다 조금 연하로 보이는 뚱뚱한 형사가 앉았다.

가와사키는 나가미네가 도착한 날짜와 그때의 상황 등을

물었다. 와카코는 최대한 있는 그대로 얘기했다. 나가미네가 찾아온 시점에서는 정말 아무것도 알아차리지 못했으므로 괜히 이야기를 지어낼 필요는 없다고 판단했다.

"그때의 외모가 이 사진과 비슷하다는 말씀이시죠." 가와사키는 전단에 인쇄된 사진 하나를 가리켰다. 나가미네가 모자를 눌러쓴 듯 합성한 사진이다.

"닮았을지도…… 모르겠어요. 저는 잘 모르겠는데 아버지는 그렇다고 하시네요."

"이 사진과 크게 다른 점이 있나요?"

"머리가 더 길었어요."

"어느 정도?"

"어깨에 살짝 닿을 정도……였던 것 같아요."

형사들은 다카아키에게도 같은 질문을 할 게 분명하다. 어차피 밝혀질 일이라면 자신이 먼저 얘기해두는 게 의심을 사지 않으리라 생각했다.

"그 머리 모양에 부자연스러운 부분은 없었나요? 일테면 가발 같았다거나."

"몰랐어요. 그렇게 열심히 보지 않아서."

그럴 수도 있겠다는 태도로 형사는 고개를 끄덕였다.

"그 손님은 여기서 3박 했다고 하더군요. 처음에는 2박이었는데 하루를 더 늘렸다고."

"네."

"하루를 더 묵은 이유, 뭐라고 했나요?"

"특별한 말은……. 하루 더 묵을 수 있냐고 물으셔서 된다고 대답했을 뿐이에요."

"이곳에 머무는 동안 손님은 뭘 했나요?"

"글쎄요." 와카코는 고개를 갸웃하고는 말을 이었다.

"아침에 나간 다음에는 밤까지 돌아오지 않았어요. 저녁 식사도 우리 집에서는 한 번도 안 했고요. 늘 저녁 전에 전화가 와서 저녁 준비는 하지 말라고 해서……."

"낮 동안 뭘 했는지 아십니까?"

"몰라요."

"어디 가려 하는데 어떻게 가야 하는지 같은 말이나, 교통수단 같은 것을 물어본 적은 없었나요?"

"없었어요." 와카코는 고개를 저었다.

가와사키는 떨떠름한 표정을 짓고 손으로 턱을 고였다. 애써 이런 곳까지 왔는데 유익한 정보가 없으니 영 탐탁지 않을 것이다.

다카아키가 들어왔다. 지금까지 다른 형사에게 나가미네가 썼던 방을 보여준 듯하다. 그는 와카코와 형사가 있는 자리에서 조금 떨어진 곳에 앉아 걱정스럽게 와카코를 봤다.

"그 손님은 어땠습니까?" 가와사키가 질문을 재개했다.

"어땠냐니……."

"어딘가 안절부절못하거나 흠칫흠칫 놀라거나. 뭐든 이상한 점이 없었나요?"

"저희와 거의 얼굴을 마주치지 않았던……것 같아요. 선글라스를 끼고 있을 때가 많아서 표정도 잘 모르겠고요."

"그 손님이 묵는 동안 당신이 그의 방에 들어간 적은 없나요?"

"없어요. 호텔과는 달라서 함부로 청소하지 않아요." 와카코는 곧바로 대답했다.

"그럼, 손님이 나간 다음 방에 뭔가 남아 있지 않았나요? 어떤 흔적이나."

"그런 거 없었는데요."

"방의 쓰레기는요?"

"그건 벌써 처분했죠. 그날 쓰레기는 버렸지?" 와카코가 아버지를 봤다.

"응. 아주 오래전에." 다카아키가 끄덕이면서 말했다.

가와사키는 입가를 일그러뜨리며 크게 한숨을 쉬었다. 수확이 없는 게 불만인 듯하다.

"그 손님과 이야기하신 건 없나요? 아무리 사소한 것이라도 괜찮은데요." 볼펜 뒷부분으로 머리를 긁적이면서 물었다.

와카코는 고개를 저었다.

"하루 더 묵겠다고 했을 때 외에는 대화한 적 없어요."

그때까지 고개를 숙이고 있던 다카아키가 갑자기 고개를 드는 모습이 와카코의 시야에 들어왔다. 무슨 말을 하려는 듯했다. 아버지가 아무 말 하지 않기를 속으로 빌었다.

그 기도가 통했는지 형사들의 질문이 끝날 때까지 다카아키는 내내 침묵을 지켰다. 시간 낭비라고 생각했는지 가와사키는 끝까지 기분이 좋지 않았다.

나가미네가 사용한 방의 조사는 심야까지 이어졌다. 수사관들이 물러간 것은 새벽 3시가 다 되어서였다. 와카코는 다카아키와 함께 그 시간까지 라운지에서 대기했다.

문단속을 마치고 드디어 잘 수 있겠다는 생각으로 방으로 돌아가려는데 다카아키가 뒤에서 불렀다.

"와카코."

"왜?" 와카코가 돌아봤다.

다카아키는 머리를 긁으면서 다가왔다.

"너, 왜 그 말 안 했니?"

"그 말이라니?"

"컴퓨터 얘기 말이다. 너, 그 손님에게 컴퓨터를 배웠잖아?"

와카코는 깜짝 놀랐다. 아버지가 봤구나. 아버지는 아들 사진을 크게 인쇄하는 방법을 나가미네에게 배울 때를 말하고 있다.

와카코는 억지로 미소를 지었다.

"대단한 일도 아니라서."

"그럴지도 모르지만, 아주 사소한 거라도 괜찮다고 형사님이 말했잖아."

"너무 사소하잖아. 괜한 말을 했다가 꼬치꼬치 질문하면 귀찮을 것 같아서."

"하지만 수사에 협력해야지."

다카아키는 고지식한 사람이다. 경찰관이나 공무원에게 진심으로 경의를 품고 있다.

"그런 건, 수사에 도움도 안 돼. 그리고 나는 얽히고 싶지 않아. 살인범과 얘기를 나눴다고 사람들이 생각하게 하고 싶지 않아. 게다가 이 펜션에도 전혀 도움이 안 돼. 잘못하면 이미지만 나빠진다고."

"그야 걱정이 안 되는 것도 아니지만……." 다카아키는 자기 목덜미를 주무르기 시작했다. "너는 알았던 거 아니냐?"

"뭐?" 와카코는 눈을 부릅떴다. 체온이 살짝 올라간 것 같다. "알았다고, 뭘?"

"그러니까 그, 그 손님이 범인이라는 사실을."

"무슨 소리야? 그럴 리 없잖아. 아버지, 무슨 말도 안 되는 소리를 그렇게 해. 왜 그렇게 생각해?" 와카코가 눈썹을 찡그렸다. 목소리가 거칠어지고 말았다.

"아니, 내 기분 탓일 수도 있지. 그냥 그런 느낌이 들어서."

"그냥……?"

"밤에 대화 소리를 들은 것 같아서."

"밤? 언제?"

"언제였더라. 어쨌든 그 손님이 묵었던 밤이야. 화장실에 가는데 네 목소리가 라운지 쪽에서 들렸어. 그때는 별생각 없었지. 지금 생각하니 도대체 누구와 얘기했을까 이상하구나."

"착각이겠지. 다른 날과 착각한 거 아냐? 형사님에게도 말했지만, 나, 그 손님과 제대로 얘기한 적 없어. 거짓말 아니야." 너무 화를 내도 안 좋을 것 같아서 와카코는 잔뜩 굳은 채 그렇게 주장했다.

다카아키는 미안한 표정으로 딸에게서 눈길을 돌렸다.

"아니, 내 착각이라면 그걸로 됐다. 그렇게 화낼 것까지는 없어."

"화 안 냈어."

"내일도 경찰이 올 테니 일은 못 하겠구나. 제대로 잘 시간도 부족하지만, 최대한 쉬어두자. 잘 자라." 그렇게 말하고 다카아키는 와카코의 곁을 지나쳐 자기 방으로 향했다.

와카코는 아버지에 등에 대고 잘 자라고 인사했다.

침대에 누운 뒤에도 와카코는 한숨도 자지 못하고 뒤척이

기만 했다. 다카아키의 태도가 마음에 걸렸다. 어쩌면 더 알고 있지 않을까? 그러나 입 밖에 내는 게 두려워 잠자코 있을 뿐일지 모른다.

아버지를 속이는 게 영 찜찜했으나, 그렇다고 사실을 말할 수는 없다. 누구보다 고지식한 그가 자기처럼 지명수배범을 돕겠다는 생각을 가질 리 없기 때문이다.

경찰의 움직임도 걱정이다. 그들은 얼마나 알아낼까? 이 펜션을 알아낸 것은 그저 우연이겠으나 나가미네가 나가노 현에 있다는 것은 알고 있었다. 더 많은 걸 알고 있을까?

그를 숨겨 놓은 맨션은 와카코가 발설하지 않는 한 아무도 모를 것이다. 그렇게 생각하면서도 거기까지 경찰이 들이닥치지 않을까 하는 불안이 와카코를 더 잠 못 들게 했다.

그래도 깜빡 잠들었던 듯 자명종 시계에 반응하는 데 시간이 걸렸다. 머리가 무겁고 몸이 나른했다. 속도 쓰렸다. 와카코는 침대에서 일어난 뒤에도 한동안 가만히 앉아 있었다. 두세 시간쯤 잔 것 같은데 도무지 잔 것 같지 않았다.

침대에 걸터앉아 멍하니 있는데 누군가 복도를 종종걸음으로 지나가는 소리가 났다. 그 소리가 바로 돌아오더니 이어서 노크 소리가 났다.

"와카코, 일어났니?" 다카아키의 목소리다.

"응." 쉰 목소리로 대답했다.

"미안하지만, 바로 옷을 갈아입어라. 좀 귀찮은 일이 생겼다."

"무슨 일인데?"

"나와 보면 알아." 그렇게 말하고 다카아키는 사라졌다.

와카코는 티셔츠와 청바지 차림으로 방을 나왔다. 복도를 걷는데 현관 쪽에서 사람 목소리가 들렸다. 게다가 한둘이 대화하는 소리가 아니라 상당히 많은 사람인 듯했다.

라운지에서는 다카아키가 커튼을 닫고 있었다.

"왜 그래?"

"큰일 났다. TV와 신문 사람들이 들이닥쳤어. 밤 동안 도쿄에서 왔단다." 다카아키가 내뱉듯 말했다.

와카코는 커튼 틈으로 밖을 살폈다. 다양한 복장의 남녀가 펜션 앞 도로에 진을 치고 있는데 카메라를 짊어진 사람도 있고 길가에는 미니밴이 세워져 있다.

"조금 전, 놈들의 대표라는 남자가 와서 취재에 응해달라고 하더라. 어쩌지?" 테이블에 놓인 명함을 다카아키가 가리켰다.

"나가미네 씨……, 그 손님에 관해?"

"당연하겠지. 그런데 언론이란 거 대단하구나. 벌써 냄새를 맡다니."

"취재를 허락한들 할 말도 없잖아."

"그래도 좋단다. 합동 기자회견으로 하는 게 일일이 기자들에게 대답하지 않아도 된다는데. 나도 그럴 것 같다."

"아버지가 취재에 응해. 나는 싫어."

"내가? 이거 큰일이구나." 다카아키는 양쪽 눈썹을 늘어뜨렸다.

어쩔 수 없다는 듯 다카아키가 현관으로 향했다. 와카코는 방에 숨기로 했다. 언론은 틀림없이 펜션 안도 촬영하려 할 것이기 때문이다.

그러나 다카아키가 어떻게 설명했는지 기자나 카메라 기자들이 펜션 안으로 들어오지는 않았다. 30분쯤 지나 다시 노크 소리가 났다. 문을 여니 피곤한 얼굴의 다카아키가 서 있었다.

"끝났다."

"수고했어. 사람들은?"

"대부분 물러났다. 하지만 아직 남아서 주변을 촬영하는 놈들도 있어."

"아버지, 무슨 얘기 했어?"

"별로 대단한 말은 아니었다. 어제, 형사에게 했던 말이랑 같지."

"그랬구나."

"방송국 사람들이 오늘 빈 방 있냐고 물어보는데 어떻게 하지?"

"묵고 싶다고? 그거 취재를 계속하겠다는 뜻 아냐?"

"뭐, 그렇겠지. 하지만 묵고 싶다는데 거절할 수는 없잖아."

"당분간 영업할 수 없다고 하면?"

"하지만 오늘 밤도 예약이 몇 건 있다. 그 사람들에게 취소 전화를 넣을 수는 없잖아."

"그럼, 다른 손님에게 절대 폐를 끼치지 말아 달라고 못을 박아야겠네."

"그렇지. 카메라로 여기저기 찍어대면 끝장인데. 젠장! 액운이 찾아왔어." 다카아키는 완전히 지친 듯했다.

다카아키는 나가미네 시게키가 묵은 게 원망스러운 듯하다. 그 표정을 보며 와카코는 문득 나가미네가 걱정되었다. 그는 자신들에게 폐를 끼치게 될까 봐 무척 두려워했다. 와이드쇼 등에서 이 펜션을 다루는 것을 보면 틀림없이 미안해할 텐데.

34

"여보, 잠깐만."

아유무라는 몸이 흔들리는 바람에 잠에서 깼다. 아내 가즈에가 당황스러운 표정으로 남편을 바라보고 있다.

"아아, 왜? 오늘은 오후 근무라고."

아유무라는 고토구에 있는 택시 회사에서 운전사로 일하고 있다.

"TV에서 그 사건을 다루는데……. 나가미네라는 사람이 있는 곳을 알아냈나 봐."

아내의 말에 아유무라는 벌떡 일어났다. "진짜야?"

"나가노현이래."

"나가노현? 그래서 체포됐어?"

"그건 아닌 것 같아. 얼마 전까지 묵었던 숙소를 발견했대."

가즈에의 설명은 어수선했다. 아유무라는 이불에서 나와 TV가 있는 거실로 왔다.

켜진 TV에서는 아침 와이드쇼가 방영되고 있었다. 아유무라는 의자에 앉아 리모컨으로 소리를 높였다.

서양식 건물 앞에 여성 리포터가 서 있다.

『……현재, 방에서 채취한 지문 등을 경찰에서 조사하고 있는데 펜션 쪽 이야기에 따르면 아무래도 나가미네 용의자일 가능성이 큰 것 같습니다.』

"펜션?" 아유무라는 화면을 응시한 채 미간을 찌푸렸다. "펜션 같은 데 묵었다고?"

"그랬대." 가즈에가 대답했다.

"왜 하필 나가노현이지? 스가노가 나가노에 있나?" 아유무라가 물었다. 스가노 가이지라는 이름은 '주간 아이즈' 기자에게 들었다.

"뭐가 뭔지는 모르겠는데 나가노현에 있을 것 같다는 정보를 경찰이 잡고 나가노현의 숙소와 펜션을 조사했대."

"그 정보라는 게 어디서 나왔는데?"

가즈에는 모르겠다며 고개를 기울였다.

아내에게 물어도 뭐 하나 확실한 게 없어 아유무라는 채널을 바꿨다. 다행히 바로 같은 보도를 하는 프로그램이 나왔다. 아유무라는 소리를 더 키웠다.

프로그램들을 보면서 아유무라는 상황을 이해하기 시작했다. 나가노현의 은행에서 스가노 가이지가 돈을 찾았는데 그게 CCTV에 찍힌 듯하다. 참 한심한 놈이구나 싶으면서도 그렇다면 경찰은 전국의 은행 모니터를 뒤졌다는 말인가. 아유무라는 그 점이 의아했다.

어쨌든 나가미네 시게키가 체포되지는 않았다는 사실에 안도하는 마음이 드는 것을 아유무라는 자각했다. 그렇다고 나가미네 시게키가 복수에 성공하길 바라는 것은 아니다. 스가노 가이지는 증오하나 그녀석이 살해된다고 원한이 풀릴 것도 아니다. 오히려 복수라면 직접 해야 한다는 생각이 들었다. 딸 치아키가 유린당하는 광경은 지금도 그의 뇌리에 달라붙어 떨어지지 않고 있다. 평생 사라지지 않으리라는 예상을 절망감과 함께 품고 있다. 하지만 스가노 가이지는 어떨까? 자신이 지은 죄가 얼마나 큰지 알기나 할까? 아마 전혀 느끼지 못할 것이다. 앞으로 경찰에 잡히더라도 성인처럼 무거운 벌을 받지 않을 테니, 자신의 행위가 얼마나 중대한지 깨닫지 못한 채 젊은 시절의 짓궂은 장난 정도로 생각하며 언젠가는 완전히 잊고 살리라. 그런 생각이 들면 당장이라도 나가노현으로 날아가고 싶었다. 그렇게 하지 않은 것은 그다음 방법이 떠오르지 않았기 때문이다. 게다가 나가미네 시게키처럼 혼자가 아니다.

그렇다면 나는 이 사건이 어떻게 끝나길 바라나? 거기까지 생각하자 아유무라는 혼란스러웠다. 나가미네가 복수에 성공하지 못하면 언젠가 스가노 가이지는 체포된다. 하지만 그다음 자신들이 납득할 만한 시나리오는 존재하지 않는다. 소년법의 벽은 가해자를 보호한다. 그리고 거의 모든 법은 피해자에게 냉혹하다.

어쩌면 지금 상태가 계속되는 것이 가장 좋을지 모르겠다. 지금쯤 스가노는 불안에 떨고 있겠지. 복수하러 자신을 쫓는 사람이 있음을 그놈도 알 것이다. 그런 주제에 경찰에 출두할 용기도 없다. 더 괴로워하면 좋겠다.

게다가 세상 사람들이 사건을 잊지 않고 있다…….

아유무라는 조용히 끄덕였다. 나름의 답을 얻은 듯하다. 나가미네 시게키가 잡히지 않기를 바라는 건 그가 행동을 계속하는 한 이번 사건에 대한 세상의 관심이 줄어들지 않기 때문이다. 가장 두려운 일은 바로 사건이 사람들의 관심에서 멀어지는 것임을 깨달았다.

프로그램은 다음 코너로 넘어갔다. 그는 채널을 바꿨으나 나가미네 시게키에 관한 뉴스는 모두 끝나고 없었다.

전화가 울리자 가즈에가 받았다. 계속 채널을 바꾸던 아유무라의 귀에 아내의 목소리가 들려왔다.

"네? 주간지요? 아뇨, 아직 못 봤는데. ……그래요? 나중에 사러 갈게요. ……뭐라고요? 우리에게는 아무것도. ……네, 일부러 알려줘서 고마워요."

전화를 끊은 가즈에가 아유무라를 봤다.

"이치카와에 사는 도모요 씨야." 친척 이름을 댔다.

"무슨 소리야? 주간지라니?"

"'주간 아이즈' 기사를 봤대. ……오늘 발매됐는데 그 사건이 실려 있다고. 거기에 당신 얘기가 나온다고."

"내 얘기?" 말하다가 짐작가는 부분이 생각났다. "스가노의 사진을 들고 온 기자와 잠시 얘기해서일 거야. 그 대화가 실렸나?"

"당신, 그렇게 자세히 말했어?"

"자세히는 아니야. 치아키에 관해 잠깐 말했을 뿐이야."

"자살했다고?"

"그거야 뭐, 하다 보니 어쩔 수 없이. 나는 말이야, 기자가 놈의 이름을 아는 것 같아서 알아내고 싶었거든." 놈은 스가노 가이지이다.

가즈에는 영 탐탁지 않은 표정이다.

"왜? 도모요 씨가 뭐라고 했는데?"

"그게 영 찜찜해. 그렇게까지 취재에 답할 필요가 있었냐고. 당신, 주간지 좀 사 와 봐."

"알았어. 시간 봐서 살게."

아유무라는 시계를 보고 자리에서 일어났다. 슬슬 나갈 준비를 해야 할 시각이다.

고토구 기바에 있는 회사까지는 자차로 출퇴근했다. 이전에는 버스회사에서 운전했지만 육체적으로 힘들어 이직했다.

주간지를 사려고 들른 서점이 쉬는 날이라 그는 일단 출근했다. 주차장에 차를 세우고 택시 대기소로 가자, 몇몇 동료가 모여 얘기하고 있었다.

그런데 아유무라가 오는 것을 보자마자 일제히 어색한 표정을 짓더니 저마다 자기 차로 흩어졌다.

"다카야마 씨!" 아유무라는 그중 하나에게 말을 걸었다. 아유무라와는 동갑이다.

"무슨 일인데?" 다카야마가 자리에 멈춰 서서 돌아봤다.

"다들 무슨 얘기 중이었어?"

"별거 아냐. 그냥 세상 얘기지. 자이언츠가 약해졌다고."

"정말?"

"정말이야. 왜 거짓말을 하겠어."

"아니, 내가 오자마자……." 아유무라는 거기까지 얘기하다가 다카야마가 들고 있는 것을 보고 말을 끊었다. '주간 아이즈'였다.

그의 시선을 느꼈는지 다카야마는 영 불편하다는 듯 콧등을 긁었다.

"이거, 읽었어?"

"아니……그게 왜?"

"아니, 뭐. 뭐라 해야 하나……. 다들 여기 실린 얘기, 자네 일이 아닐까 하고."

그의 말에 아유무라의 눈이 커졌다. 치아키가 자살한 것과 그 원인은 회사 누구에게도 말하지 않았다. 그러므로 어떤 기사가 실렸더라도, 동료들이 그 기사와 아유무라를 연결시킬 수는 없을 터이다.

"역시, 자네였어?" 다카야마의 눈에 호기심과 동정이 동시에 떠올랐다.

"아니, 아직 안 읽었어. 내용이 뭔데?" 아유무라는 입술을 적셨다.

"내용이……." 우물쭈물하던 다카야마는 들고 있던 주간지를 내밀었다. "그럼 줄게. 직접 읽는 게 가장 빠를 테니까."

"나 줘도 돼?"

"응. 나, 벌써 읽었으니까." 둥글게 만 주간지를 아유무라에게 떠맡기고 다카야마는 서둘러 떠났다.

아유무라는 자기 차로 가면서 주간지를 펼친 순간 목차의 커다란 제목이 눈에 들어왔다.

'아라카와 여고생 사체유기사건 용의자들의 놀랄 만한 잔혹성'

아유무라는 차에 타 운전석에서 읽기로 하고 돋보기를 꺼냈다.

기사는 우선 나가미네 에마의 사체가 발견된 것부터 도모자키 아쓰야가 살해된 사건을 설명했다. 이 정도는 아유무라가 아니라도 평소 신문을 읽은 사람이나 뉴스를 본 사람이라면 다 아는 내용이다. 이어서 도모자키 아쓰야를 죽인 범인이 나가미네 에마의 아버지라는 것과 그가 현재 복수하려고 도주 중이라는 사실을 썼다.

그다음 기사 내용은 도모자키 아쓰야와 또 다른 소년의 비상식적인 야만성과 냉혹함에 초점을 맞췄다. 다른 소년에 관해 스가노 가이지라는 이름을 밝히지는 않았으나 주위 사람이라면 당연히 알 수 있을 만큼 구체적으로 설명했다. 무엇보다 스가노 가이지의 얼굴 사진이 눈만 가린 상태로 실렸다.

기사는 여기부터 도모자키 아쓰야의 방에서 발견된 비디오테이프와 사진으로 화제를 옮겼다. 즉 도모자키 일당의 만행에 희생된 사람이 나가미네 에마 말고도 많다는 점을 강조한 것이다.

아유무라는 다음 내용으로 시선을 재빨리 옮겼다. 이윽고 그의 겨드랑이에서 식은땀이 흐르기 시작했다.

나가미네 에마 이외의 희생자로 한 여고생이 거론되어 있다. 강간당한 충격을 이기지 못해 자살했다는 것이다. 아무래도 동급생을 찾아가 취재한 듯하다. 게다가 그의 아버지가 도모자키에게 당한 게 아닐까 생각해 경찰서를 찾아가 비디오테이프를 확인했다는 것까지 다루고 있다.

아유무라는 기사를 읽으면서 체온이 급격히 오르는 것을 느꼈다. 가명을 썼으나 아는 사람이 읽으면 피해 여고생이 치아키이고 그의 아버지가 아유무라임을 너무나 쉽게 알 수 있게 써 놓았다. 일테면 피해자의 아버지가 고토구에 본사가 있는 택시 회사에 근무한다는 것까지 기자는 밝히고 있다. 친척이 주간지를 읽고 걱정해 전화한 것이나 다카야마 같은 사람이 바로 기사 속 인물이 아유무라라고 알아차린 것도 무리는 아니다.

아유무라는 조수석에 잡지를 내던졌다. 분노가 가라앉지 않았다.

치아키가 자살했다는 것과 그 이유는 이제까지 아무에게도 말하지 않았다. 흥미 어린 시선으로 보는 게 싫었다. 치아키가 저급한 상상 속에서 더럽혀지지 않기를 바라는 마음도 있었다. 그런데 기사는 그런 자신의 배려를 완전히 망가뜨렸다. 독자의 관심을 끄는 도구로 자신들의 비극이 이용되었다.

일에 전혀 집중할 수 없었다. 회사를 나왔으나 손님을 태울 마음이 조금도 생기지 않았다. 거리에서 손을 든 사람이 있었던 것 같은데 그는 속도를 줄이지 않고 그냥 지나쳤다.

그는 참지 못하고 집에 전화를 걸었다. 아내에게 '주간 아이즈' 기자의 명함을 가져오게 했다.

"도대체 왜? 주간지는 읽었어?"

"읽었으니까 화를 내고 있지. 그자식, 마음대로 그렇게 써 대다니."

"뭐라고 썼는데?"

가즈에가 물었다.

"전부 다! 치아키에 관해 전부 다."

"뭐! 이름까지?" 아내도 정말 놀란 모양이다.

"이름은 가명이지만, 그런 건 의미도 없어. 일단 항의해야겠어."

아유무라는 가즈에가 불러준 전화번호를 메모했다. 회사와 본인 휴대전화 번호였다. 우선 직장에 걸려다가 생각을 바꿨다. 자리에 없다고 할 것 같았다.

상대의 휴대전화로 걸었다. 부재중 전화로 넘어가면 어쩌지 하고 고민하는데 "네"라고 상대의 목소리가 들렸다.

"여보세요, 오다기리 씨?" 아유무라가 말했다.

"그런데요."

"나, 아유무라요. 얼마 전, 당신 취재를 받은 사람이오." 상대가 아무 말이 없어서 그가 덧붙였다. "아유무라 치아키의 아버지라고!"

숨을 한 번 내쉬더니 상대가 목소리를 높였다.

"아아! 택시 운전하시는 아유무라 씨. 얼마 전에는 고마웠습니다."

"그게 아니지! 어떻게 된 거요? 그 기사?" 그가 재빨리 말을 쏟아냈다.

"사실과 다른 게 있나요?"

"그게 아니라 그렇게 쓰다니 너무한 거 아니오? 놈들에게 당한 게 치아키라는 걸, 다 알 수 있잖아!"

"그래요? 이름은 밝히지 않았는데요."

"아는 사람이 보면 다 알지. 회사에서도 이상한 눈으로 보고 있다고! 프라이버시 침해로 고소하겠어!"

"프라이버시 침해는 아닙니다. 게다가 저희는 사실을 최대한 정확하게 보도할 책임이 있습니다. 아유무라 씨로서는 아픈 경험을 파헤치는 것일 수 있으나 그들이 얼마나 비열한 인간인지, 소년법으로 지킬 가치가 없는 쓰레기인지를 호소하려면 그렇게 쓸 필요가 있었습니다."

글로 먹고사는 인간답게 상대는 말을 참 잘했다. 아우뮤라는 곧바로 할 말을 잃었다.

"그래도 그렇지, 그렇게까지 쓰다니……." 여기까지 말한 뒤, 무슨 말을 덧붙여야 할지 알 수 없었다.

오다기리가 먼저 입을 열었다.

"그보다 아유무라 씨, 저희 좀 도와주시겠습니까? 당신만 이 할 수 있는 일이 있는데요."

35

저녁 무렵, 와카코는 장을 보러 간다는 구실로 펜션을 빠져나왔다. 언론 관계자의 숙박은 끝내 거절했다. 경찰 쪽이 하루만 더 영업을 미뤄달라고 요청했기 때문이다. 덕분에 조용하게 지낼 수 있었으나 예약 손님에게도 취소 전화를 돌려야 했다. 날린 숙박요금을 누가 보상해줄 것도 아니니 펜션 입장에서는 큰 손해이다.

하지만 와카코는 그로 인해 아버지의 기분이 상한 것보다 나가미네가 걱정되었다. 그가 '크레센토'에 묵은 것은 이미 TV로 여러 차례 보도되었다. 그것을 본 그가 어떻게 느끼고 앞으로 어떻게 행동할지 알고 싶었다. 와카코와 아버지에게 폐를 끼치고 싶지 않다는 초조함에서 성급한 행동을 취할 수도 있기 때문이다.

나가미네를 숨긴 맨션은 마쓰모토 시내에 있다. 와카코는 RV 차량의 액셀을 평소보다 세게 밟았다. 몇 번 신호에 걸렸는데 조바심에 다리를 떨고 말았다.

맨션에 도착할 무렵에는 완전히 해가 져 있었다. 그래도 주위를 살피면서 와카코는 건물로 들어갔다. 미행당하면 큰일이다.

303호실 앞에 서서 인터폰을 눌렀다. 물론 와카코도 열쇠를 가지고 있으나 마음대로 들어가는 것은 꺼려졌다.

인터폰 응답이 없다. 다시 눌렀으나 마찬가지다. 불안이 가슴에 퍼졌다. 나가미네도 열쇠를 가지고 있으니 잠깐 외출했을 수도 있다고 생각하면서도 가슴의 고동이 빨라졌다.

와카코는 열쇠로 문을 열고 안으로 들어갔다. 실내는 캄캄했다. 벽을 더듬어 불을 켰다.

제일 먼저 눈에 들어온 것은 구석에 기대놓은 편의점의 하얀 봉투였다. 쓰레기를 모아놓았다는 것을 바로 알 수 있었다. 빈 페트병이 2개가 그 옆에 나란히 놓여 있다.

담요와 이불도 잘 개어 놓여 있다. 와카코는 부엌을 들여다봤다. 사용하지 않은 종이컵이 싱크대 옆에 세워져 있을 뿐이다.

다리에서 힘이 빠지는 듯했다. 와카코는 그 자리에 주저앉았다.

역시 떠났구나…….

물론 안도한 부분도 있다. 이제는 언제 들킬지 몰라 벌벌 떨지 않아도 된다. 나가미네는 약속을 지켜줄 것이다. 설령 체포되더라도 와카코에 관해 발설하지 않을 것이다.

그러나 일종의 허무함이 가슴을 채웠다. 필사적인 각오로 그를 숨기기로 하고 아버지까지 속였다. 과감한 일을 시작하며 그만한 각오를 했으니 앞으로 다가올 곤란을 견디겠다고 나름 다짐도 했다.

그런데 그런 결의가 공허하게 끝나고 말았다. 나가미네에게 와카코는 그저 마음이 동해 협력해준 사람에 불과했나? 함께 행동하며 정의가 무엇인지 알아내겠다는 생각은 처음부터 혼자만의 생각이었나?

와카코는 싱크대를 붙잡고 의지해 일어났다. 몸이 너무 무거웠다.

종이컵을 들고 수도꼭지를 돌렸다. 석회 냄새가 나는 미지근한 물을 한 모금 마셨을 때 찰칵 금속음이 들렸다.

와카코는 저도 모르게 콜록대며 돌아봤다. 잠긴 문의 잠금장치가 풀리고 문이 열리더니 수염을 아무렇게나 기른 나가미네의 얼굴이 나타났다.

아아, 한숨이라고도 신음이라고 할 수 없는 소리가 와카코의 입에서 흘러나왔다.

나가미네는 당황한 표정으로 그 자리에 멈춰 섰다. 여기에 와카코가 있는 게 의외가 아니라 그녀의 반응을 이해할 수 없는 듯 보였다.

"왜 그러세요?" 그가 걱정스럽게 물었다.

와카코는 그의 질문에 대답할 말을 찾지 못했다. 몸의 깊은 곳에서 어떤 것이 끓어오르는 듯했고 그것은 충동이 되어 와카코를 움직이게 했다.

와카노는 나가미네에게 달려가 그의 바로 앞에 섰다. 그의 얼굴을 올려다보자 눈물이 흘렀다.

나가미네는 곤혹스러운 표정을 지었다.

"도대체 무슨 일이 있었습니까? 펜션 쪽에 문제가 생겼나요?"

그 말에 와카코는 제정신을 차렸다. 그는 TV를 보지 않은 것이다.

"우리 집에 경찰이 찾아왔어요. 당신 사진을 들고……. 그래서 우리 아버지가 당신을 기억해내고 경찰에 말했어요."

낯빛이 변한 나가미네에게 와카코는 사정을 말했다. 그의 표정은 시시각각 험악해졌다. 말하지 말 걸 그랬다는 생각도 들었으나 그럴 수는 없다.

"그래요? 그럼 경찰도 스가노가 나가노현에 있다는 걸 알아냈군요." 미간을 찌푸리며 냉정하게 말했다. 속으로는 틀림없이 동요했을 테지만 어느 정도 각오하고 있었을지 모른다.

"당신이 우리 펜션에 머문 것은 와이드쇼와 뉴스에서 다 다뤘어요. 그러니까 아시는 줄 알고……."

나가미네는 고개를 저었다.

"오늘은 TV를 볼 여유가 없었습니다. TV가 있는 곳에 가지도 않았고."

"어디 다녀오셨어요?" 그렇게 말하고 와카코는 다시 그의 차림새를 봤다. 모자를 쓰고 얇은 재킷을 입은 모습은 처음 펜션에 왔을 때와 같다. 가방을 들고 있는 것도 마찬가지다. 단 하나, 크게 다른 점이 있다. 골프가방을 짊어지고 있다. 그것을 보고 와카코는 숨을 죽였다.

와카코의 시선을 깨달았는지 나가미네는 골프가방을 방구석으로 옮겨놓았다. 그리고 와카코의 의식을 다른 데로 돌리려는 듯 가방에서 주간지를 꺼냈다.

"이걸 보셨나요?"

"아뇨. 저도 오늘 내내 정신이 없어서요."

"스가노 일당에 관한 기사가 실렸어요."

"읽어도 될까요?"

"네. 그러세요."

'주간 아이즈'라는 주간지로, 문제의 기사는 마지막에 실려 있었다. 와카코는 바닥에 앉아 찬찬히 읽었다.

도모자키 아쓰야와 동료 소년이 저지른 만행이 구체적으로 쓰여 있다. 동네에서 유명한 불량소년으로 언젠가 무슨 일을 저지르지 않을까 주위도 걱정했다고 한다.

또 나가미네 에마 이외에도 그들에게 강간당한 여고생에 관한 이야기도 자세히 실려 있었다. 에마와 마찬가지로 그 여고생에게는 아무런 잘못이 없다. 그저 도모자키 일당의 마음에 들었다는 이유로 먹잇감이 되어 고통 속에서 자살한 것이다.

기자는 그 여고생의 아버지도 취재했다. 이 아버지는 "가능하다면 내 손으로 도모자키를 죽이고 싶었다"라고 말하면서 "나가미네 용의자의 마음을 누구보다 잘 안다"라고 덧붙였다.

기사는 다음과 같은 문장으로 끝을 맺었다. "잘못된 길에 들어선 소년을 갱생시키는 것도 중요하다. 하지만 그 잘못으로 발생한 피해자의 마음을 어떻게 치유할 것인지, 그에 대한 고민이 현재의 법에는 빠져 있다. 아이의 생명을 빼앗긴 부모에게 스스로의 장래는 알아서 하라는 것은 너무 가혹하지 않은가?"

"어떠세요?" 끝까지 읽고 고개를 든 와카코에게 나가미네가 물었다.

그녀는 고개를 절레절레 흔들었다.

"뭐랄까…… 너무 마음이 아파요. 어떻게 이런 인간들을 지금까지 가만 둘 수 있었죠? 그것도 충격이지만, 그런 인간들이 미성년자라는 이유로 제대로 벌을 받지 않는다니."

"맞습니다. 정말 가슴 아프죠. 하지만 더 충격적인 게 있습니다. 이 부분입니다." 그는 주간지를 들고 기사 일부를 가리켰다.

그 부분을 보고 와카코도 고개를 끄덕였다. 와카코도 분노를 느낀 부분이다.

"강간 사실을 친구들에게 얘기했다는 거죠? 그것도 자랑스럽게."

"그 비디오와 사진을 본 사람도 있답니다. 나중에 피해자가 소란을 일으켜 경찰에 신고하는 것을 막기 위해 이런 걸 찍는다고 도모자키 일당이 말했답니다."

"너무 비열……해요."

"게다가 놈들은 이런 말도 했어요. 강간한 상대가 자살해 주면 행운이라고."

와카코는 고개를 떨구었다. 나가미네의 얼굴을 제대로 볼 수 없었기 때문이다.

"이 기사에 실린 여고생 자살 사건도 놈들이 몰랐을 리 없습니다. 어쩌면 알고 이렇게 말했을지 모르죠. 행운이라고. 이제 경찰에 신고당할 염려는 없다고."

"그렇게는…… 생각하고 싶지 않아요." 와카코가 조그맣게 말했다.

"하지만 사실입니다. 그들은 자신들의 행위로 피해자가 얼마나 큰 상처를 입었는지 전혀 생각하지 않고, 알았다 해도 아무것도 느끼지 못합니다. 물론 반성도 없죠." 나가미네는 주간지를 손으로 내리쳤다. 그 소리가 너무 커서 와카코는 흠칫 몸을 떨었다.

나가미네는 계속했다.

"솔직히 저도 복수를 망설이지 않은 게 아닙니다. 도모자키를 죽인 것은 충동적이었습니다. 하지만 스가노를 뒤쫓으면서 역시 망설였습니다. 어쩌면 그는 지금쯤 진심으로 반성하고 있을지 모른다, 후회하고 있을지 모른다, 앞으로는 제대로 된 인간이 되려고 하지 않을까, 그렇다면 그를 죽이기보다 살려놓는 게 더 의미 있는 일이다……, 그렇게 생각하기도 했죠."

그는 피식 웃으며 고개를 저었다.

"얼마나 속 편한 소리였는지. 이 기사를 읽고 확신했습니다. 놈들은 여고생의 자살조차 교훈으로 삼지 않았습니다. 반성의 재료가 되지 못한 거죠. 오히려 잘됐다고 생각했습니다. 에마를 죽인 것도 똑같이 생각하고 있을 게 분명합니다. 스가노는 반성도 후회도 하지 않는다. 자취를 감춘 것은 단순히 잡히기 싫어서다. 지금 어디선가 숨을 죽이고 자신의 죄를 없앨 방법이 없나 뻔뻔한 생각을 하고 있을 게 틀림없습니다. 단언컨대 그런 인간은 살 자격이 없습니다. 그렇다면 유족의 분노와 원한을 풀고 싶습니다. 자신이 얼마나 큰 증오를 받을 짓을 했는지 깨우쳐주고 싶습니다."

말하면서 스스로의 얘기에 흥분한 듯 나가미네의 목소리가 커졌다. 와카코는 몸을 잔뜩 웅크렸다. 그의 분노가 자신에게 쏟아지는 것만 같았다. 그는 지금, 유족의 슬픔을 이해하지 못한 채 복수를 용납할 순 없다고 이상론만 떠들어대는 일반 대중에게도 분노하고 있을지 모른다.

와카코가 몸을 웅크린 것을 봤는지, 나가미네는 쓸쓸하게 웃었다.

"죄송합니다. 당신에게 이런 말을 해봤자 소용없는 일인데요. 게다가 당신에게는 말도 안 되는 폐를 끼쳤고."

"그건 괜찮아요."

"펜션은 어떤가요? 그런 일이 있으면 영업에도 지장이 있었을 텐데요."

"아뇨, 괜찮아요. 걱정하지 마세요."

실제로는 지장이 있었으나 그런 말을 할 수는 없다.

"경찰은 얼마나 정보를 쥐고 있을까요. 스가노의 거처를 알아냈다면 이제 어떻게 해볼 방법이 없는데……." 나가미네는 입술을 깨물었다.

"저……. 오늘은 왜 저런 짐을?" 와카코가 계속 마음에 걸렸던 질문을 던졌다. 기어이 골프가방에 눈이 가고 말았다.

나가미네는 재킷 주머니에서 꺼낸 접은 종이를 펼쳐 와카코에게 내밀었다. 컴퓨터로 프린트한 A4 용지에는 부동산 정보가 인쇄되어 있었다. 모두 매물로 나온 중고 펜션이다.

『소재지 나가노현 스와군 하라무라, 주오고속도로 스와 남 IC에서 12분

가격 2,500만 엔, 대지 940제곱미터, 건물 198제곱미터.

목조 구조, 아연도금강판 지붕 2층, 1980년 1월 준공』

"이건……?"

"인터넷에서 찾은 물건입니다. 오늘은 이걸 보러 갈 겁니다."

"왜 이런 델……?"

"스가노 가이지가 숨어 있을 가능성이 있기 때문입니다."

"네……?" 뜻밖의 대답에 와카코의 눈이 커졌다.

"실은 새로운 정보를 얻었습니다. 전에도 말씀드렸죠? 제가 도모자키를 알게 된 것은 정보 제공 전화 덕분이었다고. 그 정보 제공자가 다시 정보를 줬습니다. 휴대전화 부재중 메시지가 왔더군요."

나가미네는 휴대전화를 꺼내 전원을 켜고 조작한 다음 와카코에게 내밀었다. 와카코는 그것을 귀에 댔다.

[스가노 가이지는 나가노현에 있는, 얼마 전 폐업한 펜션에 잠복했을 가능성이 있습니다. 고속도로 인터체인지에서 그리 멀지 않은 곳으로 여겨집니다.]

또렷하지 않은 남자 목소리다. 와카코는 숨을 죽이고 나가미네를 바라봤다.

"정체불명이라는 점이 찜찜하기는 하지만 실제로 지난번 받은 정보는 거짓이 아니었습니다. 그러므로 이번에도 믿어야 한다고 생각합니다. 아니, 별다른 단서가 없는 저로서는 믿을 수밖에 없죠."

"그래서 매물로 나온 펜션을 찾아……."

나가미네는 고개를 끄덕였다.

"폐업했다고 다 매물로 내놓지는 않겠지요. 하지만 전보다 스가노를 찾을 가능성이 커진 것은 사실입니다. 오늘이라도 어쩌면 느닷없이 만날 수도 있겠다 싶어서요."

"그래서 짐을 전부 가지고 나가셨던 건가요?"

"네, 그렇습니다. 때가 되었는데 중요한 게 없으면 말이 안 되니까요." 그렇게 말하고 나가미네는 골프가방을 힐끔 쳐다 봤다.

36

도모자키 아쓰야가 뒤에서 소녀를 잡고 있다. 입에는 재갈이 물려 있고 눈에도 안대를 쓰고 있다. 그래도 소녀가 고통스러워하며 얼굴을 일그러뜨리고 있음을 알 수 있었다.

스가노 가이지가 소녀의 다리를 힘껏 벌렸다. 그 상태로 발목을 침대 틀에 끈으로 묶으려 했다. 도모자키도 스가노도 웃고 있다. 재미있는 장난감을 얻은 아이 같기도, 먹잇감을 앞에 둔 맹수 같기도 했다.

캠코더는 삼각대로 고정되어있는 듯하다. 그래선지 셋의 모습은 가끔 화면 밖으로 나가기도 했다. 그러나 도모자키와 스가노는 앵글을 파악하고 있는지 소녀의 저항에도 어떻게든 화면 안으로 들어오려 했다.

오리베는 끔찍한 영상을 계속 보고 있자니 속이 울렁거렸다. 비디오 리모컨을 들어 정지 버튼을 누르고, 손으로 두 눈을 누르며 목을 좌우로 기울였다.

그는 니시아라이 경찰서 회의실에 있다. 스가노 가이지의 소지품에서 은신처 정보를 알아내지 못했다. 그래서 오리베가 생각해낸 것이 도모자키 아쓰야의 방에서 압수한 강간 영상과 사진이다. 그 안에 어떤 힌트가 숨어 있지 않을까 생각한 것이다.

그러나 그 작업은 상상 이상의 고통이 따르는 일이었다. 전에도 보기는 했는데 그때는 다 빨리 감기로 넘겼다. 도모자키와 스가노의 범행만 확인하면 되었기 때문이다. 하지만 이번은 다르다. 화면 구석구석까지 열심히 응시해 단서가 숨어 있는지 확인해야 했다. 당연히 눈이 피곤한 작업인데 눈보다 신경이 소모되는 일이었다.

체념하고 얼른 자진 출두하면 좋겠는데. 오리베는 생각했다. 물론 스가노 말이다.

나가미네 시게키가 묵은 펜션이 밝혀졌다는 사실은 이미 어제 뉴스로 공개되었다. 석간에도 실렸다. 스가노 가이지가 사건 정보에 눈을 붉히고 있을 건 분명하니 당연히 녀석도 알고 있으리라. 보통은 상황이 이 정도면 자신의 은신처가 나가노현임이 들통났다는 것과 계속 도망칠 수 없음을 깨닫고 포기할 텐데. 나가미네 시게키가 묵은 펜션이 밝혀진 데 대해 경찰이 보도를 막지 않은 것도 그편이 스가노가 출두할 가능성을 높일 것이라고 윗선이 판단했기 때문이다.

그런데 그로부터 꼬박 하루가 지난 지금도, 스가노가 경찰에 나타났다는 정보는 없다. 놈은 여전히 도망칠 작정인 모양이다.

마노는 이렇게 말했다.

"생각이란 게 없는 거지. 이제까지 귀찮은 일이나 싫은 일은 줄곧 피해 다녔겠지. 모르는 척하고 얼버무리면 모두 지나갈 거라고. 자신이 얼마나 엄청난 짓을 저질렀는지 모르니 경찰이 총동원되어 찾고 있으리라는 생각도 하지 못할 거야. 잠깐만 숨어 있으면 곧 흐지부지될 거라고 여길 테지."

"하지만 사람이 죽었어요. 그게 얼마나 엄청난 일인지 모른다고요?"

오리베의 질문에 마노는 입가를 일그러뜨렸다.

"얼마 전에 이런 범인이 있었지. 18살이었는데 동거 중인 여자가 바람 피운 걸 비난하니까 욱해서 목을 졸랐어. 녀석이 다음에 어떻게 했을 것 같아? 불륜 상대와 데이트하고 러브호텔에 가서 거기서 이틀이나 지냈다고. 왜 그런지 알아? 자기 방에 시체가 있으니까. 방으로 돌아가면 시체를 어떻게든 처리해야 하잖아. 그게 싫어서 러브호텔에 머물렀어. 돌아가지 않으면 방에 시체가 있다는 사실에서 도망칠 수 있다고 생각한 거지."

오리베는 정말 그럴 수 있나 싶었다.

"그런 녀석들의 사고방식을 이해하려 하는 건 시간 낭비
야. 놈들은 자기 행동이 주위에 어떤 영향을 미치는지, 다른
사람이 어떻게 생각할지 조금도 생각하지 않아. 중요한 것은
지금 자신이 뭘 하고 싶냐 뿐이지. 윗선의 판단은 틀렸어. 스
가노는 이 정도 일로 출두하지 않아. 이유는 하나야. 잡히고
싶지 않으니까. 잡혀서 사람들의 비난을 받는 게 싫으니까."

마노는 약간 화가 난 것처럼 보였다. 그의 심정을 오리베
도 충분히 이해할 수 있었다. 얼마 전 발매된 주간지를 읽은
게 분명했다. '주간 아이즈'에 실린 스가노와 도모자키의 행
동에 사정을 알고 있던 오리베를 비롯한 경찰들도 다시금 분
노했다. 동시에 주간지 기자처럼 속내를 밝힐 수 없는 자신들
의 처치가 너무 답답했다.

목 스트레칭을 끝낸 오리베가 우울한 작업을 재개하려고
리모컨을 들었을 때 뒷문 열리는 소리가 났다. 돌아보니 니시
아라이 경찰서의 가지와라가 들어오고 있었다.

"방해가 된 건 아닌가요?" 그가 물었다.

"괜찮습니다. 무슨 일이라도?" 오리베는 리모컨을 놓았다.

"아니, 혹시 괜찮으시면 TV 안 보실래요?"

"TV?"

"재미있는 프로그램을 하고 있어요. 이번 사건에 관한 겁니다."

"뉴스인가요?"

"아니, 좀 다릅니다."

"알겠습니다. 어느 방송국이죠?" 오리베는 모니터 화면을 비디오에서 TV로 바꿨다.

가지와라가 다가와 TV 리모컨을 들고 채널을 맞췄다.

화면에는 테이블을 둘러싸고 세 남자가 앉아 있다. 가운데는 TV 방송국의 아나운서로, 아무래도 사회를 맡은 듯했다. 그를 사이에 두고 마주 앉은 둘은 오리베가 모르는 얼굴이다.

『어쨌든 신념을 가지고 취재하고 있습니다. 당신 말처럼 독자의 흥미를 자극하는 것만이 목적은 절대 아닙니다. 그것만은 분명히 말할 수 있습니다.』 40대 중반 정도 되는 까무잡잡한 얼굴의 왼쪽 남자가 단호하게 말했다.

"저 녀석은 '주간 아이즈'의 편집장이랍니다. 그리고 오른쪽 남자는 변호사고요." 가지와라가 옆에서 말했다.

"변호사요?"

오리베가 되물었을 때 그 인물이 화면에 등장했다. 아래에 '청소년갱생연구회 변호사 이와타 다다히로'라는 자막이 나왔다. 쉰을 넘긴 이와타 변호사는 몸집이 작고 금테 안경을 끼고 있다.

이와타가 발언을 시작했다.

『신념이라고 하셨는데 결국은 분노에 겨워 쓴 것처럼 보이던데요. 그런 기사를 쓰는 게 무슨 의미가 있습니까? 어디 사는 이런 아이가 이런 나쁜 짓을 했다, 나쁜 놈이라는 사실을 그저 세상에 알리는 게 전부 아닙니까?』

『그것에 의미가 없다고요? 사실을 전하는 게 우리 일입니다. 사실을 모르는 사람들에게 판단을 내리라는 것은 잘못이죠.』 편집장이 반론했다.

『뭘 판단해야 하죠? 나쁜 일을 했으니 그 아이에게 문제가 있다는 것은 의문의 여지가 없는 사실입니다. 그 기사를 읽은 사람들은 어떻게 생각할까요? 그저 이 녀석들은 정말 악질이다, 이런 녀석들이 내 주위에 있으면 곤란하다, 그렇게 생각할 뿐이지 않나요? 사실을 전하는 게 일이라는 것은 알겠습니다. 하지만 말입니다, 그렇게까지 쓸 필요가 있었느냐는 겁니다. 이름을 밝히지 않았다고는 해도 제가 취재한 바로는 개인을 특정할 수 있는 정보를 상당히 포함하고 있더군요.』

둘의 대화를 들으면서 오리베도 프로그램의 내용을 이해했다. 아무래도 '주간 아이즈'의 기사를 놓고 이와타 변호사가 항의하고 있는 듯하다. 그에 대해 편집 책임자가 응수하고 있는 모양새이다.

『우리는 실명을 밝히는 것도 고려했습니다. 그러지 않은 것은 현재 범인 소년이 도주 중이라 경찰 조사에 영향을 줘선 안 된다고 판단했기 때문입니다. 우리는 사실 이름을 분명히 밝히는 게 좋다고 생각합니다.』편집장은 적의를 드러낸 표정을 지었다.

변호사는 이해할 수 없다는 표정으로 고개를 저었다.

『그러니까 그렇게까지 하는 이유를 모르겠다는 겁니다.』

『저희가 보기에는 그렇게까지 하지 않는 이유가 뭔지 거꾸로 묻고 싶습니다. 이름이 드러나지 않길 바란다면 처음부터 나쁜 짓을 하지 않으면 되죠. 놈들은 미성년자라 절대로 이름이 공개되지 않는다는 것을 알고 오히려 태평한 겁니다. 그러니까 세상은 그렇게 만만하지 않다는 사실을 알려줄 필요가 있죠.』

『그럼, 그 기사는 일종의 제재란 말입니까?』

『그런 의미도 있겠죠.』

『있겠죠, 정도가 아니라 지금 당신 얘기에 따르면 분명 그런 목적을 가지고 한 일 아닙니까? 그건 말입니다, 매우 오만하고 위험한 사고방식입니다.』변호사는 뭔가 말하려는 편집장을 제지하고 말을 계속했다.『그들 행위에 대한 제재는 정당한 곳에서 이루어져야 합니다. 언론이 사람들을 선동해선 안 됩니다. 그들은 어차피 사회적 제재를 받게 됩니다. 그 속에서 그들을 갱생시켜 옳은 길을 걷게 하려면 어떻게 해야 할지, 어른인 우리는 그런 생각을 해야 합니다. 그런데 사회적 제재를 확대하면 그들의 갱생은 정말 어려워집니다. 왜 그런 건 모르시나요?』

『우리는 그 제재에 부족한 부분이 있다고 주장하는 바입니다. 지금의 소년법은 현실에 맞는 제재를 전혀 할 수 없습니다.』

『당신, 뭔가 오해하고 있군요. 소년법은 아이를 심판하려고 있는 게 아닙니다. 잘못된 길을 선택한 아이들을 도와 바른길로 인도하기 위해 있는 겁니다.』

『그럼 피해자는 어떻게 됩니까? 그들이 받는 고통은 어디서 풀어야 하죠? 가해자를 돕는 길만 생각하는 게 옳습니까?』

『그건 전혀 다른 문제입니다.』

『뭐가 다르죠? 우리는 피해자 처지에서 모든 걸 얘기하고 있습니다.』

편집장의 의견에 대해 변호사가 또 의견을 제시하려는데 사회자가 제지했다.

『잠깐만 죄송합니다. 피해자의 처지라는 말이 나와서 말인데요, 여기서 그 피해자의 의견을 들어보고 싶은데 괜찮으신가요? 네. 그럼 조금 전 소개해드린 A 씨에게 카메라를 돌려주십시오.』

카메라가 양복 차림으로 앉아 있는 남자를 잡았다. 단 가슴 위로는 불투명 유리로 가려 신원을 알 수 없게 했다.

『아까도 말씀드렸는데, A씨의 따님은 이번 사건 범인인 소년들에게 납치되어 성폭행을 당하고 그 고통을 견디지 못해 자살했습니다. 이번 '주간 아이즈' 기사에서도 피해자 유족으로 취재에 응하셨습니다.』

오리베는 깜짝 놀라 가지와라를 바라봤다. 가지와라는 입가를 풀며 고개를 끄덕였다.

"그래서 이 프로그램을 보자고 한 겁니다. 그때 만났던 아버지입니다. 이곳에 와서 비디오를 보고 울부짖었던 아버지요. 아유무라라고 했나?"

"그렇군요." 오리베는 다시 화면으로 시선을 돌렸다. 그의 고뇌를 직접 봤고 물론 '주간 아이즈'도 읽었는데 새삼 그가 무슨 말을 할지 관심이 갔다.

『A 씨. 지금 두 분의 대화를 들으셨죠?』 사회자가 그를 불렀다.

『네.』 아유무라가 대답했다. 목소리를 변조한 듯 한 톤 높게 가공된 목소리가 나왔다.

『하시고 싶으신 말씀이 있나요?』

『네. 변호사 선생에게…….』

『그럼 말씀하시죠.』 사회자가 청했다.

불투명 유리 너머로 아유무라가 숨을 들이켜는 기척이 느껴졌다.

『저, 아까부터 들었는데 죄를 저지른 소년을 돕는 것만 말씀하시더군요. 하지만 저지른 죄는 어떻게 되는 겁니까? 그죄로 희생된 사람에게는 전혀 속죄하지 않아도 되나요?』

변호사에게 카메라가 돌아갔다.

『아뇨. 속죄하지 않으면 안 되죠. 그를 위해서는 우선 갱생시켜야 합니다. 마음이 일그러진 상태라면 진정한 속죄는 불가능하니까요. 자신이 한 짓이 얼마나 끔찍한 것인지를 이해시키고 정말 나쁜 짓을 했다고 반성해야 비로소 속죄를 시작할 수 있습니다.』

『어…… 어떻게 속죄하는데요?』

『그러니까 그것은, 일단 올바른 길을 걷는 사람으로 만드는 수밖에 없습니다. 그것이 즉 가장 큰 속죄라는 점을 우리는 생각해야 합니다. 죄를 발판으로 참된 인간을 만드는 것이 사회에…….』

『말도 안 되는 소리!』 아유무라의 목소리가 날카로워졌다. 『그거 정말 이상하네요. 어떻게 그런 게 속죄가 되죠? 그런 놈들이 갱생하든 말든 나는 기쁘지도 않고 고맙지도 않아요. 죽은 사람이 살아 돌아오는 것도 아니죠. 어째서 우리 딸이 그런 쓰레기 같은 놈들의 발판이 되어야 하죠? 그 참 이상한 말이군요. 당신은 틀렸어요. 당신은 왜 그놈들 편만 듭니까? 놈들이 부잣집 자식인가요?』

『A 씨, 너무 흥분하지 마십시오.』사회자가 아유무라를 달랬다.『이와타 선생은 비행 소년의 갱생을 오랫동안 연구해오신 분으로, 이번에는 그 입장에서 토론에 참여해주셨습니다. 그럼 일단 광고를 보고 오겠습니다.』

불투명 유리 너머에 있는 아유무라의 모습에 이어 광고가 나왔다.

.

37

"역시 그때 아버지 맞죠? 틀림없어요. 흥분했을 때의 말투가 똑같네요." 가지와라는 그렇게 말하고 자리에서 일어났다.

"이제 안 보시나요?" 오리베가 물었다.

"저는 됐습니다. 그 아버지가 어떤 말을 할지 듣고 싶었을 뿐입니다. 오리베 형사에게도 알려주고 싶었고."

오리베는 그럼 자기도 그만 보겠다고 말하고 모니터를 TV에서 비디오로 바꿨다.

"아유무라 씨……라고 했나요? 왜 TV 같은 데 나갈 생각을 했을까요?" 오리베는 고개를 기울였다.

"방송국 놈들에게 끌려 나갔겠죠. 녀석들에게는 피해자 쪽 목소리가 아주 절실했을 테니까. 구경거리가 되리란 생각은 하지 못했을 겁니다." 가지와라가 말했다.

"소년법에 대한 분노를 터뜨리고 싶었겠지만……."

"쓸데없는 짓이죠." 가지와라는 연민의 미소를 지으며 문으로 향했다. "일을 방해해서 죄송했어요."

"아뇨. 기분 전환이 되었습니다." 실은 마음이 더 무거워졌을 뿐이라는 생각이 들었다.

가지와라가 나간 뒤로도 한참 오리베는 일을 다시 시작하지 못했다. 변조된 아유무라의 목소리가 귓가를 맴돌았다.

우리는 아무것도 해줄 게 없구나. 오리베는 새삼 그렇게 생각했다.

어제, 오리베는 오랜만에 교제 중인 여자 친구와 만났다. 여자 친구는 스물일곱 살로 법률사무소에서 아르바이트하고 있다. 사건이 발생하면 좀처럼 만날 기회가 없지만, 시간이 좀 나면 가끔 함께 식사하고는 했다.

심야 패밀리레스토랑에서 짧은 데이트를 즐겼다. 보통 일 얘기는 서로 하지 않는데 어젯밤은 나가미네 시게키 얘기가 나왔다. 숙박한 펜션을 발견한 사실이 여러 번 뉴스에 나왔기 때문이다.

"오늘, 우리 사무실 사람들과 그의 형기가 얼마나 될지 얘기했어." 여자친구는 포크를 든 손을 멈추고 말했다. '그'는 나가미네 시게키를 말한다.

"어느 정도래?" 오리베가 물었다. 관심이 갔다.

"사람마다 의견이 갈리기는 했지만, 이대로 체포되면 그리 길지 않을 거래. 자수하면 더 짧아지고 판사에 따라서는 집행유예도 가능하다더라. 자세한 사정을 모르니 정확하게 말할 수 없지만, 도모자키 아쓰야 살해는 계획 살인이 아니잖아?"

"뭐, 그렇게 보도되고 있지."

"사실은 아니라고?"

"아니, 내 입으로 말할 수 없다는 소리야. 알잖아?" 오리베가 쓴웃음을 지었다.

여자 친구도 받아들였다. 수사상 비밀은 가족에게도 발설할 수 없다는 것은 알고 있다.

"변호사 선생님들은 나가미네 용의자가 도모자키를 살해한 것은 어디까지나 충동적이었던 것으로 상정하는 것 같아. 사용한 흉기를 그대로 두고 갔으니까. 그런 비디오를 봤는데 그때 가해자가 나타나면 이성을 잃는 것도 무리는 아니라고. 사체를 수없이 찌른 행위가 잔혹하기는 하나 심신상실 상태로 볼 수도 있대. 그만큼 딸을 빼앗긴 분노가 컸음을 증명하며. 사건을 은폐하려는 의사가 보이지 않았으니 동정의 여지가 충분하다고."

"여론도 지금은 그에게 동정적이야. 나도 그런 마음이 들어. 대놓고 말할 수는 없지만."

"하지만 만약 복수를 마저 하면 얘기가 달라진다더라."

"계획 살인이니까."

"동기에 동정할 부분이 있더라도 충분히 이성적으로 생각할 수 있는 시간이 있었음에도 행위에 이르렀으니 법치국가의 치안이라는 관점에서 가볍게 판단할 수 없다는 거야. 여기서 지나치게 정상을 참작하면 개인의 복수를 인정하는 셈이 되니까."

여자친구의 말, 그러니까 법률 전문가의 생각은 오리베도 잘 안다. 나가미네의 행위는, 이른바 법률의 존재를 무시하는 것으로 이어진다.

"형벌만 생각하면 그렇지. 하지만 나가미네 용의자는 아마 그런 생각은 조금도 하지 않을 거야." 여자친구는 오리베를 응시했다.

"아마 그러겠지. 나가미네의 형벌에 대해서는 알겠는데 소년 B는 어떻게 되는데?" 오리베는 여자 친구에게 물었다.

"도망친 소년 말이지? 그것도 선생님들과 잠깐 얘기했어. 법률상 죄라면 우선은 부녀자 폭행과 상해. 나가미네 에마 양의 죽음에 관해서는 상해치사가 되지. 정상참작의 여지도 없고. 성인이라면 10년은 확실해."

"하지만 성인이 아니야."

"맞아. 상당히 악질이니까 소년 재판으로 검찰 송치될 가능성이 커. 그러면 어른과 같은 형벌을 받게 되는데……."

"성인보다는 양형이 완화되겠지."

"미성년자에게 징역 18년 판결이 나온 적도 있어. 하지만 역시 완화되겠지. 예를 들어 사형에 해당하는 죄라면 무기징역, 무기형이라면 10년에서 15년의 징역형 또는 금고형으로. 18세 미만일 때지만."

"스가노……, 소년 B는 아직 18살이야."

"하지만 상해치사라면 성인도 사형이나 무기징역은 받지 않아. 10년 이상 15년 미만의 유기 징역이지. 미성년자라면 일률적으로 3년 만에 가석방돼."

"3년이라……. 너무 짧네." 오리베는 한숨을 내쉬었다.

"이런 얘기를 들으면 어때?" 여자친구는 오리베의 얼굴을 들여다보며 물었다.

"어떠냐니?"

"경찰은 나가미네 용의자의 복수를 미연에 막으려고 하잖아."

"물론 그렇지."

"하지만 나가미네를 막았을 때 각각의 벌은 방금 내가 얘기한 것과 비슷할 거야. 나는 선생님들 얘기를 들으니 좀 허무하더라. 당신을 비롯한 경찰들이 얼마나 고생하고 있는지 아니까."

"그런 일은 집어치우라는 소리야?"

"그런 건 아니지만……." 여자친구는 얼굴을 찌푸리고 이마에 흘러내린 머리카락을 쓸어 올렸다. "그냥 허무하다고. 법률이란, 도대체 누굴 위해 존재하는지 조금 의문이 들더라."

"상사가 나한테 이러더라. 아무 생각 마라."

"법률가도 마찬가지인가? 생각하지 않는 게 좋을까? 그냥 기계적으로 과거의 판례를 조회하라는 건가……?"

오리베는 그 의문에 대답할 수 없었다. 변호사의 꿈은 진즉 버렸다던 여자 친구가 실은 남몰래 사법시험을 준비 중이라는 사실을 알고 있다.

그 후로도 그리 즐겁지 않은 대화가 이어졌고 레스토랑을 나온 뒤로는 각자 택시를 탔다.

오리베는 모니터를 다시 TV로 바꿨다. 이와타 변호사의 얼굴이 크게 나왔다.

『일단 범죄를 저지른 아이를 갱생시키고 반드시 당사자의 프라이버시를 지켜줄 필요가 있습니다. 그것은 죄 자체와는 상관없는 일입니다. 나쁜 짓을 저지른 놈들의 프라이버시는 지켜줄 필요 없다는 말은 지극히 위험한 사고방식입니다. 프라이버시 침해 역시 범죄이니까요. 그런 짓을 저지르는 사람은 죄를 지은 소년의 갱생에 이러쿵저러쿵 참견할 자격이 없습니다. 또한 중요한 점은 벌이 아무리 엄해져도 범죄 방지에 큰 효과가 없다는 점입니다. 피해자분들은 진심으로 동정합니다만, 우리가 생각해야 할 일은 앞으로 어떻게 해야 이 같은 피해를 막을 수 있는가 아니겠습니까. 그런 의미에서 단순히 가해자를 공격할 목적만 지닌 이번 '주간 아이즈'의 기사는 유감입니다.』

아무래도 토론은 끝을 향해 가고 있는 듯하다. 변호사 다음으로 사회자가 마무리 멘트를 시작했다. 주간지 편집장은 무뚝뚝한 표정으로 앉아 있고 아유무라로 추정되는 피해자 유족의 모습은 화면에 나오지 않았다.

오리베는 비디오 대기화면을 켜고 재생 버튼을 눌렀다. 도모자키와 스가노에 의한 강간 장면이 갑자기 시작되었다.

이런 놈들이 과연 갱생될까? 짐승 같은 둘의 행위를 보면서 오리베는 생각했다. 어젯밤 여자 친구와의 대화가 다시 떠올랐다.

오리베는 집중력을 잃고 있었다. 무엇 때문에 이런 불쾌한 영상을 보고 있는지 잊을 뻔했다. 그래선지 문제의 장면을 보면서도 스가노 일당의 행위를 멍하니 보고만 있었다. 퍼뜩 정신을 차린 것은 장면이 완전히 바뀌었기 때문이다.

방금, 혹시……? 그는 서둘러 테이프를 되감았다.

다시 재생 버튼을 눌렀다. 영상이 시작되었다.

이번에도 10대 후반으로 보이는 소녀가 스가노 일당에게 강간당하고 있다. 요트 파카가 올라가고 브래지어도 벗겨지면서 가슴이 고스란히 드러났다. 전과 마찬가지로 도모자키가 소녀를 뒤에서 붙잡고 있다. 이미 아랫도리에는 아무것도 입고 있지 않은 듯 그는 양 맨다리로 소녀를 감싸 도망치지 못하게 했다.

방인 듯한데 조명이 없는지 손전등을 조명 대신 쓰고 있었다.

스가노는 한 손으로 캠코더를 조작하고 있는 것처럼 보였다. 다른 한 손은 소녀의 속옷을 가위로 잘라내고 있다. 자, 어떤 게 나올까요? 그런 한심한 말을 했다.

도모자키는 웃고 소녀는 울부짖고 있다. 아무래도 양쪽 발은 어딘가에 묶여있는 것 같았고 치마는 이미 벗겨져 있다.

가위로 속옷이 잘려나간 소녀는 하반신을 고스란히 드러냈다. 스가노는 그곳에 카메라를 들이댔다. 나지막한 웃음소리는 스가노의 것이리라.

오리베는 화면을 넘기고 싶었으나 참았다. 분명 다음에 중요한 게 찍혀 있었다.

"자, 이제 시작한다. ……아, 시끄럽네. 가만히 좀 있어! 죽여버린다!"

스가노가 잔인한 말을 던졌을 때 화면이 크게 흔들렸다. 캠코더를 어딘가에 놓은 듯했다. 그 순간, 실내의 다른 장소가 찍혔다.

벽에는 아무것도 없이 텅 빈 선반과 함께 포스터 같은 게 붙어 있다.

오리베가 반응한 것은 그 포스터였다. 자세히 보려고 응시했을 때 카메라 렌즈가 다시 소녀를 잡았다. 소녀는 전라가 되어 있다.

그는 황급히 테이프를 다시 되감았다. 다시 비디오를 재생하고 포스터가 찍힌 부분에서 일시 정지 버튼을 눌렀다.

포스터에는 지도가 크게 그려져 있다. 어디 지도인지 바로 알 수 없다. 그러나 그 지도에 이렇게 적혀 있다.

신슈 드라이브맵.

약 한 시간 뒤, 오리베는 마노와 히사쓰카에게 그 비디오 테이프를 보여주었다.

"다른 테이프와 달리 이것은 영상이 전체적으로 매우 어둡습니다. 그들의 연출인가 했는데……." 그렇게 말하고 오리베는 재생 스위치를 눌렀다.

완전히 축 늘어진 소녀의 양손을 도모자키가 묶고 있다. 그때 스가노의 목소리가 들려왔다.

"정말 어둡네. 좀 더 밝게 안 되냐?"

그 말에 도모자키가 대답했다.

"어쩔 수 없어. 전기가 끊겼으니까."

오리베는 정지 버튼을 누르고 상사들을 봤다.

"지금 대화로 보아, 이곳은 어떤 사정으로 사용하지 않게 된 건물 안인 것 같습니다. 게다가 다른 장면을 자세히 보면 테이블과 의자 같은 게 있습니다. 그리고 일반 가정에서는 거의 사용되지 않는 민속 공예품 스타일의 장식품도 놓여 있습니다."

"별장인가?" 마노가 중얼거렸다. "그렇다면 전기가 안 들어오는 게 이상하네. 사용하지 않는 동안 소유주가 전기회사에 정지를 신청한 건가?"

"그럴 가능성도 있습니다만 개인 별장에 드라이브 지도를 붙여 놓을까요?"

"사람에 따라서는 붙일 수도 있지."

"하지만 보시는 대로 매우 낡았습니다. 아니, 포스터만이 아니라 방 곳곳에 먼지가 쌓인 듯 보입니다. 어두워서 잘 보이지는 않으나 가구도 너무 없고 선반도 비었습니다. 개인 별장이라면 이럴 수는 없죠."

"그래서? 자네 생각은?" 히사쓰카가 물었다.

오리베는 상사의 얼굴을 똑바로 쳐다봤다.

"신슈 드라이브맵이 붙어 있으니 이곳은 나가노현의 어딘가일 겁니다. 게다가 방의 상황으로 보건대 일종의 숙박 시설, 아마도 펜션 아닐까요."

"그렇군. 펜션이라." 히사쓰카가 팔짱을 꼈다.

"게다가 현재는 사용하지 않는 펜션입니다. 이곳을 둘이 어떻게 발견했는지는 모르겠으나 그곳으로 소녀를 끌고 가 강간 장소로 사용한 것 같습니다."

히사쓰카의 미간에 주름이 잡혔다. 그는 옆자리의 마노에게 말을 걸었다.

"어떻게 생각하나?"

"스가노도 어차피 어린애예요. 최근에 안 사실인데 녀석들은 상식이란 게 도통 없습니다. 유료로 묵는 곳이라면 러브호텔밖에 생각하지 못합니다. 일반적인 숙소는 예약해야 한다는 것도 모르죠. 하지만 몰래 들어가는 건 애도 할 수 있는 일입니다." 마노가 대답했다.

히사쓰카는 고개를 끄덕이고 일어났다.

"나가노현 안의 펜션을 찾아봐. 폐업한 곳으로."

38

어떤 프로그램의 녹화가 끝났는지, 젊은 여성들이 로비를 가로질러 방송국 밖으로 나갔다. 모두 곱게 차려입고 활기찬 것을 보니 매우 즐거운 프로그램이었던 모양이다. 2, 3년만 더 있었으면 치아키도 저럴 수 있었는데. 아유무라는 그 사람들을 지켜보면서 생각했다.

저 사람들만이 아니다. 방송국 안을 활보하는 사람들은 모두, 충실한 일상을 보내는 것 같다. 조금 전까지 여기서 이루어진 생방송의 주제 같은 것은 전혀 모르는 듯하다. 바쁜 나날을 보내는 사람들에게 소년 범죄 피해자의 고통 따위는 상관없으리라.

그 PD도 마찬가지다. 두 시간쯤 전에 처음 만난 젊은이를 떠올렸다.

아유무라는 리허설부터 똑같은 얘기를 수없이 떠들어야 했다. 현행 소년법에 대한 불만을 터뜨린다는 설정이란다. 앞으로 벌어질 토론에서 그런 주제가 나올 것인데 그때 사회자가 아유무라에게 의견을 구할 거라고 했다.

그런데 PD는 아유무라가 한마디 할 때마다 주문을 덧붙였다.

"그렇게 논리정연하게 말씀하지 않아도 됩니다. 아유무라 씨의 생각을 있는 그대로 말씀하시면 된다고요. 다소 억지스러운 부분이 있더라도 괜찮습니다. 핵심은 아유무라 씨의 분노를 시청자에게 전달하는 거니까 아유무라 씨가 화를 많이 내주셨으면 좋겠습니다. 조금은 오버하셔도 됩니다."

소년법에는 분노하고 있으나 막상 화를 내라니 말처럼 쉽게 되지 않았다. 오버하라고 해도 어느 정도가 오버이고 어느 정도가 적당한지 도통 알 수 없다.

무엇보다 토론에 참가할 수 없다니. 아유무라는 그게 불만이었다. 소년법에 관한 토론이 있으니 참석해달라는 말에 나올 결심을 했다. 그런데 막상 나와 보니 아유무라의 역할은 이미 정해져 있었다. 완고하게 소년법을 지키려는 변호사에게 화를 내는 역할이다. 물론 그 자리에서는 분노가 치밀어 올랐지만, 대사까지 미리 정해둔 건 이해할 수 없었다.

하지만 PD는 생방송이라 어쩔 수 없다고 설명했다.

"막상 차례가 되었는데 말이 안 나오시면 큰일이잖아요. 어느 정도 준비해놓지 않으면 방송이 되질 않아요. 게다가 방송에서 사용하면 안 되는 단어나 표현이 많아서 아마추어가 출연할 때는 늘 미리 여러 번 연습합니다."

PD는 방송이란 게 원래 그렇다고 덧붙였다.

방송 중에 아유무라는 발언하고 싶어 안절부절못했다. 그의 옆에 스무 살 전후로 보이는 AD가 붙어서 내내 PD와 이런저런 신호를 주고받았다. 아유무라는 그에게 의견을 얘기하고 싶다는 뜻을 전했다.

"잠시만 기다려주세요. 곧 사회자가 의견을 여쭤볼 테니까요."

AD는 그렇게 말했으나 주간지 편집장과 변호사만 떠들뿐 사회자는 아유무라는 잊은 듯했다. 물론 잊은 게 아니라 사회자는 정해진 순서대로 진행한 것뿐이다.

드디어 발언 기회가 찾아왔다. 그러나 그것은 사전에 합의된 것에 불과했다. 아유무라는 할 수 없이 시키는 대로 떠들었다. 그 뒤로도 의견을 말할 기회가 있다고 PD가 얘기했기 때문이다.

그런데 끝까지 그가 발언할 기회는 그때뿐이었다. 후반부로 들어서자, 스태프는 그가 차고 있던 마이크까지 빼버렸다.

얘기가 다르지 않나. 그의 분노는 이런 제안을 한 '주간 아이즈'의 오다기리에게 향했다.

기사 내용에 항의하려 했는데 부탁이 있다며 거꾸로 제안한 것이 바로 TV 토론에 출연해달라는 것이었다.

"범죄 소년의 갱생을 연구하는 그룹이 있습니다. 거기서 우리 쪽에 항의가 들어왔어요. 이번 기사는 실명을 밝힌 거나 다름없다, 그러면 소년들의 프라이버시를 지킬 수 없다고. 어이없는 얘기 아닌가요? 이번, 아유무라 씨의 프라이버시에 관해서는 상당히 배려했다고 생각했는데 부족한 부분이 있다면 정말 죄송합니다. 하지만 놈들이 프라이버시를 떠들 자격은 없습니다. 그래서 우리로서는 철저하게 대응할 생각입니다."

오다기리는 언변이 뛰어난 남자다. 아유무라의 항의를 받자 공통의 적을 강조함으로써 동료 의식에 호소한 것이다. 아유무라는 그의 화술에 그대로 넘어갔다. 범인 소년들을 감싸는 인간이 있다는 소리에 머리에 피가 솟구친 것도 사실이다.

출연을 승낙하자 순식간에 일이 진행되었다. 몇 시간 뒤 방송국 사람이 찾아와 회의에 들어갔다. 토론에 대비해 이렇게 준비하고 이런 걸 정리하자 생각했는데 그럴 여유가 전혀 없었다. 영문도 모른 채 출연했고 방송은 끝나버렸다.

과연 이런 프로그램에 나온 게 옳은 결정이었을까? 이런 프로그램에 호소력이란 게 있을까?

그런 생각을 하고 있는데 방송국 사람들과 오다기리가 나타났다. 그 뒤에는 편집장과 이와타라는 변호사도 있었다. 오다기리는 출연하지 않았으나 편집장을 보좌해 동석했다. 편집장은 이번 문제에 관해 자세한 사항을 거의 파악 못하고 있어서 방송 때문에 급히 오다기리의 강의를 들었다는 사실도 아유무라는 스튜디오에 오고 나서야 알았다.

놀랍게도 편집장은 이와타라는 변호사와 담소를 나누고 있었다. 두 사람의 표정에는 프로그램에서 보여줬던 날카로움이 조금도 남아 있지 않았다. 마치 전부터 알던 사이처럼 친근했다.

둘을 멀거니 바라보고 있으니 오다기리가 그를 알아보고 다가왔다.

"수고하셨어요. 정말 잘하셨어요." 오다기리는 흐뭇한 표정으로 태평하게 말했다.

"이봐, 어떻게 된 거야!"

"아니, 무슨 문제라도?"

"얘기가 다르잖아. 내가 말할 수 있다고 했잖아. 그런데 제대로 하고 싶은 말도 못 했어."

"아이고, 이런! 이런 프로그램에서는 종종 있는 일입니다. 그래서 여러 번의 리허설을 거쳐 발언에 낭비가 없도록 하는 거랍니다." 오다기리는 잔뜩 몸을 낮춰 말했다.

"왜 토론에 참여시키지 않았지? 저 편집장은 그저 자기 잡지 얘기만 했지, 우리를 조금도 대변해주지 않았잖아!"

"아, 심정은 이해합니다만."

아유무라를 알아본 방송국 사람은 도망치듯 사라졌다.

편집장과 변호사는 아직도 이야기를 계속하고 있다. 둘 다 미소를 지으며 명함을 교환하는 모습이 아유무라의 눈에 들어왔다.

"저 사람들 뭐 하는 거야?" 그는 둘을 턱으로 가리켰다.

"저분들이 왜?" 오다기리가 물었다.

"어떻게 저렇게 화기애애하게 떠드는 건데? 아까까지 싸웠잖아."

오다기리는 둘을 돌아보며 "아아!"라며 얼굴의 긴장을 풀었다.

"토론을 한 거지 싸운 게 아니잖습니까. 프로그램이 끝나면 서로 수고했다고 인사하는 게 당연하죠. 별로 이상할 일도 아닌데요."

"그럴지도 모르지만, 저 변호사가 잡지에 항의했다며? 프로그램이 끝나도 적인 것은 마찬가지지."

"아, 그야 그렇지만." 오다기리는 머리를 긁적였다.

편집장이 다가왔다. "수고하셨습니다." 아유무라에게 인사한 후 바로 오다기리를 봤다.

"나는 이와타 선생을 그 가게로 안내하지."

그 말에 아유무라는 눈을 부릅떴다. 변호사를 접대하는 모양이다.

"아, 네, 알겠습니다." 오다기리는 거북한 태도로 대답했다.

휙 몸을 돌려 변호사에게 돌아가는 편집장의 등을 아유무라는 아연한 채 바라봤다.

"이것 봐!"

"자자!" 항의하는 아유무라를 오다기리는 양손으로 제지했다.

"그렇게 까다롭게 굴지 마세요. 피차 성인 아닙니다. 그 정도의 거래는 아시잖아요."

"무슨 거래? 이런 한심한 짓거리에 불려 나오는 신세가 되어 보라고!"

한심한 짓거리라는 말에 비위가 상했는지 오다기리의 얼굴에도 발끈하는 표정이 어렸다.

"당신, 그 조건은 어떻게 됐지?"

"조건? 아아……." 오다기리는 턱을 문질렀다.

출연을 승낙할 때 아유무라는 한 가지 조건을 내걸었다. 그것은 '주간 아이즈' 기사를 쓸 때 취재한 사람을 소개해달라는 것이다. 특히 도모자키 아쓰야 일당과 친했다는 소년에게 관심이 있었다.

"꼭 만나고 싶으세요? 만나봤자 소용없을 것 같은데요." 오다기리는 대놓고 얼버무리려 했다.

"새삼스레 그런 말을 해? 날 속인 거야?" 아유무라는 뺨을 굳혔다.

"아니, 속이다니, 그런 건 아닙니다. 꼭 알아야겠다면 알려드릴 수는 있는데. 그저 저는 아유무라 씨를 생각해서……."

"그런 입에 발린 소리는 됐고, 약속이나 지켜." 아유무라는 상대를 노려봤다.

오다기리는 크게 한숨을 내쉬었다. 입가를 일그러뜨리고 재킷 주머니에서 수첩을 꺼냈다.

마코토는 만화방에서 나올 때 요금이 얼마인지 듣고 놀랐다. 생각보다 너무 많이 나왔기 때문이다. 시간을 확인하지 않고 네 시간이나 틀어박혀 있었던 것이었다.

밖은 이미 캄캄했다. 배가 고팠지만 식당에서 사먹거나 편의점에 들를 돈이 없었다. 어쩔 수 없이 무거운 걸음을 옮겨 집에 가기 시작했다.

평소 버릇대로 왼쪽 주머니에 손을 집어넣었는데 거기에 있어야 할 휴대전화가 오늘은 없었다. 외출하면서 집에 놓고 왔다. 그러라는 경찰의 지시가 있었다. 언제 가이지의 연락이 올지 모르기 때문이다.

빨리 이런 일이 끝나길 마코토는 진심으로 바랐다. 휴대전화도 자유롭게 쓰지 못하고 어울리던 친구들과도 완전히 멀어졌다. 그들도 아쓰야나 가이지와 저마다 이해관계가 있었을 텐데 마코토를 앞세우고 자신들은 안전한 곳에서 숨죽이고 있다. 지금 마코토와 연락하는 것은 그들에게는 너무나 위험한 일이다.

'주간 아이즈' 기사는 그런 상황에 박차를 가했다. 이름이 공개되지는 않았으나 곳곳에 마코토에 관한 내용이 담겨 있었다. 기사를 읽으면, 이 마을 사정을 조금이라도 아는 사람은 기사 속 소년이 마코토라는 걸 바로 알 것이다. 사실, 그 주간지가 나온 날, 친척으로부터 쉴 새 없이 전화가 왔고, 그를 바라보는 이웃의 눈빛은 전보다 차가워졌다. 아버지로부터도 당연히 날벼락이 떨어졌다. 언제 취재에 응했냐는 것이다. 마코토는 얼버무리려 했지만 생각나는 대로 지어낸 거짓말은 바로 들통났다.

"주간지 사람들에게 속기나 하고, 너는 정말 바보냐? 너에 관해 쓰지 않을 리가 있겠니!" 언어맞는 게 아닐까 싶을 정도로 아버지는 성질을 냈다.

확실히 속았다. 이렇게 쓸 줄 정말 몰랐다. 오히려 자신과 관련된 글을 쓰게 하지 않으려고 질문에 얌전히 대답했다.

항의하고 싶어도 어떻게 해야 하는지 몰랐다. 그저 마코토는 더러운 어른들의 세계와 악취 나는 거래가 어떤 것인지 다시금 깨달았다.

신호를 기다리는데 뒤에서 누가 말을 걸었다. "나카이 마코토 군이지?"

돌아보니 쉰 살 정도의 표정이 어두운 몸집 작은 남자가 서 있었다. 또 형사인가 싶었다.

"그런데요." 그는 경계하며 대답했다.

"잠깐 시간 있니?"

"무슨 일인데요?"

"잠깐이면 돼." 중년 남자는 걷기 시작했고 어쩔 수 없이 마코토도 그의 뒤를 따랐다.

교차로에서 조금 떨어진 좁은 골목에서 남자가 멈췄다.

"스가노 가이지의 친구맞지?" 남자가 단도직입적으로 물었다.

마코토는 방어 자세를 취했다. 남자의 온몸에서 증오의 기운이 풍겼기 때문이다.

"아저씨, 뭔데?"

남자는 눈을 허옇게 뜨고 노려봤다. "피해자 아버지야."

"어……?"

"너희들의 놀잇감이 되었던 소녀의 아버지지. 놀잇감이 되었다가 자살한 아이의 아버지."

마코토는 눈을 크게 뜨고 뒷걸음질했다. 순간 칼에 찔리는 게 아닐까 싶었다.

"나……, 나는 아무 짓도 안 했어요." 목소리가 떨렸다. 다리도 떨리기 시작했다.

"웃기고 있네. 놈들에게 차를 빌려줬잖아. 녀석들이 뭘 하는지 알면서 협력했잖아. 녀석들이 만든 비디오를 좋다고 봤을 텐데."

마코토는 격렬하게 손을 저었다.

"몰라요. 정말 모른다고요." 그는 주위를 둘러봤다. 어디 경관이 없나 찾았다. 위험을 감지했기 때문이다.

도망치려고 했으나 다리가 움직이지 않았다. 그때 남자가 말했다.

"도망쳐봤자 소용없어. 너희 집도 알아. 말해두는데 나는 교도소에 가는 것도 안 무서워. 사형당해도 괜찮아."

살해당할 것 같다. 도망쳐야 해…….

"스가노는 어디 있지? 너는 알지?"

"몰라요. 알면 경찰에 말했죠. 나도 몰라서 집을 계속 형사가 감시한다고요."

"스가노한테서 연락이 왔나?"

"몰라요. 올 수도 있어서 그래요."

"그래?" 남자는 고개를 끄덕이고 마코토에게 다가왔다. "그럼 내 말을 잘 들어. 그럼 너를 용서해줄 테니까." 남자의 내뱉는 숨결이 지독했다.

39

체크아웃한 손님 두 팀을 배웅한 뒤, 와카코는 라운지 구석에서 잡지를 펼쳤다. 부동산회사에서 매달 보내는 것으로, 별장이나 점포, 펜션 같은 물건 정보가 실려 있다. 나가미네는 인터넷으로 정보를 모으고 있는 모양인데 인터넷에 올라오지 않는 물건이 이 잡지에 실릴 때가 많았다.

지금까지 이 잡지를 열심히 본 적은 없다. 사업을 확장하겠다는 야심찬 펜션 주인에게는 유용한 정보일지 모르나 와카코에게는 그저 남의 일일 뿐이다. 다카아키 역시 '크레센토'로 만족했다. 아니, 애당초 사업을 확장할 여유가 없다.

다시 읽어 보니 매물로 나온 펜션 자체가 많지 않았다. 요즘 불경기로 폐업에 쫓기는 곳이 많을 줄 알았는데 매물로 가치가 있는 곳은 많지 않나 보다. '크레센토'라면 어떨까? 역시 이 상태라면 살 사람이 없겠지. 여기저기가 꽤 낡아서 새로 영업하려면 상당한 보수 비용이 들 것이다. 어쩌면 새로 짓는 게 더 싸겠다. 그렇다면 굳이 중고를 살 이유가 없다.

스가노 가이지가 숨어 있는 펜션도 매물로서의 가치가 없는 물건일 수도 있다. 그렇다면 이런 정보지를 아무리 뒤져도 소용없다는 소리다.

그런 불안에 시달리면서 페이지를 넘기는데 한 물건이 와카코의 눈에 들어왔다. 중고 점포 물건을 소개하는 페이지이다.

전체적으로 사각형의 평면적인 인상의 새하얀 서양식 건물이 찍혀 있다. 멀리 나무들이 보였는데 울창한 숲속은 아닌 듯하다. 건물 바로 앞에 주차장이 있고 그 옆에 간판이 세워져 있다.

와카코가 주목한 것은 비고란이다. 소유주가 작년 말까지 펜션으로 이용했단다.

와카코는 장소를 확인했다. 고모로시 고지다카미네라. 다카미네 고원 주변이다. 교통은 고모로 인터체인지에서 약 15분이라고 되어 있다.

부동산업자가 점포로 팔려고 내놓은 이유는 빤하다. 아마도 주요 도로에서 그리 멀지 않으니 카페나 레스토랑으로 업종을 바꾸는 게 장사가 더 잘되리라 생각했을 것이다. 사진으로 봐선 펜션이라는 단어에서 풍기는 세련된 분위기가 이 건물에는 없다.

고모로 인터체인지에서 약 15분이라면 10킬로미터 정도일 것이다.

조건은 딱 맞는 것 같아서 해당 페이지 끝을 살짝 접었다.

그때였다.

"뭘 그렇게 열심히 보니?" 뒤편에서 목소리가 들리고 앞치마를 두른 다카아키가 다가왔다.

"별거 아냐. 그냥 심심해서." 와카코는 서둘러 잡지를 덮었다.

그 행동은 오히려 다카아키의 관심을 끈 듯 그의 눈길이 잡지로 향했다.

"뭐야, 부동산에 관심 있니?"

"아니, 너무 심심해서 그랬다니까. 자, 이제 장이나 보러 가야겠다." 와카코는 자리에서 일어났다.

잡지를 가져가려 했는데 그보다 먼저 다카아키가 펼쳤다. 와카코가 살짝 접어놓은 페이지였다.

"다카미네 고원 펜션? 여기가 왜?"

"아니, 아무것도 아니라니까. 건물 디자인이 맘에 들었을 뿐이야."

"디자인? 볼만한 게 없는데?"

"외벽 색깔이랑 지붕 조합이 흥미로운 것 같아서. 우리도 슬슬 새로 칠해야 하잖아. 참고할까 해서. 그보다 아버지, 203 호실 침대가 삐걱대던데 고쳤어? 지난주 고객 카드에도 적어 놨더라." 와카코는 아버지 손에서 잡지를 빼앗았다.

"그건 어제 고쳤다. 왜 그렇게 퉁명스럽게 말하니?"

"아니, 내가 언제 그랬다고 그래."

"너, 요즘 이상하더라. 장보러 가면 도통 돌아오지 않고. 단자와 집안에 무슨 일 있니?"

"일은 무슨 일······. 사건 때문에 그냥 좀 불안해서 그래."

"나가미네 용의자 일이냐? 그건 이제 다 끝났잖아. 경찰도 더는 조사하러 오지 않고."

"그럼 좋겠는데." 와카코는 잡지를 든 채 라운지를 나가 그 대로 현관으로 향했다. 다카아키가 어떤 표정을 짓고 있는지 알고 싶었으나 돌아보는 게 두려웠다.

밖으로 나와 차에 타고는 바로 시동을 걸었다. 백미러로 뒤를 봤을 때 펜션 창 너머로 아버지의 얼굴이 보였다. 수상 쩍어하는 표정을 그대로 드러낸 채 딸이 탄 차를 지켜보고 있었다.

알아차렸을 리 없다고 생각했으나 일말의 불안은 있다.

전에 형사가 왔을 때, 와카코는 나가미네와 거의 대화를 나누지 않았다고 거짓말했다. 다카아키는 그게 무척이나 마음에 걸렸나 보다. 그는 와카코가 나가미네에게 컴퓨터를 배운 것도, 밤새 긴 이야기를 나눈 것도 알고 있다.

지나치게 부자연스러운 행동은 자제해야겠다. 그러나 부자연스러워질 수밖에 없는 상황이다. 나가미네를 숨길 곳은 마쓰모토의 맨션 말고는 생각나지 않았고 와카코가 아니면 나가미네 혼자 행동해야 하는데 그건 지극히 위험했다.

부자연스럽다 해도 어떻게든 얼버무릴 수밖에 없어. 와카코는 결단을 내렸다.

마쓰모토의 맨션에 도착한 와카코는 현관 벨을 눌렀다. 반응이 없다. 와카코는 또 심란해지기 시작했다. 그렇게 외출하지 말라고 당부했건만…….

그런데 다시 버튼에 손을 댔을 때 찰칵 잠금장치 풀리는 소리가 나더니 문이 열렸다. 막 자란 수염을 그대로 둔 얼굴이 문틈으로 보이자 와카코는 안심했다.

"나가셨나 했어요."

"죄송해요. 화장실에 있었어요."

와카코는 고개를 끄덕이고 방에 들어갔다. 구석에 골프가방이 놓여 있고 가방 뒤로 검고 긴 막대기 같은 것과 부품들이 보였다.

총을 손질하고 있었구나. 와카코는 바로 알아차렸다. 화장실에 있었다는 것은 아마 거짓말이리라.

"식사를 가져왔어요." 와카코는 골프가방에서 시선을 거두고 오면서 산 도시락과 음료수를 꺼냈다.

"늘 죄송합니다. 큰 도움이 됩니다. 어제 TV, 보셨습니까?" 그는 도시락을 받았다.

"TV?"

나가미네는 창가에 음식을 놓고 액정 화면이 달린 소형 TV를 꺼냈다. 와카코도 처음 보는 물건이다.

"역시 정보를 얻으려면 TV가 필요할 것 같아서 급히 샀습니다. 더 큰 게 좋겠지만, 가지고 다니기 힘들 것 같아서요."

"카드로 사셨어요?" TV 크기보다 그게 더 마음에 걸렸다. 점원이 알아차리지 않았을까?

"현금이죠. 그렇게 비싸지도 않습니다. 그보다 재미있는 프로그램을 하더군요. '주간 아이즈' 기사에 항의한 변호사와 주간지 책임자가 토론하는 프로그램입니다. 못 보셨나요?"

와카코는 못 봤다며 고개를 저었다. "어떤 토론이었는데요?"

"한마디로 한심했습니다." 나가미네는 입가를 일그러뜨리며 웃었다. "저런 프로그램에는 다 시나리오가 있겠죠. 양쪽 모두 정론이랄까, 지장이 없는 말만 늘어놓더군요. 주간지 측은 프라이버시를 무시하면서까지 보도하는 게 사회적으로 어떤 효과가 있느냐는 질문에는 대답하지 않았고 소년법 옹

호파는 모든 범죄 소년이 갱생하지 않는다는 현실적 문제를 회피했습니다."

"그럼 조금도 재미있었을 것 같지 않은데요."

"하지만 초대 손님으로 피해자 아버지가 불려 나왔어요. 그게 좀 마음에 걸렸죠. '주간 아이즈'를 읽었을 때도 느꼈는데 저처럼 도모자키 일당에게 당한 딸이 목숨까지 끊은 아버지가 지금 어떻게 생각할지, 관심이 많이 갔죠. 프로그램에서는 거의 발언하지 않았지만."

"자살한 여학생의 아버지죠?"

"네. 저는 그런 프로그램에 나갈 마음의 여유가 없을 것 같은데……. 어떻게 마음 정리를 했는지 궁금했습니다."

"지금도 괴롭지 않을까요? 뭘 해야 할지 모르니까 TV에라도 나와 심정을 밝히고 싶었던 게 아닐까요." 와카코는 자기 생각을 그대로 말했다.

나가미네가 살짝 고개를 끄덕였다.

"그럴지도 모르겠군요." 그는 TV를 원래 있던 곳에 놓았다.

와카코는 부동산 정보지를 내밀었다. "이거 좀 봐주세요."

"뭡니까?"

"제가 보기에는 조건이 맞는 것 같아요. 현지에 가봐야 알겠지만." 와카코는 그렇게 말하고 접어놓은 페이지를 펼쳤다.

나가미네의 눈빛이 날카로워졌다.

"다카미네 고원······이라면 어디쯤인가요?"

"군마현과의 경계예요. 오히려 군마현에 가까울지 모르겠네요. 고모로 인터체인지에서 그리 멀지 않지만."

"그런 것 같군요. 현도에서 가까운 것 같으니 스가노가 숨어 있기에 적합할지도 모르겠습니다."

"이렇게 광고를 낼 정도면 부동산업자도 종종 둘러보러 다닐 것 같지만요."

"아뇨. 꼭 그렇지만도 않을 겁니다. 여러 곳을 돌아보며 느꼈습니다만 관리가 엉망인 곳이 많았습니다. 일단 보러 가겠습니다. 오늘 밤 당장 가겠습니다."

"어떻게요?" 와카코가 물었다. "이 지도 보니 차가 없으면 힘들어요."

"택시를 부르죠."

와카코는 고개를 저었다.

"그런 곳에 택시가 갈 리 없어요. 가루이자와까지 가면 가능하겠죠. 하지만 틀림없이 의심받을 겁니다."

나가미네는 침묵했다. 와카코의 말이 지당했기에 받아들인 듯하다.

"저도 같이 갈게요. 시간을 말해주세요. 그때 맞춰 올게요."

"아니, 하지만."

"혼자는 무리겠죠? 렌터카 업체에도 나가미네 씨의 사진이 다 뿌려졌을 거예요." 와카코는 나가미네의 얼굴을 들여다 봤다.

"그럼 차를 빌릴 수 있을까요? 여기서부터 저 혼자……."

"거절하겠습니다." 와카코는 딱 잘라 말했다. "아니, 그거 너무 부자연스럽잖아요. 그러면 우리에게 폐를 끼치지 않을 거라 생각하시나요? 내 차를 썼는데?"

나가미네는 다시 입을 다물었다. 미간의 깊은 주름이 진해졌다.

"알겠습니다. 그럼 이렇게 하죠. 펜션 근처까지 저를 태워 주세요. 거기부터는 걸어가겠습니다."

"그다음은요?"

"만약 거기 아무것도 없으면 차로 돌아오겠습니다. 죄송하지만 그때까지 기다려주세요."

"거기에 스가노가 있으면?" 와카코는 긴장하면서 물었다.

"목적을 이뤄야지요." 나가미네는 와카코의 눈을 보면서 대답했다. "반드시 할 겁니다. 다음은 경찰에 연락하겠습니다. 아니, 당신이 하는 게 좋겠군요. 당신은 한시라도 빨리 그 자리를 떠나세요. 저는 현장에 남아 경찰이 오기를 기다리겠습니다. 체포되면 어디에 숨어 있었는지, 현장까지 어떻게 갔는지 끈질기게 물어보겠지만, 당신 이름은 절대 밝히지 않겠습니다. 이 방도 절대 발설하지 않겠습니다."

담담한 말투였으나 그만큼 그의 결심은 단단해 보였다. 와카코는 그의 제안에 반대할 말을 떠올릴 수 없었다.

"알겠습니다. 몇 시에 오면 될까요?"

나가미네는 손목시계로 시선을 떨어뜨렸다.

"어느 정도 어두워지면 출발하고 싶습니다. 7시쯤이 제일 좋을 듯합니다. 아, 하지만 당신에게는 펜션 일이 있겠네요."

"일은 알아서 할게요. 적당한 이유를 대고 나오죠." 마음속으로 그랬다가는 이번에야말로 정말 다카아키가 의심할 거라며 걱정하면서도 의연하게 말했다.

"그럼 7시에 부탁드립니다. 저도 그때까지 준비를 마치겠습니다."

와카코는 고개를 끄덕였다. 준비란 엽총 손질이리라.

방을 나온 뒤 숨을 크게 내쉰 와카코는 앞이 보이지 않는 깊은 동굴에 들어가는 듯한 공포를 느꼈다. 멈추려면 지금밖에 없다는 생각이 들었다. 그리고 그만하겠다고 해도 나가미네는 조금도 와카코를 비난하지 않을 것이다.

하지만 여기서 도망치면 평생 후회하리라는 것을 와카코는 알았다. 무슨 일이 있더라도 나가미네와 동행해야 한다. 그리고 그가 눈치채지 못하도록 펜션까지 따라갈 것이다. 거기에 스가노가 있다면 나가미네 앞에 몸을 던지는 한이 있더라도 복수를 막을 생각이다.

40

사쿠 인터체인지에서 고속도로를 나온 다음, 오리베는 시
라카바고원 쪽으로 핸들을 꺾었다. 오후 5시가 지나는 참이
어도 아직 주위는 밝았다. 마을과 마을 사이에 푸른 녹음이
눈에 들어왔다.

"일이 아니라 휴가로 이런 데 오면 좋았을 텐데." 조수석의
마노가 절절하게 말했다.

"아침 일찍 출발해서 피곤하시죠? 도착할 때까지 눈 좀 붙
이세요." 오리베는 앞을 보며 말했다.

"노인네 취급하지 마. 일찍 출발한 건 너도 마찬가지잖아.
후배한테 운전을 시켜놓고 그럴 수는 없지." 마노는 그렇게
말하고 크게 하품했다. "하지만 정말 피곤하네."

"꽤 돌아다녔으니까요."

"나가노 쪽 사람들은 이상할 만큼 의욕이 넘치더군. 하룻밤 사이에 그렇게 많이 찾아놓을 줄 몰랐어."

"전부 여섯 곳……이죠."

"대부분 가루이자와에 집중되어 있어서 다행이지만 넓은 나가노현을 돌아다녔다면 아주 힘들었겠어." 마노가 쓴웃음을 흘렸다.

오늘 아침, 도쿄를 떠난 오리베 일행은 다른 수사관과 함께 곧장 나가노 현경 본부로 갔다. 현에서 폐업 중인 펜션을 목록으로 만들어 달라고 사전에 부탁했기 때문이다. 짧은 시간이었음에도 자료는 꽤 잘 갖춰져 있었다.

그 정보를 바탕으로 팀을 나눠 각각 펜션을 뒤졌다. 그러나 지금까지 스가노 가이지의 은신처로 의심되는 펜션은 발견하지 못했다.

목록에 있던 펜션은 모두 찾아봤으므로 오늘 수사는 끝난 셈이다. 하지만 마노의 제안으로 그와 오리베만 '크레센토'로 가기로 했다. 말할 것도 없이 나가미네가 들렀던 펜션이다.

"가와사키 형사 팀의 보고에 따르면 나가미네의 목적지를 알아낼 단서는 알아내지 못했다고 했는데……." 오리베는 먼저 탐문을 했던 수사관의 이름을 꺼냈다.

"알아. 우리가 간다고 대단한 수확은 없을 거야. 그냥 나가미네가 어떻게 지냈는지 알고 싶어."

"어떻게 지냈는지요?"

"나가미네는 엽총을 가지고 있어. 스가노를 죽이려고. 그런 생각을 하는 사람은 두 가지 타입으로 나뉘지. 제정신을 잃을 정도로 흥분해 살기등등하거나 반대로 무서울 정도로 냉정하거나. 도모자키를 죽인 현장을 보면 지극히 충동적인 인물처럼 보이지만, 그 뒤로 기막히게 숨어 지내고 있고 수사본부에 보낸 편지 내용을 봐도 지금은 상당히 차분해졌을 거야."

"만약 냉정하다면 설득할 수 있다는 말씀이신가요?"

오리베의 질문에 마노는 오히려 반대라고 대답했다.

"만약 지금, 냉정하다면 결심을 바꾸기는 힘들어. 조금이라도 망설인다면 복수를 중단하고 자수할지도 모르지만."

오리베는 살짝 고개를 끄덕였다. 앞쪽에 다테시나 목장이라는 표시가 나타났다.

그로부터 약 20분 만에 펜션 '크레센토' 앞에 도착했다. 녹색 지붕이 특징이라 들었는데 TV 와이드쇼를 통해 이미 봐선지 그리 낯설지 않았다.

펜션 주인인 기지마 다카아키라는 인물과 그의 딸이 둘을 맞았다. 마노와 오리베가 방문한다고 사전에 알렸기 때문이다.

기지마 다카아키는 하얀 턱수염을 기른 온후해 보이는 인물이다. 그런데도 오리베 일행을 라운지로 안내한 뒤 약간 비아낭대는 듯 물었다.

"우리에게는 더 물을 게 없다는 식으로 말씀하셨는데요?"

마노가 쓴웃음을 짓고 머리를 긁적였다.

"아, 늘 공무원들은 이런 식으로 일한다고 혼내시는 것 같군요. 괜히 번거롭게 해서 죄송합니다. 굳이 변명하자면 저희는 나가미네 용의자가 아니라 그가 복수하려는 젊은이를 쫓고 있습니다."

기지마 다카아키는 석연치 않은 표정으로 고개를 끄덕였다. 쫓는 상대가 다르더라도 사건은 하나 아니냐고 생각하고 있을 것이다.

마노는 나가미네가 이곳에 머물던 모습에 관해 간결하게 질문했다. 기지마 다카아키의 대답 역시 간결했다. 요컨대 잘 기억이 나지 않는다는 것이다.

다만 오리베는 질문하는 동안, 가끔 기지마 다카아키가 딸쪽을 힐끔힐끔 쳐다보는 게 조금 마음에 걸렸다. 30대 초반으로 보이는 와카코라는 딸은 아무 말 없이 고개를 숙인 채 거의 꼼짝도 하지 않았다.

"나가미네가 부동산 정보를 모으지 않았나요?" 마노가 물었다.

"부동산……이요?" 기지마 다카아키는 눈썹을 찌푸렸다.

"부동산 정보 자체가 아니더라도, 일테면 근처 펜션 가운데 망한 곳이 없냐는 질문을 하지 않았습니까?"

"아뇨, 그런 말은……, 기억이 나질 않습니다."

"그런가요." 마노는 수긍했다.

기지마 다카아키가 여기서도 슬쩍 딸의 옆얼굴을 보는 것을 오리베는 놓치지 않았다.

한바탕 질문을 끝낸 뒤, 나가미네가 썼던 방을 보여달라고 했다. 둘이 알아서 보라고 해서 마노가 열쇠를 받았다.

나가미네가 사용한 2층 방은 싱글 침대가 나란히 두 개 놓여 있는 소박한 방이다. 구석에 작은 서랍이 달린 문필용 책상이 있다.

이 방에 남아 있던 지문은 이미 분석이 끝났다. 방에 있던 사람은 틀림없는 나가미네로 판명되었다.

"나가미네는 이 방에 틀어박혀 있던 건 아니야. 주인 말로는 매일 외출했다고 했어. 당연히 스가노를 찾아다녔을 텐데 도대체 어떤 방법으로 발견하려 했는지. 녀석은 전혀 단서가 없었을 텐데." 마노가 혼잣말처럼 중얼거렸다.

"하지만 그건 우리 착각일지도 모르죠. 무엇보다 나가미네는 스가노가 나가노현에 있다는 사실을 알고 있었어요."

"도모자키에게 들은 게 아닐까?"

"그 도모자키 말입니다. 우리도 꼬리를 못 잡았는데 나가미네는 어떻게 도모자키 일당이 딸을 죽인 걸 알았을까요?

443

그건 여전히 의문입니다."

"맞아. 녀석도 우리와 마찬가지로 지금쯤 망한 펜션을 찾아 돌아다니고 있지 않을까?" 마노가 고개를 기울였다.

둘이 방에서 나오는데 아래층에서 대화 소리가 들렸다.

"이런 시간에 왜 나가니?" 기지마 다카아키의 목소리였다.

"급한 일이라고 했잖아. 이런 시간이라니, 이제 6시가 조금 넘었을 뿐이야. 무슨 문제라도 있어?"

"아직 일이 남았잖아."

"오늘 밤은 손님이 한 팀밖에 없고 다다노 군에게 나머지 일은 맡겼으니까 아버지가 힘들 일은 없을 거야."

"도대체 어디 가니?"

"마쓰모토에 있는 친구 집. 남편이 갑자기 입원해서 친구 는 병원에 가야 해. 집에 남은 아이를 누가 봐줘야 한다고."

"어떤 친구인데?"

"아버지는 말해도 몰라."

"네가 꼭 가야 하니?"

"그러니까 가겠지. 이러고 있을 시간 없어. 나, 지금 나가야 해." 요트 파카를 입은 와카코가 현관을 나가는 게 계단 위에 서 보였다.

오리베는 계단을 내려갔다.

"왜 그러세요?"

"아, 아니⋯⋯." 기지마 다카아키는 낭패한 듯 보였다. "방은 어떠셨습니까?"

"다 둘러봤습니다. 고맙습니다."

그렇게 말하고 오리베가 내민 열쇠를 받아든 기지마 다카아키는 한없이 열쇠를 바라봤다.

"무슨 일이라도?" 오리베가 물었다.

"아뇨. 그, 나가미네 용의자가 있는 곳을 여전히 모르시나요?"

"여러모로 수사 중입니다."

"조금 전, 망한 펜션을 찾지 않았냐고 물으셨는데 그건 무슨 관계인지?"

"아니, 뭐, 파악한 정보 가운데 그런 게 있어서⋯⋯, 더는 말씀을 드릴 수는 없지만."

"그래요?"

"아니, 왜 그러십니까?"

"아뇨. 잠깐 마음에 걸려서요. 이상한 걸 물어본다 싶어서." 기지마 다카아키는 의례적인 미소를 보이고 라운지를 떠났다.

그때 휴대전화 울리는 소리가 났다. 마노의 전화였다.

"여보세요⋯⋯ 아아, 아까는 고마웠습니다. ⋯⋯아하, 하나 더 발견하셨다고요? ⋯⋯작년 말까지 운영. 장소는? ⋯⋯네? 다카미네⋯⋯? 다카미네 고원이요? 잠깐만요." 마노는 송화

구를 손으로 막고 오리베를 봤다. "나가노 현경에서 한 군데 더 폐업한 펜션을 찾았대. 지금 갈 수 있나?"

"갈 수 있습니다."

"다카미네 고원이라는 곳이야. 장소를 확인하게."

오리베는 알겠다고 대답하고 재킷 안주머니에 넣어뒀던 나가노현 지도를 꺼냈다. 그 자리에 쭈그리고 앉아 바닥 위에 펼쳤다.

마노가 메모하면서 질의응답을 이어갔다.

"……고모로시라고요? ……고모로 인터체인지에서 15분쯤. 펜션 이름은…… 후타바야? 한자인가요? ……가타카나. 가타카나로 '후타바야'라는 거군요. 알겠습니다."

마노는 전화를 끊고 메모를 오리베에게 건넸다. 거기에는 자세한 주소가 휘갈겨 적혀 있었다. 오리베는 바로 지도로 시선을 떨어뜨렸다.

"이 근처네요." 그는 지도 한쪽을 가리켰다. "지금 출발하면 한 시간 안에 도착할 겁니다."

"가볼까?"

"그러죠. 애써 알아봐 줬으니까." 오리베는 지도를 접고 일어났다. 그런데 어느새 기지마 다카아키가 라운지에서 나와 그들을 바라보고 있었다.

"무슨 일인가요? 나가미네가 있는 곳을 알았나요……?"

"아뇨. 아직 거기까지는." 마노는 손을 젓고 오리베를 보며 "가지"라고 말했다. 그리고 다시 펜션 주인에게 고개를 숙였다. "협력해주셔서 감사합니다."

그 목소리를 뒤로 들으면서 오리베는 현관문을 열었다.

마쓰모토의 맨션 앞에 차를 세웠을 때는 오후 7시에서 10분쯤 지나 있었다. 와카코는 서둘러 맨션으로 달려가 현관 벨을 눌렀다. 기다렸다는 듯 바로 대답이 들리고 문이 열렸다.

나가미네의 모습을 보고 와카코는 숨을 들이켰다. 복장은 그대로인데 용모에 변화가 있었다. 길었던 수염을 깨끗하게 깎고 머리도 다듬었다.

"늦어서 죄송해요. 실은 집에 형사가 와서……."

와카코는 도쿄에서 새로 온 두 형사 얘기를 했다.

"그 사람들은 당신이 망한 펜션을 조사하지 않았는지 물었어요. 아마도 스가노가 그런 데 숨어 있다는 것을 안 모양이에요."

나가미네는 당황하지 않았다. 입술을 굳게 다물고 고개만 크게 끄덕였다.

"그럴 가능성도 고려했습니다. 제게 정보를 제공한 사람의 정체를 모르는 이상, 그 정보가 어디로 흘러갈지 알 수 없으니까요."

"그 다카미네 펜션도 경찰이 조사했을지 몰라요."

"언젠가는 그러겠죠. 그러니까 한시가 급합니다. 가실까요?" 그는 손목시계를 봤다.

"네, 물론이죠."

나가미네는 보스턴백과 골프가방을 안고 방에서 나왔다. 깔끔하게 다듬은 머리에 모자를 썼다.

와카코가 그런 나가미네를 보자, 그는 눈길을 알아차렸는지 슬며시 웃었다.

"다음에 언제 수염을 깎을지 모르니 이번만이라도 좀 시원하게 있고 싶어서요."

와카코는 뭐라고 대답해야 할지 몰라 그저 아래만 봤다. 그는 경찰에 구속된 후까지 생각하고 있는 게 틀림없다.

나가미네는 자동차 뒷자리에 짐을 싣고 조수석에 탔다. 그가 안전띠를 매자 와카코는 시동을 걸었다.

"그 고모로의 펜션이 맞을지는 모르지만. 저는 이제 이리로 돌아오지 않을 겁니다. 그동안 고마웠습니다."

"만약 거기에 스가노가 없으면 어쩌시려고요?"

"일단 저를 가장 가까운 역에 내려주세요. 다음은 제가 생각하겠습니다."

"하지만……."

나가미네는 고개를 저었다.

"더는 당신의 호의에 매달릴 수 없습니다. 형사가 다시 와서 댁에 드나들면 당신 행동에도 무관심할 수 없을 겁니다. 계속 이러다간 언젠가 꼬리가 밟혀요."

"저는 잘할 수 있어요."

"경찰을 우습게 보면 큰일 납니다. 게다가 당신 주위 사람도 잊어서는 안 되죠. 이미 당신 행동을 수상하게 여기는 사람도 있을 겁니다."

와카코는 눈을 내리깔았다. 정답이었다. 아버지는 틀림없이 오늘 일을 꼬치꼬치 캐물을 것이다.

"갈까요?" 나가미네가 부드럽게 말했다.

와카코는 고개를 끄덕이고 브레이크 페달에서 천천히 발을 뗐다.

41

오리베가 운전하는 렌터카가 고모로 인터체인지를 불과 몇 킬로 앞두고 있을 때, 마노의 휴대전화가 울렸다.

"여보세요……, 아아, 곤도인가?"

마노의 대화를 통해 같은 반 형사가 걸었음을 오리베는 알 수 있었다.

"……뭐? 그래? 알았네. 우리는 곧 고모로 인터체인지야. 20분쯤이면 도착할 거야."

마노의 목소리에 오리베는 슬쩍 옆을 봤다. 선배 형사의 말투에서 긴장감이 전해졌기 때문이다.

"……응. 장소는 오리베가 파악하고 있어. 그럼, 조금만 대기해주게." 마노는 전화를 끊고 크게 한숨을 내쉬었다. "곤도가 펜션 근처까지 왔다는군. 부근에서 탐문을 한 모양이야.

물론 주위에 민가가 없어서 펜션에서 상당히 떨어진 곳이었지만."

"뭔가 정보가 있었나요?"

"편의점 점원에게 스가노의 사진을 보여줬더니 두 번쯤 봤다고 했다는군."

핸들을 쥔 오리베의 손에 힘이 들어갔다.

"해냈네요."

"아직 몰라. 다만 펜션에 들어가는 것은 우리가 도착할 때까지 기다리기로 했어. 부동산회사 사람도 아직 안 왔다고."

"반장님에게 연락은?"

"곤도가 했다는군. 발견하는 즉시, 그 자리에서 체포하기로 했어."

오리베는 심호흡했다. 드디어 긴 터널에서 빠져나오는 듯한 기분이 들었다.

문제의 펜션을 관리하는 부동산회사에는 오리베가 연락했다. 담당자가 없어서 자세한 사항은 알 수 없었으나 지금까지 특별히 이상한 점은 보고되지 않았다고 한다. 다만 얼마나 자주 살펴봤는지는 미지수이다. 전화를 받은 사원의 태도로 보건데 적어도 한두 달은 방치한 듯한 인상을 받았다.

고모로 인터체인지 출구가 다가왔다. 오리베는 차의 속도를 늦췄다.

고속도로를 빠져나오자 자동차 내비게이션의 지시에 따라 운전을 계속했다. 펜션 위치는 출발 전에 내비게이션에 입력했다.

아사마선라인을 달려 터널을 두 개 통과한 다음 우회전했다. 그대로 한 바퀴 돌자 지금 막 빠져나온 터널 위를 달리게 되었다. 언덕길을 쭉 올라가니 고모로 청년의 집이라는 표시가 보였다.

"저기야. 곤도가 말했던 지점 근처야." 마노가 말했다.

체육관처럼 보이는 건물을 보면서 그 앞을 통과해 백 미터쯤 달려 차를 세웠다. 마노가 휴대전화를 꺼냈다.

"여보세요? 마노야. 청년의 집 앞을 지나쳤어. ……알았어." 마노는 전화를 끊지 않고 오리베에게 말했다. "이대로 조금 더 가봐. 천천히."

오리베는 시키는 대로 차를 몰았다. 그러자 앞쪽 도로에 하얀 왜건이 세워져 있었다.

"저 차 뒤에 붙여." 마노가 그렇게 말하고 전화를 끊었다.

오리베가 차를 세우자 왜건에서 두 남자가 내렸다. 한쪽은 곤도였고 다른 하나는 오리베가 모르는 얼굴이다.

"이쪽은 그 펜션을 취급하는 부동산회사에서 나오신 분입니다. 열쇠를 받으려고요." 곤도가 마노 일행에게 말했다.

"여기까지 오시게 해서 죄송합니다." 마노가 남자에게 고개를 숙였다.

"아뇨, 그건 괜찮은데. 우리는 판매자 대신 살 사람을 찾고 있을 뿐이지 관리까지는 맡고 있지 않습니다. 열쇠를 맡은 것도 살 사람이 보고 싶다고 할 때를 대비해서……." 부동산회사 남자는 어쩔 줄 몰라 하며 말했다.

마노는 쓴웃음을 지었다.

"우리는 댁에게 책임을 물을 생각은 전혀 없습니다."

"그래요? 아니, 저, 무슨 문제라도 생기면 어쩌나 싶어서……."

"소유주와는 연락하셨나요?"

"조금 전 전화했습니다. 현재 도쿄에 사셔서 당장은 이쪽에 오실 수 없답니다. 그래서 일단 경찰에게 모든 걸 맡기시겠다고."

"여기까지는 차로?" 마노는 고개를 끄덕이고 물었다.

"네. 회사 차로 왔습니다."

"그럼 차 안에서 기다려주십시오. 휴대전화는 켜놓으시고."

남자가 알겠다고 한 뒤 재빨리 사라지는 모습을 지켜본 뒤 마노는 곤도 쪽을 보았다.

"펜션은 어디야?"

"조금 더 가야 합니다. 걷는 게 나을 겁니다."

"잠복은?"

"이노우에가 있습니다." 곤도는 젊은 형사의 이름을 댔다.

좁은 길을 셋이 걷기 시작했다. 날이 완전히 저물어 곤도가 손전등을 켜서 길을 비췄다. 얼마 후 곤도가 앞을 가리키며 말했다.

"저 건물입니다."

20미터쯤 앞에 회색 사각 건물이 있었다. 서양식으로 보이는데 외관이 멋있다고는 할 수 없다. 오리베의 눈에는 펜션이라기보다 카페처럼 보였다.

동료 형사인 이노우에가 담 옆에 서서 담배를 피우다 오리베 일행을 보고 살짝 손을 들었다.

"어떤가?" 마노가 물었다.

"딱히 이상한 건 없었습니다. 하지만 좀 냄새가 납니다."

"왜?"

"건물 뒤쪽을 봤습니다. 창문이 깨져 있는데 딱 자물쇠 자리입니다. 게다가 그걸 널빤지로 가려 놓았어요."

마노는 미간을 찌푸리고 두세 번 끄덕였다.

"안에 누가 있는 것 같나?"

"가끔 무슨 소리가 들리는 것 같은데 분명하지는 않습니다. 바람 소리일지도 모르죠."

마노는 턱을 문지르며 후배들을 둘러봤다.

"일단 둘러볼까?"

"그러죠." 곤도가 말했다. 오리베와 이노우에도 동의했다.

건물 열쇠를 든 곤도가 앞서고 나머지 셋이 뒤를 따랐다. 오리베는 겨드랑이 밑에 땀이 흐르는 것을 느꼈다.

현관문의 열쇠 구멍에 곤도가 키를 대려 할 때였다. 어떤 멜로디가 오리베의 귀에 들렸다. 그 소리는 작고 낮았으나 정적에 휩싸인 상태라 다른 사람들도 들은 듯했다.

전원이 얼굴을 마주 봤다.

"휴대전화 벨 소리입니다." 오리베가 목소리를 죽이며 말했다.

"안에서 들렸지?" 곤도가 속삭였다.

"내가 열 테니까 자네와 이노우에는 뒤로 돌아가." 마노가 곤도 쪽으로 손을 내밀었다.

와카코의 심장은 여전히 빨리 뛰고 있었다. 액셀을 밟는 발에 힘이 너무 들어갔다. 이런 데서 속도위반으로 잡히면 만사 끝장이다. 와카코는 열심히 자신의 마음을 진정시키려 했다.

고모로 인터체인지를 나와 아사마선라인으로 들어갔다. 지도는 머릿속에 있다. 터널을 두 개 지나 우회전이다.

조수석의 나가미네는 아까부터 침묵을 지키고 있다. 가만히 바깥 풍경을 바라보고 있는데 물론 머릿속은 복수 생각뿐일 것이다. 지금 찾아가는 펜션에 스가노 가이지가 숨어 있을지는 모른다. 하지만 와카코는 뭐라 표현할 길 없는 불안감에 시달리고 있다. 이미 자신이 돌이킬 수 없는 짓을 하고 있다는 것은 잘 안다. 그런데 오늘 밤은 더 결정적일 거라는 예감이 들었다.

앞쪽에 터널이 보였다. 하나를 통과하고 조금 더 달려 하나를 더 통과했다. 다음 분기점에서 좌회전하면 목적지까지는 코앞이다.

그런데…….

우회전에 외길로 들어섰을 때 와카코의 눈에 믿기지 않는 광경이 들어왔다. 와카코는 저도 모르게 급제동했다.

조수석의 나가미네가 깜짝 놀라 황급히 두 손으로 대시보드를 잡았다.

"왜 그러세요?"

와카코는 대답 대신 앞쪽을 바라봤다.

길가에 차 한 대가 세워져 있었다. 회색 세단으로 와카코에게는 낯익은 차다. 그리고 그 차 옆에 한 남자가 서서 와카코 일행을 물끄러미 바라보고 있다.

"저 사람은……, 당신 아버지죠?" 나가미네가 말했다.

와카코는 혼란스러웠다. 왜 다카아키가 이런 곳에 나타났는지 도통 알 수 없었다. 생각을 제대로 정리하지 못한 채 와카코는 기어에 손을 댔다. 기어를 후진으로 바꾸려 했다.

와카코의 손을 나가미네가 잡고 지그시 눌렀다. 와카코가 깜짝 놀라 고개를 돌리니 그는 살짝 웃고 있었다.

"이런 데서 후진해서 어쩌려고요?"

"하지만……."

와카코가 아무 말도 하지 못하고 있는데 나가미네가 갑자기 문을 열고 차에서 내렸다. 그리고 다카아키를 향해 걸어갔다. 와카코도 서둘러 뒤를 따랐다.

다카아키는 나가미네를 힐끗 본 뒤로는 계속 와카코를 노려봤다. 나가미네와 와카코가 그의 앞에 선 뒤로도 그 눈길에는 변함이 없었다.

"아버지…… 왜 여기 있어?" 쉰 목소리로 와카코가 물었다.

"너를 말리려고. 설마 했는데 역시 내 생각이 맞았구나. 마쓰모토의 맨션에 이 사람을 숨겨줬니?"

"와카코 씨를 비난하지 마십시오. 저를 동정했을 뿐입니다. 제가 더 강하게 거절했어야 했습니다." 나가미네가 나서서 말했다.

"나가미네 씨. 나도 당신 일은 마음이 아픕니다. 뭐든 해주고 싶어요. 하지만 살인을 도울 수는 없고 딸을 가담하게 할 수도 없어요." 다카아키가 마침내 그를 보며 말했다.

"네. 그야 물론이죠." 나가미네는 와카코를 바라봤다. "고마왔습니다. 여기서부터는 혼자 가겠습니다. 여러 번 말했지만, 앞으로 체포되어도 당신 일은 절대 말하지 않을 겁니다. 그건 맹세합니다."

와카코는 고개를 젓고 아버지를 봤다.

"아버지, 경찰에 신고했어?"

다카아키는 얼굴을 찡그렸다.

"신고할 리 있겠냐? 딸이 살인범을 돕고 있을지도 모르는데 누구한테 말하겠어?"

"그럼, 여기에 경찰에 와있지는 않네."

"그래, 여기는 안 와."

"그런데 아버지는 어떻게 여기서 기다렸어?"

"그야…… 네가 이상했으니까. 그 부동산 광고를 봤잖아? 그래서 지도를 찾아 여기서 기다리면 너희들이 올 줄 알았다."

역시 아버지는 알아차렸구나. 형사들이 폐업한 펜션을 조사하고 다닌다고 얘기했을 때도 아버지 표정이 이상했다.

"저기까지 나가미네 씨를 내려주고 바로 올게. 그걸로 끝내자고. 여기서 아버지를 만나지 않았더라도 그러려고 했어." 와카코는 아버지에게 말했다.

"안 된다."

"부탁할게!"

"안 된다고 했지! 여기서 돌아가자." 다카아키는 평소 같지 않게 엄하게 말했다. "나가미네 씨. 당신에게는 자수를 권하지. 그게 우리의 가장 큰 호의라고 생각해주게."

"고맙습니다. 맞는 말씀입니다." 나가미네는 다카아키에게 고개를 숙인 뒤 휙 몸을 돌려 와카코의 차로 다가갔다. 그리고 골프가방과 보스턴백을 들고 다시 와카코 일행에게 돌아왔다. "여기서부터는 걸어가겠습니다. 그리 먼 거리도 아니니까요."

"안 돼요! 눈에 띌 거예요!"

와카코는 고개를 저었으나 나가미네는 미소를 지었다.

"이런 시간에는 아무도 안 다닙니다." 그리고 그는 다시 다카아키를 향해 인사했다. "폐를 끼쳤습니다. 이만 물러가겠습니다." 그리고 언덕길을 걷기 시작했다.

와카코는 그를 쫓아가려고 했으나 다카아키의 커다란 오른손에 제지당했다.

"나는 복수를 도울 마음은 없어. 상대를 발견하면 우선 그 상대를 사죄시키려 한 거야. 나가미네 씨를 말릴 생각이었다고!"

"네가 그러지 않아도……."

"그럼 누가 하는데? 다들 아버지처럼 마음은 아프다면서 성가신 일에서 도망치기만 하잖아. 이런 중요한 일은 피하고 평범하게 사는 게 최고라는 건, 자기만족일 뿐이야."

"와카코!" 다카아키는 딸의 팔을 꽉 잡았다.

"놔!"

다카아키는 곤혹과 주저가 뒤섞인 눈빛으로, 입술을 적시고 일단 고개를 숙이고 있는 딸의 얼굴을 바라봤다.

"경찰이 있다."

"뭐?"

"저기 펜션에 경찰이 있어. 형사 말을 들었다. 저기에 그 소년이 숨어 있는지는 모르는 것 같았지만."

"아버지……."

"그에게 알려줘라. 그리고……." 다카아키는 한숨을 내쉬고는 말했다. "어딘가 큰 역까지 데려다줘라. 다만 그런 다음 곧장 돌아오너라. 나는 겁쟁이야. 비겁한 사람일지도 모르지. 하지만 딸을 생각하는 마음은 저 사람 못지않다."

와카코는 크게 숨을 들이쉬었다. 다카아키의 손이 딸의 팔에서 떨어졌다.

"아버지, 고마워." 그렇게 말하고 와카코는 자기 차를 향해 달려갔다.

42

마노가 문을 열자 바로 오리베는 손전등으로 안을 비췄다.

이중문인 현관 앞에서 구두를 벗는 구조였으나 마노는 구두를 신은 채 올라가 앞 문을 열었다.

오리베는 안쪽을 비췄다. 눈앞에 마루가 깔린 넓은 방이 나타났다. 식당으로 쓰인 자린지 안쪽에 카운터가 딸린 주방이 보였다.

바닥에 쌓인 먼지 여기저기에 신발을 신고 다닌 흔적이 남아 있다. 그 흔적은 최근의 것으로 보였다.

조금 전 들린 휴대전화 벨 소리는 이제 들리지 않았다. 말소리도 들리지 않았다. 이 건물에 숨은 누군가가 침입자의 기척을 느낀 게 확실하다.

마노가 천천히 안으로 들어갔다. 오리베는 선배와 나란히 걸으며 앞쪽을 중심으로 손전등을 비췄다. 나란한 문 두 개가 나왔고 하나에는 화장실 마크가 붙어 있다.

마노는 다른 쪽 문을 조용히 열었다. 앞에 복도가 나타났고 중간에 계단이 보였다. 그 끝에 문이 있었다.

마노가 들고 있던 휴대전화를 귀에 댔다. 전화는 곤도의 전화와 연결된 상태였다. 마노가 낮게 말했다.

"곤도, 이상 없나? ……그래? 너는 거기서 지켜. 이노우에를 건물 앞쪽으로 보내고. 창문으로 도망칠 수도 있으니까. ……응, 부탁하네."

전화를 끊은 마노는 계단 옆의 문을 턱으로 가리켰다.

오리베는 고개를 끄덕이고 그 문을 천천히 열었다. 하지만 그곳은 청소도구나 삽 등이 들어있는 창고라 사람이 숨을 공간은 없어 보였다.

계단 위를 비춘 다음 오리베는 마노와 마주 보았다.

"제가 위를 보겠습니다." 오리베가 그렇게 말하고 손전등을 마노 쪽으로 내밀었다.

"네가 가지고 가. 아마 위는 여기보다 어두울 거야."

"알겠습니다." 오리베는 잠시 생각하다 고개를 끄덕였다.

오리베가 계단을 두세 개쯤 올랐을 때 마노가 그를 불렀다.

"오리베, 저항하면 괜히 손대지 말고 우리를 불러."

"알고 있습니다. 마노 선배가 발견해도 조심하십시오."

마노는 살짝 입가를 풀었다.

오리베는 다시 자기 앞에 손전등을 비췄다. 계단에도 먼지가 살짝 덮여 있고 마루와 마찬가지로 발자국이 나 있었다. 발자국 중 하나는 분명 스니커즈의 형태였다.

침을 삼키고 위로 향했다. 신경을 눈과 귀에 집중해도 언제 어디서 상대가 덮칠지 모른다. 대비하며 신중히 걸음을 옮겼다.

2층에도 짧은 복도가 있었다. 스위치 개수를 살피니 방은 4개인 듯하다. 화장실 문도 있다.

우선 가장 앞쪽 문을 열었다. 넓이는 4평 정도일까. 조그만 싱글 침대 두 개가 창가 쪽에 기대어 놓여 있었다. 다른 가구는 없었다. 혹시나 해서 침대 밑도 살폈는데 빈 캔 하나만 굴러다녔다.

다음 방문을 열었다. 넓이도 안의 상태도 같았다. 옆방 문을 열었으나 이상한 점은 없었다.

1층에 숨어 있나? 그렇게 생각하면서 마지막 문을 연 순간 오리베의 눈이 커졌다.

두 개의 싱글 침대가 딱 붙어 있었다. 게다가 그 위에는 분명히 최근까지 사용한 것으로 보이는 타월 담요가 펼쳐져 있었다. 바닥에는 스낵 과자 봉지와 컵 식품 용기가 아무렇게나 놓여 있다.

오리베는 여기서도 침대 밑을 비춰봤다. 그러나 아무도 숨어 있지 않았다.

일단 방을 나와 주위를 둘러봤다. 바로 옆에 창문이 있는데 크레센토 자물쇠가 단단히 잠겨있다. 그는 그것을 풀고 창문을 열어봤다. 그리곤 그곳이 현관문 바로 위임을 깨달았다. 이노우에가 긴장한 표정으로 오리베를 올려다봤다.

오리베가 살짝 손을 흔들고 창문을 닫았다.

오리베는 잠시 생각했다. 휴대전화 벨 소리가 울린 것은 그 주인이 이 방에 있었기 때문이 아닐까? 그렇다면 어디로 도망쳤을까? 바로 1층으로 내려갔나?

다시 아래로 가려고 계단으로 향하려는데 화장실 문이 눈에 들어왔다.

오리베는 화장실 손잡이를 천천히 잡아당겼다. 오른쪽이 남성용, 왼쪽이 여성용이다. 그는 곧바로 남성용으로 들어갔다. 악취가 풍겼다. 소변기가 두 개 있고 그 너머가 개인 칸인데 문은 다 닫혀 있다.

그 문을 당기자 쉽게 열렸고 안에 사람은 없었다.

후 한숨을 내쉬었을 때 오리베의 뒤에서 소리가 났다. 그가 돌아보는 것과 거의 동시에 여성용 화장실에서 검은 그림자가 튀어 나가는 게 보였다.

그도 남성용 화장실에서 뛰어나갔다. 그 순간 들고 있던 손전등이 문에 부딪히며 바닥에 떨어졌다.

오리베는 손전등을 줍지 않고 바로 검은 그림자를 쫓았다. 상대가 계단을 내려가려 한다는 것을 알고 태클하려고 몸을 날렸다.

잡았다! 상대가 쓰러지자 오리베는 상대에 올라탔다. 바로 위화감이 느껴졌다. 예상했던 것과 다른 느낌이었다.

상대가 도망치려 해서 재빨리 손을 뻗어 상대의 어깨 부위를 잡았다. 그 순간 위화감의 정체를 깨달았다.

"무슨 일이야, 오리베! 괜찮나?" 계단 아래에서 마노의 목소리가 들렸다.

"괜찮습니다. 일단 체포했습니다." 그가 대답했다.

"일단? 무슨 소리야?"

오리베는 어깨를 잡은 채 상대에게 말했다. "너는 누구야? 이런 데서 뭐 해?"

그러자 상대가 격렬하게 몸을 흔들며 반항했다.

"시끄러워! 이거 놔!"

어린 소녀의 목소리였다.

고모로 청년의 집이라고 표시된 건물 앞에서 와카코는 차를 세우고 조수석의 나가미네에게 말했다.

"더 가는 것은 위험해요."

"그렇겠죠." 그는 어두컴컴한 도로 끝을 보고 있다. 얼굴에 미련이 가득했다.

"형사가 조사하고 있어요. 만약 저기에 당신이 찾는 상대가 있더라도 경찰에 잡힐 뿐이에요. 당신은 손댈 수 없어요."

와카코의 말에 나가미네는 훅 입가를 풀었다.

"압니다. 애써 여기까지 왔으니 상황을 살펴보고 싶었을 뿐입니다. 그러나 당신 말이 맞아요. 여기 있어 봤자 아무런 의미가 없죠."

"마쓰모토까지 돌아가요."

"아뇨. 고모로역이면 충분합니다. 근처 역까지라고 아버지와 약속하셨죠?"

"마쓰모토도 그리 멀지는 않아요. 게다가 이런 시간에 고모로역에 있으면 바로 눈에 띌 거예요. 지금 저 펜션에 있는 형사들이 고모로역에 올 수도 있고요."

"그건 그때 가서 생각하죠. 더는 당신을 끌어들이고 싶지 않습니다. 부탁드려요." 나가미네가 고개를 숙였다.

와카코는 한숨을 내쉬고 차를 돌렸다.

여기까지 왔던 길을 반대로 달렸다. 아사마선라인을 나오기 직전, 바이크 한 대와 지나쳤다. 티셔츠에 청바지, 배낭을 멘 차림이었다. 나가미네를 차에 태우길 잘했다고 와카코는 생각했다. 가령 경찰이 발견하지 못했더라도 이런 길을 혼자 걷고 있으면 누군가 볼 가능성은 충분했다.

고모로역에는 몇 분 뒤에 도착했다. 넓은 주차장에 몇 대의 택시가 줄지어 있었다. 어서 오세요, 고모로에, 라고 적힌 간판이 세워져 있다. 그 간판을 지나쳐 와카코는 차를 세웠다.

"당신에게는 정말 큰 신세를 졌습니다. 당신 아버지에게도. 펜션 일에 지장이 생기지 않을까 걱정입니다."

"그건 괜찮아요. 이번 주말도 예약이 다 찼으니까요."

"그래요? 그럼 좀 안심이 됩니다." 나가미네는 조수석 문을 열었다.

"나가미네 씨." 와카코가 불렀다. "원통한 마음을 풀 방법이 달리 없을까요?"

가방으로 손을 뻗던 그의 움직임이 멈췄다. 그는 가만히 와카코를 바라봤다. 지금까지 보지 못한 날카롭고 어두운 눈이다.

"당신이라면 어떻게 하시겠습니까?"

그 질문을 듣고 와카코는 고개를 숙였다.

"모르겠어요."

"그렇겠죠. 저도 모르겠습니다."

와카코의 얼굴 앞으로 불쑥 오른손이 나타났다. 고개를 드니 그는 웃고 있었다.

"잘 계세요. 고마웠습니다."

와카코는 그의 손을 잡았다. 차가운 손이었다.

"혹시 무슨 일이 생기면 연락하세요. 휴대전화 번호, 아시죠?"

"이미 충분히 도와주셨어요. 당신 번호는 삭제했습니다. 체포된 다음 경찰이 조사하면 곤란하니까요." 그는 그렇게 말하고 와카코의 손을 놓았다. 뒷자리에서 골프가방을 꺼내고 조수석 옆문에 손을 댔다.

"자, 그럼 이제."

'조심하세요……'

그렇게 말하려 했으나 말이 나오지 않았다. 절망적인 운명을 맞으려는 그에게 그런 말을 해봤자 무슨 소용이 있을까 싶었다.

나가미네는 잠자코 고개를 끄덕이더니 문을 닫았다. 그리고는 와카코와의 인연을 한시라도 빨리 끊어버리려는 듯 급하게 멀어졌다. 돌아보려는 낌새조차 없었다.

와카코는 차를 출발시켰다. 마음속에 자기혐오가 들끓었다. 나는 또 도망쳤구나, 결론을 내지 못한 채 도망쳤어…….

열일곱이나 여덟으로 보이는 소녀는 유카라고 했다. 성은 모른다. 물어도 대답하지 않았다. 유카라는 이름은 가지고 있는 휴대전화에 남아 있는 몇 개의 메일로 판명되었다. 그 메일 가운데 스가노 가이지와 관련된 정보는 발견되지 않았다.

오리베와 마노는 유카와 함께 2층 가장 안쪽 방에 있다. 조명은 촛불뿐이다. 방에 놓인 촛불을 조명으로 이용한 듯하다.

여기서 뭘 하고 있었나, 언제부터 있었나, 누구와 같이 있나. 그 어떤 질문에도 유카는 대답하지 않았다. 무릎을 안고 앉아 얼굴을 묻은 자세를 무너뜨리지 않았다.

그러나 마노가 스가노 가이지의 이름을 댄 순간에는 반응이 달랐다.

"스가노라는 녀석과 같이 있지 않았나?"

그러자 유카의 몸이 흠칫하더니 무릎을 안은 손에 힘이 꽉 들어갔다.

오리베는 이미 그 비디오가 찍힌 곳이 여기임을 확인했다. 강간 현장은 1층 식당 같았다. 비디오에서 본 나가노현 드라이브 지도가 지금도 벽에 붙어 있다.

게다가 유카가 남자와 같이 있었던 것은 분명했다. 편의점 봉투에 담긴 쓰레기 안에서 빈 콘돔 상자가 나왔기 때문이다. 그 봉투에는 말아 버린 휴지도 대량으로 발견되었다.

같이 있는 남자가 스가노라는 확증은 아직 얻지 못했다. 하지만 유카의 반응과 다양한 상황으로 보아 틀림없을 것이다.

웅크린 채 움직이지 않는 유카를 보고 오리베는 자신들이 스가노 가이지가 혼자가 아닐 가능성을 고려하지 않았음을 깨달았다. 10대 남자가 세상의 눈을 피해 몸을 숨긴다면 일반적인 정신력으로는 우선 고독감을 견디지 못할 것이다. 자신이 마음을 허락할 만한 상대를 데리고 도망치는 것은 생각해보면 지극히 자연스러운 일이다. 이런 생각을 하지 못한 자신들의 어리석음을 오리베는 한탄했다.

"네가 지금 같이 있는 남자가 어떤 인간인지 아니? 최근에 TV는 봤니?" 마노가 유카에게 말을 걸었다.

하지만 모든 질문에 유카는 대답하지 않았다. 온몸으로 타인을 거부하는 듯 보였다.

유카가 누군지는 여전히 의문이다. 오리베는 어디서 본 것만 같아 답답했다. 어두컴컴한 가운데 잠깐 봤을 뿐이니까 그냥 기분 탓일지도 모른다. 그렇다고 숙인 고개를 억지로 들게 할 수도 없었다.

스가노는 이리 돌아올 거라고 마노는 예상했다. 오리베도 동감이다. 곤도와 이노우에는 펜션 앞에 세워놓은 두 대의 차를 이동시킨 다음 차 안에서 대기하기로 했다.

유카의 휴대전화가 울린 것은 마노가 담배를 물었을 때였다. 마노는 액정 화면을 보고 유카에게 내밀었다. "누구지?"

고개를 든 유카는 겁먹은 표정으로 전화를 받았다. 통화 버튼을 누르려는 것을 마노가 제지했다. "스가노지?"

유카는 울 것 같은 표정을 지었다. 곤란하다는 표정으로 마노를 올려다봤다.

"수사에 협력해주지 않을래?" 마노가 부드럽게 말했다.

유카가 살짝 고개를 끄덕이는 것을 보고 마노가 계속했다. "평소처럼 말하고 자연스럽게 끊으면 돼. 그럼 네 죄는 가벼워진단다."

"정말?" 유카가 물었다. 마노는 그렇다고 대답했다.

유카는 통화 버튼을 누르고 휴대전화를 입가에 댔다.

"도망쳐, 경찰이야!" 유카가 소리쳤다.

마노가 서둘러 전화를 유카에게서 빼앗았다. 유카가 증오로 가득한 눈빛을 그에게 던졌다.

오리베는 일어나면서 곤도에게 전화를 걸었다. 그 순간 한 가지 기억이 되살아났다. 그는 유카를 내려다봤다.

유카의 얼굴을 비디오 속에서 봤다. 이 펜션에서 스가 일당에게 강간당하던 그 소녀였다.

43

와카코의 차에서 내린 나가미네는 고모로역 근처 메밀국수 가게에서 밥을 먹었다. 전차는 아직 운행 중이지만 그렇다고 여유가 있는 것은 아니다. 그는 전차를 탈 마음은 없었다. 여기서 택시를 타고 가루이자와로 갈 생각이다. 그러나 와카코의 차에서 내리자마자 바로 택시를 타면 만에 하나 운전사가 자신의 행동을 수상하게 여길 우려가 있으니 조금이라도 시간을 두기로 한 것이다.

메밀국수 집에서는 소소한 기념품도 팔고 있었다. 고모로성이라는 이름의 술이 있어서 나가미네는 그 술을 샀다. 점원은 하얀 비닐봉지에 넣어 주었다.

가게를 나오던 나가미네는 깜짝 놀랐다. 역 앞 교차로에 순찰차 두 대가 서 있었기 때문이다. 여기저기 경관 모습도 보였다.

걸음이 빨라지지 않도록 조심하면서 택시 승차장으로 다가가고 있는데 젊은 경관 하나가 다가왔다.

나가미네는 멈춰 하얀 비닐봉지에서 술 상자를 꺼냈다. 그리고 휴대전화를 귀에 대고 누군가와 통화하는 척했다. 술을 산 것은 이렇게 관광객으로 위장하기 위해서이다.

젊은 경관은 그의 얼굴을 힐끗 보고 바로 흥미를 잃은 듯 발길을 돌렸다.

나가미네는 살짝 한숨을 내쉬고 택시 승차장에 섰다. 대기하던 빈 차가 그의 앞에 멈췄다.

"가루이자와로 가주세요. 가루이자와역 옆에 EX호텔이라는 비즈니스호텔이 있는데 아세요?" 택시를 탄 나가미네가 말했다.

"아, 새로 생긴 호텔이죠? 압니다." 쉰 살 정도의 운전사는 가볍게 대답했다.

역을 떠나는 순간 다른 순찰차가 지나갔다.

"왠지 어수선하네요." 나가미네가 말을 꺼냈다.

"어? 무슨 말이죠?"

"순찰차요. 역에도 경관이 있고……. 무슨 일이 있었나요?"

"아아, 사람을 찾고 있나 봐요."

"사람이요?"

"젊은 남자를 찾는답니다. 실은 조금 전에 회사에서 연락이 들어왔어요. 스무 살 전후의 젊은 남자를 태우면 즉시 보고하라고."

"스무 살 전후……, 다른 특징은 없고요?"

"그건 못 들었어요. 뭐, 이런 시기에 이런 시간대라면 그런 손님이 탈 리 없죠."

운전사의 말을 듣고 나가미네는 침을 삼키며 생각했다. 스가노 가이지가 발견된 게 아닐까?

"라디오 좀 켜주실래요?"

"라디오요? 아니, 어쩌지. 나오려나 모르겠네요."

운전사는 튜너를 조절했다. 그의 말대로 전파 상태가 좋지 않은지 간신히 잡힌 프로그램도 진행자의 목소리가 잘 들리지 않았다. 게다가 뉴스를 할 것 같지도 않아 나가미네는 바로 꺼달라고 부탁했다. 가령 뉴스가 나온다고 해도 지금 여기서 일어나는 일이 보도될 것 같지는 않다.

만약 스가노가 발견되었다면, 그리고 곧 경찰에 잡힌다면…….

내가 여기 있을 의미는 없다. 그뿐만이 아니다. 더는 몸을 숨길 필요도 없다.

자신을 끌어들인 엄청난 너울이 점차 가라앉고 있는 것 같다. 물론 그 너울을 만들어낸 한 사람이 자신임을, 마지막 막을 내려야 하는 것이 자신의 역할임을 그는 잘 알고 있다.

가루이자와 거리가 앞에 보이기 시작했다.

오리베가 국도 18호선 길가에 있는 고모로 경찰서에 도착한 것은 밤 10시를 조금 넘겨서였다. 3층짜리 사각형 건물이었다. 구불구불한 입구까지의 길에는 손질 잘 된 화단이 조성되어 있었다.

그는 안으로 들어가 경찰서원에게 인사한 뒤 응접실로 향했다. 응접실 문 앞에서 피곤한 표정의 마노가 캔 커피를 마시고 있었다.

"뭘 좀 찾았나?" 마노가 오리베를 올려다보며 물었다.

오리베는 고개를 저었다.

"어두워서 잘 모르겠습니다. 일단 두 사람의 유류품은 모았는데 스가노가 갈 만한 곳을 추정할 수 있는 것은 없었습니다. 내일, 도쿄에서 감식반이 올 예정입니다."

"감식반이 조사한다고 해서 나올 건 없을 거야. 숨어 있던 게 스가노라고 확인하는 정도겠지."

"나가노 현경으로부터는 뭔가?"

"현경은 아주 협조적이지. 언론이 주목하는 사건이라 그런지 상당히 많은 경관을 내보낸 것 같아."

"하지만 성과는……없었나요?"

"스가노의 얼굴 사진을 배포하는 게 늦어져서 말이야. 전화를 걸었을 때 스가노가 어디 있었는지도 알 수 없고. 내 실수야. 반장 볼 면목이 없네." 마노가 혀를 찼다.

"전화를 받게 한 거 말입니까?"

"그래."

"하지만 유카가 전화를 받지 않았다면 스가노가 의심했겠죠. 그때는 어쩔 수 없었습니다."

마노는 머리를 긁적였다.

"의심했을 수도 있지만, 무슨 일인가 싶어 상황을 보러 왔을 가능성도 있어. 그쪽을 택했어야 했어. 뭐, 지금 후회해봤자 소용없는 일이지만." 마노는 빈 깡통을 한 손으로 쥐어 찌그러뜨렸다.

"유카가 그렇게 행동할 줄은 저도 예상하지 못했습니다."

마노는 천천히 고개를 저었다. "요즘 여자애들 마음은 도통 모르겠어."

"신원은 판명되었습니까?"

오리베가 묻자 마노는 주머니 안에서 메모 한 장을 꺼냈다. '무라코시 유카, 가쓰시카구 미나미미즈모토 4-×'라고 휘갈겨 적혀 있었다.

"휴대전화로 알아냈어. 반장이 부모를 데려온다는군."

"히사쓰카 반장님이 직접, 말입니까?"

"그래. 어쨌든 유일한 단서니까. 하지만 요즘 애들은, 부모를 부른다고 털어놓는다는 보장도 없지." 마노는 옆문을 가리켰다.

"여전히 입을 다물고 있나요?"

오리베가 말하자 마노는 두 손 들었다는 듯 양손을 펼쳐 보였다.

"제가 잠시 만나 봐도 될까요?" 오리베가 물었다.

"그건 상관없는데 무슨 방법이라도 있나?"

"저, 선배님에게는 말하지 못한 게 있습니다. 아는 아이인지도 모르겠어요."

무슨 뜻인지 모르겠다는 듯 마노는 미간에 주름을 잡았다.

"아주 닮은 사람인지 모르겠지만, 본 적 있어요."

"어디서?"

"비디오테이프요. 스가노 일당이 찍은 그 강간 비디오요."

"설마……! 피해자란 말인가?" 마노는 얼굴을 찡그렸다.

"그냥 닮은 사람일지도 모르고요……."

마노는 입술을 깨물고 생각에 잠긴 표정을 짓더니 이윽고 오리베를 올려다봤다.

"좋아. 만나봐." 그렇게 말하고 일어섰다.

응접실에는 3인용 소파와 1인용 소파가 마주 놓여 있었다. 무라코시 유카는 3인용 소파에 신발을 벗고 웅크리고 있다.

오리베 일행이 들어오자 등을 돌리듯 몸을 틀었다.

오리베는 천천히 소파에 앉았다.

"스가노한테 같이 도망치자는 부탁을 받았니?"

유카의 등에 대고 물었으나 반응은 없다. 무엇을 묻더라도 대답하지 않을 작정인 듯하다.

"부모님이 이리로 오고 계신대. 부모님이 몰랐으면 하는 내용이라면 지금 얘기하는 게 좋아."

유카는 여전히 입을 다물고 있었다. 오리베는 마노와 마주 본 다음 다시 유카를 봤다.

"스가노가 원망스럽지 않아?"

그제야 유카는 처음으로 반응 비슷한 것을 보였다. 흠칫 어깨를 떤 것이다.

"그런 일을 당하면 보통은 원망할 것 같은데. 아니면 합의였나. 합의하고 비디오까지 찍었니?"

유카가 오리베 쪽으로 고개를 틀고 곁눈질로 노려봤다.

"말도 안 돼! 당신, 바보 아냐!" 그 말투와 표정에 여유가 전혀 없었다.

"이 형사님은" 오리베가 마노 쪽을 힐끗 보며 말했다. "그럴 리 없다고 하시네. 자신을 강간한 상대와 같이 도망치다니, 있을 수 없다고."

유카가 다시 고개를 돌렸다. 그러나 그것은 오리베를 거절하는 게 아니라 시선이 꽂히는 것을 피하는 듯 보였다.

"나도 솔직히 못 믿겠어. 그래서 확인해야겠다 싶었지. 특히 네가 그렇게 입을 다물고 있으면 다시 비디오를 보는 수밖에 없어. 다 같이 비디오를 보고 거기에 찍힌 사람이 너인지 확인할 수밖에 없다고."

오리베도 이런 말은 하고 싶지 않았다. 하지만 유카가 완고한 태도를 굽히지 않는 한 어쩔 수 없다.

유카가 뭐라고 말했다. 그러나 목소리가 뚜렷하지 않아 잘 들리지 않았다.

"어? 뭐라고?" 오리베가 몸을 내밀었다.

"맘대로 해. 볼 테면 봐. 어차피 여러 번 봤을 테니까." 그런 말이 들렸다. 울먹이는 목소리가 섞여 있다.

"네 부모님도 보게 되실 거야. 그래도 되겠니?" 마노가 옆에서 말했다.

유카는 태아처럼 몸을 둥글게 말고 한동안 움직이지 않았다. 오리베가 다시 말을 걸려 했을 때 마침내 유카가 말했다.

"협박당했어."

"응? 협박당하다니⋯⋯ 스가노한테?" 오리베는 유카의 얼굴을 들여다보려 했다.

"같이 가지 않으면 그 비디오나 사진을 인터넷에 뿌린다고⋯⋯." 유카가 고개를 끄덕이며 말했다.

오리베는 마노를 봤다. 마노는 잠자코 고개를 끄덕였다.

"처음부터 말해줄래?" 오리베는 유카에게 물었다.

"부모님에게는 보여주지 마." 고개를 든 유카의 눈 주위가 새빨갰다.

"그래, 약속할게." 오리베가 말했다.

붉어진 눈으로 유카가 드문드문, 맥락 없이 쏟아내는 얘기 내용을 정리하는 것은 오리베에게 결코 즐거운 작업이 아니었다. 하지만 그는 끈기 있게, 때로는 질문을 던지기도 하고, 기분을 풀어주려고 화제를 바꾸기도 하면서 유카가 스가노와 도망치게 된 경위를 알아냈다. 그 내용은 오리베, 아니 대부분의 성인 남성이라면 도무지 이해할 수 없는 것이었다.

유카가 스가노 일당과 만난 것은 약 석 달 전이었다. 거리에서 말을 걸었다고 한다. 말을 걸어온 사람은 도모자키였던 것 같은데 유카는 그대로 둘과 드라이브에 나섰다. 어디로 가는지는 몰랐다. 마침내 그들은 그 폐업한 펜션을 발견했다. 유카를 끌고 펜션에 숨어 들어간 스가노 일당은 유카를 칼로 위협해 강간했다.

오리베는 그때의 심정을 물어봤다. 유카의 대답은 부루퉁했다.

"그냥 슬펐어." 그런 식이었다.

"그냥?"

그녀는 그렇다며 고개를 끄덕였다. '그냥'이라는 말의 뉘앙스가 뭔지 오리베는 이해할 수 없었다.

그 사건 이후 한동안 스가노 일당은 연락해 오지 않았다고 한다. 그런데 얼마 전 그가 전화를 걸어왔다. 같이 여행을 가자는 것이다.

처음에는 당연히 거부했다. 그러자 전화 너머에서 스가노는 분노를 터뜨리며 자기 말을 듣지 않으면 강간 영상과 사진을 인터넷에 유포하겠다고 협박했다.

유카는 어쩔 수 없이 약속 장소로 나갔다. 또 끔찍한 일을 당하지 않을까 두려웠다고 한다. 하지만 약속 장소에서 기다리던 스가노는 다른 사람이 된 것처럼 다정했다. 그가 제일 먼저 한 말은 갑자기 불러내서 미안하다는 사과였다.

그를 화나게 하는 것보다 다정하게 대해주기만 하면 시키는 대로 해야겠다 싶어서 유카는 그와 함께 여행에 나섰다. 도쿄에서 신칸센을 탔다고 한다. 나가노현에 도착한 유카는 스가노가 어디로 가는지 알고 벌벌 떨 정도로 놀랐다. 강간에 사용한 폐업 펜션이었기 때문이다.

"넌 스가노가 쫓기고 있다는 사실은 몰랐니?"

오리베가 질문하자 상당히 오래 생각한 끝에 유카가 대답했다.

"그럴 수도 있겠다 생각했지만, 의외로 그건 상관없었어."

"의외로?"

"아니…… 그게 즐거웠으니까."

그 펜션을 거점으로 둘이 다양한 곳에 묵었다고 한다. 러 브호텔에 묵은 적도 있고 다른 사람의 별장 주차장에서 잔 적도 있단다. 스가노는 돈을 가지고 있었다. 식료품을 사는 게 유카의 역할이었는데 먼 곳은 스가노가 다녀왔다. 바이크가 있기 때문이다. 물론 그 바이크도 훔친 것이다.

서로 연락할 땐 휴대전화를 이용했다. 스가노는 자기 전화기를 없앴던 터라 유카가 자기 휴대전화 하나를 그에게 빌려줬다. 유카는 원래 휴대전화를 두 개 가지고 있었다. 그 또한 요즘 아이들에게는 '그냥' 있는 일이라고 했다.

"우리가 형사이고 스가노를 쫓고 있다는 것은 바로 알았을 거 아니니. 그런데도 너는 녀석을 도망치게 했어. 왜 그랬니?"

이 질문에 유카는 몇 분 동안 침묵했다. 마침내 유카가 내놓은 대답은 오리베와 마노를 아연하게 만들었다.

"가이지가 잡히면 귀찮아질 것 같아서……."

"귀찮아? 뭐가?"

"아니, 질문을 이렇게 많이 받으니까 귀찮잖아. 가이지가 안 잡히면 나에 대해서도 모를 테고."

사정 청취를 끝낸 뒤, 별실에서 오리베는 마노와 커피를 마셨다. 마노는 두통을 참듯 관자놀이를 꾹꾹 눌러댔다.

44

나가미네는 스가노 가이지와 계속 도피 생활을 하던 소녀가 발견되었다는 뉴스를 다카사키의 비즈니스호텔에서 봤다. 물론 스가노 가이지라는 이름은 나오지 않았다.

뉴스를 통해 나가미네는 역시 스가노가 고모로 펜션에 숨어 있었음을 확신했다. 간발의 차이로 경찰에 선수를 빼앗기고 말았다는 뜻이다. 그렇게 생각하면 분했지만 와카코와 그 아버지의 호의가 없었다면 지금쯤 스가노 대신 나가미네가 체포되었을 게 틀림없으니 운이 좋았다고 여기는 편이 낫다. 게다가 나가미네가 경찰보다 먼저 그 펜션에 도착했더라도 스가노와 만날 수 있었을지 모를 일이다. 형사들도 놓쳤으니 말이다.

나가미네는 의자에서 일어나 차광 커튼을 열었다. 햇볕이 매섭게 쏟아져 들어와 그때까지 어두컴컴했던 실내를 순식간에 아침의 세계로 바꿔놓았다. 그는 눈을 가늘게 뜨고 창을 통해 아래를 바라봤다. 다카사키 거리는 이미 활기를 띠고 있었다.

어젯밤, 가루이자와에서 마지막 전차를 타고 다카사키까지 왔다. 나가노현의 비즈니스호텔에는 나가미네의 지명수배 전단이 배포되어 있을 위험성이 있기 때문이다. 게다가 스가노가 이미 체포되었을지도 모른다는 생각도 했다. 그렇다면 나가노현에 머물 이유가 없다.

스가노는 아직 체포되지 않았다. 그러나 나가노현을 탈출했을 게 분명하다. 그렇다면 스가노는 어디로 도망쳤을까? 유감스럽게도 그에 대한 단서가 전혀 없다.

나가미네는 창에서 물러나 그대로 침대에 몸을 던졌다.

몸이 무거웠다. 수면 부족이 이어졌기 때문만은 아니다.

놓쳤다 해도 경찰이 스가노의 도피처 단서를 잡았을 가능성은 있다. 그 펜션을 알아냈을 정도니 다음 은신처를 발견하는 것도 시간문제일 것이다. 경찰의 수사력에 두려움을 느낀 스가노가 체념하고 자수할 수도 있다.

어쨌든 자신이 복수에 성공할 기회는 사라진 거나 마찬가지였다. 지금까지의 도주 생활도, 준비한 엽총도 쓸모가 없어졌다.

아니, 그딴 건 아무래도 상관없어…….

앞으로 어떤 형태로 체포되든 스가노에게 아무것도 하지 못하리라는 무력감이 나가미네의 마음을 압박했다. 스가노가 법정에서 처벌받는 날은 올 것이다. 그러나 그 판결에 자신의, 그리고 에마의 원통함은 반영되지 않을 것이다. 오히려 스가노보다 나가미네 자신이 죗값을 치러야 할 것이다.

오직 복수만을 삶의 목표로 삼았던 만큼 지금의 나가미네를 지탱해줄 것은 아무것도 없었다. 당연히 그의 뇌리에서 이대로 죽음을 택하자는 생각이 커지기 시작했다. 그것이 비겁한 행위임은 잘 알지만, 뿌리치려 해도 그 생각은 커져만 갔다.

나가미네는 침대 위에서 번민했다. 이럴 바에는 바로 경찰에 전화할까도 생각했다. 와카코의 아버지가 말했듯 자수하기 위해.

갑자기 와카코의 얼굴이 떠올랐다.

와카코가 왜 그토록 협조적이었는지 나가미네는 이해할 수 없었다. 동정이라는 것은 알겠는데 그것만으로 살인에 가담하려 했다고는 생각할 수 없다. 스가노를 찾는 일은 돕겠으나 복수에는 동의하지 않는다. 아마도 그런 태도였으리라고 나가미네는 상상했다.

와카코와 의논해 볼까도 생각했다. 당장 전화해 어떻게 하면 좋을지 물어보는 거다. 와카코는 아마도 자수를 권할 것이다. 그 사람이 다정한 목소리로 설득해주면 모든 것을 털어버릴 수 있을 것만 같다.

나가미네는 휴대전화를 들고 전원을 켰다. 그리고는 자조적으로 웃었다. 와카코의 전화번호는 이미 메모리에서 삭제했다. 와카코에게 누가 되지 않도록 일부러 그렇게 했던 것을 떠올렸다.

머리를 흔들고 전원을 끄려고 했을 때, 새로운 부재중 메시지가 들어와 있음을 발견했다. 이틀쯤 전에 들어온 듯하다.

나가미네는 그 메시지를 재생해봤다. 알림 뒤에 들린 것은 바로 그 수수께끼의 인물이 보낸 새로운 정보였다.

[경찰이 나가노현으로 가고 있습니다. 그들은 폐업한 펜션을 알아차렸습니다. 다가가면 발견될 위험이 있습니다.]

나가미네는 깜짝 놀라, 다시 메시지를 녹음한 날짜를 확인했다.

틀림없다. 의문의 정보 제공자는 틀림없이 경찰이 움직이기 전에 알려준 것이다. 즉 목적이 뭔지는 모르겠으나 정보 제공자는 나가미네가 체포되기를 바라지 않고 있다.

그나저나 이 사람은 어떻게 이토록 정확한 정보를 쥐고 있을까? 그리고 왜 나가미네에게 알려줄까?

자살이나 자수라는 선택지가 나가미네의 마음속에서 급속

히 사그라지고 그 자리에 다른 한 가지 희망이 자리 잡았다. 그렇다. 목적도, 정체도 알 수 없지만 이 정보 제공자가 있다.

마코토의 휴대전화가 울린 것은 그가 화장실에 들어갔을 때였다. 마코토가 화장실에서 나오자 어머니가 전화기를 들고 서 있었다.

"애, 이거……." 어머니의 표정은 굳어 있었다.

액정 화면을 보니 공중전화라는 표시가 떠 있었다.

마코토는 휴대전화를 받고 2층으로 달려 올라가 서둘러 방 창문을 열었다. 집 건너편 길거리에 차 한 대가 세워져 있다. 그곳에서 형사 하나가 나와 그를 올려다봤다. 한 손을 들고 고개를 끄덕인다. 전화를 받으라는 뜻이다.

마코토는 통화 버튼을 눌렀다.

"여보세요."

"마코토?" 낮은 목소리가 들려왔다. 이쪽 상황을 살피는 듯한 분위기다.

가이지임을 바로 알았다. 갑자기 입안이 바싹 마르는 것 같다.

"응. 가이지야?" 그는 대답했다.

"아아. 옆에 누구 있냐?" 가이지가 말했다.

"없어. 아래층에 엄마가 있지만."

"우리 얘기, 누가 안 듣겠지?"

"괜찮아." 마코토의 목소리가 조금 떨렸다.

사실 이 대화는 아래에 대기하는 형사가 다 듣고 있을 것이다. 그런 장치가 휴대전화에 설치되어 있기 때문이다. 가이지에게 이런 사실이 들통나면 어쩌나 싶어 마코토는 긴장했다.

"TV, 봤어?" 가이지가 물었다.

"봤어. 나가노 펜션에 숨어 있었더라. 용케 도망쳤고."

"위험했다니까. 그런 데까지 짭새들이 올 줄은 몰랐어." 가이지의 목소리에는 평소의 위협적인 느낌이 없었다. 상당히 초조한 듯하다.

방문이 조용히 열리고 형사가 들어왔다. 귀에 이어폰을 끼고 있다. 형사는 마코토에게 메모를 보여줬다. '거처를 알아내도록'이라고 적혀 있다. 마코토는 휴대전화를 귀에 댄 채 고개를 끄덕였다.

"야, 마코토! 듣고 있어?" 가이지의 날카로운 목소리가 날아왔다.

"아, 응. 듣고 있어. 너, 지금 어디냐?"

"어디라고 할 것도 없어. 그냥 돌아다니고 있어. 야, 짭새들이 어떻게 내가 여기 있는지 알았을까?"

"나야 모르지. 나도 TV 보고 알았는데."

"설마 네가 고자질한 건 아니지? 그 펜션을 아는 사람은 너밖에 없다고."

"말 안 했어. 나도 나가노 펜션은 너희들에게 듣기만 했지 장소나 자세한 건 하나도 모르잖아."

"……그야 그렇지만." 전화 너머에서 가이지가 크게 한숨을 내쉬었다.

마코토는 가이지가 약해지고 있다는 인상을 받았다. 가이지가 신경질을 부린 뒤 상대의 변명을 솔직히 인정한 적은 이제까지 한 번도 없었다.

형사가 '거처……'라고 적힌 종이를 다시 보여줬다. '입 닥쳐, 알았다고!' 마코토는 속으로 소리쳤다.

"지금도 나가노야?" 마코토가 물었다.

"그럴 리 있겠냐? 지금은 하치오지 근처야."

"하치오지? 거기 묵었어?"

"안 묵었어. 밥 먹고 바로 전화한 거야. 그보다 전에 얘기했던 거 어떻게 됐어?"

"뭐……?"

가이지가 크게 혀 차는 소리가 들렸다.

"우리가 여자애를 죽인 증거가 있는지 알아보라고 했잖아! 알아봤어?"

"아아, 그거?" 뭐라고 대답해야 할지 몰라 마코토는 망설였다.

그러자 이야기를 듣고 있던 형사가 서둘러 메모지에 뭐라고 적어 보여줬다. '증거는 없다고 대답해'라고 적혀 있다.

"어떻게 됐냐고?" 가이지의 짜증 난 목소리가 들렸다.

"아, 아마, 증거는 없는 것 같아." 마코토는 대답하면서 형사가 이어서 내민 메모를 봤다. '자수가 죄를 가볍게 한다'라고 적혀 있다.

"그러니까 말이야, 자수하는 게 좋을 것 같아. 그게 더 죄가 가벼워지니까."

가이지가 신음했다.

"너는 어때? 경찰에 안 잡혀갔어?"

"몇 번 불려갔어."

"그래서, 어땠는데? 그러니까…… 그, 벌 같은 거 받았냐?"

"아니, 별 일 없었어. 여자애가 어떻게 죽었는지 경찰도 아직 모르니까. 내게 어떤 벌을 줘야 할지 모르지 않을까?"

"흠……." 가이지는 생각에 잠긴 듯했다. 자수를 검토하는지도 모르겠다.

형사가 또 뭔가를 적어 보여줬다. '도망치면 죄가 무거워진다'라고 적혀 있다.

"너 말이야, 경찰에 자수해. 도망쳐 봤자, 죄만 점점 무거워질 뿐이야."

"닥쳐! 그런 건 나도 다 알아. 하지만 자수 같은 거 하고 싶지 않아. 경찰에 잡혀 소년원에 들어가는 건 딱 질색이야!"

'그러면 처음부터 나쁜 짓을 하지 말았어야지.' 마코토는 자신의 생각을 입 밖에 내지는 않았다.

"조금 더 놀고 나서." 가이지가 툭 내뱉었다.

"뭐?"

"자수하더라도 조금만 더 놀고 하고 싶은 것도 좀 더 하고. 체포되면 아무것도 못 하잖아."

"아아…… 그렇지."

"하지만 말이야, 돈이 없어."

"뭐? 돈?"

"응. 왠지는 모르겠는데 카드에서 빼려고 했는데 안 되더라. 우리 집의 거지 같은 아줌마가 막았나 봐."

거지 같은 아줌마는 어머니일 것이다. 가이지는 전부터 어머니를 그저 돈 뜯는 도구처럼 얘기할 때가 많았다.

"마코토, 너, 돈 좀 있냐?"

"어, 나? 아니, 돈 같은 거……."

없다고 대답하려는데 형사가 급히 메모지를 내미는 게 보였다. '돈은 있어. 빌려주겠다고 해'라고 적혀 있다.

"돈……은 조금 있어. 빌려줄까?" 마코토가 나지막하게 대답했다.

"얼마나 있는데?" 가이지는 잠시 침묵한 뒤 입을 열었다.

형사가 양쪽 손가락을 크게 펼쳐 보였다.

"시, 십만 정도……되려나." 그런 거금은 한 번도 만져보지 못했으나 마코토는 일단 대답했다.

"십만이라고? 너무 적어. 하지만 달리 구할 데가 없으니." 하지만 가이지는 불만인 듯했다.

"어쩔래?"

마코토가 묻자 후, 하고 긴 한숨을 토하는 소리가 들렸다.

"좋아. 그거라도 빌려줘. 지금 가지고 있어?"

형사는 크게 끄덕이고 있다는 입 모양을 했다.

"응, 있어." 마코토가 대답했다.

"좋았어. 그럼, 그거 좀 가지고 와."

"어디로? 하치오지?"

"이런 데로 가져와서 어쩌려고? 전화하려고 들린 것뿐이야. 내가 그쪽으로 갈 테니까 어디서 만나자."

"어디?"

"맞다. 우에노가 좋겠다."

"우에노역?"

"역은 위험해. 짭새가 있을지도 모르고. 일단 너는 역 근처로 와서 내 전화를 기다려."

"알았어. 시간은?"

"밤 8시로 하자. 너무 늦으면 사람이 적어지고 이르면 밝으니까."

"8시에 우에노다. 알았어."

"너, 절대 아무한테도 말하지 마라. 배신하면 어떻게 되는 지 알지?"

"알아." 목소리가 조금 떨렸다. 이 대화를 형사가 듣고 있었 다는 사실을 나중에 어떻게 해명할까?

"그럼, 8시다." 그렇게 말하고 가이지는 전화를 끊었다.

마코토는 온몸에서 힘이 빠져나간 것만 같았다. 동시에 식 은땀이 뿜어져 나왔다.

형사는 그에게 아무 말도 하지 않고 방을 뛰어나갔다.

45

오후 3시, 아유무라는 평소와 다름없이 정해진 곳에 택시를 세웠다. 표시를 '빈차'에서 '회송'으로 바꿨다. '빈차'로 두고 길가에 세워두면 손님이 탈 우려가 있기 때문이다.

시각을 다시 확인했다. 아날로그 표시 문자판은 3시 5분을 가리키고 있다.

손가락 끝으로 톡톡 핸들을 두들겼다. 그의 시선은 대각선 앞 편의점을 꽂혀 있다. 아니, 정확하게는 그 가게 모퉁이다. 거기에 나카이 마코토가 나타날 것이다.

오후 3시가 되면 편의점에 들어간다. 만약 스가노 가이지와 관련해 새로운 정보가 있으면 모자를 쓴다. 그때 아유무라가 편의점에 들어가 자연스럽게 나카이에게 접근하면 나카이는 사전에 준비한 메모를 그에게 건넨다. 그 메모에는 물론 스가노에 관한 정보가 적혀 있다…….

아유무라는 나카이와 그렇게 약속했다. 약속이라기보다 협박해 억지로 약속을 받아냈다. 사실 그는 죽이고 싶을 만큼 나카이도 증오한다. 그러나 스가노의 거처를 알려면 그를 이용할 수밖에 없었다.

나카이는 어제까지 약속을 지켰다. 오후 3시가 되면 틀림없이 편의점에 나타났다. 다만 모자를 쓴 적은 한 번도 없다.

사실 이런 귀찮은 일은 하고 싶지 않았다. 그러나 나카이는 전화 연락이나 직접 만나는 건 곤란하다고 했다.

"휴대전화에 이상한 기계가 설치되어 있어서 경찰이 대화를 다 들어요. 돌아다니는 것은 자유지만, 형사가 감시하고 있을지 몰라요. 당신과 만나는 걸 들키면 난, 또 경찰한테 의심받아요." 나카이는 울 것 같은 표정으로 그렇게 말했다.

그래서 생각해낸 것이 아까와 같은 방법이다. 매일 3시에는 여기 와야 하므로 그때까지 그는 먼 거리의 손님을 태울 수 없다. 일에 큰 지장이 생기지만, 지금의 그에게는 그리 중요한 게 아니다.

다시 시계를 봤다. 3시 20분이 되려 하고 있었다. 지금까지 이렇게 늦은 적은 없다. 점점 더 초조해졌다.

시계의 바늘이 20분을 넘기자 그는 차에서 내려 편의점 모퉁이를 향해 걷기 시작했다. 모퉁이를 돌아 조금만 더 가면 나카이의 집이다.

그런데 그 모퉁이를 돈 순간, 아유무라는 절로 걸음을 멈췄다. 나카이의 집 앞에 순찰차가 세워져 있었기 때문이다. 그 외에도 노상 주차된 차가 두 대 더 있었다. 그리고 그 주위에는 명백히 일반인과 다른 분위기의 남자들이 있었다.

아유무라는 입술을 축이고 천천히 걷기 시작했다. 걸음걸이가 이상하게 보이지 않도록 조심했으나 심장 고동은 완전히 제멋대로 춤을 췄다.

나카이 집 현관은 닫힌 상태였으나 몇 명의 남자가 드나들었다. 다들 심각한 표정을 짓고 있다.

아유무라는 사태를 알아차렸다. 스가노가 나카이에게 연락한 것이다. 그래서 형사들이 어떻게 대응할지 의논하려고 몰려온 것이다.

"잠깐만요."

누군가 불러 아유무라는 흠칫 놀라며 멈췄다. 순찰차 옆에 있던 남자가 그를 보고 있었다. 키가 작은 마흔 살 정도의 남자다.

"집을 찾고 있나요?"

"아니……."

"집을 찾고 있는 거 아닙니까? 아니면 길을 잃으셨나요?"

"아, 아뇨……." 아유무라는 질문을 이해했다. 누가 봐도 택

시 운전사 차림을 한 사람이 택시를 내려 돌아다니고 있으니
길을 확인하고 있나 생각했을 것이다.

아유무라는 사교적인 미소를 짓고 손을 흔들었다.

"화장실을 좀 쓸까 해서 찾아다니고 있을 뿐입니다."

남자는 쓴웃음을 지었다.

"아아, 그래요? 저기 편의점에서 이용하면 되지 않을까
요?"

"아하……, 그러네요. 그럼 그렇게 하죠." 가볍게 고개를 숙
이고 아유무라는 몸을 돌렸다. 겨드랑이 밑에서 땀이 줄줄 흘
렀다.

그는 차로 돌아와 크게 심호흡했다. 시동을 걸고 에어컨을
세게 틀었다. 심장이 여전히 빨리 뛰었다. 호흡을 가다듬으면
서 머리를 굴렸다.

스가노의 거처를 알아냈나……?

그랬다면 경찰은 그곳으로 출동했을 것이다. 왜 나카이 마
코토의 집으로 왔을까?

아유무라는 시계를 봤다. 3시 30분이다. 나카이는 편의점
에 오지 않을 것이다. 그는 아마 경찰에게 외출을 금지당했으
리라. 외출할 때는 미행이 붙을 것이다.

아유무라는 생각했다. 나카이는 지금부터 스가노를 만나
러 가는 게 아닐까? 그런데 만날 장소가 확정되지 않아서 경

찰은 나카이를 감시하는 수밖에 없는 걸까?

생각하면 할수록 그의 추측은 타당한 듯했다. 그리고 그 추측이 맞는다면 아유무라가 해야 할 행동은 하나밖에 없다.

음료수 코너에서 석 잔째 커피를 따랐다. 나가미네는 늘 블랙으로 마시지만 우유를 하나, 잔 받침에 놓았다. 위가 조금 쓰렸기 때문이다.

자리로 돌아와 커피에 우유를 붓고 휘저었다. 커피 말고 테이블 위에는 아무것도 없다. 새우 그라탕과 수프가 든 식기는 30분도 전에 여직원이 치웠다.

휴대전화를 꺼내 뭔가 알아보는 척하며 커피잔을 들었다. 이 가게에 들어온 지 이미 두 시간이 지났다. 손님이 많아지면 자리를 뜰 생각이다. 여종업원이 그를 신경 쓰기 시작하면 위험하다. 뚫어지게 쳐다보다가 어디서 본 얼굴임을 알게 될 수도 있다.

그래도 최대한 오래 있고 싶은 마음도 있다. 다카사키의 비즈니스호텔을 나온 뒤로도 다음 행동을 정하지 못하다 패밀리레스토랑에 들어왔다. 즉 이곳을 나가도 어디로 가야 할지 모른다.

휴대전화 부재중 메시지를 확인했다. 이제 유일한 바람은 수수께끼 인물의 정보였다. 그래서 한 시간에 한 번은 메시지를 살폈다. 사실은 전원을 켜두고 싶었으나 경찰에서 걸 수도 있을 것 같아 그러지 못했다.

메시지가 한 건 들어와 있다. 한 시간 전에는 없었다. 나가미네는 기대와 긴장으로 크게 한숨을 쉬었다.

그런데 정보 제공자가 보낸 게 아니었다. 들려온 것은 와카코의 목소리였다.

[단자와예요. 그 펜션이 정말 맞았네요. 뉴스를 보고 알았어요. 하지만 스가노는 도망쳤다는군요. 나가미네 씨가 앞으로 어떻게 하실지 정말 걱정됩니다. 연락해 주세요. 부탁이에요. 전화번호는 009……]

와카코는 나가미네의 전화번호를 삭제하지 않은 것이다. 당혹스러우면서도 한편으로는 구원을 받은 기분이기도 했다. 자신에게 마음을 쓰는 사람이 있다는 게 얼마나 고마운 일인지, 뼈에 사무쳤다.

나가미네는 메시지를 다시 듣고 와카코의 휴대전화 번호를 메모했다. 그 번호를 바라보며 커피를 마셨다.

아무 관계도 없는 사람을 끌어들이고 싶지 않다……. 그런 생각으로 와카코와 고모로역에서 헤어졌다. 그로부터 아직 24시간이 채 지나지 않았는데 이 초조함은 무엇인가 싶다. 나가미네는 지금 와카코의 목소리를 듣고 싶은 마음이 절절했다.

와카코에게 연애 감정을 가진 것은 아니다. 그럴 만한 마음의 여유가 없다는 사실은 그가 제일 잘 안다. 그럼 안식을 원하는 걸까. 초조함과 고독감을 품은 채 복수의 길을 헤매는 동안 유일하게 이해해주는 사람을 만났으니 그 다정함에 매달리고 싶은 것일까?

나가미네는 번호를 적은 메모를 구겨버렸다. 무슨 생각을 하나 싶었다. 여기까지 와서 왜 망설이나? 그 사람에게 어떤 구원을 바라나……?

그는 휴대전화 전원을 끄려 했다. 이 전화를 가지고 있는 것은 의문의 정보 제공자가 보내는 정보를 받기 위해서이다. 어딘가로 도피하려고 가지고 있는 게 아니다.

하지만 전원을 끄기 직전, 갑자기 휴대전화가 진동하기 시작했다.

액정 화면에 표시된 숫자를 보고 나가미네의 눈이 커졌다. 그것은 방금 구겨버린 메모에 적었던 번호였다.

그는 망설였다. 망설이다가 통화 버튼을 눌렀다. 빨리 받지 않으면 끊어질 것만 같았기 때문이다. 그는 전화기를 귀에 대면서 자기혐오에 빠졌다. 무슨 짓인가? 왜 기뻐하나? 왜 그 사람과 얘기하고 싶어 하나?

"네." 그는 억누른 목소리로 말했다.

"저…… 저예요. 아시죠?"

"압니다. 부재중 메시지 들었습니다."

"그래요? 저, 지금 어디 계세요?"

"지금은……." 하지만 나가미네는 말을 잇지 못했다.

그러자 그의 의도를 알아차린 듯 와카코는 후 숨을 내쉬었다.

"괜찮아요. 믿어주세요. 이건 그러니까…… 덫 같은 게 아니에요."

나가미네는 쓴웃음을 지었다.

"압니다. 게다가 당신에게 속는다면 어쩔 수 없죠. 지금은 다카사키에 있습니다. 패밀리레스토랑에서 차를 마시고 있습니다."

"다카사키……."

"별다른 의미는 없습니다. 적당한 전차를 갈아탔더니 여기까지 왔네요."

"그래요? 저, 나가미네 씨, 제가, 지금 거기 가도 될까요?"

"당신이? 왜요?"

"왜냐고 물으셔도, 모르겠어요……. 어쩌면 자기만족일지 모르겠어요. 그렇게 나가미네 씨를 놔버리고 모른 체하며 살면 왠지 후회할 것 같아서요. 아무래도 더 이야기를 나눠야겠어요. 그래야 할 것 같아요."

나가미네는 전화기를 귀에 댄 채 고개를 끄덕였다. 와카코는 지금 본심을 얘기하고 있다는 생각이 들었다. 그렇게 깊이 관련된 상태에서 멀리서 결말을 그저 바라봐야 한다는 건 허무한 일일지 모른다. 만나서 얘기하고 싶다는 것은 분명 자기만족을 위해서라 할 수 있다.

"여보세요, 나가미네 씨?"

"듣고 있습니다. 어디서 만날까요?" 나가미네가 말했다.

"그럼 가도 되나요?"

"만나기만 한다면. 당신에게 폐가 되지 않으면 좋겠지만."

"괜찮아요. 다카사키에는 묘가 있어요. 성묘하러 가겠다고 아버지에게 말할게요."

"알겠습니다."

만날 장소는 다카사키역 근처로만 정하고 자세한 장소는 나가미네가 연락하기로 했다. 5시에는 역에 도착할 수 있다고 와카코가 말했다.

전화를 끊고 나가미네는 남은 커피를 마셨다. 계산서를 들고 일어섰다.

와카코를 만나서 어쩌자는 건가. 아마도 와카코는 자수를 권할 것이다. 그러나 나가미네는 와카코의 말을 듣고 싶었다. 그 내용이 뭔지는 상관없다. 누군가가 자신을 위해, 자신만을 위해 어떤 말을 해주는 것이 너무나 간절했다.

패밀리레스토랑에서 나오자 강한 햇살이 그를 덮쳤다. 순간 강력한 현기증이 찾아와 바로 옆 전봇대에 기댔다. 선글라스를 꺼내 썼다.

여기까지가 한계인가?

마코토 앞에 한 장의 지도가 펼쳐져 있었다. 우에노역 주변을 그린 것이다. 상당히 자세해서, 빌딩과 대형 점포뿐 아니라 작은 상점 이름까지 기록되어 있다.

마노라는 형사가 그에게 설명을 계속했다.

"역을 나오면 일단 왼쪽으로 돌아서 이 패션 빌딩 앞에 서 있어라. 여기라면 휴대전화도 잘 통할 거야. 우리도 너를 잘 볼 수 있고."

"거기서 뭘 해야 하는데요?"

"아무것도 안 해도 된다. 스가노의 전화를 기다려라. 네 주위에는 항상 형사가 있을 거야. 하지만 그건 신경 쓰지 마. 오히려 그런 태도를 보이지 않도록 조심하고."

"아……." 마코토는 조그맣게 고개를 끄덕였다.

가이지의 전화가 온 직후 형사들이 찾아왔다. 그들은 집 전화에도 녹음 장치를 붙였다. 만에 하나 가이지가 이쪽으로 전화할 때를 대비한 것이다.

그리고 마코토에게 다양한 지시가 내려졌다. 가이지가 어떤 형태로 마코토와 접촉할지 모르기 때문에 다양한 상황에 대응한, 이른바 예상 문답 같은 것을 준비해온 것이다.

무선 마이크와 이어폰 사용 방법도 배웠다. 가이지와 접촉할 때까지 마코토는 그것을 이용해 형사와 대화해야 한다고 했다. 그들의 지시를 듣다 보니 마코토의 마음은 더 무거워졌다. 자신이 이런 큰일을 해낼 수 있을지 불안했다.

불안은 하나 더 있다.

이대로 가면 틀림없이 가이지는 체포될 것이다. 그때 가이지는 마코토를 어떻게 생각할까?

배신당했다, 경찰에 자신을 팔았다, 제일 먼저 그렇게 생각할 게 분명하다. 사실이기도 했다. 자신은 가이지의 체포에 협력하고 있으니까.

가이지는 교도소에 들어갈까? 하지만 다양한 미디어를 통해 나온 정보에 따르면 가령 그렇게 된다 해도 그리 길지 않은 기간이라고 했다.

사회로 돌아온 가이지가 마코토에게 보복하리라는 것은 쉽게 예상할 수 있다. 그것이 얼마나 냉혹하고 가혹한 것일지 이제까지의 그의 행동을 돌아볼 때 상상하는 것조차 두려웠다.

어디서 살해되면 좋을 텐데. 아쓰야처럼…….

이 궁지를 모면할 길이 있다면 그것밖에 없다. 나가미네 시게키가 복수에 성공해주는 거다. 그러나 시간이 없다. 가이지가 체포될 시간이 시시각각 다가오고 있다.

마노 형사가 뭐라고 떠들고 있다. 그 내용의 절반도 마코토의 귀에는 들어오지 않았다.

46

나가미네는 5시 정각에 휴대전화 전원을 켰다. 부재중 전화를 확인했으나 메시지는 없었다.

그는 다카사키역 옆의 셀프서비스 카페에 있었다. 거리가 보이는 카운터 자리에 앉아 카페오레를 시켜 놓고 있었다.

카페 안에는 샐러리맨으로 보이는 손님이 많았다. 오늘 하루 일을 마치고 한숨 돌리고 있나 보다.

그런 그들에게 질투와 부러움을 느끼는 자신을 발견한다. 안정된 삶, 규칙적인 일상, 어느 정도 계획된 인생……, 자신도 얼마 전까지 그런 것들을 가지고 있었다. 그런 것들의 소중함을 새삼 깨달았다. 육체는 피로에 지쳤고 마음은 피폐했다. 그 시절로 돌아가고 싶어도 이제 돌아갈 길은 전혀 없다.

왜 이렇게까지 되었을까? 머릿속에 소용없는 생각들만 맴

돌았다. 모든 것은 불행한 우연에서 시작되었다. 에마가 두 미치광이 짐승의 눈에 들지 않았다면 지금쯤 여기 있는 샐러리맨들처럼 하루의 피로를 풀고 싶다는 마음만 간절했을 것이다.

애당초 왜 그런 우연이 일어났을까? 그런 녀석은 왜 생기고 방치되었나? 세상은 왜 그런 놈들을 그냥 놔둘까?

놔두는 게 아니다, 무관심할 뿐이다. 나가미네는 주위를 둘러보며 생각했다. 죄 없는 여고생이 성적 노리개 취급을 당하고 시신으로 발견된 사건을 여기 있는 사람 중 몇 명이나 기억할까? 그 아버지가 복수의 화신이 된 사실을 마음에 담고는 있을까? 관련 뉴스가 나올 때마다 떠올릴 수는 있겠지. 그러나 그뿐이다. 뉴스의 화제가 바뀌면 그들의 관심도 바뀐다.

하지만 자신도 그랬다. 내 생활만 보장된다면 타인은 어찌되든 상관없었다. 소년 범죄에 관해 진지하게 생각해 본 적이 있던가? 문제 해결을 위해 뭘 했냐고 물으면 아무 말도 할 수 없다.

그제야 자신 또한 지금 이 세상을 만든 공범자임을 나가미네는 깨달았다. 그리고 공범자들은 자신과 똑같은 대가를 치를 가능성이 존재한다. 지금 뽑힌 게 자신일 뿐이다.

단, 에마는 공범이 아니다. 에마가 여전히 살아 있다면 좀 더 나은 세상을 만들려고 노력했을지 모른다.

따라서 자신은 딸에게 속죄해야 한다. 스가노 가이지 같은 인간쓰레기를 만들어낸 것이 바로 자신 같은 어른들이라면 그 뒤처리도 어른들의 일이다. 뒤처리에는 다양한 방법이 있다. 갱생, 이라는 단어를 쓰는 사람도 있을 것이다. 그러나 나가미네는 도무지 그런 생각은 할 수 없었다. 세상이라는 시스템이 만들어낸 괴물을 인간의 힘으로 인간으로 되돌린다는 것은 불가능하다는 생각뿐이다.

여고생으로 보이는 소녀 셋이 창밖을 지나갔다. 셋 다 웃고 있다. 나가미네는 눈물이 나오려는 것을 간신히 참고 카페오레 잔으로 손을 뻗었다.

그때 전화가 울렸다. 그는 서둘러 통화 버튼을 누르고 귀에 댔다.

와카코였다. 나가미네는 짧게 카페 위치를 알려주고 전화를 끊었다.

와카코는 금방 나타났다. 그의 모습을 발견하자 커피를 사서 옆으로 왔다.

"오래 기다리셨어요?"

"아뇨. 금방 왔어요."

"그래요?" 와카코는 고개를 끄덕이며 커피를 마셨다. "그 후로는요?"

질문의 뜻을 알 수 없어서 나가미네는 와카코를 봤다.

와카코는 후 숨을 내쉬었다. "단서요?"

나가미네는 씁쓸하게 웃으며 고개를 저었다. "완전히 막혔어요. 어쩔 줄 모르고 있죠."

"역시!" 와카코는 조그맣게 말했다. "저…… 짐은?"

골프가방의 내용물을 가리키는 것이리라.

"역 물품 보관함에 맡겼어요. 그런 것을 들고 거리를 돌아다니는 사람은 없으니까."

"그렇죠. 저……, 이젠 된 것 아닐까요." 와카코가 말했다.

"무슨 말씀이시죠?"

"물론 이대로는 나가미네 씨의 성에 차지 않겠죠. 하지만 이 이상은 따님이 바라는 바가 아닐 거예요. 모든 것을 잃고, 그렇게 고통스러워 하고……. 원한은 풀리지 않을지 모르지만, 틀림없이 이제 그만해, 아빠……. 저세상에서 그렇게 생각하지 않을까요?"

주위를 의식했는지 와카코는 억누른 목소리로 말했다. 하지만 다행히 두 사람 옆에는 사람이 없었다.

나가미네도 후, 한숨을 내쉬었다.

"자수를 권할 줄 알았어요."

"제 말이, 나가미네 씨가 보기에는 무책임하게 들리시겠죠."

"아닙니다." 그는 고개를 저었다. "무책임한 사람이 굳이 이런 데까지 오지는 않죠. 당신이 진심으로 제게 마음을 써준다는 건 충분히 압니다. 솔직히 고맙습니다. 특히 목표를 잃은 지금은 더더욱."

"그럼 경찰에……." 와카코가 그의 얼굴을 들여다봤다.

나가미네는 테이블에 팔꿈치를 대고 손으로 눈두덩을 눌렀다.

"하지만 도무지 이대로 끝낼 수가 없어요. 제가 하지 않으면 아무도 에마의 원한을 풀어주지 않을 겁니다. 어차피 사람들은 타인이 살해된 사건은 금방 잊죠. 아니, 오히려 범인을 도우려 할 겁니다. 미성년자라는 이유로 말이죠."

"하지만 이제 손쓸 방법이 없잖아요."

와카코의 지적에 나가미네는 다시 쓴웃음을 지을 수밖에 없었다.

"아픈 곳을 찌르니 괴롭네요. 맞는 말입니다. 이제 어디로 가야 할지도 모르겠습니다."

"저는" 와카코가 입술을 적셨다. "사건이 잊히지 않기 위해서라도, 나가미네 씨가 스스로 경찰에 가야 한다고 생각해요."

"제가 자수한다고 뭐가 달라집니까?"

"적어도 여론은 다시 따님의 비극을 기억할 겁니다. 물론 그것만이 아니에요. 나가미네 씨는 법정에서 소년법을 포함해 세상의 대응 방식을 따져야 하지 않을까요? 당당하게 자수한 나가미네 씨의 얘기라면 세상 사람들도 틀림없이 귀를 기울일 거예요." 와카코는 가만히 나가미네의 눈을 보며 호소했다.

"따진다고……요." 그는 시선을 피했다.

"제삼자니까 저런 태평한 소리를 하나 싶으신가요?"

"아닙니다. 아마 당신 말이 옳을 겁니다. 지금의 제게는 최선이겠죠." 그렇게 말하고 그는 의자에 기대어 허공을 바라봤다. "그렇게 추모하는 방법도 있었나?"

"세상은 나가미네 씨 편이에요. 저처럼 나가미네 씨의 절규에 마음이 움직일 겁니다. 따님도 그걸 더 좋아하지 않을까요?"

나가미네는 고개를 끄덕였다. 확실히 맞는 소리다.

"만약 나가미네 씨가 허락하시면 제가 동행해도 될까요? 경찰서까지요." 와카코가 턱을 당기고 말했다.

"다시 당신에게 폐를 끼칠 수는 없죠."

그러면서도 나가미네는 생각했다. 그러면 괜한 거짓말을 하지 않아도 되겠다. 자수해도 지금까지 어디에 어떻게 숨어 지냈는지 설명해야 한다. 그때 와카코에게 폐를 끼치지 않으려면 어떻게 해야 하나 고민했다. 와카코가 지금까지 계속 자수를 권유했다고 말하면 경찰도 이 사람에게 죄를 묻지 않을 것이다. 무엇보다 지금 출두하는 게 법률적으로 자수로 인정될지, 나가미네는 알 수 없었다.

"그 방법밖에 없겠죠?" 한숨과 함께 나가미네가 읊조렸다.

"그럼, 이제 경찰에 갈까요?" 와카코가 눈을 반짝였다.

그런 와카코를 바라보며 나가미네는 자연스럽게 입가를 풀었다.

"당신은 참 대단한 사람입니다. 저는 늘 당신을 이기질 못하네요."

"죄송해요. 고집을 부려서." 와카코가 눈을 내리깔았다.

"아닙니다. 당신 덕분에 구원을 받았습니다. 당신과 만나지 않았다면 지금까지 버티지 못했을 겁니다. 아마 어디선가 죽지 않았을까요."

죽는다는 말이 나와선지 와카코가 고개를 들었다. 심각한 눈빛을 하고 있다.

"삶에 긍정적이 되어 주세요. 법정에서 싸워야 하는 역할이 남아 있으니까요."

"알고 있습니다. 당신에게는 격려만 받네요." 나가미네는 고개를 끄덕였다.

"그럼……"

"네. 가죠." 나가미네는 의자에서 일어났다.

카페를 나와 역을 향해 걷기 시작했다. 골프가방을 가지러 가기 위해서다.

"부디 몸조심하세요." 다카사키역의 서쪽 출입구로 구내에 들어갔을 때 와카코가 말했다. 벌써 복역 생활을 걱정하는 듯하다.

"고맙습니다. 당신도 건강하세요." 나가미네는 미소를 지으며 오른손을 내밀었다.

와카코도 오른손을 뻗어왔다. 둘이 악수하려는 순간, 나가미네의 바지 주머니 속에서 휴대전화가 울리기 시작했다. 전원 끄는 걸 잊고 있었다.

그는 와카코를 바라보면서 전화를 꺼냈다. 발신자 제한 전화였다.

"여보세요." 나가미네가 받았다. 그가 받을 줄 예상하지 못했는지, 상대는 순간 망설이는 듯 침묵했다. 하지만 이후 낮은 목소리가 들렸다.

『오늘 밤 8시, 스가노 가이지가 우에노역에 나타납니다.』

그 정보 제공자다. 나가미네의 체온이 급격히 상승했다.

"네! 뭐라고요? 8시 우에노역?"

『경찰도 있습니다. 이게 마지막 기회입니다.』

"잠깐만. 당신은 도대체……." 하지만 거기서 전화가 끊겼다.

나가미네는 한동안 휴대전화를 노려봤다. 하필 지금 정보가 올 줄 상상도 못 했다.

8시 우에노역, 마지막 기회······. 정보 제공자의 목소리가 머릿속에서 재생되었다.

나가미네는 휴대전화 전원을 끄고 주머니에 다시 넣었다. 고개를 들었을 때 흠칫 놀랐다. 와카코가 눈시울을 붉힌 채 그를 가만히 바라보고 있었다.

와카코는 불길한 상상이라기보다 확신에 가까운 감정을 품고 있었다. 지금 상황에서 나가미네에게 전화가 걸려왔다면 달리 생각할 필요도 없다.

"정보 제공자의 전화군요. 그렇죠?" 와카코는 자기 생각을 허심탄회하게 드러냈다.

"아니, 아닙니다." 나가미네는 고개를 저었다.

"그럼 누구인가요? 무슨 용건이죠?"

나가미네는 대답하지 못하고 와카코에게서 시선을 피했다.

"하지 마세요. 애써 결심했잖아요. 당신에게도······ 따님에게도 가장 좋은 길을 선택하기로 했잖아요. 그럼 흔들리지 마세요. 부탁이에요."

말하다 보니 몸 안에 뜨거운 게 치밀어 올랐다. 그것은 눈물이 되어 와카코의 눈에 맺혔다. 지나가던 직장여성이 놀라 와카코를 쳐다봤다.

　나가미네는 고개를 끄덕이고 와카코를 기둥 뒤로 데려갔다.

　"말씀하신 대로 정보 제공자의 전화입니다."

　"역시…… 그랬군요."

　"하지만 걱정하지 마세요. 당신 말대로 하겠습니다. 제게 가장 좋은 길이 무엇인지 알았으니까 마음을 바꾸지는 않겠습니다. 안심하세요."

　"그럼, 자수해주세요."

　나가미네는 천천히 턱을 당겼다. "그러죠."

　"다행이에요." 와카코가 안도의 숨을 토했다.

　"골프가방을 가져오겠습니다. 여기서 기다려주세요." 그는 보스턴백을 발밑에 놓았다. "바로 돌아올 테니까 같이 가주시겠습니까?"

　경찰에 가자는 뜻이리라. 와카코는 고개를 끄덕였다.

　나가미네가 물품 보관함이라고 표시된 쪽으로 걸어가는 것을 바라본 와카코는 옆 기둥에 몸을 기댔다. 새삼 자신이 매우 지쳤음을 깨달았다.

　이제 드디어 끝이구나. 그렇게 생각했다. 그가 자수하면 와카코의 이름도 언론에 나올지 모른다. 세상으로부터 따가운 시선을 받을 수도 있다. 아버지에게도 피해가 갈 것이다.

그러나 그건 받아들여야 한다. 어정쩡하게 도망치고 평생 후회하는 것보다는 훨씬 낫다.

발밑의 보스턴백을 봤다. 정말 낡아 보였다. 나가미네는 이것만 들고 도주를 계속해왔다. 그런 날들도 끝났다.

다음 순간, 와카코는 화들짝 놀라며 보스턴백을 들어봤다. 묵직했다.

이것을 여기 놓고 간 것은 더 이상 필요하지 않다고 생각했기 때문 아닐까……?

와카코는 나가미네의 뒤를 쫓았다. 이윽고 물품 보관함이 있는 곳까지 왔다. 골프가방을 넣으려면 대형 보관함이어야 한다.

가늘고 긴 보관함이 늘어서 있다. 하지만 나가미네의 모습은 없었다.

와카코는 달리기 시작했다. 초조와 절망감으로 심장 고동이 격렬해졌다. 목덜미에 땀이 흘렀다.

와카코는 원래 장소로 돌아왔다. 하지만 거기에도 나가미네는 없었다. 입을 막은 채 와카코는 주위를 둘러봤다. 평소와 다름없는 풍경이 펼쳐져 있을 뿐이다.

와카코는 백을 떨어뜨리고 양손으로 얼굴을 감쌌다.

47

몇 분만 지나면 오후 7시가 될 시각, 나카이 마코토 집 앞에 변화가 일어났다. 형사로 보이는 두 남자를 따라 마코토가 밖으로 나온 것이다.

택시를 '회송'으로 해놓고 조는 척하던 아유무라는 운전석 시트를 급히 올렸다.

드디어 나왔구나…….

이 순간을 손꼽아 기다렸다. 나카이 집 앞에 여러 대의 순찰차가 세워져 있는 것을 본 건 3시 지나서였다. 그로부터 대략 네 시간, 아유무라는 잠복을 계속했다.

같은 장소에 택시를 계속 세워놓으면 형사에게 들킬 우려가 있다. 처음에는 그들이 보지 못하는 곳에 택시를 세우고 건물 뒤에서 상황을 살폈다.

이윽고 나카이 집 앞에서 순찰차만 이동하기 시작했다. 아유무라는 열심히 살펴봤지만 그가 탄 것 같지 않았다. 남은 것은 회색 세드릭뿐이다. 여전히 나카이 집에 머물고 있는 형사들의 차일 것이다.

그 차에 아무도 안 탄 것을 확인하고 아유무라는 택시로 돌아왔다. 차를 움직여 세드릭으로부터 20미터쯤 떨어진 곳에 세웠다.

그리고 약 두 시간이 지났다. 배가 고파 편의점 빵이라도 사 올까 할 때 나카이 일행이 집에서 나왔다.

나카이는 형사의 재촉을 받고 차 뒷자리에 탔다. 헐렁한 검은 티셔츠에 베이지색 반바지 차림이었다.

경찰서로 연행되나? 아니, 그건 아닐 것이다. 단순한 연행이라기에는 시간이 너무 걸렸다.

세드릭이 움직이기 시작하는 것을 보고 아유무라도 천천히 차를 출발시켰다.

"몇 분쯤 걸릴까?" 뒷자리의 마노가 물었다.

"15분 안에 도착할 겁니다. 차는 어디 세울까요?" 핸들을 꺾으면서 오리베가 대답했다.

"쇼와 도로변이나, 그 근처가 좋겠어. 우에노역 옆에 있는 큰 육교 알고 있나?"

"알고 있습니다."

"나카이 군에게 육교를 건너게 한다. 이미 수사관들이 잠복하고 있어."

"알겠습니다." 앞을 본 채 오리베가 끄덕였다.

그야말로 상황이 정신없이 진행되고 있다. 고모로의 펜션에서 스가노와 같이 도망치던 소녀를 잡은 게 어젯밤 일이다. 오리베는 오늘 오전까지 마노와 나가노현에 있었다. 그런데 나카이 마코토에게 스가노 가이지가 연락해왔다는 소식을 듣고 바로 도쿄로 왔다. 게다가 오후 8시에 스가노는 나카이와 접촉한다는 것이다. 서둘러 작전 회의가 열리고 스가노 가이지를 체포할 준비가 이루어졌다. 형사가 밀려들자 나카이 마코토는 당황한 듯했으나 오리베도 갑작스러운 전개에 머리가 따라가지 못하고 있다. 아마 마노도, 조수석의 곤도도, 마찬가지일 것이다.

왜 스가노는 나카이에게 연락했을까? 본인 말로는 도주 자금이 바닥났기 때문이라고 했다. 그가 가지고 있던 현금카드는 이미 사용 정지되었다. 그러나 돈 때문만은 아닐 것이라는 게 수사진의 생각이다. 아마도 그의 마음을 움직인 것은 무라코시 유카가 체포되었다는 사실일 것이다.

도주 중인 스가노의 마음을 지탱해준 건 유카였다. 그렇다고 유카가 그를 격려하거나 위로했다는 말은 아니다. 하지만 그의 고독감을 달래준 것만은 의심의 여지가 없다. 유카와의 섹스에 빠져 있는 동안만은 쫓기고 있다는 사실을 잠시 잊을 수 있었을지 모른다.

그러니까 유카는 스가노 가이지에게 있어서 외로움을 잊게 하는 애완동물이었다. 이 애완동물을 잃음으로써 스가노는 갑자기 마음이 약해졌다. 장난감을 빼앗긴 어린아이처럼 어떻게 해야 할지 몰라, 그저 사람이 그리워진 것이다.

버릇 나쁜, 그냥 어린애라고 마노는 말했다. 오리베도 그렇게 생각한다. 스가노가 그런 상태라면 체포도 그리 어렵지 않을 것이다. 나카이 마코토와의 전화 내용을 들으면 스가노는 반쯤 체념한 듯했다. 형사들에게 포위되면 저항하지 않고 선선히 체포에 응하지 않을까 싶다.

휴대전화로 누군가와 얘기를 나눈 곤도가 전화를 끊고 뒷자리의 마노에게 말했다.

"우에노역 개찰구를 6시 넘어서부터 감시했다는데 아직 스가노는 발견하지 못했답니다."

"우에노역은 개찰구가 많지?" 마노가 말했다.

"모두 네 개일 겁니다. 중앙 개찰구가 가장 크지만." 오리베가 대답했다.

"모든 출구에 수사관을 배치하고 조금이라도 인상이 비슷하면 일단 검문하기로 했어." 곤도가 말했다.

"그랬다가는 스가노가 알아차리지 않을까?" 마노가 혀를 찼다. "뭐, 상사 지시니까 우리가 불평해봤자 소용없지만. ……스가노에게 우에노의 지리감이 있나?" 뒤의 질문은 나카이 마코토에게 한 것 같다.

"지, 리, 감?"

"그곳을 잘 아냐고 묻는 거야."

"아아…… 아마 잘 알지 않을까요. 자주 놀았던 곳이니까."

"늘 노는 데가 정해져 있니?"

"정해 놓은 정도는 아니에요. 거리를 어슬렁어슬렁 돌아다니는 정도랄까."

"자주 가는 가게는?"

마노의 질문에 나카이는 대답하지 못했다. 오리베가 룸미러로 살피니, 당황해 고개를 기울이고 있는 모습이 비쳤다.

"몰라요. 때에 따라 달라서." 우물쭈물 대답했다.

마노가 크게 한숨을 쉬었다. 전혀 도움이 안 된다는 생각에 포기했으리라.

대각선 앞쪽으로 우에노역이 다가왔다. 쇼와 도로를 가로지르는 큰 육교를 지나 오리베는 좌회전한 다음 길가에 차를 세웠다. 사이드 브레이크를 걸고 시계를 봤다. 7시 20분이다.

곤도가 휴대전화를 들었다. 히사쓰카에게 거는 것이리라.

"사람이 많네." 뒤를 돌아보며 마노가 말했다.

"우에노역 주변은 늘 이렇습니다." 오리베가 말했다.

곤도가 휴대전화를 끊었다. "여기서 대기하랍니다."

마노가 고개를 끄덕이고 담뱃갑을 품에서 꺼냈다. "빨리 끝나면 좋겠는데."

"무선 사용법, 알고 있지?" 곤도가 몸을 틀어 나카이에게 물었다.

나카이 마코토는 잠자코 고개를 끄덕였다. 얼굴은 하얗고 입술을 퍼랬다.

오리베는 다시 시계를 봤다. 2분밖에 지나지 않았다.

그는 입속이 바싹 마르는 것을 느끼며, 나가미네 시게키는 지금쯤 어디 있을까 생각했다.

나가미네는 아메야 요코초의 잡화점을 나서던 길이었다. 그의 손에 바닥을 닦는 손잡이가 긴 솔이 들려 있다. 조금 전 들어간 가게에서는 커다란 포장지와 테이프를 샀다.

그는 다카사키에서 신칸센을 타고 도쿄로 나와 오카치마치로 돌아갔다가 거기서 우에노까지 걸어왔다. 우에노역에 내리지 않은 이유는 개찰구에 경찰이 대기하고 있을 가능성이 있기 때문이다.

그만큼 골프가방을 들고 우에노역에 접근하는 게 두려웠다. 당장이라도 뒤에서 누가 말을 걸 것만 같았다.

골프가방은 우에노역 바로 밖 보관함에 맡겼다. 10미터쯤 떨어진 곳의 파출소에서 경관이 나왔을 때는 심장이 떨어지는 줄 알았다. 경관은 나가미네를 알아보지 못했다.

나가미네는 바닥 솔을 들고 다시 보관함으로 돌아갔다. 주위에 사람이 없음을 확인하고 보관함을 열어 골프가방을 꺼냈다. 가방을 들고 보관실 깊은 곳까지 들어갔다. 조금 넓은 공간을 발견하자 다시 주위를 둘러본 다음 가방을 열었다.

바닥에 포장지를 펴고 그 위에 우선 바닥 솔을 놓았다. 그리고 골프가방에서 10년도 전에 산 레밍턴을 꺼내 안전장치를 확인하고 바닥 솔과 나란히 놓았다. 재빨리 둘을 포장지로 감쌌다. 바닥 솔은 솔 부분만 밖으로 나오도록 하고 테이프로 고정했다.

들어보니 보기보다 훨씬 무거웠다. 레밍턴만도 약 4킬로그램이니 당연하다.

필요 없어진 골프가방을 다시 보관함에 넣고, 나가미네는 포장지로 감싼 총을 안고 밖으로 나왔다.

시계를 보니 오후 7시 30분이 되려는 참이다. 그는 심호흡하고 걷기 시작해 육교를 올랐다.

스가노 가이지가 8시에 우에노역에 나타난다. 정보 제공자의 말은 이전과 마찬가지로 이번에도 맞을 것이다. 하지만 우에노역 어디에 나타나는지, 왜 나타나는지는 말해주지 않왔다. 그것은 정보 제공자 본인도 모르기 때문이 아닐까?

경찰도 있다고 했다. 경찰도 스가노를 체포하려고 한다는 말일까? 그리고 경찰도 스가노 가이지가 우에노역에 나타난다는 사실은 알지만, 어떻게 나타날지는 모른다는 말 아닐까?

나가미네는 무슨 일이 있더라도 경찰보다 먼저 스가노를 찾아야 한다고 생각했다. 정보 제공자의 말대로 이것은 마지막 기회다. 만약 스가노가 경찰에 체포되더라도 인파에 섞여 접근해 복수할 생각이다.

그는 육교 위에 서서 주변을 둘러봤다. 도로 왼쪽에는 가게들이 즐비했고 그 앞을 수많은 사람이 지나가고 있다. 오른쪽에 역이 있는데 그쪽도 당연히 사람이 많았다. 이 가운데서 과연 스가노를 찾을 수 있을지 불안했다.

하지만 나가미네는 곧 그런 생각이나 할 때가 아님을 깨달았다. 그의 바로 옆에 눈매가 날카로운 중년 남자가 서 있었다. 그 남자는 휴대전화를 걸면서 나가미네와 마찬가지로 주위를 둘러보고 있었다.

형사구나. 나가미네는 직감했다.

그는 포장지로 감싼 총을 안고 그 남자에게서 슬쩍 멀어졌다. 육교는 역 너머에 있는 백화점 2층과 이어져 있었다. 그는 그 통로를 통해 백화점으로 들어갔다. 입구 바로 앞에도 형사처럼 보이는 남자가 하나 서 있다.

나가미네는 백화점을 가로질러 에스컬레이터를 타고 1층에 내렸다. 정문을 통해 밖으로 나와 역을 보면서 천천히 거리를 따라 걷기 시작했다.

그는 결심했다. 곳곳에 형사들이 있는 이상 그들보다 먼저 스가노를 발견하는 일은 불가능하다. 잘못 움직였다가 내가 들키면 아무 소용이 없다.

스가노가 나타나면 형사들이 일제히 움직일 것이다. 그 상황을 곁에서 지켜보고만 있어도 알 것이다.

자신은 그때 움직이면 된다. 기회는 그때밖에 없다.

7시 30분, 곤도의 휴대전화가 울렸다.

"슬슬 준비해야겠군." 뒷자리의 마노가 말했다.

오리베도 무전기 이어폰을 끼고 차에서 내려 준비를 시작했다.

그런데 곤도의 모습이 이상했다. 오리베를 제지하듯 어깨에 손을 얹었다.

"알겠습니다. 그럼, 마노 선배에게 그렇게 알리겠습니다." 전화를 끊고 곤도는 뒤를 돌아보며 말했다. "조금 있다가 나오랍니다. 물건이 온답니다."

"물건이라니?"

곤도가 입술을 축이고 마노와 오리베의 얼굴을 번갈아 보며 말했다.

"권총을 휴대하랍니다. 우리 권총도 이리로 가져온답니다."

"권총? 왜?" 마노가 물었다.

오리베는 바로 알아차렸다. "나가미네……가 왔나요?"

곤도가 고개를 끄덕였다.

"나가미네도 이쪽으로 오고 있답니다. 이미 어딘가에 숨어 있을 가능성도 있습니다."

"확실한가?"

"확실한지는 모릅니다만, 제보가 있었답니다."

"제보?"

"여자 목소리로 경시청에 전화가 왔답니다. 다카사키의 공중전화에서 걸었다네요."

"왜 다카사키에서……?"

마노의 의문에 오리베도 같은 생각이었다. 왜 나가노가 아니라 다카사키일까?

"제보 내용은?" 마노가 물었다.

"자세한 건 모르겠으나 나가미네 시게키가 복수하려고 우에노역으로 갔으니까 그를 말려달라는 내용이었답니다."

"여자라고?"

"네."

마노는 신음했다. "도대체 누구지?"

"나가미네의 행동을 아는 사람이라는 얘기네요." 오리베가 말했다.

"나가미네를 숨겨줬을지도 모르겠군." 곤도가 팔짱을 꼈다.

"그건 그렇고 나가미네는 어떻게 스가노가 우에노역에 나타날지 알았을까요?"

오리베의 질문에 곤도도, 마노노 대답하지 못했다.

"나가미네에게…… 뭔가 있어. 특별한 정보원이 있어. 그렇지 않으면 애당초 도모자키를 죽일 수 없었어." 곤도가 혼잣말처럼 말했다.

"정보원이라고요? 하지만 오늘 일은 경찰 밖으로 흘러나갈 수 없어요." 곤도가 말했다.

"그런데 흘러나갔어. 어딘가 구멍이 있다는 소리지." 마노가 조용히 말했다.

48

아사마 528호는 7시 25분에 다카사키역을 출발했다. 시간표에 따르면 우에노역에는 8시 10분에 도착한다. 8시에 우에노역에 무슨 일이 일어날지 모르는 상황이건만 그 시간까지는 도착할 수 없다.

그런데도 와카코는 전차에 올랐다. 무슨 일이 일어날지, 나가미네가 어떻게 행동하고 이 복잡한 사건이 어떻게 수습될지, 무슨 일이 있더라도 직접 봐야 했다.

나는 나가미네를 배신한 걸까? 와카코는 생각했다.

다카사키역을 떠나기 직전, 와카코는 경찰에 전화했다. 나가미네를 신고한 것이다. 아마도 지금쯤 다카사키역으로도 경찰이 출동했을 것이다.

내내 그를 숨겨줘 놓고 마지막 순간에 신고했다. 배신일지도 모르겠다.

그러나 먼저 배신한 사람은 나가미네다.

그는 자수하겠다고 했다. 그 말은 거짓이 아니었을 것이다. 그런데 한 통의 전화로 그의 마음이 바뀐 것이다.

8시 우에노역……. 나가미네가 그렇게 말하는 것을 와카코는 들었다. 동시에 그의 얼굴에 낭패감과 망설임이 깃드는 것도 봤다.

그래도 와카코는 "마음이 바뀌지 않았다"라는 그의 말을 믿었다. 믿고 싶었다고 해야 할까?

아마도 나가미네는 와카코가 경찰에 신고할 것을 각오하지 않았을까. 그러니 배신이라고는 생각하지 않으리라.

나는 도대체 무엇을 바라는 걸까? 와카코는 자문했다. 경찰이 그를 말리기를 바라고 신고했다. 그러나 단순한 범죄 방지 때문만은 아니다.

살인은 물론 좋지 않은 일이다. 하지만 스가노 가이지라는 인간쓰레기를 죽이는 것은 별로 상관하지 않을 것 같다. 누군가에게 살해당한다면 기분이 좋을 수도 있을 것 같다.

그런데 그게 나가미네이지 않기를 바랐다. 그는 딸의 인생을 그들에게 빼앗겼다. 그런데 그의 인생마저 그들 때문에 파괴된다면 너무 비참하지 않나?

이미 한 사람을 죽였으니 그에게는 엄한 벌이 내려질 것이다. 거기서 멈추길 바랐다. 그가 더 추락하는 것만은 막고 싶었다.

그런데 한편으로는 나가미네가 복수하기를 바라는 마음도 여전히 활활 타오르고 있었다. 추락을 막을 수 없다면 적어도 그 소망을 이루길 바랐다.

나는 도대체 뭘 바라고 있는 걸까?

와카코 스스로도 답을 낼 수 없었다.

마노라는 나이가 많아 보이는 형사가 손목시계를 봤다. 그를 따라 마코토도 자신의 시계를 봤다. 8시 10분 전이다.

"10분 전이네." 마노 형사가 말했다.

조수석의 형사가 무선으로 누군가와 대화했다. 소곤소곤 얘기해서 마코토에게는 내용이 들리지 않는다. 다른 형사들도 같은 내용을 듣고 있는 듯하다.

"자, 갈까?" 마노가 마코토에게 말했다.

마코토는 잠자코 고개를 끄덕였다. 목소리가 나오지 않을 정도로 긴장했고 목이 말라 입술이 퍼석했다.

"괜찮을까요? 스가노가 보고 이상하다고 생각하지 않을까요?" 운전석의 오리베라는 젊은 형사가 말했다.

"어쩔 수 없어. 게다가 이 정도 긴장은 당연하지 않을까? 도주 중인 용의자가 몰래 만나는 거니까." 마노가 답했다.

"그럴 수도 있겠지만……." 젊은 형사가 수긍했다.

"자, 가지." 마노가 뒷문을 열었다.

오리베 형사도 차에서 내렸다. 마코토도 내린다. 조수석 형사만이 차에 남았다.

"아까도 말했듯 육교를 건너 역 앞까지 간다. 역 빌딩 입구까지 가면 거기서 멈춰. 다음은 스가노의 전화를 기다려. 알겠니?"

"아, 알았어요."

"내가 네 뒤에 조금 떨어져 따라갈 거야. 하지만 절대 나를 보지 마라. 필요할 때는 내가 연락하마. 그때까지 평소대로 걸어라. 만에 하나 스가노와 우연히 만났을 때는 어떻게 해야 할지 알지?"

"모자를 벗고 다가가요……."

"다음은?"

"가이지와 서서 얘기하면 돼요. 만약 가이지가 바이크를 타고 나타나 뒤에 타라면 절대 타지 말고 형사님들이 오기를 기다려요."

"됐다. 다음은 우리가 처리할 테니까 너는 떨어져 있어라."

"……네."

마코토는 그 순간을 상상하니 소름이 돋았다. 가이지는 형사들에게 체포될 테지만, 마코토가 배신했다는 걸 깨닫는다면 그는 어떤 표정을 지을까? 어떤 눈으로 노려볼까……?

쇼와 도로로 나서려던 참에 마노가 멈췄다. 가라, 라는 식으로 육교를 턱으로 가리켰다.

"저……." 마코토가 입을 열었다.

"왜?"

"나가미네라는 사람도, 여기 오나요?"

마노가 떨떠름한 표정을 지었다.

"그건 네가 생각할 일이 아니야."

"하지만 만약 그 사람이 나타나면……."

"네 주위에는 형사들이 있어. 나가미네가 나타나면 우리도 바로 알게 돼. 네게는 내가 지시하마. 걱정할 것 없다."

마코토는 알았다고 고개를 끄덕이고 걷기 시작했다. 마노가 조금 간격을 두고 따라오는 듯했다.

10분쯤 전에 다른 형사 둘이 차로 다가왔다. 그들은 작은 트렁크를 가져왔다. 차에 탄 형사들이 그걸 받아 열자 안에는 권총과 총집이 들어있었다. 마노를 비롯한 세 형사는 그걸 좁은 차 안에서 찼다. 그동안 그들은 말이 없었다. 안 그래도 긴장으로 팽팽했던 공기가 더 날카로워졌다.

그들의 대화를 통해 나가미네 시게키도 우에노에 왔음을 알 수 있었다. 권총은 그에 대응하기 위한 장비일 것이다.

마코토는 나가미네가 나타나기만을 손꼽아 기다렸다. 그

가 나타나 어떻게든 가이지를 쏴 죽여주기를 바랐다. 그것 말고 가이지의 보복을 피할 방법이 떠오르지 않았다.

육교 계단이 눈앞으로 다가왔다. 마코토는 뒤를 돌아보고 싶은 마음을 억누르고 천천히 계단을 올랐다.

나카이 마코토가 육교를 오르는 것을 보고, 오리베는 마노와 함께 걷기 시작했다. 주의 깊게 주위를 살핀다. 스가노 가이지와 나가미네 시게키로 보이는 모습은 보이지 않았다.

오리베는 가슴에 손을 대고 권총의 존재를 확인했다.

무선기를 통해 들은 히사쓰카의 목소리가 귀에 쟁쟁했다.

"권총을 휴대하는 것은 어디까지나 최악의 사태를 막기 위해서다. 나가미네가 절대 발포하게 해서는 안 된다. 그것을 막으려 할 때만 권총을 사용할 것!"

취지는 이해하겠으나 그의 지시는 구체적이지 못했다. 어떤 상황에서 권총을 사용해야 할까? 위협할 때만 사용해야 할까? 일단 쏘면 나가미네의 목숨을 빼앗을 가능성도 있다. 그래도 좋단 말인가?

수많은 사람이 모이는 장소에서 엽총이 발포되어서는 안 된다는 건 안다. 하지만 나가미네는 스가노만을 노리고 있다. 그도 다른 사람을 다치게 해선 안 된다고 생각하지 않을까? 즉 그가 발포한다면 스가노를 사정권 안에 두었을 때뿐이다.

경찰은 그런 상황을 반드시 막아야 한다, 그러기 위해서는 나가미네도 죽여도 좋다는 것이 경찰의 판단인 셈이다.

요컨대 이 총은……. 오리베는 자신이 가지고 있는 권총을 떠올렸다. 이 총은 스가노의 목숨을 지키기 위한 것이다. 나가미네 에마를 죽음에 이르게 한 장본인이, 피해자의 아버지에게 복수 당하는 것을 막기 위한 총이다.

우리는 도대체 뭔가? 오리베는 생각했다. 법을 어긴 자들을 잡는 게 우리 일이다. 그럼으로써 악을 없앤다는 게 표면적인 목표다.

하지만 이런다고 악이 없어질까? 체포해 격리하는 건 달리 보면 보호다. 일정 기간 '보호'된 죄인들은 세상의 기억이 흐릿해질 무렵 다시 원래 세상으로 돌아온다. 그 대다수는 또다시 법을 어긴다. 그들은 알고 있지 않을까? 죄를 저질러도 어떤 보복도 받지 않는다는 것을. 국가가 그들을 보호해준다는 사실을.

우리가 정의의 칼날이라고 믿는 것이, 정말 올바른 방향을 향하고 있나? 오리베는 의문을 품었다. 옳은 방향을 향하고 있는 칼날은 진짜일까? 정말 '악'을 벨 힘을 가지고 있나?

나카이 마코토가 육교를 이용해 쇼와 도로를 건넜다. 그와 오리베 일행과의 거리는 10미터쯤이다.

육교 곳곳에 오리베가 아는 얼굴이 있다. 전원 형사다. 양복을 입은 사람도 있고 알로하 셔츠에 하얀 바지 차림도 있다. 커플로 위장한 남녀도 있다.

쇼와 도로를 건너자 나카이 마코토는 역 앞으로 내려가는 계단 쪽을 향했다.

"저는 백화점 쪽으로 가보겠습니다."

오리베가 마노에게 말했다. 마노는 조용히 고개를 끄덕였다.

백화점 2층과 이어진 곳에서 오리베는 마노와 헤어져 입구를 향해 걸었다. 안으로 들어가자마자 휴대전화로 대화 중인 척하는 남자가 있다. 이마이 반의 가와사키였다. 그들의 목표는 나가미네 시게키다. 나가미네가 우에노역에 왔다는 소리에 한껏 긴장한 듯하다.

"어때요?" 오리베가 물었다.

"우에노역 개찰구를 감시하는 팀 말로는, 나가미네로 보이는 인물은 지나가지 않았다네."

"꼭 우에노역을 이용하리라는 보장은 없잖아요."

"물론이지. 오카치마치의 역무원이 골프가방을 든 남자가 한 시간 전에 통과하는 것을 봤어. 그런 가방을 들고 이런 동네에 오는 손님은 드물어서 인상에 남았다는군."

"역무원에게 나가미네의 사진을 보여줬나요?"

"보여줬는데 잘 모르겠대. 얼굴까지는 못 봤다고."

그렇겠지, 오리베는 생각했다.

나가미네를 찾을 수 있는 가장 두드러진 표시는 골프가방이다. 하지만 그가 언제까지 그런 걸 들고 돌아다닐지는 모른다. 뭔가 다른 것으로 위장할 게 분명하다. 그래서 가늘고 긴 포장이나 케이스, 가방 등을 든 사람을 발견하면 남녀노소를 불문하고 내용물을 확인하도록 수사관 전원에게 지시가 내려졌다.

"그럼, 여기는 부탁하지." 가와사키는 그렇게 말하고 유리문을 열고 나갔다.

오리베는 바로 옆에 있는 파라라는 체인 커피숍에 들어갔다. 바로 여직원이 다가왔는데 일단 제지하고 창가 카운터 테이블을 봤다. 가장 안쪽 자리에 앉은 낯익은 사복 여경이 보였다. 그는 그쪽을 향해 걷기 시작했다.

"수고하십니다." 여경이 오리베를 올려다보며 조그맣게 말했다.

오리베는 커플의 대화는 아니라고 생각하면서 살짝 고개를 끄덕이고 옆에 앉았다. 경관이 더 있는 것 같지는 않았다.

오리베는 창 너머로 역을 바라봤다. 여기에서는 우에노역이 거의 정면으로 보인다. 나카이 마코토가 역 빌딩 앞에 서 있다. 마노의 모습은 보이지 않았다.

오리베는 시계를 쳐다봤다. 8시 정각이다.

마코토는 휴대전화 벨 소리에 소스라치게 놀랐다. 가슴이 아플 만큼 심장이 뛰었다.

액정 화면에는 발신자 제한이라고 떴다. 그는 아주 조심스럽게 전화를 받았다.

"네……."

이쪽 상황을 살피는 듯한 침묵이 흐른 뒤 상대 목소리가 들렸다.

"나야."

"가이지?"

"응. 지금 어디 있어?"

"우에노역 아트레 앞."

가이지가 혀를 찼다.

"그렇게 눈에 띄는 데 있으면 어떡해! 아니, 됐다. 돈, 가져 왔어?"

"10만 엔 가져왔어."

"좋아. 그러면 지금부터 내가 하라는 대로 해. 일단 선로 밑까지 와."

"선로 밑?"

"전차가 달리는 아래쪽 말이야. 몰라?"

"아…… 가드레일 밑?"

"전화 끊지 말고 그대로 와."

"알았어."

마코토는 걷기 시작했다. 이 통화 내용은 형사들이 다 듣고 있을 테니까 그들과 마코토와 마찬가지로 가드레일 아래로 향하고 있을 것이다. 가이지가 체포되는 것은 시간문제다.

체포는 피할 수 없더라도 어떻게든 자신이 가이지의 원한을 사는 일만은 피할 수 없을까? 마코토는 필사적으로 생각했다. 원한을 완전히 품지 않을 방법은 없더라도 조금이라도 줄일 수 없을까?

가드레일 아래까지 다 왔다. 마코토는 정신없이 이리저리 둘러봤다. 가이지는 어디 있지? 형사들은 어디서 감시하고 있지……?

그때, 마코토는 인파 속에서 뜻밖의 인물을 발견했다. 아유무라였다. 그는 번뜩이는 눈빛으로 마코토를 가만히 응시하고 있었다.

마코토는 혼란스러웠다. 왜 저 남자가 여기 있지……?

물론 정보를 제공하기로 약속했다. 그러나 오늘은 만나지 못했다. 그러므로 가이지가 우에노역에 온다는 사실을 아유무라는 모를 텐데.

집에서부터 미행했나? 그것밖에 생각할 수 없다.

어쩌지? 마코토는 생각했다. 형사들에게 알리는 게 좋을까? 하지만 그러면 무선으로 말해야 한다. 휴대전화가 연결되어 있어서 지금은 그럴 수 없다.

아니, 어쩌면? 마코토는 생각했다. 아유무라는 그냥 놔두는 게 좋을지도 모르겠다. 아유무라가 가이지를 죽여줄지도 모른다. 그런데 잘 안 되면 어쩌지? 아유무라에게 정보를 제공한 게 경찰에 들통나면 또 다른 벌을 받지 않을까?

어쩌지? 어떡하면 좋지?

고민하던 중에 그의 눈에 또 다른 인물이 잡혔다. 보세 옷가게 앞에 가이지가 서 있었다. 검은 니트 모자를 쓰고 선글라스를 끼고 있다. 그는 아직 마코토를 발견하지 못한 듯하다.

마코토는 천천히 걸어갔다. 가이지를 발견하면 어떻게 해야 하는지, 귀가 따갑도록 형사들의 설명을 들었음에도 그 내용은 까맣게 잊었다.

이윽고 가이지도 그를 발견했다.

49

[나카이 현재, 가드레일 밑. 휴대전화를 켠 상태입니다.]

[모자는?]

[아직 쓰고 있습니다.]

[그대로 접근해.]

오리베는 히사쓰카와 마노의 대화를 무선으로 들으면서 백화점을 나왔다. 육교 위로 올라가 도로 위에서 가드레일 밑을 봤다. 나카이 마코토의 모습은 확인할 수 없었다.

[마노입니다. 스가노로 보이는 소년 발견! 보세 옷 가게 앞에 있습니다. 검은 니트 모자, 선글라스. 옷은 회색.] 마노의 목소리가 들렸다.

[나카이는 어떤가?]

[그쪽을 보고 있습니다. 스가노로 보이는 남자, 나카이에

게 다가갑니다.]

[나카이는 모자를 벗었나?]

[아닙니다. 녀석, 왜 모자를 안 벗어!] 마노의 목소리에 짜증이 섞여 있다.

[남자의 인상을 확인해라. 잘못 봤을지도 모르니까.]

[알겠습니다.]

오리베는 역 앞으로 내려가는 계단까지 이동했다. 가드레일 밑에서 많은 사람이 역을 향해 걸어왔다. 또 마찬가지로 많은 사람이 반대 방향으로 걸어가고 있다. 그 안에서 드디어 마노의 모습을 발견했다.

그 직후, 마노의 긴박한 목소리가 들렸다. [스가노. 틀림없습니다!]

[확보해!] 히사쓰카의 목소리가 울렸다. [알아차리지 못하도록 포위해!!]

선글라스 속 눈이 가만히 마코토를 응시했다. 입술에 희미한 미소가 그려졌다. 마코토는 강간할 때도, 친구들을 린치할 때도, 그는 늘 똑같은 표정을 지었던 것을 떠올렸다.

"야! 혼자지?" 낮고 짤막하게 가이지가 말했다.

마코토는 잠자코 고개만 끄덕였다. 입안이 칼칼했다. 반면 온몸은 땀투성이다.

가이지는 오른손을 내밀었다.

"돈! 빨리 넘겨. 꾸물대지 말고!"

그의 머릿속에는 마코토의 돈을 빼앗을 생각밖에 없는 듯했다. 이전과 마찬가지로 마코토를 자신에게 편리한 도구로만 보고 있다.

"가이지, 있잖아……."

형사가 있다고 알려줄까 생각했다. 그러면 배신했다는 생각이 조금씩 줄지 않을까? 하지만 그렇게 하면 이번에는 자신이 경찰의 비난을 받을 것이다.

"뭔데?" 가이지가 이맛살을 찌푸렸다.

"아냐, 아무것도 아냐."

마코토는 고개를 젓고 주머니에 손을 넣었다. 그러나 자신에게는 가이지에게 넘길 돈이 없다는 사실을 떠올렸다. 가이지를 만나서 해야 할 일은 돈을 건네는 게 아니라 지금 쓰고 있는 모자를 벗는 것이다.

서둘러 모자에 손을 대고 벗으려고 할 때였다.

"우아아아아아아!"라는 소리가 들렸다. 굶주린 짐승이 먹잇감을 덮치는 듯한 소리다. 살펴보니 어떤 남자가 가이지를 향해 돌진하고 있다. 아유무라가 손에 칼 같은 걸 쥐고 있다는 것을 깨닫는 데까지 1, 2초가 걸렸다.

가이지가 마코토보다 조금 더 빨리 신변의 위험을 느꼈다.

덕분에 그는 아유무라가 내민 칼날을 간발의 차이로 피했다. 그것만이 아니라 순간적으로 발을 걸어 아유무라를 거리에 내동댕이쳤다. 칼이 떨어졌다. 회칼이다. 가이지는 재빨리 그 칼을 집었다.

주위에서 비명이 터졌다. 그들 주위에 있던 사람들이 일제히 물러섰다.

"마코토, 이 새끼, 나를 팔았지?" 가이지가 짐승 같은 얼굴로 노려봤다.

"아니, 아니라고!" 마코토는 격렬하게 고개를 저었다.

가이지는 식칼을 움켜쥐고 마코토를 향해 한 걸음 내디뎠다. 그런데 다음 순간, 그는 뭔가를 깨달은 듯 낯빛을 바꾸더니 순식간에 몸을 돌려 달리기 시작했다.

넋을 놓은 마코토의 옆에서 누군가가 뛰어나왔다. 마노였다. 다른 곳에서도 여러 명의 형사가 나타나 가이지를 쫓았다.

마코토의 발밑에 아유무라가 쓰러져 있었다. 신음하면서 일어나려는 그의 팔을 어디선가 나타난 남자가 잡았다. 그 모습으로 보아 이 남자도 형사인 듯했다.

"멍청한 자식, 쓸데없는 짓을 벌여선!" 형사는 이렇게 내뱉었다.

육교 계단 아래 있던 나가미네는 사람들의 움직임으로 이

변을 알아차렸다. 난잡하게 걸어가던 사람들이 같은 방향을 보고 발걸음을 멈추더니, 뭔가를 피하듯 길가로 몰려들었다.

곧 그들을 헤치며 한 소년이 달려왔다. 소년은 뭔가 번쩍이는 것을 들고 있었다.

나가미네는 남자가 들고 있는 것으로부터 바로 눈을 뗐다. 남자의 얼굴을 본 순간, 날카로운 냉기가 온몸을 스치고 지나갔다.

스가노 가이지가 틀림없다. 매일 밤, 증오와 슬픔을 안고 노려봤던 얼굴이다.

스가노의 뒤를 많은 남자가 쫓았다. 형사들이다. 나가미네는 바로 깨달았다. 스가노를 체포하려 하고 있다.

나가미네는 몸을 숙여 계단 밑에 손을 넣었다. 그곳에 포장지로 감싼 엽총을 숨겨 놓았다.

오리베는 육교 계단 중간쯤에서 기다리고 있었다. 스가노 가이지의 움직임을 보고 그가 필시 육교를 오르리라고 판단했기 때문이다. 육교로 올라오지 않으면 역으로 들어갈 수밖에 없다. 그러면 막다른 길이나 마찬가지다.

그런데 스가노는 예상치 못한 행동에 나섰다. 역 앞에 도착하자 영문도 모른 채 그 자리에 못박혀 있던 젊은 아가씨의 팔을 잡아 자기 쪽으로 당기더니 그 여성의 목에 식칼을 들이

댔다.

"이쪽으로 오지 마. 가까이 오면 이 사람, 죽일 거야!" 스가 노가 짐승처럼 호통쳤다.

그때 와카코는 우에노역 건물을 나오던 참이었다. 이제부 터 어떻게 하지? 이런 생각을 하고 있는데 바로 눈앞에서 믿 을 수 없는 일이 벌어졌다. 와카코는 발이 얼어붙어 움직일 수 없었다.

"다가오지 말라고 했지! 더 물러나. 더 떨어지라고. 정말 이 여자를 죽일 거야!"

소년은 중학생쯤 되는 소녀의 팔 아래로 손을 두르고 다른 한 손으로 식칼을 휘두르고 있었다. 그런 그를 사람들이 거리 를 두고 둘러싸서 지켜보고 있다. 그들보다 조금 앞에 나와 틈만 생기면 달려드려 하는 사람들은 형사들일 것이다.

"어리석은 짓 그만해. 그런 짓 해봤자 도망칠 수 없다는 건 알잖아. 그 사람 놔줘."

양복 입은 나이 든 남자가 목청 높이고 달래듯 말했다.

"시끄러워! 마코토, 나와! 이 새끼, 두고 봐. 절대 용서하지 않을 테다!" 소년이 호통쳤다. 마코토가 누구일까, 와카코는 알 수 없었다. 그러나 저 남자가 스가노인 것만은 분명하다.

그럼 나가미네는……? 그녀는 재빨리 주위를 둘러봤다.

그도 이 안에 있을 것이다. 인파에 섞여 이 상황을 지켜보고 있으리라. 그는 지금이라도 복수를 포기하지 않을까? 이런 상황에서 엽총의 방아쇠를 당길 기회를 노리고 있을까?

구경꾼들이 점점 모여들었다. 이래서는 도무지 나가미네를 찾을 수 없겠다.

절망감이 퍼지는 것을 느끼면서 와카코는 육교 쪽을 봤다. 그때 계단 아래에서 한 남자가 나타났다.

하늘이 도왔구나. 나가미네는 그렇게 느꼈다. 스가노가 수많은 수사관에게 제압당했다면 엽총으로 노리는 것은 완전히 불가능하다. 그런데 스가노가 인질을 잡고 마지막 저항을 시도했다. 덕분에 형사들이 다가가지 못하고 있으니 관계없는 사람을 끌어들일 위험도 줄어들었다.

경찰은 서둘러 체포하려는 생각은 없는 듯했다. 설득하는 형사에게 왠지 여유가 느껴졌다. 여기까지 왔으니 시간문제라고 생각할 것이다.

"꼼짝 마. 다가오지 말라고." 스가노는 여전히 난동을 부리고 있었다.

참 어리석은 놈이구나. 나가미네는 생각했다. 이런 상황까지 왔으면 아무리 발버둥 쳐봤자 소용없는 일이란 것 정도는 어린애라도 알 것이다. 저 많은 사람이 보는 앞에서, 저렇게 많은 형사에게 둘러싸여 어떻게 도망치겠다는 건가?

이 녀석은 제멋대로 굴던 응석받이가 사회적 상식을 전혀 익히지 못한 채 몸만 어른이 된 존재다. 나가미네는 새삼 깨달았다. 화를 내고 아우성을 치며 난동을 부리면 사람들이 자신의 말을 들어주리라 생각하는 것이다.

저런 놈에게 에마는 목숨을 잃었다. 아이가 장난감을 가지고 싶어 하듯 저 놈도 성적 노리개를 원한 것뿐이다. 이 놈에게 에마는 인간도 아니었다.

나가미네의 시야가 급격히 좁아졌다. 그의 눈에는 스가노의 모습밖에 들어오지 않았다. 스가노가 인질로 잡은 소녀조차 그의 안중에 없었다. 동시에 모든 소리가 사라졌다.

오리베는 여전히 육교 계단 위에 있었다. 거기서 상황을 바라보고 있었다.

일촉즉발의 상황이었다. 다만 초조해할 필요는 없다. 범인이 어디 들어가 농성하는 것도 아니고 주위에는 많은 수사관이 있다. 여기서 도망칠 일은 일단 없겠다.

경찰은 인질이 다치는 일만은 피하고 싶었다. 설령 찰과상 하나라도 경찰은 책임을 피할 수 없다. 마노를 비롯한 수사관들이 서두르지 않는 것도 시간이 흐르면 어차피 스가노가 포기할 테니 기다리면 된다고 생각했기 때문이다.

오리베는 시계를 봤다. 8시 15분이다. 스가노는 얼마나 버 틸까? 기껏해야 30분 정도일 것이다. 오리베는 그렇게 예상 했다. 체력적인 면을 고려하면 소녀의 몸을 구속한 상태이니 그 정도가 최선이다. 곧 체념하고 소녀를 놔주고 도망치려 할 게 분명하다. 오리베는 스가노가 도망칠 때만을 기다리기로 했다.

그는 스가노를 바라보느라 자신이 서 있는 계단 바로 아래 에서 한 남자가 나타나는 것을 알아차리지 못했다. 이윽고 기 척을 느끼고 그쪽을 봤지만 그 남자가 사건 관계자일 거라는 생각을 하지 못했다.

그 남자가 들고 있는 검은 막대기 모양의 물건을 발견한 것도 주변 구경꾼들이 의미 불명의 비명을 지른 것과 거의 동 시였다.

[나가미네입니다! 나가미네가 나타났습니다! 육교 밑!] 오 리베는 무전기를 향해 소리치며 계단을 뛰어 내려갔다.

하지만 보고할 필요도 없었다. 나가미네는 다른 것은 전혀 눈에 들어오지 않는다는 듯 엽총을 겨눈 채 천천히 스가노에 게 다가갔다.

반쯤 재미로 지켜보던 사람들도 시커먼 총을 보자마자 비 명을 지르며 도망쳤다. 수사관들은 바로 움직이지 못했다. 잘 못 접근했다가 나가미네가 발포하면 큰일이다.

스가노 가이지는 그 자리에 얼어붙었다. 놀라움과 공포가
얼굴을 물들였다.

스가노의 힘이 풀린 듯 소녀가 그의 팔에서 쓱 빠져나왔
다. 소녀는 그대로 마노 일행 쪽으로 달려갔다.

스가노에게는 소녀를 뒤쫓을 여유도 없는 듯했다. 그 눈은
나가미네에게 못 박힌 채 크게 벌어져 있었다.

스가노가 흠칫 정신을 차리더니 휙 몸을 돌려 도망치기 시
작했다.

젠장! 오리베는 생각했다. 나가미네가 엽총을 겨눴다.

에마……. 나가미네는 조준기로 스가노 가이지의 등을 잡
고 속으로 딸을 가만히 불렀다.

이제 네 원수를 갚을 거야. 너를 괴롭히고, 행복했을 네 인
생을 망가뜨리고 네 생명을 빼앗은 놈을 아버지가 이 손으로
묻어버릴게. 사실은 더 끔찍하게 죽이고 싶은데 아버지에게
는 이 방법밖에 없구나. 미안하다. 이 녀석을 죽이고 아버지
도 네가 있는 곳으로 갈게. 저세상에서 만나면 이번에야말로
행복하게 둘이 살자. 다시 만나면 다시는 너를 혼자 두지 않
을게. 다시는 네가 무서운 일을 당하지 않도록 할게…….

정확하게 조준했다. 표적이 도망치고 있었지만, 인간의 달
리기 능력이란 그에게 아무런 영향도 미치지 못했다. 주위 움

직임도 전혀 눈에 들어오지 않았다. 소리도 목소리도 들리지 않았다. 정신을 온전히 집중했다. 방아쇠에 건 손가락에 힘을 준다…….

그때였다.

"나가미네 씨!"

무음의 세계를 깨고 여자 목소리가 들려왔다. 그 목소리의 울림에 정조준했던 총신이 크게 흔들렸다.

나가미네는 혼란스러웠다. 누구 목소리인지, 왜 그 목소리만 들리는지 자신도 알 수 없었다.

하지만 그런 생각을 할 여유가 없었다. 스가노가 도망치고 있다. 옆 건물로 도망치려 한다. 나가미네는 다시 총을 겨눴다.

에마, 내가 할게.

그리고 그는 방아쇠를…….

50

파열음이 빌딩 벽면에 부딪혔다가 울렸다. 그 순간, 우에노역 주변은 정적에 휩싸였다. 쇼와 도로를 달리는 자동차 소리만이 들렸다.

마코토는 무슨 일이 벌어졌는지 모른 채 도로 위에 우두커니 서 있었다. 그의 주위 사람들도 움직이지 못했다. 그런 상태가 몇 초간 이어졌다.

"총 내려! 총을 내리라고!" 누군가가 앞쪽에서 소리치고 있다. 형사인 듯하다.

그 목소리를 신호로 순식간에 소란해졌다.

"뭐야, 무슨 일이 일어난 거야!"

"지금 총소리였어?"

"어떻게 된 거야?"

마코토는 사람에 떠밀렸다. 무슨 일이 일어났는지 보려고 구경꾼들이 역 앞으로 이동하기 시작했다. 마코토는 인파에 떠밀려 앞으로 나아갔다.

"총 내려!"라는 소리와 함께 호루라기 소리가 들렸다. 순찰차 사이렌 소리도 가까워졌다.

오리베는 여전히 총을 겨눈 채였다. 꼼짝하지 못한 채 그저 눈앞의 광경을 바라보고 있었다. 그의 10미터쯤 앞에 동료들이 쭈그려 앉아 있다. 그들은 쓰러진 남자를 둘러싸고 있었다. 바닥에 엄청난 양의 피가 흘렀다.

마노가 다가와 오리베의 팔을 내리눌렀다.

"총을 넣어."

그제서야 정신이 돌아왔다. 오리베는 황급히 총을 품에 넣었다.

"선배, 나가미네는……."

"아직 몰라. 일단 너는 차로 돌아가. 발포한 형사가 현장에 계속 있으면 여러 가지로 귀찮아져."

"하지만……."

"됐으니까 시키는 대로 해. 네 판단은 틀리지 않았어."

"선배!"

오리베가 그의 얼굴을 보자 마노는 살짝 고개를 끄덕였다.

"빨리 가."

선배의 지시를 따라 오리베는 자리를 떠나려 했다. 그때 한 여성이 눈에 들어왔다. 그 여성은 인파에서 조금 떨어진 곳에서 넋을 놓고 우두커니 서 있었다.

"왜 그래?"마노가 오리베가 바라보는 곳을 따라 쳐다봤다. "저 여성……. 흰 셔츠에 청바지를 입은 여성. 어디서 보지 않았나요?"

"왜 그래? 저 사람이 왜?"

"소리쳤어요. 나가미네 씨라고. 그래서 나가미네가 순간 쏘기를 망설였습니다. 내가 아무리 소리쳐도 꿈쩍도 안 했는데."

"흠, 알았어. 내가 얘기를 들어볼게."

마노가 여성에게 다가가 말을 걸었다. 여성은 말을 거는데도 한동안 듣지 못했다. 그런 여성을 마노가 어딘가로 데려가는 것을 보고 오리베는 발길을 돌려 육교 계단을 올랐다.

손가락에는 아직 방아쇠를 당긴 느낌이 남아 있다. 사람에게 발포한 것은 처음이다. 훈련 때보다 훨씬 가까운 거리에서 발포한 것인데도 맞힌 느낌이 없었다. 그러나 그 상황에서 다른 방법은 없었다.

"나가미네, 그만해. 총 버려!"

뒤에서 수없이 경고했다. 하지만 나가미네는 전혀 반응하지 않았다. 엽총을 겨눈 자세에 흔들림이 없었고 그 등에서 굳은 결의가 느껴졌다.

뒤에서 덮치기에는 너무 멀다. 남은 시간은 몇 초 되지 않는다. 그 여성이 소리치지 않았다면 오리베가 망설이는 사이에 나가미네는 방아쇠를 당겼을 것이다.

정신없이 총을 겨눴다. 다리를 쏴야겠다고 생각할 여유조차 없었다. 나가미네의 등을 조준했다. 만에 하나 빗나가더라도 다른 사람들을 절대 다치게 해서는 안 된다……. 영 점 몇 초 사이에 오리베는 오직 그 생각뿐이었다.

총알이 어디에 맞았는지 오리베는 알 수 없었다. 하지만 나가미네의 등이 순간 붉게 물드는 광경은 망막에 또렷이 새겨졌다. 나가미네가 무너지듯 쓰러지는 모습도 너무나 선명했다.

육교 위에서 뒤를 돌아봤다. 나가미네는 여전히 수사관들에 둘러싸여 있었다. 그리고 조금 떨어진 곳에서는 스가노가 순찰차에 떠밀려 태워지고 있었다. 스가노는 전혀 저항하지 않았다.

네 판단은 틀리지 않았어…….

정말 그랬을까? 오리베는 생각했다. 스가노를 지키기 위해 나가미네를 쐈다. 정말 그게 옳았을까?

형사의 말이 무슨 소린지 몰라 마코토는 수없이 같은 말을 반복하는 수밖에 없었다.

"그러니까 내가 전화한 것은 두 번뿐이었다고요. 아무래도 가만히 있어서는 안 될 것 같아서 전화했어요. 이름을 밝히지 않은 것은 말한 게 나란 것을 알면 나중에 가이지가 보복할 것 같아서였고요."

"누구에게 전화했니?"

"경찰서라고요. 상대의 이름은 못 들었어요!"

"첫 번째 전화번호는 전단을 보고 알았다고?"

"그래요. 역에서 주운 전단이요. 여자애가 살해된 사건으로 뭔가 알고 있으면 전화해달라고 적혀 있었어요."

"이 전단이지?" 형사는 종이 한 장을 마코토 앞에 놓았다.

"맞아요."

"여기에는 전화번호가 세 개 적혀 있다. 어느 번호로 전화했니?"

"도대체 몇 번이나 같은 말을 해야 해요? 경찰에 전화했다고 했잖아요."

"그러니까 어느 번호냐고?"

"이거요." 마코토는 번호 하나를 가리켰다. "조토 경찰서라고 적혀 있어서 여기로 전화했어요."

"분명해? 잘못해서 위 번호에 건 게 아니고?"

"안 했다고요. 아니, 조토 경찰서라고 상대가 말했다니까요. 그래서 전단을 보고 걸었다니까 다른 데로 돌려줘서 받은 사람에게 아쓰야와 가이지 얘기를 했어요. 그랬더니 그 사람이 다음부터는 휴대전화로 걸라며 다른 번호를 알려줬어요."

"그 번호는 있니?"

"일단 제 휴대전화에 저장했죠. 그래서 두 번째는 그리로 걸었어요. 내 휴대전화는 쓸 수 없어서 집 전화로 걸었어요."

"두 번째 걸었을 때는 뭘 알려줬니?"

"가이지가 아마도 나가노의 망한 펜션에 있을 거라고요. 그게 다예요."

"그런데 말이야. 경찰에서는 아무도 네 전화를 받지 않았다는데."

"진짜라고요! 왜 내가 그런 거짓말을 하겠어요. 나, 정말 신고했다고요. 그러니까 수사에 협력했다니까요. 믿어주세요."

조사실에서, 마코토는 열심히 주장했다. 가이지가 체포된 이상 괜한 거짓말을 하면 큰일이라고 생각했기 때문이다. 이제까지 했던 자잘한 거짓말을 모두 정정할 필요가 있다. 동시에 범인은 가이지와 아쓰야라는 사실을 제보한 것도 주장해야 했다.

가이지는 틀림없이 소년원에 갈 것이다. 그가 나오기 전에 어디 멀리 가서 취직하자고 마코토는 생각했다.

　비번이던 오리베가 마노의 호출을 받은 것은 10월에 들어서자마자였다. 나가미네 사건으로부터 한 달이 지났다. 둘은 도요초에 있는 호텔 카페에서 만났다.

　"쉬는 날인데 미안하네." 마노가 그렇게 말하며 사과했다.

　"괜찮습니다. 그보다 무슨 일로 이런 호화로운 곳에서?" 오리베는 천장에 매달린 샹들리에를 올려다봤다.

　"만날 사람이 이 근처에 살아서."

　"누군데요?"

　"응. 한 사람 더 올 거야." 마노는 손목시계를 봤다. "그런데 새 직장은 어때?"

　"아직 일주일인데요. 아직 모르겠습니다." 오리베는 쓴웃음을 지었다.

　"그렇겠지." 마노노 입가를 풀었다.

　오리베는 에도가와 경찰서로 옮겼다. 갑작스러운 이동이었다. 표면적인 이유는 단순한 충원이었으나 당연히 시가지에서 발포한 일이 관련되어 있을 것이다. 다만 그 밖에 다른 징벌은 전혀 없었다. 수사관 대다수의 증언으로 오리베의 행동은 불가피했다고 판단했을 것이다.

　마노의 시선이 오리베의 뒤로 옮겨졌다. 오리베도 돌아봤다. 히사쓰카가 천천히 다가오고 있었다. 오리베는 자리에서 일어났다.

"둘 다 잘 지내는 것 같군. 누가 할 말이 있다는 거지?" 히사쓰카는 의자에 앉았다.

"접니다. 반장님."

마노의 말에 히사쓰카가 손을 저었다. "이제 반장도 아니야. 일반 시민이지."

그는 나가미네 사건 직후 사표를 냈다. 불가피했다고는 해도 결과적으로 수사관이 발포해 피의자가 죽는 사태가 벌어진 책임은 자신에게 있다는 게 그의 주장이었다. 사표는 곧장 수리되었다. 누군가 책임을 져야 한다고 생각하던 윗선으로서는 마침 잘된 일이었을 것이다.

"단자와 와카코는 불기소될 것 같습니다. 나가미네를 숨겨줬던 그 여성 말입니다." 마노가 말했다.

"그래?" 히사쓰카는 고개를 끄덕였다.

"다만 그 여성의 증언 가운데 도무지 앞뒤가 안 맞는 부분이 있습니다. 나가미네가 정체불명의 정보 제공자로부터 정보를 받았다는 겁니다. 그게 누군지, 여전히 의문입니다."

"자네들 일은 아직 끝나지 않았다는 말인가?"

"그와 관련해 나카이 마코토가 마음에 걸리는 이야기를 했습니다. 에마를 납치한 사람은 스가노와 도모자키라고 수사본부에 신고했답니다. 그 내용이 나가미네가 받은 정보와 흡사했습니다."

"그럼 나카이가 정보를 제공했단 말인가?"

"그럴 가능성도 있어서 나카이를 조사했는데 아무래도 아닌 것 같습니다. 나카이는 또 전화를 걸어 스가노가 나가노의 폐업 펜션에 숨어 있는 것 같다는 정보를 알렸는데 그때 걸었던 번호는 처음 전화했을 때 상대가 알려준 휴대전화 번호였답니다. 그 번호를 조사했더니 가명의 선불 휴대전화였습니다. 나카이가 전화한 것은 그게 마지막입니다. 이 진술은 믿을 수 있습니다. 의문의 정보 제공자는 스가노가 우에노역에 나타난다는 것까지 나가미네에게 알려줬는데 그 무렵 나카이는 수사관에게 감시당하고 있었죠. 전화를 걸 틈은 없었을 겁니다."

"그렇군." 히사쓰카는 품에서 담배를 꺼내고 라이터로 불을 붙여 피우고는 연기를 토해냈다.

"나가미네가 정보 제공자에게 받은 정보는 매우 정확하고, 또 너무나도 시의적절했습니다. 일반인은 전혀 얻을 수 없는 정보들이죠. 그렇다면 생각할 수 있는 것은 하나뿐입니다." 마노가 계속했다. "정보 제공자는 경찰 관계자입니다. 게다가 수사에 상당히 깊이 관련되어 진행 상황을 파악하고 있는 인물이죠. 일반인의 목격 정보를 받는 자리에 있고 사전에 익명 휴대전화를 준비해둘 수 있는 사람 말입니다."

오리베는 숨을 죽이고 마노와 히사쓰카의 얼굴을 번갈아 바라봤다. 마노가 무슨 말을 하려는지 깨달았기 때문이다. 설마 했다.

"반장님은 3년 전 린치 살인을 내내 마음에 두셨습니다. 사건이 끝나고도 피해자의 부모님을 찾아가 최대한 정보를 제공했죠. 본인이 할 수 있는 일은 이것밖에 없다고."

"마노 선배님! 증거라도……?" 오리베가 말했다.

마노가 고개를 저었다. 그 눈은 여전히 히사쓰카를 보고 있었다.

"증거는 없습니다. 그러니 저는 전 상사에게 말도 안 되는 실례를 저지르고 있는지도 모릅니다."

히사쓰카는 유유히 담배를 피우고 있다. 그 움직임에는 조금도 흐트러짐이 없었다.

"경찰이란 뭘까?" 히사쓰카가 입을 열었다. "정의의 편인가. 아니지. 법을 어긴 인간을 잡을 뿐이야. 경찰은 시민을 지키는 게 아니야. 경찰이 지키려는 것은 법률이지. 법률이 다치지 않도록 막기 위해 필사적으로 매달리지. 그렇다면 그 법률은 절대적으로 옳은가. 절대 옳다면 왜 그리 자주 개정하지? 법률은 완벽하지 않아. 그 완벽하지도 않은 법률을 지키기 위해서 경찰은 무슨 일이라도 해야 할까? 인간의 마음을 짓밟아도 되나?" 히사쓰카는 거기까지 말하고는 빙긋 웃었다. "오랫동안 경찰수첩을 지니고 다녔으면서도 나는 아무것도 배운 게 없네."

"반장님 심정은 충분히 압니다. 저도 이 일을 공개할 마음은 없습니다. 다만 하나만 묻고 싶습니다." 마노가 말했다.

"뭔가?"

"반장님······. 아니, 의문의 정보 제공자가 한 일은 옳았습니까? 정의였나요?"

온화했던 히사쓰카의 얼굴이 순간 험악해졌다. 곧 입가에 미소가 떠올랐다.

"어떨까? 무엇보다 그런 결말을 맞았으니 옳았다고는 할 수 없겠지. 하지만 정보 제공자가 아무것도 하지 않았다면 어땠을까? 옳은 결말을 맞았을까? 스가노와 도모자키는 체포되어 형식적인 복역을 하고 바로 세상으로 돌아왔겠지. 그리고 그들은 똑같은 짓을 저질렀을 거야. 제2, 제3의 나가미네 에마가 사체로 떠올랐겠지. 그게 행복한 결말인가?"

마노는 대답하지 못했다. 히사쓰카는 오리베를 바라봤다. 오리베는 고개를 숙이고 있었다.

"그래. 바로 그거야. 우리는 어떤 답도 내놓을 수 없어. 내 아이를 잃은 부모에게 법률이 정했으니까 참으라고. 도대체 누가 그렇게 말할 수 있나?" 히사쓰카가 말했다.

마노는 여전히 말이 없었다. 오리베도 침묵을 지켰다.

이윽고 히사쓰카가 자리에서 일어섰다.

"나는 앞으로도 계속 답을 찾을 생각이네. 정의란 무엇인지를. 물론 이번 건에 대해 자네들이 체포영장을 들고 온다면 얘기는 달라지겠지."

예전 상사가 사라지는 모습을 두 부하는 잠자코 지켜봤다.

마노가 크게 한숨을 내쉰 것은 그로부터 몇 분이 흐른 뒤였다.

"오늘 일은⋯⋯."

"압니다." 오리베가 끄덕였다. "아무에게도 말하지 않겠습니다. 아니, 말할 수 없겠죠."

마노가 쓴웃음을 지으며 머리를 긁적였다. "그만 갈까?"

"네!"

호텔을 나올 때 마노의 휴대전화가 울리기 시작했다. 전화를 받은 그는 짧게 대화한 다음 오리베를 봤다.

"같이 메밀국수라도 먹을까 했는데 일하러 가야겠어. 맨션에서 주부가 살해됐대."

"젊은 주부요?"

"아니, 중년이라는데. 애들이 범인이 아니기만을 기도해야지." 마노가 입가를 일그러뜨렸다.

"그러네요."

마노가 택시를 불러 탔다. 오리베는 선배의 모습을 지켜본 뒤 반대 방향으로 걷기 시작했다.

방황하던 시퍼런 칼날이 내게 날아온다!

작업하다 말고 퍼뜩 고개를 든다. '아니, 이게 뭐야!' 다시 서지 정보를 뒤진다.

「2003년부터 2004년에 걸쳐『주간 아사히』에 연재했고 2004년 단행본으로 발매되어 지금까지 일본에서 170만 부 이상을 판매한 작품」이라는 정보가 눈에 들어온다. 무려 17년이나 된 작품이란 소리다.

'말도 안 돼! 이 내용이?'

히가시노 게이고의 본격 사회파 추리 소설이라는 말에 의지해 이야기를 따라가다가 그만 허를 찔리고 말았다. 시퍼런 칼날이 똑바로 내게 날아와 박힌 듯이 헉! 숨을 들이켠다.

중학교 동급생인 세 소년은 고등학교를 중퇴하고 지금은

빈둥대고 있다. 자신들에게는 빈둥대며 그저 시간을 죽이는 생활이지만 세상의 상식이라는 관점에서 보면 심각하다. 욱하면 어머니까지 때려 부모까지 두 손 들고 따로 방을 빌려 내보낸 친구 집이 이들의 아지트이다. 아버지의 차를 무단으로 끌고 나와 약해 보이는 어른들을 골라 노상강도를 일삼거나 여자들을 골라 납치해 나쁜 짓을 일삼는 게 그들의 빈둥대는 일과이다.

대장 노릇을 하는 가이지와 아지트를 제공하는 아쓰야, 그리고 운전 담당인 마코토가 바로 이 기묘한 소년 범죄단이다. 오늘도 여자 사냥에 나간 이들은 맘에 드는 먹잇감을 발견하고 괴성을 질러대며 흥분한다. 오늘은 어쩌다 구한 '마법의 가루'를 시험해 볼 셈이기 때문이다. 마코토는 내심 일이 너무 심각하게 돌아간다는 생각에 찜찜했으나 그만하자는 말을 꺼내지 못한다. 잘못했다가는 유일한 친구를 잃을 뿐 아니라 그들의 공격 대상이 될 테니 말이다.

마침 차를 가져오라는 아버지의 불호령에 집으로 돌아온 마코토는 며칠 뒤, 자신의 차로 납치한 소녀가 사체로 발견되었다는 뉴스를 보고 어쩔 줄 모른다. 이게 어떻게 된 일이지? 그 둘이 여자애를 죽였나? 나도 공범인가? 어떻게 빠져나가지? 소년들은 저마다 이 궁지를 벗어나기 위해 안간힘을 쓰는데, 무료하기만 했던 이들의 상황은 일촉즉발의 위기를 만난다.

아내를 일찍 잃고 10대 딸을 혼자 키우던 나가미네는 친구들과 불꽃놀이를 보겠다고 나간 딸이 실종된 뒤 싸늘한 시체로 발견되자 삶의 의욕을 잃는다. 그런 그에게 한 통의 메시지가 도착한다. 딸을 죽음에 이르게 한 인물을 제보하는 내용의 메시지. 나가미네는 딸의 복수를 위해 움직이기 시작한다.

복수를 실행하는 아버지는 제보를 듣고 찾아간 소년들의 아지트에서 딸이 어떻게 비참하게 죽었는지를 자기 눈으로 확인하고 집주인 소년을 잔인하게 처단한다. 잔인하다는 말로는 부족할 정도로…… 곧 냉정을 되찾은 그는 다른 범인마저 처단하기 위한 긴 여행을 떠난다.

그가 법적 수단이 아니라 개인적 복수를 택한 이유는 '소년법'의 허점 때문이다. 청소년은 당연히 실수할 수 있다는 전제 아래 범죄를 저지른 미성년자를 갱생시켜 사회로 복귀하는 것에 초점을 맞춘 소년법은 미성년자들의 강력 범죄에 무기력하다. 청소년의 잘못이 실수 정도가 아니라 강력 범죄라면 어떠한가? 한 사람의 인생을 말살한 것의 속죄로 잠시 여론이 잠잠해질 때까지 국가의 보호를 받은 뒤 아무 일 없었다는 듯 사는 것이 갱생이란 말인가?

법이 해주지 않는다면 직접 할 수밖에 없다고 아버지는 결심한다. 그 결심에 우리 또한 쉽게 법적 잣대를 대지 못한다. 나가미네는 주위를 둘러보며 생각한다.

"죄 없는 여고생이 성적 노리개 취급을 당하고 시신으로 발견된 사건을 여기 있는 몇 명이나 기억할까? 그 아버지가 복수의 화신이 된 사실을 마음에 담고는 있을까? 관련 뉴스가 나올 때마다 떠올릴 수는 있겠지. 그러나 그것뿐이다. 뉴스의 화제가 바뀌면 그들의 관심도 바뀐다. 하지만 자신도 그랬다. 내 생활만 보장된다면 타인은 어찌 되든지 상관없었다. 소년 범죄에 관해 진지하게 생각해 본 적 있나? 문제 해결을 위해 뭘 했냐고 물으면 아무 말도 할 수 없다."

통한에 사무친 칼날이 날아와 우리 심장에 박히는 순간이다.

범죄를 작당한 세 소년의 먹이사슬 가운데 가장 아래에 있던 마코토는 험한 친구들이 무서워 그들과 어울려 나쁜 짓을 한다. 힘든 일은 싫고 쉽게 돈 벌 수 있는 일이 좋겠다. 자신을 한심해하는 부모가 싫지만, 부모가 제공하는 안락한 삶을 버리고 나갈 생각은 없다. 그 비겁함이 그를 경찰과 기자, 가이지, 유족 측에 끼어 옴짝달싹 못 하는 신세로 만들었다. 이 상황에서 어떻게든 자기만 벗어나려는 그와 그 부모의 비겁한 시도는 사건을 더 복잡하게 꼬이게 만든다.

여학생을 성폭행하고 죽인 가이지와 그를 죽이려는 여학생의 아버지를 동시에 쫓아야 하는 오리베를 비롯한 형사들의 심정 또한 복잡하다. 잔인한 범죄자를 보호하기 위해 피해자 유족을 막아야 한다는 자괴감이 이들을 괴롭힌다. 자신들이 지켜야 하는 게 정의인가, 아니면 법률인가? 자신들은 누구를 보호하고 누구를 단죄하기 위해 존재하는 사람인가?

작품은 이렇듯 여러 명의 화자가 등장해 저마다의 시점으로 이야기를 풀어나간다. 복수의 칼을 품은 채 범인을 쫓는 아버지. 자신이 저지른 범죄와 복수자를 피해 몸을 숨기는 소년. 신변의 안전만을 도모하며 전전긍긍하는 또 다른 소년. 숨은 소년과 복수하려는 아버지 둘을 다 쫓아야만 하는 경찰들. 자기 아들의 죄를 어떻게든 감추려는 부모들. 어린 아들을 사고로 잃고 실의의 나날을 보내다가 나가미네와 만나 사건의 소용돌이 속으로 뛰어드는 여성까지……. 여러 인물의 생각과 행동이 칼날이 되어 허공을 가르며 또 다른 사건과 상처를 만들어내기에 이른다.

얼마 전, 각종 범죄를 다루는 한 TV 프로그램에 출연한 프로파일러가 강호순 이래 연쇄살인이 일어나지 않았다면서 대신 무고한 여성들을 자살로 몰아간 n번방 사건이 새로운 유형의 연쇄살인일 수 있다고 말하는 것을 봤다.

작품 속 소년들은 무작위로 여성을 고르고 성폭행을 저지르고 그 장면을 낄낄대며 촬영해 신고하면 인터넷에 뿌리겠다고 협박한다. 심지어 성폭행한 여성을 언제든 불러내 성을 착취하는 도구로 이용한다. 작가가 그려낸 이야기가 10여 년의 시공을 훌쩍 넘어, 지금 우리, 대한민국 땅에서 벌어졌다.

잔인한 범죄의 무대가 인터넷 안으로 들어오고 그것이 다시 현실과 연계할 때, 그 범죄의 주인공은 피해자이든 가해자이든 10대가 될 가능성이 커진다. 그 앞에서 기존 법률과 수사 방법은 무기력해진다.

나가미네의 말이 귓가에 울린다. "스가노 가이지 같은 인간쓰레기를 만들어낸 것이 바로 자신 같은 어른들이라면 그 뒤처리도 어른들의 일이다."

맞는 말이다. 뒤처리는 우리 몫이다. 그러나 우리 모두 그처럼 무기를 들어야 할까?

깊은 고민과 통찰을 주는 작품이자 작품 발표 당시보다 시간이 흐를수록 작품의 메시지가 더 시의적절해지는 기묘한 작품이기도 하다. 그래선지 2009년에 일본, 2014년에 한국에서 영화화된 데 이어 2021년 5월에 다시 일본에서 드라마로 제작되었다.

사회적 메시지가 강하게 담긴 작품이지만, 숨은 소년을 찾아가는 경찰들의 추적 과정은 정통 미스터리의 재미도 더한다. 특히 마지막에 밝혀지는 반전은 역시 히가시노만의 재미를 놓치지 않는 작가의 기민함이 느껴진다.

민경욱

방황하는 칼날

2021년 7월 26일 1판 1쇄 발행
2024년 4월 6일 1판 8쇄 발행

지은이 히가시노 게이고
옮긴이 민경욱

발행인 황민호
본부장 박정훈
편집기획 강경양 김사라 이예린
마케팅 조안나 이유진 이나경
국제판권 이주은 김준혜
제작 최택순 성시원

디자인 김아름
일러스트 WONHEE_ARTWORK

발행처 대원씨아이(주)
주소 서울특별시 용산구 한강로 3가40-456
등록 2008년 1월 25일 제2014-000178호
전화 (02)2071-2018
팩스 (02)749-2105
등록 제3-563호
등록일자 1992년 5월 11일
www.dwci.co.kr

ISBN 979-11-362-7863-0 (03830)